Melissa Foster

Der Geschmack von Whiskey

Die Whiskeys: Dark Knights von der Redemption Ranch

DIE AUTORIN

Melissa Foster ist eine preisgekrönte *New-York-Times-* und *USA-Today*-Bestsellerautorin. Ihre Bücher werden vom *USA-Today-Bücherblog*, vom *Hagerstown Magazin*, von *The Patriot* und vielen anderen Printmedien empfohlen. Melissa hat mehrere Wandgemälde für das *Hospital for Sick Children*, eine Kinderklinik in Washington, D. C., gemalt.

Besuchen Sie Melissa auf ihrer Website oder chatten Sie mit ihr in den sozialen Netzwerken. Sie diskutiert gern mit Lesezirkeln und Bücherclubs über ihre Romane und freut sich über Einladungen. Melissas Bücher sind bei den meisten Online-Buchhändlern als Taschenbuch und E-Book erhältlich.

www.MelissaFoster.com

MELISSA FOSTER
Der Geschmack von Whiskey

Die Whiskeys: Dark Knights von der Redemption Ranch

LOVE IN BLOOM – HERZEN IM AUFBRUCH

Aus dem Amerikanischen von Anna Wichmann

Schon seitdem Sasha und Ezra mir vor ein paar Jahren beim Schreiben begegnet sind, habe ich mich darauf gefreut, ihre Geschichte zu erzählen. Sasha ist eine starke Frau, die immer genau wusste, was sie im Leben und in der Liebe wollte. Wie sich herausstellt, ging es Ezra ebenso, auch wenn beide dafür viele Hindernisse zu überwinden hatten. Hinter diesem Pärchen und dem kleinen Gus steckt eine lange Geschichte, und ich bin sehr froh, dass sie endlich ihr Glück gefunden haben. Ich hoffe, Sie mögen die drei ebenso wie ich. Sollte dies Ihr erster Kontakt mit meinen Geschichten sein: Alle meine Bücher können sowohl unabhängig voneinander als auch als Teil der übergeordneten Reihe gelesen werden, also tauchen Sie einfach gleich ein und genießen Sie diese hinreißende Geschichte.

Die Serie *Die Whiskeys von der Redemption Ranch* ist nur eine der vielen Serien aus der weitverzweigten Reihe »Love in Bloom – Herzen im Aufbruch«. Sie begegnen den Figuren aus jeder Geschichte immer wieder, sodass Sie keine Verlobung, Hochzeit oder Geburt verpassen. Eine vollständige Liste aller Serientitel sowie eine Vorschau auf den nächsten Band finden Sie am Ende dieses Buches und auf meiner Website:
www.MelissaFoster.com/Herzen-im-Aufbruch

Besuchen Sie auch meine Seite mit »Reader Goodies«! Dort finden Sie Serienübersichten, Checklisten, Stammbäume und einiges mehr:
www.MelissaFoster.com/Checklisten_und_Stammbaume

Abonnieren Sie meinen Newsletter und bleiben Sie immer auf dem Laufenden über alle Neuerscheinungen:
www.MelissaFoster.com/Newsletter_German

Eins

Noch so ein sinnloses Date. Ist ja nichts Neues mehr.

Nach einem weiteren mittelmäßigen Samstagabend-Date stieg Sasha Whiskey in ihren Pick-up. Gedanklich setzte sie *langweilige Banker* auf die immer länger werdende Liste der Männer, mit denen sie nichts anfangen konnte. Man sagte ja immer, die Suche nach einem guten Mann sei wie die Suche nach einer Nadel im Heuhaufen, aber sie hatte so langsam den Eindruck, dass es sogar noch aussichtsloser war als das. Sie startete den Motor und im Radio lief »Going Home Alone«.

Das ist doch jetzt nicht euer Ernst!

Sogar das Universum stimmte ihr zu. Energisch drückte sie auf die Tasten des Autoradios, um den Sender zu wechseln, als ihre jüngere Schwester Birdie anrief. Birdie lebte und arbeitete als Einzige der fünf Geschwister nicht auf der Redemption Ranch in Hope Valley, Colorado. Die Redemption Ranch war die Ranch ihrer Familie, auf der sie Pferde retteten und verlorenen Seelen mithilfe von Therapie und tatkräftiger Unterstützung eine zweite Chance gaben, damit sie ihren Weg im Leben finden konnten. Birdie wohnte in Allure, einer Nachbarstadt, und war dort Mitinhaberin eines Schokoladengeschäfts.

»Hey, Bird.«

»Verdammt! Ich hatte eigentlich gehofft, du gehst nicht ran.«

»Und warum hast du dann angerufen?« Birdie war schon immer etwas eigenwillig gewesen. Sie war äußerst kreativ, fast schon brillant, aber meist gingen ihr ein Dutzend Gedanken gleichzeitig durch den Kopf, und auch wenn Sasha sie sehr lieb hatte, wusste sie doch nie ganz genau, was gerade in Birdie vorging.

»Weil ich unbedingt wissen wollte, wie dein Date gelaufen ist. Wärst du nicht rangegangen, hätte ich angenommen, dass du endlich flachgelegt wirst. Aber dann war Randy offenbar doch nicht so heiß wie erhofft.«

»Hast du vielleicht auch mal in Betracht gezogen, dass ich in Schwierigkeiten stecken könnte, wenn ich nicht rangehe? Was, wenn ich entführt worden wäre?«

»Als gäbe es diese Art von Verbrechen in Hope Valley. Und außerdem ist Randy kein Typ für … *Moment!* Gehörte das vielleicht zu einem Rollenspiel? Das wäre heiß. Aber dann wärst du nicht ans Telefon gegangen. Also … Was ist passiert? Hat er wie ein Grundschüler geküsst?«

»Was soll das denn bedeuten?«

»Du weißt schon. Hat er den Mund weit aufgerissen und dir die Zunge reingestopft? Oder, noch schlimmer, den Mund fast gar nicht geöffnet? Ich kann Typen nicht leiden, die nicht anständig küssen können. Man sollte sie mit einem Warnschild versehen, so wie im Tierheim, wo auf den Schildern am Käfig so Sachen stehen wie *Nicht katzenfreundlich* oder *Zerkaut gern Dinge.*«

Sasha musste lachen. »Das wäre in der Tat praktisch.«

»Na, dann mal raus mit der Sprache. Wollte er es dir besorgen, hatte es aber nicht drauf? Sag mir bitte nicht, dass er einer von den Kerlen ist, die heiß und pfiffig aussehen, aber keine Ahnung haben, was sie im Bett anstellen müssen.«

Das waren große Worte für eine Frau, die in dieser Hinsicht nicht sonderlich aktiv war, aber Sasha liebte Birdie auch dafür, dass es ihr immer gelang, andere aufzumuntern. Natürlich war sie manchmal neugierig und nervig, eben typisch jüngere Schwester, aber da sie beide mit drei Brüdern aufgewachsen waren, die ihre Beschützerrolle etwas zu ernst nahmen, mussten sie zusammenhalten.

Sasha fuhr vom Parkplatz. »Ich hasse Kerle, denen man erst eine Karte zeichnen muss, habe aber keine Ahnung, ob Randy dazugehört. Wir haben uns nicht mal geküsst.«

»Es gab nicht einmal einen Gutenachtkuss? Warum denn das? Ihr habt doch jedes Mal, wenn du in der Bank warst, so miteinander geflirtet.«

»Nachdem wir erst mal ins Gespräch gekommen waren, mussten wir schnell feststellen, dass wir nichts gemeinsam haben. Sein Leben besteht aus Bankkram und Golf. Er ist sehr joborientiert. Ich stellte mir vor, wie er beim Sex gedanklich Listen abhakt. Küssen. *Erledigt.* Streicheln. *Erledigt.* Orgasmus. *Erledigt.*« Sasha war in einer Biker-Familie mit raubeinigen Männern aufgewachsen, die sich dem Teufel persönlich entgegenstellen würden, um alle zu beschützen, die sie liebten. Beruflich arbeitete sie mit Männern und Frauen zusammen, die im Gefängnis gesessen hatten oder sich darum bemühten, ihre Drogensucht zu überwinden. Sie hatte selbst in ihrem Leben schon einige schwierige Situationen meistern müssen und fühlte sich daher von Männern angezogen, die mit so etwas umgehen konnten. »Ich möchte doch nur ein Mal auf ein Date gehen und diese Anziehungskraft spüren, bei der einem einfach alles an einem Mann gefällt, von seiner Stimme und Energie bis hin zu seinen Lippen und …«

»Seiner gewaltigen Anakonda?«

»Ja, das natürlich auch. Warum ist es so schwer, einen Mann zu finden, der klug *und* leidenschaftlich ist? Jemanden, der Männlichkeit ausstrahlt, ohne dabei gleich toxisch zu sein, und der anziehend ist, ohne auch nur ein Wort sagen zu müssen?« *So wie Ezra.*

Ezra Moore verkörperte für Sasha den idealen Mann. Er war Mitglied im Dark-Knights-Motorradclub, den ihr Vater vor mehr als drei Jahrzehnten gegründet hatte, liebte seinen fünfjährigen Sohn Gus inbrünstig und hatte ein Herz aus Gold. Außerdem war er ungemein attraktiv. Er sah aus wie ein griechischer Gott, so groß und dunkel, mit seelenvollen Augen und olivfarbener Haut. Und in ihm brannte ein Feuer, das er unter Verschluss hielt. Ein Feuer, das sie gern aus ihm herauskitzeln würde. Außerdem arbeitete er als Therapeut auf der Ranch, womit er als Partner nicht infrage kam. Beziehungen unter Kollegen waren verboten.

»Herrje. Sasha, du tust es schon wieder«, beschwerte sich Birdie.

»Was denn?«

»Jeden mit Ezra vergleichen. Leugnen ist zwecklos. Ich höre doch, wie deine Gedanken zu ihm wandern. Das machst du bei jedem Kerl, mit dem du ausgehst. Ezra und du, ihr habt euch als Teenager ein einziges Mal geküsst, und du hast das zu diesem lebensverändernden Augenblick aufgebauscht.«

Es *war* ein lebensverändernder Augenblick gewesen.

Ezra war in einer anderen Stadt aufgewachsen, auf andere Schulen gegangen als die Whiskeys und so rebellisch gewesen, dass sein Vater ihn im letzten Highschooljahr bei einem der

Programme für Teenager mit Problemen angemeldet hatte, die sie auf der Ranch anboten. Aber einen Abend, bevor Sasha und ihre Geschwister Ezra Moore offiziell kennenlernten, hatten sich sein und Sashas Weg gekreuzt. Dabei hatte sie einen kurzen Blick auf seine feurige Seite werfen können, die er mittlerweile so fest unter Verschluss hielt, und einen kurzen Vorgeschmack auf die Lippen bekommen, von denen sie seitdem träumte. Nie hatte sie die rohe Leidenschaft und das urwüchsige Verlangen in diesem Kuss vergessen, das Gefühl seiner starken Hände oder die Selbstverständlichkeit, mit der er sie geküsst hatte. Wie hätte das auch möglich sein sollen, wo sie doch die letzten dreizehn Jahre damit zugebracht hatte, etwas Gleichwertiges zu suchen – und zu bereuen, ihn abgewiesen zu haben, als er mehr wollte.

Aber dieser Zug war längst abgefahren. Ihre Freundschaft hatte sich im Laufe der Jahre vertieft, und wenn sie allein waren, flirtete er auch mit ihr, allerdings hatte er ihr nie Anlass zu der Hoffnung gegeben, er würde mehr von ihr wollen, seit er sein Leben auf die Reihe bekommen hatte.

»Du weißt genau, dass ich recht habe«, holte Birdie Sasha in die Gegenwart zurück.

»Ich hätte dir nie davon erzählen sollen.«

»Dafür kannst du dich bei deinem guten Freund Tequila bedanken, und jetzt bin *ich* deine Stimme der Vernunft.«

»Ein erschreckender Gedanke.«

»Hör mal, ich versteh dich doch. Er ist ein heißer Single-Vater mit grüblerischem Blick, bei dem du ein feuchtes Höschen kriegst, aber ihr hattet jahrelang die Gelegenheit, mehr daraus zu machen, und er ist nie einen Schritt auf dich zugekommen. Müssen wir schon wieder *Er steht einfach nicht auf dich* schauen?«

»Das war gemein, Birdie.« Auch wenn es stimmte, musste

man es ihr nicht so deutlich vor Augen halten. Sie glaubte wirklich, dass da mehr zwischen ihnen war, etwas *Echtes*, und wie sehr sie es auch versuchte, diese Überzeugung ließ sie einfach nicht los.

»Ich will gar nicht gemein sein, aber da nächsten Monat Dares Hochzeit ansteht und Cowboy sich verlobt hat, höre ich deine biologische Uhr ticken. Du hast schon genug Zeit mit deiner Jugendliebe vergeudet.« Ihre Brüder Seeley, Callahan und Devlin waren Dark Knights und unter ihren Bikernamen Doc, Cowboy und Dare bekannt. »In den letzten Jahren bist du immer wählerischer geworden. An jedem Typen, mit dem du ausgehst, hast du etwas auszusetzen, und es sind immer dieselben Dinge. Sie sind nicht hart oder clever genug oder übernehmen nicht so das Kommando, wie du es dir wünschst. Es scheint fast so, als würdest du einen Einstein-Biker oder so etwas in der Art suchen. Hast du dir denn wenigstens mal das Profil angeschaut, das ich dir bei Cowboy Cupid erstellt habe? Dort findest du diese Art von Männern.«

»Nein, und hör auf, mich zu einer deiner Missionen zu machen.« Birdie lebte für ihre selbst gestellten Missionen, aber Sasha wusste, dass sie das, was sie suchte, in keiner App finden würde. Denn es ging nicht nur darum, was für ein Mann Ezra war. Es ging auch um Gus, den sie von ganzem Herzen liebte. Und das hatte nichts mit ihrer biologischen Uhr zu tun. Sie wollte mit ihrem Seelengefährten zusammen sein, und Ezra war der einzige Mensch, den sie sich je in dieser Rolle hatte vorstellen können.

»Jemand muss dir mal Vernunft eintrichtern. In sämtlichen anderen Aspekten deines Lebens bist du ziemlich entscheidungsfreudig und stellst dich allem, ohne zu zögern. Nie lässt du etwas in der Schwebe, außer bei Ezra. Weißt du, was du tun solltest?«

»Dieses Gespräch beenden?«

»Nein. Wir müssen dich von diesem dummen Ezra-Zauber befreien, unter dem du stehst. Du solltest jetzt sofort zu ihm gehen, an seine Tür klopfen und ihn einfach in Grund und Boden küssen. Dann wirst du feststellen, dass seine Küsse gar nicht so grandios sind wie in deiner Vorstellung, und du wirst aufhören, ihn als Messlatte für andere Männer zu nehmen.«

»Du weißt genau, dass ich das nie machen würde.« Sie umklammerte das Lenkrad fester. »Ich muss los. Wir sprechen uns morgen.«

»Küss ihn einfach!«

»Gute Nacht, Birdie.« Sie legte auf.

Diese verdammte Birdie. Küss ihn einfach. Na, klar doch. Als könnte ich das mal eben so machen.

Sie versuchte noch, diese Gedanken abzuschütteln, als sie auf die Zufahrt zur Ranch einbog und unter dem Holzbalken mit dem eisernen *RR* in der Mitte durchfuhr. Das erste R war spiegelverkehrt. Die Ranch befand sich seit mehreren Generationen im Besitz der Familie ihrer Mutter. Ihre Mom war Psychologin, und nach der Hochzeit hatten ihre Eltern die reine Pferderettungsstation in eine Ranch umgewandelt, auf der auch Menschen eine zweite Chance bekamen. Sie besaßen mehrere hundert Hektar Land mit Hütten, in denen die Patienten und Mitarbeiter wohnten, Büros für traditionelle Therapien und eine komplett ausgestattete Tierklinik. Sasha war auf der Ranch aufgewachsen, und hier war der einzige Ort, an dem sie je hatte arbeiten oder leben wollen. Während sie an Weiden, Reitplätzen und Ställen vorbeifuhr, in denen sie als Physiotherapeutin mit kranken Pferden arbeitete, spürte sie eine tiefe Geborgenheit. Normalerweise vermochte diese Geborgenheit jedes unangenehme Gefühl zurückzudrängen, aber als sie von der Hauptstraße abbog und auf ihre Hütte zusteuerte, blieb ihr Unbehagen wie ein Schatten an ihr haften.

An der Kreuzung blieb sie stehen, aber anstatt nach rechts und damit nach Hause zu fahren, blickte sie in die entgegengesetzte Richtung, in der sich Ezras Hütte befand. Als sie das Flackern eines Lagerfeuers in seinem Garten sah, beschleunigte sich ihr Herzschlag. Ihre Gedanken wanderten zurück zu jener schicksalhaften Nacht vor so langer Zeit, als ihre Freundin Bobbie Mancini sie angefleht hatte, sie und einen Typen namens John, den sie in der Stadt kennengelernt hatte, auf eine Party in der Nachbarstadt Clayton Field zu begleiten. Sasha war das ultimative brave Mädchen gewesen, aber mit fünfzehn hatte sie eine rebellische Phase gehabt. Ihren Eltern hatte sie erzählt, sie würde in jener Nacht bei Bobbie schlafen. Stattdessen hatten sie sich hinausgeschlichen und waren mit John, der siebzehn war, auf die Party gefahren. Noch heute sah sie diese Nacht klar und deutlich vor ihrem inneren Auge.

Musik dröhnte in Sashas Ohren, als sie neben dem Feld nervös aus dem Wagen ausstieg. Dutzende Autos und Pick-ups standen dort, und ältere Kids saßen trinkend am Lagerfeuer oder tanzten. Aufregung und Angst wetteiferten in ihr. Sie war schon mit anderen Jugendlichen auf Partys gewesen, aber die hatte sie seit ihrer Kindheit gekannt, außerdem waren ihre Brüder stets in der Nähe gewesen, um sie zu beschützen. Hier kannte sie niemanden außer Bobbie und John. Als John aus dem Wagen stieg, heulte er wie ein Wolf, was die anderen Partygänger johlen ließ.

»Himmel noch mal«, flüsterte Bobbie aufgeregt. »Das ist ja so cool.«

Sasha versuchte, ihre Furcht zu verbergen. »Ist wirklich toll.«

Bobbie stupste sie an und deutete auf das Feuer. Sasha folgte ihrem Blick zu dem heißesten Typen, den sie je gesehen hatte. Er trug Jeans und ein T-Shirt mit abgerissenen Ärmeln. Er hatte dichtes, recht langes pechschwarzes Haar und einen Hauch von Schnurrbart, genau wie ihre älteren Brüder. Zudem war er umringt von drei Mädchen, aber als er sich eine Schnapsflasche an den Mund hielt, wanderte sein Blick zu Sasha. Ein Blitz durchzuckte sie bis ins Herz. Sie schluckte schwer und war nicht in der Lage, sich seinem Blick zu entziehen.

»Er ist heiß«, flüsterte Bobbie. »Du solltest hingehen und mit ihm reden.«

War sie jetzt völlig verrückt geworden? »Er hat doch schon drei andere, und außerdem riecht er nach Ärger.«

»Genau. Heute Nacht sind wir auf der Suche nach ein klein wenig Ärger.«

»Holen wir uns ein Bier«, meinte John, legte einen Arm um Bobbie und führte sie zum Fass. Er begrüßte ein paar Jungs mit Handschlag, sagte ungefähr einem Dutzend Mädchen Hallo und überreichte Sasha und Bobbie schließlich rote Plastikbecher, die bis zum Rand mit Bier gefüllt waren.

Sasha wandte den Blick von dem heißen Typen am Feuer ab, doch es loderte weiterhin in ihr. Bobbie und John ließen sie allein, um tanzen zu gehen, und Sasha versuchte, sich cool zu geben, während sie an ihrem Bier nippte. Sie unterhielt sich mit ein paar Jungs, fühlte sich jedoch völlig fehl am Platz und wäre am liebsten gegangen. Dummerweise hatte sie keine Möglichkeit, allein nach Hause zu kommen. Als ein dunkelblonder Junge zu ihr herübergeschlendert kam, betete sie stumm, dass sie nicht anfangen würde herumzuschwafeln, wie sie es häufig tat, wenn sie nervös war.

»Hey, ich bin Chad.«

»Hi. Ich bin Sasha.«

Er hob die Hand und bot ihr einen Joint an.

»Nein danke.«

»Komm schon. Ist nur Gras.«

»Ich bleib bei meinem Bier.« Sie hielt in der Menge Ausschau nach Bobbie. Ihre Freundin saß im Gras und küsste John, und das nur wenige Meter entfernt von der Stelle, an der der schwarzhaarige Junge am Feuer stand und sie und Chad mit verkrampftem Kiefer beobachtete.

Chad trat näher an sie heran und hielt ihr den Joint an die Lippen. »Na los. Zieh mal dran.«

»Ich will nicht.« Sasha schob seine Hand weg. Sie mochte keine erfahrene Rebellin sein, aber sie war auch kein schüchternes Mauerblümchen. Von ihren harten Brüdern hatte sie ein oder zwei Dinge gelernt.

»Wovor hast du denn Angst?«

»Ich habe vor gar nichts Angst.« Sie sah, wie der schwarzhaarige Junge auf sie zukam.

»Dann zieh dran«, forderte Chad sie auf.

»Alter, sie hat Nein gesagt«, fuhr der schwarzhaarige Junge ihn an.

»Bleib cool, Moore. Ich versuche doch nur, sie etwas lockerer zu machen.«

»Es gibt genug andere Mädchen, die du nicht mit Gras gefügig machen musst, um flachgelegt zu werden«, sagte Moore.

»Von mir aus, Mann. Die ist sowieso viel zu brav.«

Als Chad ging, funkelte der andere Junge sie düster an. »Damit hat er nicht unrecht. Was machst du hier?«

Sie kniff die Augen zusammen. Langsam wurde sie sauer. »Was glaubst du denn, was ich hier mache?«

»Ich glaube, das Lämmchen hat sich verlaufen und ist geradewegs in eine Wolfshöhle gestolpert.«

Sie hielt seinem Blick stand, ließ sich nicht einschüchtern. »Nur zu deiner Information, ich bin absichtlich hier.«

»Große Worte von einem braven Mädchen.«

»Ich bin kein braves Mädchen.«

Er schnaubte abfällig. »Ich erkenne ein braves Mädchen, wenn ich eins sehe. Ich wette, du bist noch nie auf einer Party gewesen.«

»Und ob.« Sie würde nicht zulassen, dass sich irgendein dahergelaufener heißer Typ über sie lustig machte.

»Unbeaufsichtigt?« Er grinste.

»Ich gehe ständig allein auf Partys.« Das war nicht mal gelogen. Sie kam allein zu Partys und traf dann dort ihre Freunde.

»Ach ja? Gibt's auf deinen Partys Ponyreiten und Piñatas?«

Sie funkelte ihn böse an. »Ich bin fünfzehn, nicht fünf.«

Er zog eine Augenbraue hoch. »Ach ja?«

»Ja, und ich bin nicht das brave kleine Ding, für das du mich hältst.«

»Seit du hier bist, hältst du dich an deinem ersten Becher Bier fest. Ich wette, du hast noch nie Alkohol getrunken.«

»Das beweist ja nur deine Ahnungslosigkeit.« Sie hatte bereits Bier gekostet. Es hatte ihr nur nicht geschmeckt. Als Beweis nahm sie einen Schluck von dem Bier, füllte ihre Wangen damit und schluckte es hinunter, wobei sie sich bemühte, bei dem bitteren Geschmack nicht das Gesicht zu verziehen.

Ein raues Lachen drang über seine Lippen. »Du bist also kein braves kleines Ding?«

»Nee.« Sie war ein bisschen stolz auf sich wegen dieser kleinen Lüge, die sich fast schon wie die Wahrheit anfühlte, nachdem sie noch einen Schluck getrunken hatte.

Er kniff die Augen zusammen und musterte sie von Kopf bis Fuß, was ihr Herz in Aufruhr versetzte. »Ich weiß nicht, Lämmchen. Irgendwie wirkst du immer noch lammfromm. Ich wette, du *hast noch nie einen Mann geküsst.«*

»Und ob!« Sie hoffte, ihre brennenden Wangen würden sie nicht verraten.

»Ach ja?« Er trat näher und sah sie mit seinen dunklen Augen durchdringend an.

Sie zwang sich dazu, sich ganz normal zu verhalten, obwohl seine Nähe ihre Haut brennen ließ. »Ja. Viele sogar.«

»Beweis es.«

»Wie bitte?« Meinte er das ernst? Konnte er hören, dass ihr donnernder Herzschlag den Hufen einer durchgehenden Pferdeherde Konkurrenz machte?

»Trau dich und küss mich.«

Ein nervöses Lachen entwich ihr, aber sein Gesichtsausdruck blieb gleichmütig. »Du willst, dass ich dich küsse? Also, jetzt sofort?« Verdammt, sie hatte noch nie einen Jungen geküsst. Allerdings hatte sie auch noch nie jemanden auf die Art küssen wollen, wie sie ihn küssen wollte, und das ergab keinen Sinn. Er war die Art von aufdringlichem Typen, vor der ihre Brüder sie immer warnten.

Er grinste arrogant. »Es sei denn, du bist wirklich ein braves kleines Mädchen. In dem Fall ...«

»Bin ich nicht.«

»Beweis es.«

Sasha erstarrte. Sie hatte nicht erwartet, dass er sie darauf festnageln würde! Aber jetzt konnte sie nicht mehr zurückrudern. Sie blickte sich um, ob jemand zusah, und stellte erleichtert fest, dass dies nicht der Fall zu sein schien. Dann nahm sie all ihren Mut zusammen, stellte sich auf die Zehenspitzen, legte ihm eine Hand auf die Brust und drückte ihre Lippen auf seine. Seine Brust war hart und warm, aber seine Lippen waren weich und oh, so ungemein küssenswert.

»Wie ich's mir dachte«, sagte er, als sie wieder zurück auf die

Fersen sank. »Du hast noch nie einen Mann geküsst.«

»Was? Warum sagst du das?«

»Weil du nicht weißt, wie man küsst.«

Verlegen versuchte sie, das Gesicht zu wahren. »Vielleicht will ich bloß dich nicht richtig küssen.«

Er beugte sich vor. »Verdammt schade, dass ein süßes Mädchen wie du nicht küssen kann, Lämmchen.«

»Ich kann küssen. Aber wenn du glaubst, du wärst so gut darin, dann küss m…«

Er legte ihr die Hände an die Wangen und presste seine Lippen auf ihre, bevor sie den Satz auch nur beenden konnte. Dabei dirigierte er ihren Mund so, dass sie die Lippen öffnete. Dann ließ er die Zunge über ihre wandern, umgarnte sie wild und ungestüm, was Stromstöße durch ihren Körper jagte. Er schmeckte nach Schnaps und Lust, und sie bekam nicht genug davon. Sie klammerte sich an ihn, stellte sich auf die Zehenspitzen, wollte verzweifelt mehr. Ein Stöhnen entfleuchte ihr, und das schien ihm zu gefallen, denn er gab ein tiefes, kehliges Geräusch von sich, das Flammen unter ihrer Haut lodern ließ. Er legte einen Arm um sie und drückte sie fest an sich. Die andere Hand hatte er in ihre Haare geschoben, und weitere elektrisierende Emotionen durchzuckten ihren Körper, als er mit der Zunge tiefer vordrang, als könnte er von ihr ebenfalls nicht genug bekommen. Sie spürte, wie er hart wurde, und er rieb sich an ihr, was ganz neue Gefühle in ihr erwachen ließ. Hitze brandete durch ihren ganzen Körper und sammelte sich in ihrer Magengegend. Sie spürte, wie ihr Slip feucht wurde. Er umfasste ihre Pobacken, verlangsamte den Kuss und gab hungrige Geräusche von sich, die ihr die Fähigkeit zu denken raubten.

Als sich ihre Lippen voneinander lösten, hielt er sie weiter eng an sich gedrückt. »Wie heißt du, Lämmchen?«

Atemlos und benommen brachte sie die Antwort nur mit Mühe heraus. »Sasha.«

»Die süße, sexy Sasha«, flüsterte er heiser, was ihr Herz erneut zum Beben brachte.

Niemand hatte sie je zuvor sexy genannt. Sie war bekannt als die kleine Schwester ihrer Brüder, die Gelehrige, das brave Mädchen, von dem alle glaubten, sie interessierte sich mehr für Pferde und die Schule als für Jungs. Aber dieser heiße Junge mit seinem zerrissenen T-Shirt und dem Schnapsatem sah mehr in ihr.

»Wie wär's, wenn wir die Party in meinen Wagen verlegen?«

Ihr Hochgefühl zerplatzte wie ein Ballon und ihre Gedanken rasten. Sie war so erregt, dass ein Teil von ihr die Zügel lockerlassen und sich von ihm in den Wagen führen lassen wollte, damit er ihr all die schmutzigen Dinge beibrachte, nach denen sie sich sehnte. Aber der zu Tode verängstigte Teil von ihr übertrumpfte die Neugier. »Eigentlich ... äh.« Sie löste sich aus seiner Umarmung und zeigte über ihre Schulter. »Ich muss los ... meine Freundin finden. Äh, ja. Also. Danke für ...« Oh Gott. Hör auf zu schwafeln!

Belustigung flackerte in seinen Augen. »Den Kuss?«

»Mhm. Ja. Den. Oh Gott. Ich gehe. Ich muss weg. War schön, dich kennenzulernen.« Verdammter Mist. Geh endlich! Mit einem zittrigen Winken zum Abschied und einem »Man sieht sich« hastete sie davon. Ihre Lippen prickelten, ihr Körper vibrierte, als stünde er unter Strom. Sie schwelgte in jedem Detail – wie er geschmeckt und welche Geräusche er von sich gegeben hatte, das Gefühl seines Körpers an ihrem – und versteckte diesen Schatz dann dort, wo auch der Rest ihrer Geheimnisse verborgen lag.

Sasha stand an der Kreuzung und war noch ganz atemlos von der Erinnerung, während ihr Birdies Stimme durch den Kopf ging. *Küss ihn einfach in Grund und Boden. Dann wirst du feststellen, dass seine Küsse gar nicht so grandios sind wie in deiner Vorstellung, und du wirst aufhören, ihn als Messlatte für andere Männer zu nehmen.*

Damit das passierte, musste wohl ein Wunder geschehen, aber Birdie hatte nicht ganz unrecht. Seit diesem Kuss war Sasha mit vielen Männern ausgegangen, und zu behaupten, sie hätte nicht jeden von ihnen mit Ezra verglichen, wäre gelogen gewesen.

»Okay, Birdie. Wird schon schiefgehen.« Sie bog nach links ab und fuhr zu Ezras Hütte.

Zwei

Ezra warf ein weiteres Holzscheit ins Feuer und blickte hinauf in den sternenklaren Sommerhimmel. Wieder einmal ging ihm durch den Kopf, welches Glück er doch hatte, an einem Ort leben und arbeiten zu können, den er liebte, noch dazu umgeben von so vielen wunderbaren Menschen, die für ihn und Gus zur Familie geworden waren. Er hatte es weit gebracht. Früher war er ein rebellischer Junge gewesen. Jahrelang hatte er seine Mutter dafür verachtet, ihn verlassen zu haben, als er vierzehn war, und seinen Vater dafür, dass er emotional verschlossen war und so viel von seiner Energie in den Motorradclub gesteckt hatte, wo Ezra ihn doch unbedingt gebraucht hätte. Auch den Club hatte er verachtet.

Bis heute versuchte er, seinen Vater zu verstehen. Was nicht leicht war, da sein alter Herr nicht über die Vergangenheit reden wollte. Was den Club anging, war Ezra mittlerweile selbst Mitglied und seine ablehnende Haltung hatte sich in großen Respekt verwandelt.

Die Scheinwerfer eines Pick-ups erhellten die Straße. Hinter seiner Hütte gab es noch einige mehr, und während er sich noch fragte, wer das wohl war, erkannte er Sashas Wagen. Sie stand ganz oben auf seiner Liste wunderbarer Menschen. Ezra und

Gus waren auf die Ranch gezogen, als Gus gerade einmal ein Jahr alt gewesen war, nachdem Ezra sich von seiner Ex-Frau getrennt hatte, mit der er sich mittlerweile das Sorgerecht teilte. Sasha war während seiner unschönen Scheidung für ihn und Gus dagewesen und in den darauffolgenden Jahren zu einer seiner engsten Freundinnen geworden. Sie kümmerte sich oft um Gus, wenn Ezras unzuverlässige Ex zur vereinbarten Zeit nicht auftauchte und Ezra arbeiten oder etwas für den Club erledigen musste. Oft blieb Sasha auch danach noch, und sie unterhielten sich, tranken am Feuer etwas oder schauten zusammen einen Film.

Er winkte, als sie in die Einfahrt bog, und versuchte, das Verlangen zu ignorieren, das schon immer dagewesen war, sich in letzter Zeit aber immer weniger besänftigen ließ.

Sie stieg aus ihrem Wagen und sah aus, als wäre sie geradewegs dem feuchten Traum eines jeden Jungen vom Land entstiegen. Sie trug ein kurzes Blümchenkleid, und ihre langen Beine steckten in diesen schicken braunen Cowgirl-Stiefeln mit aufgestickten Blumen, die so typisch für sie waren.

»Hey, Ezra. Ich hab das Feuer gesehen und dachte, ich schau mal vorbei. Hoffe, das ist okay.«

»Das weißt du doch. Komm ruhig her.«

Sasha lachte leise, und ihre langen blonden Haare wogten sanft, als sie ans Feuer trat. Sie hatte sich mit Smokey Eyes und einem zarten Lippenstift geschminkt. *Verdammt*, außerdem roch sie auch noch gut. Nach Vanille und Kakao. Ein ziemlich starker Kontrast zu dem unschuldigen Mädchen mit Pferdeschwanz, das meist nach Heu und Pferden roch – was an ihr seltsamerweise äußerst anziehend wirkte.

»Schläft Gusto?«

»Wie ein Bär im Winterschlaf. Er hat gemeint, ich soll seiner Süßen Gute Nacht sagen, wenn ich sie sehe.« Gus war schwer verknallt in Sasha. Er nannte sie Süße, was er von Dare aufgeschnappt hatte, der diesen Kosenamen häufig verwendete, wenn er über seine Freundinnen sprach. Ezra verschwieg ihr allerdings, worum Gus ihn fast jedes Mal wirklich bat, wenn Ezra ihm einen Gute-Nacht-Kuss gab. *Wenn du meine Süße siehst, gib ihr einen Gute-Nacht-Kuss von mir.* Ezra war stark, aber nicht stark genug, um das zu tun, ohne mehr zu wollen. Nicht einmal für seinen Sohn.

»Er ist so knuffig. Wie viele Geschichten waren heute nötig?«

»Nur drei.« Gus hatte vor Kurzem die Kunst des Verhandelns gelernt und setzte sie bei jeder sich bietenden Gelegenheit ein.

»Da bist du ja gut weggekommen.« Zitternd verschränkte sie die Arme vor dem Körper. »Mir war gar nicht klar, wie frisch es heute Abend ist.« Juni-Abende konnten in Colorado recht kühl ausfallen.

»Komm her.« Er nahm ihre Hand, führte sie näher ans Feuer und zog seine Sweatjacke aus. »Zieh die über.« Er hielt die Jacke hoch und half ihr hinein.

»Wirklich?«

»Na klar. Du siehst süß darin aus.« Er strich sie über ihren Schultern glatt. »Mir ist sowieso immer heiß.«

»Erzähl mir was Neues.« Sie hielt seinen Blick etwas länger als üblich fest, schob sich die Haare hinters Ohr und strahlte ihn mit diesem atemberaubenden Lächeln an, das ihn innerlich schmelzen ließ.

Alles an dieser Frau weckte in ihm Sehnsüchte, die er nicht haben sollte, von ihren verführerischen grünbraunen Augen und ihrer fürsorglichen Art bis hin zu dem Hauch von Unschuld, den sie immer noch ausstrahlte und der nicht zu ihrer natürlichen Sinnlichkeit zu passen schien. Aber diese Unschuld durfte nicht mit Naivität verwechselt werden. Sie war lediglich ein Sinnbild ihres reinen, liebevollen Herzens. Sasha stellte gleichzeitig sein größtes Problem dar. In jüngeren Jahren war sie der Star seiner feuchten Träume gewesen, doch mittlerweile war sie so viel mehr für ihn. Er musste sein Verlangen nach ihr unterdrücken. Die Gründe dafür waren zu mannigfaltig, um sie alle aufzuzählen, aber einer davon war die Tatsache, dass ihre Eltern Tiny und Wynnie die Redemption Ranch leiteten. Wynnie war seine Chefin und Tiny außerdem der Gründer und Präsident des Motorradclubs.

Warum also verspüre ich nach all den Jahren noch immer dieses Verlangen nach dir? Diese Frage stellte er sich schon ewig, und die Antwort war weiterhin nirgends in Sicht.

»Du siehst hübsch aus. Warst du heute mit den Mädels unterwegs?«

»Nein, aber das hätte vermutlich mehr Spaß gemacht.« Sie setzte sich auf einen Stuhl am Feuer. »Ich hatte ein Date.«

Für dieses Gespräch brauchte er einen Drink. »Du kannst gleich weitererzählen. Ich hole uns bloß was zu trinken. Bin sofort wieder da.« Er ging hinein, holte zwei Bier für sich und ein Mix-Getränk sowie eine Tüte M&M's Peanut für Sasha. Bevor er wieder hinausging, schluckte er die aufkeimende Eifersucht herunter. Sasha rieb sich gerade über die Schenkel, vermutlich, um sie aufzuwärmen. Seine Gedanken bogen allerdings in eine ungehörige Richtung ab, und er stellte sich vor, wie er mit den Händen diese wunderbaren Schenkel spreizte und …

»Du hast noch was von den Drinks«, stellte sie fröhlich fest.

Im Stillen schalt er sich für seine Fantasievorstellungen,

öffnete die Dose und reichte sie ihr. »Die M&M's sind auch für dich, aber Popcorn habe ich nicht extra noch gemacht.« Ihr Lieblingssnack bestand aus Popcorn vermischt mit M&M's.

»Danke. Du weißt immer, was ich gerade brauche.«

Sie tat es schon wieder, hielt seinen Blick länger als sonst. Ihre Freundschaft war unkompliziert und hatte irgendwann auch Flirten beinhaltet. Das war etwas, auf das er sich immer freute, wobei er jedoch Vorsicht walten lassen musste. Aber dieser verweilende Blick war neu.

Er bemühte sich, die aufsteigende Erregung zu unterdrücken. »Das ist doch das Mindeste, was ich tun kann, bei allem, was du für mich und Gus machst.« Er stellte eine Bierdose auf dem Boden ab, öffnete die andere und trank einen Schluck, während er sich neben sie setzte. Und da er zur Selbstgeißelung neigte, stellte er die drängende Frage. »Und, wer ist der Glückliche?«

»Er heißt Randy und arbeitet in meiner Bank, aber als glücklich musst du ihn nicht bezeichnen. Es wird kein zweites Date geben, und wenn ich jemals wieder mit jemandem ausgehen möchte, mit dem ich beruflich zu tun habe, dann ohrfeige mich bitte.«

Und da war sie, so grell wie ein Neonlicht, die Warnung, die er gebraucht hatte, um sich zurückzunehmen. Er gehörte noch viel mehr zu ihrem beruflichen Umfeld als ein Banker. »Ich soll dich ohrfeigen? Wusste gar nicht, dass du auf so was stehst.«

»Tue ich *nicht*.« Abrupt verblasste ihr Lächeln. »*Du* etwa?«

Lachend schüttelte er den Kopf. »Du bist doch diejenige, die mich gebeten hat, dich zu ohrfeigen.«

»Ja, aber nur, weil es jetzt unangenehm wird, wenn ich Randy sehe, und den Fehler will ich nicht noch mal machen.

Vielleicht sollte ich die Bank wechseln.« Sie runzelte die Stirn und tippte gegen die Getränkedose, als würde sie den Gedanken ernsthaft in Betracht ziehen.

Er umklammerte seine Bierdose fester. »Hat er irgendetwas versucht? Soll ich ihm einen Schuss vor den Bug verpassen?«

»Nein, keine Sorge. Die Chemie stimmte einfach nicht.«

»Das habe ich auch schon ein paarmal durch. Ist nicht schön. Aber wenn du diesen Kerl schon aus der Bank kanntest, hättest du das dann nicht schon vorher wissen müssen?«

»Das ist es ja. Normalerweise macht es Spaß, mit ihm zu flirten, aber beim Abendessen gab es überhaupt kein unterhaltsames Geplänkel, und wir fanden kein Thema, über das wir reden konnten.«

Sasha war witzig, interessant und einfühlsam. Ezra konnte sich nicht vorstellen, dass jemand kein gemeinsames Gesprächsthema mit ihr fand. Er konnte ganze Nächte mit ihr reden, ohne sich dabei zu langweilen. Manchmal kam es sogar dazu. Diese Nächte genoss er ganz besonders.

»Das ist mies. Aber bestimmt stehen die Kerle bei dir Schlange.« Genau wie er redete sie nicht viel über ihr Privatleben. Er nahm an, dass sie Dates hatte, doch soweit er wusste, hatte sie noch nie einen Mann mit auf die Ranch gebracht. Was vermutlich klug war, denn ihre Brüder würden jeden Mann einer genauesten Befragung unterziehen und ihm derart drohen, dass die meisten Kandidaten vermutlich den Schwanz einzogen. Für Ezra galt das nicht. Ihre Brüder beeindruckten ihn nicht, doch Sashas Verhältnis zu seinem Sohn war für ihn so kostbar, dass er die Flamme der Sehnsucht jedes Mal schnell löschte. Leider ließ sich sein Herz nicht so einfach austricksen. Wann immer er sie mit seinem kleinen Jungen sah, kamen sämtliche Emotionen an die Oberfläche, was es ihm umso schwerer machte, sich zusammenzureißen.

»Wohl kaum. Vielleicht sollte ich doch mal bei Cowboy Cupid reinschauen.«

»Bei dieser Dating-App? Auf keinen Fall. Das ist gefährlich, Sasha. Du weißt nie, mit wem du da gerade kommunizierst.«

»Bei meinem Glück sind es Hyde oder Taz.«

Nur über meine Leiche.

Hyde und Taz waren Ranchhelfer und ebenfalls Dark Knights. Sie waren gute Männer, und Ezra würde ihnen jederzeit beistehen, außer es betraf Sasha – denn sie waren dafür bekannt, sich Frauen zu teilen, und er würde nie zulassen, dass sie Sasha in die Hände bekamen.

»Du denkst doch nicht ernsthaft darüber nach, diese App zu benutzen?« *Sag einfach Nein, verdammt, denn damit kann ich nicht umgehen.*

»Ich weiß es nicht. Vielleicht.«

Er biss die Zähne zusammen. »Willst du denn bloß einen Mann fürs Bett? Denn dafür sind die meisten dieser Apps bekannt.«

»Das *weiß* ich«, versicherte sie ihm und strich dabei mit einem Finger über den Rand ihrer Dose. Sie setzte sich aufrechter hin und blickte ihn trotzig an, was ihn an damals erinnerte, als sie als Teenager so getan hatte, als hätte sie Erfahrung mit Jungs. »Was ist denn falsch daran, mit den großen Jungs zu spielen? Wäre doch schön, einen Typen zu finden, der weiß, wo's langgeht.«

Ein raues Lachen entwich ihm.

Sie kniff die Augen zusammen. »Warum ist das witzig? Ich bin eine gesunde junge Frau. Ich habe *Bedürfnisse.*«

»Wo's langgeht?« Was zum Teufel versuchte sie zu beweisen? Es war ja eine Sache, mit einem Mann zu schlafen, mit dem sie eine Weile ausgegangen war, aber sich einfach nur zum Sex treffen? Das war nicht die Sasha, die er kannte. Sie war fürsorglich und liebevoll. Sie hatte sich seine Klagen über seine fremdgehende Ex angehört, als er zu erschöpft gewesen war, um alles mit sich selbst auszumachen. Sasha gehörte nicht zu der Art von Frau, mit der man schlief und die man dann vergaß. Sie war die Art von Frau, die man auf Händen trug, mit der man Liebe machte und die man seiner Familie vorstellte, denn wenn sie einen einmal in ihr Herz gelassen hatte, würde man sie nie wieder gehen lassen.

»Halt dich von diesen Apps fern, okay?« Er trank einen Schluck.

»Warum? Ist ja nicht so, als gäbe es hier viele Kandidaten.«

Er stupste mit seinem Bein gegen ihres. »Hey, das fasse ich als Beleidigung auf.«

»Ach, bitte. Du weißt doch, dass du heiß bist. Alle Mädels im Roadhouse stehen auf dich.« Das Roadhouse war eine Bikerbar, in die sie alle häufig gingen. Die Kneipe gehörte Manny und Alice Mancini, den Eltern von Bobbie und Dares Verlobter Billie. Billie arbeitete dort Vollzeit, Bobbie Teilzeit.

»Aber nicht heiß genug für dich.« Er sagte es neckend, denn seine wahren Gefühle zu offenbaren, würde sein und Gus' Leben auf den Kopf stellen, und möglicherweise verloren sie Sasha dann sogar ganz.

Sasha verdrehte die Augen. »Du kennst mich doch schon ewig. Würdest du was von mir wollen, wüsste ich das wohl mittlerweile.«

»Ich habe mich dir doch schon vor langer Zeit offenbart, Lämmchen. Du hast mich abgewiesen und das hat meinem Ego ordentlich zugesetzt.« Sie hatten nie über die Nacht gesprochen, in der sie sich geküsst hatten. Ihm war nicht ganz klar, warum er es jetzt zur Sprache brachte. Als Therapeut wusste er, dass es helfen konnte, über vergangene Ereignisse zu reden, um sie richtig einzuordnen, aber als Mann, dessen Gefühle für eine Freundin im Laufe der Jahre immer tiefer geworden waren, war ihm durchaus bewusst, dass er hier gerade mit dem Feuer spielte.

Sie riss die Augen auf. »*Deinem* Ego? Du hast gesagt, ich würde schlecht küssen.«

»Nein. Ich habe gesagt, dass du noch nie einen Jungen geküsst hast.«

»Egal. Es war jedenfalls nicht nett.« Sie trank einen Schluck und Unmut funkelte in ihren Augen.

»Du hast ja recht. Ich war damals ein egoistischer Blödmann und ziemlich eingebildet. Aber mein Ego hat wirklich gelitten. Ich war noch nie von einem Mädchen abgewiesen worden, *nachdem* ich sie geküsst hatte.«

Sie verdrehte die Augen. »Wahrscheinlich hattest du mich fünf Minuten später bereits vergessen und hast mit einer anderen rumgemacht.«

»Da wäre ich mir nicht so sicher.« Es war nicht nur der Kuss gewesen, der Eindruck hinterlassen hatte, sondern das süße Mädchen, das sich von ihm nicht hatte einschüchtern lassen. Er trank sein Bier aus und tauschte die leere Dose gegen die volle.

Wieder runzelte sie die Stirn und blickte ihn aus ihren grünbraunen Augen neugierig an.

»Du hättest gar nicht auf dieser Party sein sollen, und das weißt du auch. Ich hab dich in dieser Nacht gereizt, versucht, dich zum Gehen zu bewegen, bevor du in Schwierigkeiten gerätst.«

Sie presste die Lippen aufeinander, betrachtete die Dose in ihrer Hand und ihre Wangen röteten sich.

»Ich hatte nicht erwartet, dass du mich küsst«, fuhr er sanfter fort, und sie hob den Blick wieder. »Ich hatte auch nicht erwartet, dass du mich aufforderst, dich zu küssen. Du warst schon eine entschlossene kleine Lady.«

Das brachte ihm ein Lächeln ein. »Ich konnte nicht zulassen, dass mich irgendein dahergelaufener frecher Kerl übertrumpft, und du hättest mir nur zu gern die Unschuld geraubt.«

»Verdammt richtig. Ich war immerhin ein notgeiler Teenager.«

»Wem sagst du das? Ich erinnere mich noch, als du das Programm mit meiner Mom durchlaufen hast. Du hast mit allem geflirtet, was nicht bei drei auf den Bäumen war.«

Das war eine schwere Zeit in seinem Leben gewesen. Ungefähr ein Jahr nach dem Weggang seiner Mutter war sein Vater Anwärter bei den Dark Knights geworden und hatte so viel Zeit und Energie darauf verwendet, vollwertiges Mitglied zu werden, dass Ezra auf der Strecke blieb. Er hatte sich zu einem richtigen Teufelsbraten entwickelt und in seinem letzten Jahr an der Highschool auf Drängen seines Vaters an einem neunzigtägigen Programm für Teenager mit Problemen auf der Ranch teilnehmen müssen. Die meisten der anderen hatten auf der Ranch gewohnt und gearbeitet, aber sein Vater hatte ihn abends zu Hause haben wollen. Ezra war jeden Tag nach der Schule auf die Ranch gegangen. Er hatte eine Therapie bei Wynnie gemacht und Arbeiten auf der Ranch verrichtet. Allerdings ahnte Sasha nicht, dass sie selbst der Grund war, aus dem er sich nicht gegen das Programm gewehrt hatte. Sobald sie von der Party verschwunden gewesen war, hatte er sich nach ihr erkundigt und herausgefunden, dass sie eine Whiskey war und auf der Ranch lebte, und er hätte alles dafür getan, sie wiederzusehen.

»Kannst du es mir verdenken?« Er trank noch etwas Bier. »Du warst heiß und die größte Herausforderung, die mir je untergekommen war. Völlig desinteressiert und hochnäsig.«

»Ich war nicht hochnäsig.«

»Und ob. Und du hast mich ständig angeflirtet.«

»Hab ich *nicht*.« Sie schubste ihn.

»Doch. Du bist in engen Jeans oder knappen Shorts und Stiefeln herumstolziert, nur um meine Aufmerksamkeit zu erregen, und wenn du dann gesehen hast, dass ich dich mustere, hast du hochnäsig das Kinn in die Luft gereckt und bist gegangen.«

»Das habe ich nicht gemacht, um dich auf mich aufmerksam zu machen. *Oh Mann*, du warst so arrogant. Ich habe dich …«

»Angeflirtet. Ich kenn dich doch.« Ezra zwinkerte ihr zu und genoss ihr spielerisches Geplänkel. Er trug viel Verantwortung, daher war er in Gegenwart der meisten Menschen recht ernst. Aber Sasha kitzelte den rebellischen Jungen aus ihm heraus, und er liebte es, mit ihr herumzualbern.

»Halt die Klappe. Das habe ich *nicht*.« Sie lachte, aber ihre rosa gefärbten Wangen verrieten die Wahrheit. »Du bist ständig in Schwierigkeiten geraten und damit wollte ich nichts zu tun haben.«

»Ich weiß nicht, wie du mir widerstehen konntest. Ich war doch verdammt sexy.«

»Du meine Güte.« Sie verdrehte die Augen.

»Damit lieg ich ja wohl nicht falsch.«

»Na schön. Du warst sexy, aber auch Ärger mit Ansage. Du warst genau die Art von Kerl, vor der mich meine Brüder immer gewarnt hatten, und so aufregend das auch war, hast du gleichzeitig unglaublich einschüchternd auf mich gewirkt.«

»Das glaub ich nicht.«

»Doch. Erinnerst du dich nicht mehr an das Erste, was du zu mir gesagt hast, als du auf die Ranch gekommen bist?«

»Das ist ein Augenblick, den ich nie vergessen werde. Du warst richtig verlegen und das war so süß.«

»Ich war schockiert, dich zu sehen. Ich kannte nicht mal deinen Namen, und plötzlich stellt mir meine Mutter den Jungen vor, den ich auf einer Party geküsst habe, auf die ich mich geschlichen hatte. Ich hätte richtig Ärger bekommen können, und sobald sie sich umgedreht hat, hast du geflüstert: *Hey, Lämmchen. Wie wär's mit einer Runde im Heu?*«

Er lachte leise.

»Das war nicht witzig. Ich bin fast im Erdboden versunken.«

»Ach, komm schon. Du warst vielleicht erschrocken, aber du warst auch fasziniert. Das habe ich in deinen Augen gesehen.«

»Hörst du wohl damit auf?« Sie schubste ihn erneut.

»Ich weiß doch, was ich gesehen habe.«

Sie versuchte, böse dreinzuschauen, aber die hochgezogenen Mundwinkel verrieten ihr Lächeln.

Er lehnte sich zurück, trank noch einen Schluck und dachte zurück an jene drei Monate und wie er jeden Tag hatte länger arbeiten wollen und jede Aufgabe an den Ställen und Pferdeweiden angenommen hatte, nur um einen Blick auf Sasha zu erhaschen. Er hatte sie an der Seite der Frau beobachtet, die damals mit den kranken Pferden gearbeitet hatte, und wie sie ihre Hausaufgaben im Stall machte, um beim Lernen in der Nähe der verletzten Tiere zu sein. Im Verlauf jener drei Monate war sein Respekt vor Sasha immer größer geworden, und schließlich hatte er sich zurückgezogen, als ihm klar geworden war, dass sie jemanden verdiente, der sein Leben im Griff hatte.

»Aber mal im Ernst, ich werfe dir nicht vor, auf Abstand gegangen zu sein. Deine Mutter, die Menschen auf dieser Ranch und auch die Arbeit hier haben mich vor mir selbst gerettet. Ich bin als rebellisches Kind ohne Respekt für irgendjemanden in dieses Programm gekommen und hatte am Ende mein Ziel gefunden und den Wunsch, mich zu beweisen.«

»Ich würde behaupten, das ist dir bravourös gelungen.«

»Danke, aber darum geht es mir gar nicht mehr.« Er nickte in Richtung Hütte. »Jetzt geht es darum, sicherzustellen, dass der kleine Mann da drin eine unbeschwertere Kindheit erlebt als ich.« Er hatte gehofft, Gus würde nicht mit denselben Schwierigkeiten konfrontiert werden wie er, aber aufgrund seiner unzuverlässigen Ex schien diese Hoffnung weit hergeholt zu sein.

Ihr Gesichtsausdruck wurde sanfter. »Du bist ein toller Dad, Ezra, und sieh doch nur, wo er aufwächst. Gus ist umgeben von Menschen, die ihn lieben. Wir lassen nicht zu, dass er in Schwierigkeiten gerät.«

»Sagt das Mädchen, das sich mit fünfzehn auf eine Party geschlichen hat und beinahe vom hungrigen Wolf gefressen worden wäre.«

Einen Moment lang blieb sie still. »Wir passen auf ihn auf.«

Sie sprach immer von *Wir*, wenn es um Gus' Wohlergehen ging, und an diesem Abend erkannte er, was für ein schönes Gefühl das in ihm auslöste. Er wusste, dass ihr *Wir* die Gemeinschaft meinte, alle auf der Ranch, die Gus kannten und liebten, aber es waren vor allem Sasha und ihre Familie, die ihm immer das Gefühl gaben, kein hilfloser alleinerziehender Vater zu sein.

»Wir können es versuchen, aber Teenager sind clever und stellen dumme Dinge an. Das gehört dazu. Ich hoffe nur, ihm genug Stabilität und Selbstvertrauen zu vermitteln, dass er sich nicht auf die Suche nach Ärger macht, der ihm über den Kopf wachsen könnte.«

Sie runzelte die Stirn. »Ich hatte Stabilität und Selbstvertrauen und habe trotzdem nach Ärger gesucht.«

»Ich weiß. Tut mir leid, dass ich damals so ein Blödmann war. Ich würde mir gern einreden, dass ich nicht mit dir im Auto auf der Party rumgemacht oder mich mit dir im Heu gewälzt hätte. Du warst einfach viel zu unschuldig für Typen wie mich.«

»Na klar.« Sie klang genervt und stürzte den Rest ihres Drinks hinunter. »Ich sollte gehen.« Sie stand auf, zog sich seine Jacke aus und legte sie auf den Stuhl.

Er erhob sich ebenfalls und fragte sich, warum sie plötzlich so aufgewühlt wirkte. »Alles okay?«

»Ja, alles super.« Sie trat nach rechts, während er gleichzeitig nach links ging, wodurch er ihr versehentlich den Weg versperrte. Dann wich sie in dem Augenblick zur anderen Seite aus, in dem er es auch tat. Sie ballte die Faust. »Sorry.«

Was zum ...? »Hey, Sasha?«

»Hm.« Sie blickte nicht zu ihm auf.

Er hob ihr Kinn an und erkannte in ihren Augen, dass sie mit Emotionen zu kämpfen hatte. »Was habe ich denn gesagt?«

»Nichts, was nicht der Wahrheit entspricht, aber ich muss nicht noch mal durchleben, wie peinlich ich damals war.«

»Wenn du aufgebracht bist, weil ich dich als unschuldig bezeichnet habe – ich meinte das nicht abwertend. Ich wollte damit vielmehr zum Ausdruck bringen, dass ich damals ein Scheißkerl war und nur hoffen kann, ich hätte dir nicht dein erstes Mal versaut, nur um mir eine kurze Befriedigung zu verschaffen.«

»Schon kapiert«, gab sie scharf zurück.

»Wirklich? Denn du hast gesagt, ich hätte dich doch bestimmt schon fünf Minuten nach unserem Kuss vergessen.«

Sie klappte den Mund zu. Dieser Hauch von Unschuld, den sie nie komplett verloren hatte, kam an die Oberfläche und zog ihn an wie damals vor all den Jahren, als er so deutlich wie die aufgehende Sonne zu erkennen gewesen war. Er wollte ihr versichern, dass diese Unschuld selten und gut war, und von ihr verlangen, dass sie sich von dieser verdammten Dating-App fernhielt, damit ihr kein Mistkerl diese Unschuld nehmen konnte. Aber dazu hatte er kein Recht. Daher versuchte er, ihren Ärger durch eine andere Wahrheit zu besänftigen.

»Wie schon gesagt *möchte* ich mir gern einreden, dass ich es nicht durchgezogen hätte.« Er konnte nicht widerstehen und strich mit dem Daumen über ihre Kieferpartie. »Aber nach diesem unvergesslichen Kuss kann nun wirklich niemand sagen, was passiert wäre.«

Sie öffnete leicht die Lippen, und er hätte schwören können, Hitze in ihren Augen aufsteigen zu sehen, aber in der nächsten Sekunde war sie wieder fort, und Sasha erwiderte knapp: »Schätze, das werden wir nie erfahren. Bis morgen.«

Herrje. Fantasiere ich etwa?

Er sah ihr nach, wie sie in ihren Wagen stieg und davonfuhr, und ermahnte sich, sein Verlangen in die hinterste Ecke zu verbannen, bevor es sie beide in Schwierigkeiten brachte.

Drei

Nach einer unruhigen Nacht voller Gedanken an Ezras Lippen auf ihren sowie der Enttäuschung darüber, Birdies Plan nicht in die Tat umgesetzt zu haben, war Sasha bereits im Morgengrauen draußen, um ihren Frust abzubauen, bevor sie nach den Pferden sah. Pferde spüren menschliche Emotionen, und viele der geretteten Tiere waren so schlimm misshandelt worden, dass sie unter Angstzuständen litten. Sie wollte auf keinen Fall riskieren, dass die Pferde ihren Stress wahrnahmen. Zum Glück gab es auf der Ranch keinen Mangel an Möglichkeiten, sich abzureagieren.

Mit den Händen fest um die Griffe des Quads raste sie auf ihrem Lieblingsweg über Steine und Spurrillen, während die Erinnerungen an den letzten Abend auf sie einprasselten. Sie hatte wirklich geglaubt, sie könnte es durchziehen und Ezra küssen. Doch als er auf einmal davon angefangen hatte, wie sie ihn damals geküsst hatte, war sie sofort in diesen peinlichen Augenblick zurückversetzt worden, in dem er ihr ihre Unerfahrenheit um die Ohren gehauen hatte. Sie hatte sich wieder zurückgezogen, aber dann hatte er mit dem Daumen über ihren Kiefer gestrichen. Diese Berührung sowie die dunklen Augen, die so oft in ihren Träumen auftauchten, hatten wie ein magischer Sog gewirkt. Beinahe hätte sie doch noch den Mut aufgebracht, ihn zu küssen. Sie verabscheute sich selbst dafür, gekniffen zu haben.

Sasha war kein Feigling und gab auch nie vorschnell auf. Die Überfürsorglichkeit ihrer Brüder hatte ihr in all den Jahren nicht viel Privatsphäre ermöglicht, aber auch dazu geführt, dass sie sich immer beweisen und zeigen wollte, dass sie dasselbe konnte wie sie. Na ja, fast alles. Dare vollführte tollkühne Stunts, die sie niemals in Betracht ziehen würde, und ihre Brüder waren Dark Knights, was Männern vorbehalten war, aber abgesehen davon konnte sie alles tun.

Bis auf Ezra zu küssen.

Sie beschleunigte und ihr Frust nahm wieder zu. Die Reifen schleuderten Dreck in die Luft, während sie sich einen Weg zwischen Bäumen und Furchen bahnte und dabei weiter über die Situation mit Ezra nachdachte. Bobbie behauptete immer, Männer wollten das, was sie nicht haben konnten. Sasha hatte diese Theorie bei Ezra nie bestätigt gesehen. Immerhin war sie jahrelang für ihn nicht verfügbar gewesen und auch das hatte keinen Unterschied gemacht. Aber vielleicht hatte sie ihm auch nie einen Grund gegeben, in ihr mehr als eine gute Freundin zu sehen, die manchmal mit ihm flirtete. Sie war immer auf ihrer Seite dieser unsichtbaren Grenze geblieben. Vielleicht musste sie ihn wie jeden anderen Mann behandeln. Ein bisschen Eifersucht bewirkte manchmal so einiges.

Sie lenkte um einen großen Ast herum und flog geradezu über eine Hügelkuppe. Dabei verspürte sie einen Adrenalinstoß. In der Ferne wurde das Ende des Wegs sichtbar, daher drehte sie den Gashebel noch einmal richtig auf. Der Motor dröhnte. Sie ließ den Weg hinter sich und raste in das hohe Gras hinter dem Haupthaus.

Ihre Entschlossenheit kehrte zurück. Sie war nicht mehr das unerfahrene kleine Mädchen.

Sie wusste, was sie wollte, und es wurde Zeit, dass sie diesen sexy Single-Vater endlich für sich gewann oder ein für alle Mal vergaß.

Den Rest des Morgens verbrachte Sasha in den Ställen und untersuchte die kranken Pferde. Sie nahmen hier misshandelte und vernachlässigte Pferde auf. Die meisten hätten wahrscheinlich nicht überlebt, wären sie nicht gerettet und wieder gesund gepflegt worden. Einige waren unterernährt gewesen und mussten einen strengen Fütterungsplan einhalten, andere erholten sich von verschiedenen Operationen, Verletzungen oder Krankheiten und die Mehrheit litt unter Angstzuständen. Aber auf der Redemption Ranch wurden die Pferde liebevoll versorgt und führten ein gutes Leben, mussten keinen Tag ohne Futter, ein Dach über dem Kopf oder Zuneigung zubringen. Genau wie die Menschen, die die Programme hier durchliefen, wurde jedes gerettete Pferd zu einem neuen Familienmitglied.

Sasha kümmerte sich liebevoll um die Pferde, maß Fieber, verabreichte Medikamente, tauschte Verbände aus, versorgte Wundnähte, brachte die Tiere nach draußen, die in Koppeln und auf der Weide herumlaufen durften, und kümmerte sich um alles, was sie sonst noch brauchten.

Gerade führte sie Gypsy herum, eine vierjährige Stute, die vor drei Wochen am linken Vorderbein operiert worden war, als sie ihren ältesten Bruder Doc, den Tierarzt der Ranch, den Hügel vom Haupthaus hinunterkommen sah. Doc war der

Denker der Familie, während sich Cowboy, der Größte und Überfürsorglichste ihrer Brüder, um die Ranchhelfer kümmerte. Dare war Therapeut und einer von Ezras engsten Freunden.

Doc winkte ihr zu und strich sich mit einer Hand durch seine kurzen braunen Haare. All ihre Brüder waren ebenso groß wie ihr Vater. Cowboy war eins dreiundneunzig und Dare und Doc waren kaum kleiner. Doc behielt seine Gedanken meist für sich, was ihm eine geheimnisvolle Aura verlieh. Er war sechs Jahre älter als Sasha und auch der Grund dafür, dass auf der Ranch das Verbot galt, etwas mit Kollegen anzufangen. Mit neunzehn hatte sich Doc in die Tochter eines Politikers verguckt, die einen Sommer lang ein Praktikum auf der Ranch absolviert hatte, und auch wenn Sasha nicht alle Details kannte, die zu ihrer Trennung und den neuen Regeln geführt hatten, wusste sie doch, dass ihre Beziehung kein harmonisches Ende gefunden hatte. Sie hatte zusehen müssen, wie sich Doc von einem übermütigen, ungestümen Teenager zu einem eher zurückgezogenen Beobachter entwickelte. Er konnte Frauen mit nur einem Blick verführen, aber mit keiner hielt er es länger als ein paar Wochen aus. Sie und Doc standen sich nahe, und er war so ein toller Mensch, dass sie hoffte, er würde sich irgendwann wieder erlauben, sich zu verlieben.

»Doc wird sehr zufrieden mit deinem Zustand sein«, sagte sie zu Gypsy, während sie die Stute auf der Koppel herumführte.

»Sie läuft gut«, rief Doc, als er den Zaun erreichte. »Irgendwelche Probleme?«

»Nein. Sie macht sich super. Sie ist selbstbewusst und zugänglich und ihre Wunde ist prima verheilt.« Sie tätschelte Gypsys Hals. »Noch ein paar Wochen und sie ist so gut wie neu.«

Docs Blick wanderte zu Hurricane, einem wunderschönen grauen Vollblut mit weißen Fesseln und einer weißen Blesse, der seit neun Monaten bei ihnen war. »Hat er Probleme gemacht?«

»Nicht mehr als üblich.« Hurricane konnte recht störrisch sein, doch daran war sie gewöhnt. Er hatte schon dreimal den Besitzer gewechselt und einige Verletzungen erlitten, bevor sie ihn vorm Schlachter gerettet hatten. Aber er hatte sich gut gemacht, allerdings waren sie etwas in Sorge, er könnte sich verletzen, wenn sie ihn zusammen mit den anderen Pferden hielten. Deshalb war er in einer Einfriedung auf der Koppel einer Wallachherde untergebracht, wodurch er auf sichere Weise die nötige Sozialisierung erhielt. »Eine der Katzen hat mir im Büro ein Geschenk hinterlassen. Würdest du dich für mich darum kümmern? *Bitte?*«

Glucksend schüttelte er den Kopf. »Ich werde nie verstehen, wie du bei Pferden die schlimmsten Wunden ertragen kannst, aber bei toten Mäusen zimperlich wirst.«

»Und ich werde nie verstehen, wie du so zimperlich in Bezug auf eine Beziehung sein kannst, wenn doch so viele Frauen um deine Aufmerksamkeit buhlen, also sind wir quitt.« Das brachte ihn immer zum Schweigen.

Er zog die Augenbrauen hoch. »Drehst du danach noch eine Runde? Ich komme mit.«

»Hab ich schon. Ich bin früh aufgestanden und mit dem Quad rumgefahren.«

Doc runzelte die Stirn. »Du fährst doch nur Quad, wenn du wütend oder gestresst bist. Was ist los?«

»Nichts. Ich hatte einfach nur Lust darauf.«

»Ach, bitte, Sasha. Wir wissen beide, dass du normalerweise keine Spritztouren in aller Herrgottsfrühe machst. Was bekümmert dich?«

»Keine Ahnung. Ich schätze, jetzt, wo Dare und Billie heiraten und Cowboy und Sully verlobt sind, habe ich über so einiges nachzudenken.« Dare und Billie waren seit ihrer Kindheit beste Freunde und Dare schon ewig in sie verliebt. Letzten Sommer waren sie endlich zusammengekommen und nun würden sie am Wochenende um den vierten Juli auf der Ranch heiraten. Cowboy hatte sich letzten Herbst heftig in Sullivan Tate verknallt, als sie auf der Suche nach Schutz vor einer Sekte auf die Ranch gekommen war. Im April hatten sie sich verlobt, aber noch kein Hochzeitsdatum festgelegt.

»Worüber denn so?«, erkundigte sich Doc.

»Alles. Das Leben. Die Zukunft.« Sie überlegte, was sie sagen sollte, während sie Gypsy auf der Koppel herumführte. Als sie sich Doc wieder näherten, sprach sie weiter. »Fühlst du dich jemals einsam?«

»Ist schwer, sich einsam zu fühlen bei all den Pferden, die unserer Pflege bedürfen.«

»Du weißt doch, was ich meine. Einsam, was eine richtige Beziehung angeht. Du bist über dreißig, hattest Zeit, dich auszutoben, und du bist ein toller Kerl. Sehnst du dich nicht nach diesem einen besonderen Menschen, mit dem du dein Leben teilen kannst?«

»Ich habe den Club und unsere Familie. Mein Leben ist erfüllt.«

»Das verstehe ich, aber wünschst du dir wirklich nichts Echtes mit einer Frau, abgesehen von ein paar Wochen guten Sex? Jemanden, mit dem du alles teilen kannst? Das Gute, das Schlechte, das Unheimliche, das Spaßige? Dare und Cowboy sind glücklicher, als ich sie je zuvor erlebt habe. Löst das in dir nicht den Wunsch danach aus, auch so etwas zu haben?«

Sein Kiefer mahlte sichtbar. »Sie haben Glück gehabt. So eine große Liebe ist schwer zu finden. Aber wenn dir das durch den Sinn geht, dann musst du vorsichtig sein …«

»Spar dir das. Ich brauche keine Lektion über die Gefahren des Datings von einem Mann, der sich wie eine Jahreszeit verhält.« Das sagten ihre Brüder über ihn, weil er nie länger als drei Monate eine Freundin hatte. »Jetzt bereue ich, dich gefragt zu haben.«

Doc breitete grinsend die Hände aus. »Es gibt zu viele Fische im Meer, um nur in einem Teich zu schwimmen.«

Sie verdrehte die Augen. »Würde ich so etwas sagen, würdet ihr mir einen Keuschheitsgürtel verpassen.«

»Wir haben schon einen bestellt.«

»Halt die Klappe«, sagte sie lachend. »Vergiss, dass ich was gesagt habe. Bleiben wir bei den Pferden.«

Nach ein paar weiteren Minuten voller Neckereien klärte sie ihn über den aktuellen Zustand der Tiere auf, und sobald er gegangen war, drehte sie noch eine Runde mit Gypsy und brachte sie dann zurück in den Stall. Sie verschloss gerade Gypsys Box, als Gus und Ezra eintraten. Ezra trug ein eng anliegendes T-Shirt, das seinen Bizeps umspielte, sowie ausgeblichene Jeans und schwarze Lederstiefel. Ihr Herz schlug schneller.

»Hi, Süße«, sagte Gus und grinste breit. Sie hatte ihm beigebracht, in den Ställen nicht zu rennen oder herumzuschreien. Seine wilden dunklen Locken wippten um sein niedliches Gesicht, während er Ezra in ihre Richtung zerrte.

»Hey, Gusto.« Sie zerzauste ihm das Haar und lächelte Ezra an, während sie gemeinsam den Stall verließen. Gus war in der Nähe der Pferde brav, aber mit seinen fünf Jahren auch voller unvorhersehbarer Energie. »Was macht ihr heute Vormittag?«

»Wir reiten aus, zur Wiese«, verkündete Gus aufgeregt. »Willst du mitkommen?«

Gus schaute ständig vorbei und lud sie jedes Mal zu allem ein, was sie geplant hatten, aber Sasha wusste, wie sehr Ezra die gemeinsame Zeit mit seinem Sohn schätzte. So gern sie auch jede Gelegenheit genutzt hätte, Zeit mit ihnen zu verbringen, gab sie Ezra doch die Möglichkeit zum Einschreiten, falls er mit Gus' Einladung nicht einverstanden war. Sie hockte sich vor Gus. »Lieb von dir, dass du fragst, aber ich möchte deine gemeinsame Zeit mit deinem Dad nicht stören.«

»Daddy macht das nichts aus. Er hat gesagt, dass ich dich fragen darf.« Er sah zu Ezra auf. »Stimmt's, Dad?«

»Stimmt, kleiner Mann, es sei denn, Sasha muss arbeiten oder hat etwas anderes vor.«

»Ich habe nichts vor.« Sie richtete sich auf, und Ezras Lächeln machte sie ganz nervös. Vielleicht konnte sie ihm ja heute sagen, wie sie empfand. »Und ich bin hier fertig, also habe ich Zeit.«

»Hurra. Dad, sie kommt mit!«, rief Gus.

Ezra lachte. »Ich habe sie gehört.«

»Komm, Süße.« Gus schob seine Hand in ihre. »Ich will mit dir auf Moxie reiten!«

Moxie war Sashas Pferd, eine sanftmütige, zehnjährige Percheron-Kreuzung, die sie vor sechs Jahren gerettet hatten.

Auf dem Weg zum anderen Stall, in dem die gesunden Pferde untergebracht waren, meinte Ezra: »Wir haben dich beim Frühstück vermisst.«

Sie freute sich, dass es ihm aufgefallen war. »Ich war mit dem Quad unterwegs und wollte früh mit meiner Runde bei den Pferden anfangen.«

Ezra runzelte die Stirn. Genau wie Doc wusste auch er, was

eine Ausfahrt mit dem Quad bedeutete.

»Damit du mit uns ausreiten kannst!«, rief Gus.

»Erwischt.« Sie drückte seine Hand. »Ich hatte gehofft, dass du vorbeikommst und mein Herz im Sturm eroberst.«

Ezra lächelte, was sie von innen heraus wärmte.

Sie dachte darüber nach, wie besonders ihre Freundschaft war und dass Augenblicke wie dieser nicht mehr so leicht oder häufig zustande kommen würden, falls sie Ezra ihr Herz offenbarte und er ihre Gefühle nicht erwiderte. Bei dem Gedanken fühlte sich ihr Magen an, als hätte sie einen Stein verschluckt. Sie musste noch ein wenig weiter die Fühler ausstrecken, bevor sie wirklich von der Klippe sprang.

»Komm mit, Daddy!« Gus nahm Ezras Hand, lief los und zog beide mit sich in Richtung Stall.

Sie mussten alle lachen, und über Gus' Kopf hinweg sahen Ezra und sie sich in die Augen.

»Ich glaube, *im Sturm erobern* kann mein Sohn.« Er zwinkerte ihr zu, und schon verschwand der Stein aus ihrer Magengrube, und Hoffnung keimte in ihr auf.

Der Morgen war wunderschön und sonnig. Ezras Pferd trottete hinter Moxie her und folgte Sasha und Gus auf dem ausgetretenen Weg durch Gebüsch, Gras und Steine. Sie ritten bereits seit einer halben Stunde, und Gus, der vor Sasha saß, hatte die ganze Zeit geplappert. Sasha war so geduldig wie eh und je, beantwortete seine Fragen und stellte selbst welche. Gleichzeitig brachte sie Gus immer etwas bei, erinnerte ihn daran, die Hand um die Zügel locker zu halten, zeigte auf bestimmte Bäume und

Sträucher und gefährliche Abhänge, die er auf einem Pferd nie hinunterreiten sollte. Als würde er nächste Woche selbst losreiten und sich an jedes Detail erinnern, das sie ihm gesagt hatte.

So verfuhr sie mit Gus bereits, seit er ein Baby war. Natürlich hatte sie sich genau wie ihre Mutter und Birdie hingebungsvoll um ihn gekümmert, aber gleichzeitig hatte sie ihn immer so behandelt, als würde er wie ein Schwamm Wissen aufsaugen. Ezra wollte gern glauben, dass sein Sohn all das Wissen und die Liebe in sich aufsog, aber es gab auch eine Menge Dinge, von denen er hoffte, sein Sohn könnte sie vergessen. Wie die Male, an denen seine Mutter ihr Besuchsrecht nicht wahrgenommen oder Urlaubspläne geschmiedet hatte, in denen er nicht vorkam. Gus war bereits so an die Unzuverlässigkeit seiner Mutter gewöhnt, dass es ihm nicht viel auszumachen schien. Doch Ezra behielt ihn genau im Auge, denn er wusste, dass diese Umstände eine Bindungsstörung fördern könnten.

Als die Wiese in Sicht kam, jubelte Gus. »Da ist sie! Dad! Da ist die Wiese!«

»Ich sehe sie, Kleiner.« An solchen Tagen, an denen Gus so unglaublich glücklich wirkte, wünschte sich Ezra jedes Mal, das alleinige Sorgerecht zu haben, damit Gus nie wieder vernachlässigt werden konnte. Aber ihm war bewusst, dass dies andere Komplikationen mit sich bringen würde, und daher schob er diese Gedanken wie so oft von sich.

Sasha sah mit leuchtenden Augen über die Schulter zu ihm, bevor sie sich wieder Gus zuwandte. Sie war ebenso glücklich über die fröhliche Stimmung seines Sohns wie er. Die halbe Nacht lang hatte er wach gelegen und darüber und noch über ein Dutzend andere Dinge nachgegrübelt. Beispielsweise wie

Sasha und er in diese Lage geraten waren. Nachdem er seine Probleme in den Griff bekommen und Sasha für sich abgeschrieben hatte, war er aufs College gegangen und hatte weiterhin jeden Sommer auf der Ranch gearbeitet. Es waren für sie beide geschäftige Jahre gewesen, in denen sie sich auf die Schule konzentriert, auf ihre Karriere hingearbeitet, Praktika gemacht, gearbeitet und ihr eigenes Leben geführt hatten. Aber durch die Ranch waren sie verbunden geblieben und in seinen Gedanken war sie *immer* präsent gewesen. Irgendwann hatte er seinen Master gemacht, und der Abend, an dem sie zum Feiern ausgegangen waren, hatte alles verändert.

Zu der Zeit war er mit Tina zusammen gewesen, die nie so begeistert von den Whiskeys gewesen war wie er. Daher hatte sie beschlossen, der Feier im Roadhouse fernzubleiben. Sie war ein hübsches Partygirl und eine gute Ablenkung vom Schulstress, aber keine Frau, mit der er eine langfristige Beziehung anstrebte. An jenem Abend im Roadhouse hatte Sasha Ezra zum Tanzen aufgefordert. Beim Tanzen hatte sie ihn mit diesen wunderschönen Augen angesehen und gesagt: *Ich bin so verdammt stolz auf dich. Aber auch wenn du in den Augen aller anderen ein professioneller Therapeut sein magst ... für mich wirst du immer mein Wolf im Schafspelz bleiben.* Und sämtliche Emotionen, die er so lange zurückgehalten hatte, waren auf einen Schlag bei ihm durchgebrochen. Jahrelanges lockeres Flirten und die aufkeimende Freundschaft wurden zu etwas Größerem. Zum Wichtigsten in seinem Leben. Sasha war das Wichtigste in seinem Leben. Er hatte es geschafft. Endlich war er Sasha Whiskeys würdig. In dem Augenblick wurde ihm klar, dass er darauf gewartet hatte, seit er siebzehn war. Und dass er mit Tina Schluss machen musste, damit er endlich die Frau für sich gewinnen konnte, die seit damals sämtlichen Platz in seinem

Herzen beanspruchte.

Diese Erkenntnis fühlte sich richtig an, daher hielt er auf dem Heimweg bei Tina, um ihre Beziehung zu beenden. Doch bevor er auch nur ein Wort sagen konnte, verkündete sie ihm, sie sei schwanger. Die Nachricht traf ihn wie ein Pfeil in die Brust. Er hatte so kurz davorgestanden, das zu bekommen, was er sich so sehnlichst wünschte. Aber er konnte sein Kind nicht im Stich lassen, so wie seine Eltern es bei ihm getan hatten. Daher hatte er Tina geheiratet und darauf gehofft, Gus die Stabilität und Liebe zu schenken, die ihm selbst nicht widerfahren waren.

Letztlich hatte sich doch alles anders entwickelt. Und heute war Sasha die Frau, der Gus vertraute und die er auf der Welt am liebsten hatte. Ezra war aus vollem Herzen seiner Meinung. Wenn er sie so mit Gus sah, erwischte er sich beim Sinnieren darüber, was hätte sein können. Aber gerade seinem Sohn zuliebe durfte er es nicht riskieren, alles über den Haufen zu werfen. So sehr er den Gedanken auch verabscheute, er hatte kein Recht, Sasha daran zu hindern, diese Dating-App zu benutzen. Sie verdiente es, glücklich zu sein, selbst wenn sie es nicht mit ihnen sein konnte.

Auf der Wiese wuchsen Wildblumen. Sie lugten durch das lange Gras, wucherten um Steine, Felsbrocken und Sträucher, so weit das Auge reichte. Es war einfach atemberaubend. Bei einer Baumgruppe am Bach saßen sie ab.

Sasha hob Gus vom Pferd. Während sie noch die Pferde an einem Baum festbanden, fragte Gus: »Darf ich?«, wie er es jedes Mal tat, wenn sie hierherkamen.

»Klar, Kleiner, aber halt dich vom Wasser fern.« Der Bach war zwar nur wenige Zentimeter tief, aber Gus stiefelte gern hindurch, und jedes Mal plumpste er dabei auf den Po und wurde pitschnass.

»Mach ich!«, versprach Gus und rannte durch das hohe Gras.

»Pass auf die Steine auf«, rief Sasha ihm hinterher.

»Weiß ich doch!«, brüllte Gus.

Als sie mit den Pferden fertig waren, stemmte Sasha die Hände in die Hüften und blickte Gus hinterher. »Er liebt diesen Ort genauso sehr wie ich, als ich noch ein Kind war.«

Ezra stellte sie sich als kleines flachsblondes Mädchen in Cowgirlhut und -stiefeln vor, wie sie hinter ihren Brüdern und Birdie herrannte. »Ich wette, du warst bezaubernd.«

»Na, klar doch.« Sie lachte, während sie Gus langsam folgten. »Auch wenn ich zugeben muss, dass Birdie noch süßer war als ich. Sie hatte dieses Lausbubenhafte an sich.«

Birdie war zierlich und schelmisch und hatte ihren eigenen Stil, der mitunter seltsam anmutete. Außerdem führte sie immer etwas im Schilde. Aber Sasha konnte sie nicht das Wasser reichen. Sasha war kämpferisch und wild, gleichzeitig jedoch süß und weiblich. Beim Paintball konnten es nur wenige mit ihr aufnehmen, sie mistete Ställe aus und spielte mit Gus im Dreck, und sie beschwerte sich nie über die Arbeit in eisiger Kälte oder glühender Hitze. Aber sie kuschelte sich auch gerne zusammen mit Gus unter weiche Decken und trug dabei ihre gemütliche graue Jogginghose und das rosa Sweatshirt, hatte die Haare zu einem Dutt hochgesteckt und blieb ungeschminkt.

»Birdie ist süß, aber ich bezweifle, dass sie süßer war als du.«

»Du sagst immer genau das Richtige«, meinte sie fröhlich und blickte Gus hinterher, der einen Felsbrocken ansteuerte.

»Tut mir leid, dass Gus dir ein Ohr abgekaut hat.«

»Du weißt doch, dass mir das nichts ausmacht.«

Er sah zu, wie Gus auf den Felsen stieg und wieder heruntersprang. »Hör mal, Sasha, ich hab über gestern Abend nachgedacht.«

»Du wirst mich doch nicht schon wieder in Verlegenheit bringen und mich noch mal durchleben lassen, wie peinlich ich als Teenager war, oder?«

»Du warst *nicht* peinlich, und es tut mir leid, wenn ich dich in Verlegenheit gebracht habe. Ich möchte mich nur entschuldigen, weil ich dir ausreden wollte, diese Dating-App zu benutzen.«

Sie runzelte die Stirn. »Oh. Schon okay. Du hast ja recht damit. Die ganze Sache scheint mir nicht sonderlich sicher zu sein. Ich hatte sowieso vor, mich eher in der näheren Umgebung umzusehen.«

»Ach ja?«

»Mhm. Flame hat mir gestern Abend noch geschrieben. Ich überlege, mit ihm auszugehen.«

Verdammt. Finn »Flame« Steele löschte als Feuerspringer Brände und war ein Dark Knight. Ezra konnte nichts Schlechtes über ihn sagen, abgesehen davon, dass Flame mit den meisten Frauen lediglich eine Freundschaft plus pflegte, und der Gedanke, dass sich Sasha in seine Liste von Eroberungen einreihen würde, war ihm zuwider. Vermutlich sollte es ihm besser damit gehen, sie an der Seite eines guten Freundes zu sehen, aber es war einfacher, so zu tun, als wäre sie mit niemandem zusammen, wenn er dem Mann, mit dem sie schlief, nicht jede Woche begegnen musste.

Er versuchte, sich lässig zu geben. »Ach ja?«

»Vielleicht. Wir sind schon lange befreundet, und ich weiß, dass ich ihm vertrauen kann, weil er nichts tun würde, was sein Ansehen im Club gefährdet. Und, na ja, er ist heiß und eindeutig interessiert. Was denkst du?«

Ich denke, du solltest gar keine Dates mehr haben und dafür mehr Zeit mit mir und Gus verbringen, weil ich ein egoistischer Mistkerl bin und dich für mich allein will. »Er hat einen gefährlichen Job.«

»Das macht ihn umso interessanter.«

Aber natürlich, vor allem im Vergleich zu einem Therapeuten, für den die größte Gefahr darin besteht, auf dem Weg ins Büro zu stolpern. »Er hat eine Menge Erfahrung mit Frauen und wird gewisse Erwartungen haben.«

Sie reckte das Kinn in die Luft. »Gut. Ich mag Männer, die wissen, was sie tun.«

Bildete er sich das nur ein oder wurde sie mit jedem Tag dreister?

»Daddy, Sasha, seht mal!« Gus warf einen Stein in den Bach.

»Gut gemacht, Kleiner.«

»Sehr schön, Gus.« Neugierig blickte Sasha Ezra an. »Genug von meinem Liebesleben. Was ist mit dir?«

»Was soll denn mit mir sein?« Er verschränkte die Arme und schaute zu Gus.

»Wo lernst du Frauen kennen?«

Diese Unterhaltung wollte er nicht führen. »In der Gegend.«

»In der Gegend? Zum Beispiel in Gus' Camp? Was machst du, gehst du mit den Single-Müttern aus?«

»*Nein!* Glaubst du wirklich, ich würde mich in seinem Camp nach einer Frau umsehen?«

»Woher soll ich das wissen? Vielleicht tust du es ja.«

Er funkelte sie an und senkte die Stimme. »Du kennst mich doch besser.«

»Und wo findest du dann die Frauen, mit denen du ausgehst?«

»Ich würde das, was ich tue, nicht als Ausgehen bezeichnen.«

Mit einem verspielten Gesichtsausdruck neigte sie den Kopf zur Seite. »Wie würdest du es denn nennen?«

Er kniff die Augen zusammen und knurrte warnend: »Sasha.«

»Was denn? Wenn du nicht mit ihnen ausgehst, was tust du dann? Hast du Sex mit ihnen? Benutzt du dafür eine App wie Tinder? Oder lernst du Frauen in Cafés kennen? Im Roadhouse? Und wie genau läuft das ab, wenn ihr nicht ausgeht? Seid ihr euch gleich einig, was ihr da tun werdet? Geht ihr zu ihr oder in ein Hotel? Ich muss da wirklich mal durchblicken.«

Nein, musst du nicht. »Diese Unterhaltung führe ich nicht mit dir.« Er starrte Gus an und schloss den Mund.

»Das ist unfair. Ich war ehrlich zu dir. Ich habe dir erzählt, dass ich Bedürfnisse habe, und ich vermute, die hast du auch. Warum willst du mir das nicht erzählen? Wir sind doch beide erwachsen.«

Er schüttelte den Kopf und zog angespannt die Schultern hoch.

»Vergiss es.« Sie winkte ab. »Ich frage einfach Flame.«

Den Teufel wirst du tun. Er umklammerte ihren Arm, beugte sich vor und fauchte: »Was willst du hören? Dass ich Frauen aufgabele, sie um den Verstand vögele und dann nie wiedersehe, weil ich zu viel Ballast mit mir herumschleppe, den ich niemandem aufbürden will?« Was zum Teufel machte er da? Er hatte in ihrer Gegenwart noch nie die Beherrschung verloren. *Scheiß drauf!* War wohl besser, wenn sie die Wahrheit über ihn erfuhr. »Das macht mich in deinen Augen zu einem Arschloch, oder?«

»Nein.« Sie schluckte schwer und ihr Blick war ernst. »Das bedeutet nur, dass wir beide unsere Bedürfnisse stillen und dass wir uns gar nicht so sehr unterscheiden.«

»Ich hoffe doch sehr, dass wir uns dahingehend unterscheiden.« Denn jetzt stellte er sie sich mit namenlosen, gesichtslosen Männern vor und wollte jeden Einzelnen von ihnen umbringen.

»Daddy! Süße!« Gus drehte eine weitere Runde um die Wiese. »Spielt mit mir!«

»Wir kommen!«, rief Sasha enthusiastisch und mit einem frechen Grinsen. »Dein Daddy hat mir gerade erzählt, wie gern er *spielt*.« Sie rannte hinter Gus her.

Verdammt richtig, ich spiele gern.

»Er liebt es!«, schrie Gus. »Stimmt's, Dad?«

Sasha warf ihm über die Schultern einen Blick zu und ihre Augen funkelten belustigt.

Was zum Teufel machst du da mit mir?

Es bedurfte sämtlicher Willenskraft, seine lüsternen Gedanken wegzusperren und in den Vatermodus zu wechseln. »Ganz genau, Kleiner.« Er sprintete hinter ihnen her und hob Gus schwungvoll hoch.

Der Junge quiekte begeistert. »Süße! Hilf mir!«

»Ich bring ihn zu Fall, Gusto!«

Sasha rannte auf sie zu und verlor dabei ihren Hut. Ihre blonden Haare flatterten als wilde Mähne hinter ihr, während sie die Arme um Ezra schlang, und Gus kreischte lachend, als sie alle zu Boden plumpsten. Ezra landete auf dem Rücken und hielt die beiden dabei fest gegen seine Brust gedrückt. Gus zappelte sich frei. »Ich wette, noch mal fängst du mich nicht!«

Während sein Sohn über die Wiese rannte, kam Sashas wunderschönes Gesicht in Ezras Fokus. Sie lag noch immer auf ihm, die Haare zerzaust, die üppigen Brüste gegen seinen

Brustkorb gepresst, ihre Hüften auf seinen. Sie fühlte sich viel zu gut an, als dass er es hätte ignorieren können. Prompt bekam er eine Erektion, und die Hitze in Sashas Augen verriet ihm, dass sie es bemerkte.

»Mmh. Daddy spielt wohl *wirklich* gern.«

Er kniff die Augen zusammen. »Seit wann bist du so eine Unruhestifterin?«

»Vielleicht war ich immer eine und es ist dir bloß nie aufgefallen.« Kichernd erhob sie sich und lief hinter Gus her. Ezra blieb im Gras liegen und dachte an all die schmutzigen Dinge, die er gern mit ihr anstellen würde.

»Auf geht's, Gus«, rief Ezra am Montagmorgen, nachdem er Gus' Lunchpaket für das Sommercamp vorbereitet und in seinen Rucksack gepackt hatte. Ezra vergewisserte sich, dass die Smartwatch seines Sohns in der Vordertasche steckte. Er hatte ihm die einfach zu bedienende Uhr vor sechs Monaten geschenkt, nachdem Gus ihm erzählt hatte, dass er ihn nach einem schlimmen Traum vom Haus seiner Mutter aus hatte anrufen wollen, was ihm von Tina verboten worden war. Ezra hatte Tina deswegen die Hölle heißgemacht, denn Gus sollte zwar eigentlich Trost bei seiner Mutter finden, wenn er sich fürchtete, doch Ezra traute ihr das nicht zu. Er hatte seine Telefonnummer, die seines Vaters und Sashas in die Uhr einprogrammiert für den Fall, dass Gus ihn in einem Notfall nicht erreichen konnte. Darüber hinaus hatte er mit Gus gründlich darüber gesprochen, was ein Notfall war. Albträume beispielsweise galten nicht als Notfall. Ezra hatte ihm erklärt, dass es zwar in Ordnung war, seinen Daddy nach einem Albtraum anzurufen, nicht jedoch die anderen. Zum Glück hatte sich sein Sohn an die Regeln gehalten und die Uhr bisher nur ein Mal benutzt, als er mit Fieber aufgewacht war. Tina hatte ihn nur zu gern noch am selben Abend wieder von Ezra abholen lassen.

»Bin bereit!« Gus kam aus seinem Zimmer geflitzt. Er trug seinen Cowboyhut, Shorts und Stiefel, aber kein Oberteil.

»Hey, kleiner Mann, wo ist denn dein T-Shirt?«

»Brauch ich nicht.«

»Und ob du das brauchst. Bitte zieh dir ein T-Shirt an.«

»Aber Dare sagt, Mädchen mögen Jungs, die keine T-Shirts tragen.«

Ezra nahm sich vor, mit Dare darüber zu sprechen. »Für das Camp gilt das aber nicht, außer ihr seid am Pool. Na, dann komm.« Ezra legte Gus eine Hand in den Rücken und betrat mit ihm das Kinderzimmer. Er holte ein T-Shirt aus Gus' Schublade, nahm Gus den Hut ab und zog es ihm über den Kopf. »Wen willst du denn überhaupt beeindrucken?«

Gus zuckte mit den Schultern.

Ezra hockte sich vor ihn, sodass sie auf Augenhöhe waren. »Kleiner Mann, gibt's da etwa ein Mädchen im Camp, das du ein bisschen mehr magst als die anderen?«

Gus schüttelte den Kopf, sodass seine Löckchen wild wippten.

»Wessen Aufmerksamkeit willst du denn dann damit bekommen?«

Gus' große braune Augen funkelten aufgeregt und er flüsterte: »Sashas.«

Welch süße Qual das nun wieder war. Ezra fühlte sich ein bisschen schuldig wegen dem, was er gestern zu Sasha gesagt hatte, und auch weil er erregt gewesen war, als sie auf ihm gelegen hatte. Dabei hatte sie sich den Rest des Nachmittags und beim Abendessen so fröhlich wie immer verhalten, während er deswegen fast den Verstand verlor.

»Gus, du musst Sasha doch gar nicht beeindrucken. Sie liebt

dich so, wie du bist.«

»Ich weiß, aber Dare sagt, er bekommt von Billie eine süße Belohnung, wenn er sein Shirt auszieht.«

»Ich schätze, du solltest nicht mehr so viel Zeit mit Dare verbringen.« Die Worte waren ihm bereits über die Lippen gekommen, bevor er es verhindern konnte.

»Wieso? Ich hab ihn doch so gern!«

»Das war nur ein Scherz. Ich hab ihn auch gern, Kleiner, aber wenn du nicht vorsichtig bist, hast du von dem vielen Zucker am Ende ganz viele Löcher in den Zähnen. Und das willst du doch nicht, oder?«

Gus schüttelte den Kopf.

»Gut, wie wär's dann also, wenn du dein T-Shirt anbehältst?«

»Okay«, versprach Gus widerwillig.

»Gehen wir lieber frühstücken, damit wir nicht zu spät kommen.«

Ezra fuhr zum Haupthaus und parkte vor dem massiven Gebäude aus Stein, Holz und Glas, das eher wie eine Ferienanlage aussah als wie ein Büro- und Wohngebäude, in dem alle, die auf der Ranch arbeiteten und wohnten, zu den Mahlzeiten zusammenkamen. Die Redemption Ranch vertrat das Konzept von Familie und Unterstützung, wozu auch die gemütliche Umgebung beitrug. Das Haupthaus verfügte über einen großen zweistöckigen Versammlungsraum, einen Kinosaal, Büros und Konferenzräume, einen großen offenen Essbereich mit mehreren Tischen im Landhausstil und eine Durchreiche zur riesigen Küche. In der zweiten Etage befanden sich die Schlafräume der Jüngeren, die hier ihr jeweiliges Programm durchliefen. Die erwachsenen Patienten wohnten in Hütten auf dem Gelände.

Auf dem Weg zur Tür steckte Ezra den Schlüsselbund ein.

»Dad, da steht Sullys Fahrrad! Wann darf ich Fahrradfahren lernen?«, fragte Gus.

Weil sie in einer Sekte aufgewachsen war, hatte Sully viele typische Kindheitserlebnisse verpasst, und nun sorgte Cowboy dafür, dass sie die Chance bekam, alle im Nachhinein zu erleben. Als sie es geschafft hatte, Fahrradfahren zu lernen, hatte sie sich gefreut wie ein Schneekönig, und seitdem fuhr sie damit überall auf der Ranch herum.

»Bald, Kleiner«, antwortete er, während sie eintraten.

Eine Geräuschkulisse aus Gesprächen und Gelächter aus dem Essbereich hallte ihnen entgegen. Da Ezra als Einzelkind aufgewachsen war, liebte er die stimmungsvollen Mahlzeiten auf der Ranch. Aber heute wurde er das Gefühl nicht los, dass er mit Sasha reden und reinen Tisch machen musste. Der sündige Traum, den er letzte Nacht von ihr gehabt hatte, war nicht gerade hilfreich. Vor allem, weil er ihn immer noch in allen lebhaften Details vor Augen hatte. Er bezweifelte, dass er die Bilder jemals vergessen würde: ihr köstlicher Mund, der seine Länge umschloss und in dem er kam, und wie sie nackt unter ihm lag, als er in sie stieß und sein Name wie ein geflüstertes Gebet über ihre Lippen drang.

»Komm, Dad!« Gus rannte durch den rechten Flur in Richtung Essbereich.

Er verfluchte sich dafür, erneut von diesem verdammten Traum übermannt worden zu sein. »Langsamer«, rief er seinem Sohn hinterher, aber der bahnte sich bereits einen Weg durch den Saal, wie er es an den meisten Vormittagen tat, und begrüßte jeden fröhlich mit Namen. Der Saal war gefüllt mit Whiskeys, Ranchhelfern, weiterem Personal und den aktuell hier wohnenden Patienten, und alle reagierten auf den eifrigen kleinen Jungen mit *Hey, Gus* oder *Guten Morgen, Kleiner.*

Danach wurde auch Ezra begrüßt.

»Hi, Tiny! Was isst du da?« Gus krabbelte auf Tinys Schoß.

Sashas Vater Tommy »Tiny« Whiskey war ein großer, bärtiger Biker, über eins neunzig groß, mit voluminösem Bauch, tätowierten Armen, wettergegerbter Haut und wachem Blick. Er hatte lange graue Haare, die er stets als Pferdeschwanz trug, und ein um die Stirn gebundenes Bandana. Ezra hatte ihn noch nie ohne seine schwarze Lederweste gesehen, auf deren Rückseite stolz die Aufnäher der Dark Knights prangten. Trotz seines weichen Körperbaus sah Tiny hart aus, und er war einer der körperlich wie auch emotional stärksten, loyalsten und unbestechlichsten Männer, die Ezra je kennengelernt hatte.

Ezra hatte Tiny verdammt viel zu verdanken, und erneut überkamen ihn Schuldgefühle, weil er davon fantasierte, schmutzige Dinge mit seiner Tochter anzustellen. Nachdem Ezra seine jugendliche, rebellische Wut überwunden und endlich zugehört hatte, wenn man mit ihm sprach, hatte Tiny ihm so einiges über Liebe, Familie, Loyalität und Brüderlichkeit beigebracht. Tiny war kein großer Redner, aber seine Worte hatten Gewicht und seine Emotionen konnte man noch von der anderen Seite einer Schlucht aus spüren. Ezra lernte, indem er beobachtete, wie Tiny Wynnie jedes Mal, wenn er ihr begegnete, mit einem Augenzwinkern, einer Berührung oder sogar einem Lächeln seine Zuneigung zeigte, wie er ihr den Stuhl zurechtrückte und sie bei all ihren Plänen unterstützte. Selbst ihre Art, sich zu streiten, wenn sie unterschiedlicher Meinung waren, zeugte von Liebe und Respekt. Die Art und Weise, wie sich Tiny um seine Familie und Freunde kümmerte, war ebenso spürbar. Ezra wusste, dass sein Vater ihn liebte, auch wenn er es nicht gut ausdrücken konnte. Er wusste auch, dass seine Mutter ihn geliebt hatte, als sie noch bei ihnen lebte. Vielleicht tat sie es immer noch – da konnte er nicht sicher sein. Wenn ja, war es keine Art von Liebe, die er nachahmen wollte. Aber eines wusste er mit Sicherheit: Ohne die Hilfe von Tiny und Wynnie hätte er nie gelernt, seine Liebe auszudrücken, zu verzeihen oder gar nach vorn zu blicken.

Er fing Tinys Blick auf und deutete auf Gus, womit er stumm fragte: *Soll ich ihn wegholen?*

Tiny winkte ab, und sein Bart zuckte, als er Gus grinsend ein Stück Speck reichte.

Ezra machte sich auf den Weg zum Büfett und sah, wie Sasha mit Sully plaudernd an ihrem üblichen Tisch bei Dare, Billie, Doc und ein paar Ranchhelfern saß. Die leeren Plätze neben Sasha waren Ezra und Gus vorbehalten. Darin und in der ganzen familiären Atmosphäre lag so viel Trost, dass er manchmal nicht glauben konnte, damals das Gefühl gehabt zu haben, nirgendwo hinzugehören. Ein weiterer Grund, aus dem er mit Sasha reinen Tisch machen musste. Er wollte nicht, dass irgendetwas zwischen ihnen stand.

Docs schwarzer Labrador Mighty strich gegen Ezras Bein und riss ihn damit aus seinen Gedanken. Er streichelte ihn. »Wie läuft's, Mighty?«

»Mighty!« Gus sprang von Tinys Schoß und der Hund trottete zu ihm. Gus kicherte fröhlich.

Sasha sah zu ihm hinüber und ihre Blicke trafen sich. Er hob das Kinn, und sie lächelte ihn an und hielt seinen Blick so lange gefangen, dass es ihm schon fast wie die neue Normalität vorkam. Er durfte nicht zu lange darüber nachdenken, sonst würde er seine Entscheidung, dass sie tabu war, noch über Bord werfen.

Er blieb an dem Tisch stehen, an dem Taz, Hyde und Sashas Cousin Rebel – der weder auf der Ranch lebte noch arbeitete, aber wie Birdie oft zu den Mahlzeiten vorbeikam – mit einigen anderen Ranchhelfern und Bewohnern scherzten, darunter zwei von Ezras Patienten: Paul, ein achtunddreißigjähriger Holzarbeiter, der die letzten zwölf Jahre wegen Drogenhandels im Gefängnis verbracht hatte und nun versuchte, sich mit seiner Familie zu versöhnen und in der Gesellschaft wieder Fuß zu fassen, und Mike, der mit seinen vierundzwanzig Jahren seit acht Monaten clean und nüchtern war. Er hatte einen zweijährigen Sohn und eine Frau, deren Vertrauen er zurückgewinnen wollte. Gute Männer, die eine schwere Zeit hinter sich hatten. Zum Glück zeigte das Programm Wirkung bei ihnen.

»Guten Morgen, Leute.« Er musterte Paul und Mike. »Machen euch die Jungs Schwierigkeiten?«

»Nee, Mann.« Taz winkte ab. »Wir treiben nur unsere Späße mit ihnen.«

»Alles cool«, bestätigte Paul und Mike nickte.

»Na gut, dann sehen wir uns später.« Er gesellte sich zu Cowboy und Wynnie ans Büfett, das vollbeladen mit Köstlichkeiten war, nahm einen Teller für sich und einen für Gus. »Dwight hat sich heute Morgen mal wieder selbst übertroffen.« Dwight Cornwall, ein Navy-Commander im Ruhestand, arbeitete hier als Verwalter und Koch, solange sich Ezra zurückerinnern konnte.

»Tut er das nicht immer?« Cowboy biss in ein Brötchen und legte sich zwei weitere auf den Teller. Er war so groß wie Tiny, aber deutlich muskulöser. Die Muskeln und den Appetit hatte er von seinen endlosen Arbeitsstunden auf der Ranch. »Steht elf Uhr noch?«

»Klar doch.« Cowboy kümmerte sich um die Patienten, die auf dem Feld arbeiteten, und traf sich wöchentlich mit Ezra, um ihre Fortschritte zu besprechen.

Cowboy nickte. »Wir sehen uns am Tisch.«

»Schatz, vergiss nicht, dass du heute Nachmittag damit anfangen wolltest, zusammen mit Dare die große Scheune für die Hochzeit auszuräumen«, erinnerte Wynnie ihn. Sie hatte sich im Laufe der Jahre kaum verändert. Noch immer trug sie die blonden Haare zu einem kurzen Zopf gebunden, zog Jeans und Cowgirlstiefel Röcken oder Kleidern vor und war so warmherzig und direkt, wie es ein Mensch nur sein konnte.

»Wir kümmern uns darum, Mom«, bestätigte Cowboy. »Wie lange arbeitest du heute, Ezra?«

»Mein letzter Termin ist um drei. Viertel nach vier kann ich Schluss machen. Wieso?«

»Würdest du uns mit der Scheune helfen, wenn du fertig bist?«, bat Cowboy.

»Klar. Ich muss nur um sechs Gus abholen.«

»Super. Danke.« Cowboy ging zum Tisch.

»Das ist nett von dir«, sagte Wynnie.

»Wird mir guttun, mir mal die Hände ein bisschen schmutzig zu machen.« Besonders, nachdem er sich mit Flame verglichen hatte. Er schluckte diese unangenehme Erinnerung herunter. »Wie geht's dir denn, Wynnie? Bist du schon aufgeregt wegen der Hochzeit?«

»Sehr sogar. Zu wissen, dass mein Junge die Frau heiratet, die er seit seiner Kindheit liebt, ist ein tolles Gefühl.«

»Kann ich mir vorstellen.«

»Das wirst du auch noch erleben, wenn Gus älter wird. Aber ansonsten fühlt sich der heutige Tag eindeutig wie ein Montag an. Wie sieht's bei dir aus?«

»Das mit dem Montag kannst du laut sagen«, bestätigte er, während er seinen und Gus' Teller befüllte. »Gus wollte ohne

T-Shirt zum Frühstück kommen, um deine Tochter zu beeindrucken, weil Dare wohl gesagt hat, dass er süße Belohnungen von Billie bekommt, wenn er kein T-Shirt trägt.«

»Grundgütiger.« Wynnie lachte leise. »Ich schätze, im Umfeld dieser grobschlächtigen Männer aufzuwachsen, hat auch einige Nachteile.«

Er sah, wie Gus an der Küchentür mit Dwight plauderte. »Er könnte unter keinen besseren Menschen aufwachsen, und es macht mir nichts aus, ihn bei Bedarf in die Schranken zu weisen. Aber ich glaube, ich werde Dare mal zu verstehen geben, wie genau Gus zuhört.«

»Viel Glück damit. Ich versuche schon seit dreißig Jahren, ihn im Zaum zu halten. Ich dachte, es würde leichter, nachdem er Therapeut geworden ist. Aber das alte Sprichwort *Was Hänschen nicht lernt, lernt Hans nimmermehr* scheint sich bei ihm zu bewahrheiten.« Wynnie lachte abermals. »Lass dir das Frühstück schmecken.«

Sie ging zu Tiny hinüber und Ezra machte sich auf den Weg zu seinem üblichen Platz. Wie immer fanden mehrere Gespräche gleichzeitig statt. Cowboy und Sully flüsterten miteinander. »Guten Morgen«, sagte er und stellte Gus' Teller neben Sasha ab.

»Hey, Ez«, begrüßte Sasha ihn verspielt. »Wie war deine Nacht?«

Voller Fantasien, in denen du die Hauptrolle gespielt hast. »Nicht übel.« Er beugte sich vor und sprach so leise, dass nur sie es hören konnte. »Was ich gestern gesagt habe, tut mir leid.«

Sasha runzelte die Stirn. »Warum? Wir alle brauchen doch ab und zu ein Schäferstündchen.« Sie biss in ein Würstchen und zog die präzise gezupften Augenbrauen hoch.

In welcher neuen Hölle lebte er hier gerade?

Er blickte sich suchend nach Gus um und beobachtete, wie Dwight ihm etwas in einer Serviette überreichte. Schützend legte Gus die Hände darüber und lief zu Sasha.

»Hi, Gusto. Was hast du denn da?«

»Das ist für dich.« Strahlend ließ Gus die Hände sinken.

Sasha klappte die Serviette auf und keuchte. »Mein Lieblingsgebäck! Wo hast du denn den Kirschplunder her?«

»Den hat Dwight extra für dich gemacht«, erklärte er mit seiner glockenhellen Kinderstimme.

Sie legte eine Hand auf ihr Herz. »Gus, hast du ihn etwa gebeten, das für mich zu tun?«

Gus nickte. Ezra war verblüfft. »Ich habe ihn schon vor ein paar Tagen gefragt, aber er hatte erst heute Zeit dafür.«

»Ach«, kommentierte Sully. »Du bist so süß, Gussy.«

»Willst du auch einen?«, fragte Gus.

»Nein danke. Ich bin satt.« Sully beugte sich vor und legte eine Hand neben ihren Mund, als wollte sie ein Geheimnis mit ihm teilen. »Verrat bloß Callahan nicht, dass es noch mehr gibt, sonst isst er *alle* auf.« Sie war die Einzige, die Cowboy bei seinem echten Namen nannte.

Gus kicherte. Cowboy tat geschickt so, als würde er sie nicht hören.

»Danke, Gus.« Sasha legte das Plunderstück auf ihren Teller und hob Gus auf ihren Schoß, um ihn dann fest zu umarmen. Verträumt blickte sie Ezra über die Schulter seines Sohnes hinweg an.

Er war noch nie eifersüchtig auf Gus gewesen.

»Dein kleines Kerlchen hat es richtig drauf«, meinte Dare. *Und er hat einen guten Frauengeschmack.*

»Von ihm kannst du noch einiges lernen«, ergänzte Billie. »Sasha ist ein guter Fang.«

»Danke, Billie«, gab Sasha keck zurück.

»Versuchst du, ihn in Schwierigkeiten zu bringen?«, fragte Doc, während sein Blick zwischen Billie und Ezra hin und her wanderte.

Billie wirkte perplex. »Wieso? Sie *ist* doch ein Fang.«

»Entspann dich, Doc«, sagte Ezra. »Sie erzählt mir nichts, was ich nicht längst weiß, genau wie du.«

»Guten Morgen! Eure Planerin der Junggesellinnenparty ist hier!«, verkündete Birdie, die gerade in den Speisesaal gestürmt kam, und zog damit die Aufmerksamkeit aller Anwesenden auf sich. Sie trug eine herzförmige Sonnenbrille und winkte mit etwas Weißem in der einen Hand und einer funkelnden Krone in der anderen. Ihr dunkles Haar war oben auf dem Kopf aufgetürmt und wurde von einer leuchtend gelben Spange festgehalten. Ihre Lippen waren rosa geschminkt, passend zu ihrem bauchfreien, schulterfreien Rüschen-Top. Ihre kurze Hose hatte auf der einen Seite einen Aufnäher der *Teenage Mutant Ninja Turtles* und auf der anderen ein Strichmännchen, das den Mittelfinger zeigte. Die langen rosa Bänder ihrer Riemchensandalen schlängelten sich um ihre Waden und waren unterhalb der Knie zu Schleifen gebunden.

»Hi, Schätzchen!«, rief Wynnie ihr zu. »Du kommst gerade rechtzeitig zum Frühstück.«

»Keine Zeit zum Essen, Mom.« Birdie stolzierte durch den Raum auf Billie zu. »Ich muss eine Junggesellinnenparty planen und in einer Stunde im Schokoladengeschäft sein.« Sie setzte Billie die Krone auf.

»Was habe ich dir gesagt?« Billie zerrte sich die Krone von den langen dunklen Haaren. Sie war keine Frau, die Schmuck und Glitzer liebte, sondern hatte als professionelle Motocross-rennfahrerin gearbeitet, bevor ihr und Dares bester Freund

Eddie, einer der drei *Draufgänger*, wie sie sich selbst nannten, bei einer schiefgegangenen Mutprobe ums Leben gekommen war. Sie hatte den Sport und so ziemlich alles andere, was ihr Freude bereitet hatte, aufgegeben. Doch als sie letztes Jahr mit Dare zusammengekommen war, hatte er es geschafft, diesen Teil von ihr wieder zum Leben zu erwecken. Mittlerweile kellnerte sie nicht nur im Roadhouse, sondern brachte auch Kindern das Motocrossfahren bei. Vor Kurzem hatte Dare auf der anderen Seite des Geländes eine neue Rennstrecke und ein Clubhaus für sie bauen lassen.

Birdie setzte die Sonnenbrille ab und stemmte eine Hand in die Hüfte. »Du hast gesagt, du willst Paintball und ein Lagerfeuer anstelle einer Party, aber das ist lächerlich. Jede Braut braucht eine Abschiedsvorstellung, und es obliegt der Trauzeugin und den Brautjungfern, eine zu organisieren. Bobbie, Sasha und ich haben einen tollen Plan. Sasha, unterstütz mich mal.«

»Ich finde, Paintball ist eine tolle Idee!«, rief Sasha.

Cowboy reckte die Arme in die Luft, grölte »Paintball« und gab Sasha ein High five über den Tisch hinweg, was zu Jubel und Aufruhr führte. Sie waren die amtierenden Paintball-Champions. Wochen hatten sie damit zugebracht, das Paintballfeld zu vergrößern, und wenn sie spielten, waren sie so verbissen wie echte Olympioniken.

Birdie verdrehte die Augen. »Echt jetzt, Sasha? Was wird aus unserem Plan?«

»Tut mir leid«, meinte Sasha. »Ich wusste ja nicht, dass Paintball eine Option ist.«

»Cowboy und ich sind Dares Trauzeugen und ich bin in der Angelegenheit auf Cowboys Seite«, kommentierte Doc.

»Pfff! Ist mal wieder typisch«, beschwerte sich Birdie.

»Kann ich Paintball mit euch spielen?«, fragte Gus, der

gerade ein Plunderstück mampfte.

Die Whiskeys hatten Paintball schon immer als Mittel eingesetzt, um Menschen zusammenzubringen. Der Sport ermöglichte es den Mitarbeitern und Patienten gleichermaßen, Dampf abzulassen, und sie hatten Gus stets mit in ihre Paintballspiele einbezogen. Einige von Ezras schönsten Erinnerungen beinhalteten einen dreijährigen Gus, der auf dem Paintballfeld herumtollte, beschützt von den Erwachsenen, während er sich zusammen mit ihnen versteckte und jeden Namen krähte, sobald er die jeweilige Person entdeckte. Er hatte sogar seinen eigenen neongelben Paintballanzug mit Reflektoren, damit ihn jeder sehen konnte.

»Natürlich kannst du mitspielen«, bestätigte Billie. »Das dürfen alle. Wir haben das Wochenende vor der Hochzeit dafür ins Auge gefasst.«

»Aber ich habe dir eine Schärpe und eine Krone gekauft!«, jammerte Birdie.

»Ich trage die Krone«, bot sich Simone, eine temperamentvolle Frau mit kastanienbraunem Haar, vom Nachbartisch an. »Ist vermutlich die einzige Krone, die ich jemals tragen werde.« Sie war vor zweieinhalb Jahren nach ihrem Entzug aus Maryland auf die Ranch gekommen, nachdem ihr Exfreund, ein Drogendealer, sie bedroht hatte und es dort für sie nicht mehr sicher gewesen war. Seitdem arbeitete sie auf der Ranch und machte gerade eine Ausbildung zur Therapeutin.

»So ein Quatsch«, widersprach Sully. »Du wirst den Mann deiner Träume schon noch finden, genau wie ich.«

»Du spielst in meinen feuchten Träumen die Hauptrolle, Simone, und in denen kannst du auch gern eine Krone tragen«, johlte Hyde, was zu allgemeinem Gelächter führte.

»Hey, hey«, mahnte Ezra. »Kleine Kinder anwesend.«

»War nur ein Scherz, Gus«, sagte Hyde.

»Moment mal, gibt's dann etwa auch keinen Junggesellenabschied für Dare?«, rief Rebel quer durch den Raum.

»Keine Stripperinnen?«, fragte Taz.

»Der Einzige, der hier strippt, ist Dare, wenn er für *mich* tanzt«, verkündete Billie.

»Genau, zeig's ihnen, Schätzchen«, rief Wynnie.

»Dann stock mal deinen Vorrat an Dollarscheinen auf, Baby«, kommentierte Dare, während er Billie für einen Kuss zu sich heranzog, worauf Pfiffe und Rufe folgten.

»Wie wär's denn mit Strip-Paintball, Kumpel?«, schlug Taz vor und löste noch mehr Gelächter aus.

»Was ist Strip-Paintball?«, wollte Gus wissen.

»Das findet hier nicht statt«, wiegelte Sasha ab.

»Bikini-Paintball?«, versuchte Hyde es erneut.

»Mit der Hälfte der Frauen hier bin ich verwandt. Können wir vielleicht noch ein paar ihrer Freundinnen rekrutieren?«, wollte Rebel wissen.

»Dann bleibt es trotzdem bei der Hälfte«, merkte Taz altklug an, was weitere Scherze und Kommentare hervorrief.

Das Geplänkel setzte sich während des gesamten Frühstücks fort, und als sich alle zum Gehen bereit machten, nahm Gus Sashas Hand und überredete sie, ihn nach draußen zu begleiten und ihn in seinem Kindersitz anzuschnallen. Dabei sah der Junge aus, als hätte er eine Reise nach Disney World gewonnen. Ezra nahm es ihm nicht übel. Er würde ebenso albern grinsen, wenn das süßeste Mädchen, das er je getroffen hatte, seine Hand hielt und ihn ansah, als hätte er ihr die Sterne vom Himmel geholt.

Sie schnallte Gus an und küsste ihn auf die Wange. »Bis bald, mein Süßer.«

Ezra klappte Gus' Tür zu und lehnte sich an den Wagen. »Sasha Whiskey, die Herzensbrecherin.«

Sie lächelte verschmitzt. »Ich glaube, andersrum wird ein Schuh draus. Gus ist ein kleiner Casanova. Er hat mein Herz gestohlen, als er noch ein winziges Baby war, und erobert mit jedem Jahr mehr von mir.«

Ezra kannte das Gefühl. Er verabscheute sich für das, was er jetzt fragen würde, aber er musste es wissen. »Und, hast du Flame auf ein Date festgenagelt?«

Ein schelmisches Glitzern erschien in ihren Augen. »Du willst wissen, ob ich Flame *genagelt* habe?« Sie beugte sich zu ihm herüber und flüsterte: »Über so was redet man doch nicht.«

»Herrgott, Sasha. So habe ich das doch gar nicht gemeint.«

»Ach, nicht?« Sie setzte eine Unschuldsmiene auf.

»Das weißt du genau.« *Was für Spielchen spielst du seit Kurzem mit mir?*

»Tue ich das?« Sie zuckte mit den Achseln. »Hab einen schönen Tag, Ezra, und gib mir Bescheid, wenn du auch genagelt werden willst.«

Verdammt. Er ballte die Fäuste, um sich davon abzuhalten, sie aufzuhalten und ihr zu zeigen, was er am liebsten mit ihr machen würde.

Sasha arbeitete ohne Mittagspause bis in den späten Nachmittag hinein. Als sie endlich Feierabend machte, war sie ausgehungert und ging zum Haupthaus, um dort den Kühlschrank zu plündern. Sie sah, dass Sully auf Beauty, einem Pferd, dessen Genesung sie letztes Jahr unterstützt hatte, von der Koppel zwischen dem Haupthaus und dem Paintballfeld herüberritt. Sowohl Sully als auch Beauty hatten seit ihrer Ankunft auf der Ranch viel erreicht. Sully war inzwischen selbstbewusst und glücklich und hatte als Illustratorin von Kinderbüchern ihre Nische gefunden. Wenn sie Zeit hatte, half sie Sasha mit den kranken Pferden. Sie besaß die Gabe, Kontakt zu ängstlichen Pferden aufzubauen und sie zu beruhigen. Sasha war der Meinung, dass es Sully so auch geschafft hatte, das Herz ihres einst griesgrämigen Bruders zu erweichen, denn sie war genau das, was Cowboy gebraucht hatte.

Und ich bin genau das, was Ezra und Gus brauchen. Selbst wenn das Ezra noch nicht bewusst ist. Sie wusste selbst nicht, wo der Einfall mit dem *Nageln* hergekommen war, aber sie hatte einen Funken Eifersucht in Ezras Augen bemerkt, und dieses Interesse wollte sie gern weiter schüren.

Sie winkte Sully zu und machte sich auf den Weg zur Küchentür. Dwight goss gerade etwas über Bleche voller Hähnchenschenkel. Er war ein großer Mann mit kahl geschorenem Kopf, einem tiefen V zwischen den Brauen, das wie eingebrannt wirkte, und stets glatt rasiert. Zudem arbeitete er hier, seit Sasha zehn oder elf Jahre alt war, und gehörte genau wie der Rest des Personals zur Familie.

Als sie eintrat, blickte er auf. »Dachte mir schon, dass du früher oder später auftauchst. Du hast das Mittagessen verpasst.«

»Zwei der Pferde, die wir letzte Woche gerettet haben, hatten einen schweren Tag. Es hat ein bisschen gedauert, sie zu beruhigen.«

»Zum Glück haben sie ja dich.« Er öffnete den Kühlschrank und nahm einen Teller mit Sandwiches heraus. »Bedien dich.«

»Vielen Dank. Sind die noch vom Mittagessen übrig?«

Er beäugte sie amüsiert. »Hast du die Bande mal essen sehen? Ich habe sie frisch geschmiert. Dare hat mich gebeten, ihm und den Jungs ein paar Sandwiches und Wasser in die große Scheune zu bringen. Sie räumen sie gerade aus.«

»Oh. Ich nehm mir ein Quad und bring alles hin, wenn du willst. Ich bin sowieso in die Richtung unterwegs.« Sie und Birdie hatten ein paar Sachen aus ihrer Kindheit in der Scheune gelagert, und Dare hatte sie gebeten, vorbeizukommen und ihnen zu zeigen, was weggeworfen werden konnte.

»Das wäre klasse.«

»Danke, dass du dich von Gus hast überreden lassen, die Kirschplunder zu backen.«

»Der Junge ist schon sehr charmant und außerdem waren sie ja für dich.« Er zuckte mit den Achseln. »Win-win. Den Rest habe ich eingepackt und Birdie für ihr Schokoladengeschäft mitgegeben.«

»Ich wüsste zu gern, ob überhaupt noch irgendwas dort angekommen ist.« Birdie mochte zierlich sein, aber ihr Appetit konnte es mit Cowboys aufnehmen. Während Sasha ein Sandwich aß, sah sie Dwight bei der Zubereitung des Abendessens zu. Er wirkte immer ernst und verhielt sich auch so, aber hinter dem strengen Äußeren verbarg sich eine Sanftheit, die ihr durch einige schwere Situationen wie Trennungen und den Verlust ihres ersten Pferdes geholfen hatte. Als sie jünger war, hatte sie sich ab und zu um Mitternacht aus dem Haus ihrer Eltern ins Haupthaus geschlichen, um in Eiscreme oder was auch immer vorrätig war Trost zu finden. Jedes Mal war Dwight nur wenige Minuten nach ihr in die Küche gekommen und hatte ihr Geschichten erzählt. Er wusste es zwar nicht, aber er hatte ihr Selbstvertrauen gestärkt, als sie am Morgen, nachdem sie Ezra geküsst hatte, nach Hause gekommen war und sich in ihrer eigenen Haut unwohl gefühlt hatte. Sie fragte sich, ob er ihr auch in ihrer jetzigen Situation helfen konnte. Sie musste vorsichtig sein. Dwight war ebenfalls ein Dark Knight, und sie wollte um jeden Preis verhindern, dass ihr Vater von ihren Gefühlen Wind bekam.

»Darf ich dir eine persönliche Frage stellen?«, fragte sie, als er sich die Hände wusch.

»Kommt drauf an.« Er stellte das Hähnchengericht in den Kühlschrank, nahm Kartoffeln aus einem Sack und legte sie in die Spüle.

»Hast du jemals jemanden gemocht, mit dem du zusammengearbeitet hast?« Sie wusste, dass er nie verheiratet gewesen war, aber abgesehen davon wusste sie nur wenig über sein Privatleben.

Er wusch die Kartoffeln. »Ich mag alle, mit denen ich zusammenarbeite.«

»Nein, ich meine, hattest du jemals Gefühle für jemanden aus deinem beruflichen Umfeld?«

Das V zwischen seinen Brauen vertiefte sich. »Ein Mal. Warum fragst du?«

»Meine Freundin arbeitet in der Bank und mag einen der Kassierer«, behauptete sie so überzeugend wie möglich. »Ich will sichergehen, dass ich ihr einen guten Ratschlag erteile. Wie bist du damit umgegangen?«

»Es gab nichts, womit ich umgehen musste. Ich war ihr Vorgesetzter. Es war nicht erlaubt, daher habe ich meine Gefühle für mich behalten.«

»Du hast es ihr nie erzählt?« Ezra niemals zu sagen, was sie empfand, erschien ihr unmöglich, schließlich konnte sie kaum noch an etwas anderes denken.

»Nein. Ich wusste, es würde darauf hinauslaufen, dass einer

von uns seine Karriere aufgeben muss, und ich wollte diese Entscheidung nicht forcieren.«

»Hast du sie sehr gemocht?«

»Kann man so sagen«, bestätigte er knurrig.

Das bekümmerte sie. »Weißt du, ob sie dich gemocht hat?«

Er sah angespannt aus. »Spielt keine Rolle.«

»Aber was, wenn sie die Liebe deines Lebens war?« Als er nicht antwortete, hakte sie nach: »Bereust du es, nichts gesagt zu haben?«

»Ich vergeude keine Zeit mit Reue.« Er schrubbte weiter die Kartoffeln. »Aber würde ich etwas im Leben bereuen, dann das.«

»Dann sollte meine Freundin also ihr Glück versuchen? Ich meine, um sicherzugehen, dass sie es später nicht bereut.«

Er schaute finster drein. »Das habe ich nicht gesagt. Ich kenne weder deine Freundin noch ihre Gefühle. Es gibt einen großen Unterschied zwischen Lust und Liebe und beide haben ihren Preis, das darfst du nie vergessen.«

»Ich glaube, es ist mehr als nur Lust. Sie mag ihn schon sehr lange.«

Er musterte sie so durchdringend, dass sie das Gefühl hatte, er könnte die Wahrheit hinter ihrer Lüge entdecken, daher lenkte sie das Gespräch schnell wieder auf ihn.

»Vielleicht kannst du dich ja jetzt bei dieser Frau melden.«

»Sie hat ein paar Jahre später geheiratet und das Militär verlassen.«

Jetzt tat er ihr noch mehr leid. »Oh. Das tut mir leid.«

»Muss es nicht. Ich hatte eine tolle Karriere.«

»Und außerhalb der Arbeit? Gab es jemals eine andere Frau, die du so gemocht hast wie sie?«

Er schüttelte den Kopf. »Nein.«

Sie spürte seine Traurigkeit deutlich und wusste, dass sie

eine Möglichkeit finden musste, Ezra ihre Gefühle zu gestehen, denn sie wollte sich nicht ihr ganzes Leben lang fragen müssen, was hätte sein können. »Vielleicht lernst du ja noch jemanden kennen.«

Er schnaubte. »Ich habe nicht vor, mich einer Frau aufzubürden. Und jetzt lass uns das Quad beladen, damit du hier raus bist, bevor die Jungs vor lauter Hunger Dreck in meine Küche tragen.«

Als sie vor der großen Scheune anhielt, verteilten sich darum schon verstreute Heuballen, ein alter Traktor, altes Pferdegeschirr, Kartons aus Birdies und ihrem Jugendzimmern, kaputte Skateboards, altes Werkzeug und eine Fülle von anderem Gerümpel. Sie parkte das Quad und folgte den Stimmen ihrer Brüder auf die andere Seite der Scheune.

»Ich könnte das den ganzen Tag machen«, prahlte Cowboy.

»Sully behauptet was anderes«, konterte Dare.

»Ich werde euch beide schlagen«, meinte Doc.

Bei dem sich ihr dort bietenden Anblick blieb sie wie erstarrt stehen. Die Männer hatten sich zwischen zwei Heuballen ausgestreckt, die Hände auf dem einen, die Füße auf dem anderen, und schwangen die Hüften, um die sie Hula-Hoop-Reifen trugen. Kenny Graber, ein Teenager, der ihr Programm durchlaufen hatte und auf der Ranch geblieben war, um dort in Teilzeit zu arbeiten und mit Billie Motocross zu trainieren, filmte sie mit seinem Handy.

»Was zum Teufel treibt ihr da mit unseren Hula-Hoop-Reifen?«

»Sie versuchen, meine Bestzeit zu schlagen«, verkündete Dare stolz.

»Er hat sie um zwanzig Sekunden übertroffen. Ich hab alles auf Video«, erklärte Kenny.

»Ihr seid doch verrückt«, kommentierte Sasha. »Lasst unsere Hula-Hoop-Reifen aus euren Cowboy-Stunts raus.«

Doc blickte in ihre Richtung und verlor das Gleichgewicht. »*Verdammt!*« Die Männer brachen in Gelächter aus, als er zur Seite fiel und dabei schimpfte, dass Sasha seine Konzentration gestört hätte.

Ihre Stimmen wurden zu weißem Rauschen, als sie nun hinter Doc auch Ezra entdeckte, der sich ebenfalls zwischen zwei Heuballen ausgestreckt hatte. Er trug kein Hemd, seine Jeans saßen tief auf seinen Hüften, auf seiner nackten Haut glitzerte Schweiß, und er spannte die Muskeln an, als er sich in die Luft stemmte und den Hula-Hoop-Reifen um die Taille wirbelte. Sie stellte sich vor, wie gut es sich anfühlen würde, nackt unter ihm zu liegen, während er mit seinem harten Schaft in sie stieß. Hitze schoss durch ihren ganzen Körper. Er sah zu ihr hinüber, ein Grinsen zog sich über sein attraktives Gesicht und ihre Kehle fühlte sich plötzlich staubtrocken an.

Doc stromerte zu ihr. »Hast du Wasser mitgebracht?«

»Ja, ich brauche Wasser«, murmelte sie abwesend und war nicht in der Lage, den Blick von dem Mann abzuwenden, der solche Fantasien auslöste.

»*Sasha*«, fauchte Doc, was sie aus ihrer Erstarrung riss.

»Entschuldige. *Ja.* Ist auf dem Quad. Ich hab auch Sandwiches mitgebracht.« Sie ging mit ihm um die Scheune herum und hoffte, dass ihm ihr lüsternes Starren nicht aufgefallen war. Trotzdem konnte sie nicht anders, sie musste noch einen letzten Blick auf den heißen Ezra Moore werfen.

»Hör auf zu starren«, knurrte Doc.

Verdammt! »Ich habe lediglich seine Hula-Hoop-Technik bewundert«, behauptete sie, während sie um die Ecke bogen.

»Na, klar doch«, grummelte Doc.

Er trank eine Flasche Wasser und sie hörte Dare und Cowboy wild miteinander diskutieren. Eine Minute später traten sie mit Ezra um die Ecke der Scheune. Wie magnetisch landete ihr Blick auf seiner glitzernden, breiten Brust und den Muskeln, die an seinen Hüften ein V bildeten und unter dem Bund seiner tief sitzenden Jeans verschwanden. Muskeln, die jede Frau schwach machen konnten.

»Hey, Sasha. Hast du Wasser für den Champ?« Ezra hob triumphierend die Faust.

»Hier.« Doc warf ihm eine Flasche zu.

Sie blinzelte ihre lüsterne Benommenheit weg. »Es wundert mich ja nicht, dass diese beiden Trottel so einen Unsinn veranstalten.« Dabei zeigte sie mit dem Daumen auf Dare und Cowboy. »Aber wie haben sie euch zwei zum Mitmachen bewegt?«

»Wir waren einfach sehr überzeugend«, antwortete Dare.

»Sie haben sie Angsthasen genannt«, ergänzte Kenny.

»Aber deshalb habe ich es nicht getan.« Ezra grinste frech. »Jemand musste diesen Jungs doch mal zeigen, wie sich ein Mann bewegt.«

»Das hast du anscheinend geschafft.« Sasha fächelte sich Luft ins Gesicht, was ihr böse Blicke von ihren Brüdern einbrachte.

»Ja. Ich hab's noch drauf.« Ezra trank etwas Wasser.

»Einen Scheiß hast du«, brummte Doc.

»Hey, sei doch nicht neidisch, bloß weil ich der Meister des Hüftschwungs bin«, sagte Ezra, und Cowboy und Dare prusteten los.

Darauf wette ich.

»Du kannst von Glück reden, dass Sasha mich unterbrochen hat«, erklärte Doc. »Sonst wäre ich noch immer dabei.«

»Dein Ruf sagt was anderes, Bro«, neckte Cowboy ihn.

»Genau«, stimmte Dare ihm zu. »Dass die Frauen nach ein paar Wochen das Weite suchen, spricht nicht für deine Manneskraft.«

Doc starrte sie an. »Das ist meine Entscheidung, nicht ihre. Wenn es nach denen ginge, würden sie mich alle an die Kette legen.«

Während sie sich gegenseitig aufzogen, trat Ezra zur Seite, um einen Anruf entgegenzunehmen. Sein Lächeln wich einem grimmigen Gesichtsausdruck. Sasha kannte nur eine Person, die seine Stimmung so schnell umschlagen lassen konnte: die verdammte Tina Moore oder, wie sie Gus' Mutter insgeheim nannte, die egoistische Hexe des Westens. Die Hexe hatte Sasha nie gemocht. Die wenigen Male, die sie einander begegnet waren, hatte sie Sasha böse Blicke zugeworfen oder abfällige Bemerkungen gemacht. Sasha war es egal, was Tina von ihr dachte, aber sie konnte es nicht leiden, wie sie Gus behandelte und Ezra ausnutzte.

»Danke fürs Herbringen«, sagte Cowboy und zog damit ihre Aufmerksamkeit auf sich, während er ein halbes Sandwich mit einem Bissen verschlang.

»Gern geschehen.«

»Kannst du die Kartons durchgehen und uns Bescheid geben, was du behalten willst?«, bat Dare.

»Klar.« Sie machte sich gleich ans Werk. Ihre Brüder und Kenny waren mit dem Essen fertig und fuhren damit fort, die Scheune auszuräumen. Sie beobachtete Ezra, der auf und ab ging. Jede seiner Bewegungen wirkte angespannt. Als er das Telefonat schließlich beendet hatte, kam er mit verkniffener Miene zu ihr herüber. »Alles okay?«

»Tina kann Gus morgen Abend nicht nehmen.«

»*Schon wieder nicht?*« Tina war nie sonderlich zuverlässig gewesen, aber im Laufe des letzten Jahres hatte sie immer weniger Zeit mit Gus verbracht. Normalerweise war Gus jeden Dienstagabend und jedes zweite Wochenende bei ihr, aber die Hälfte der Termine nahm sie nicht wahr. Letztes Thanksgiving hatte sie sich nicht einmal die Mühe gemacht, Ezra abzusagen. Er war mit Gus zu ihr gefahren, nur um vor verschlossener Tür zu stehen. »Ich habe keine Ahnung, wie diese Frau nachts ruhig schlafen kann, wenn sie ihren Sohn ständig enttäuscht. Gus sollte ihr Ein und Alles sein, stattdessen behandelt sie ihn wie ein lästiges Anhängsel.«

»Da hast du recht, aber so ist es nun mal.«

Sie wusste, dass er es ebenso schwer ertrug wie sie, wenn nicht sogar noch mehr darunter litt, aber er bemühte sich Gus zuliebe, kein zu großes Drama daraus zu machen. Was sie manchmal so aufbrachte, dass sie ihn am liebsten geschüttelt hätte, damit er zur Vernunft kam. Doch dies war nicht der passende Zeitpunkt. »Ich weiß. Tut mir leid, aber du weißt ja, dass ich bei allem, was Gus betrifft, zur Furie werde. Ich kann morgen Abend auf ihn aufpassen, wenn du bei der Church bist.« Die Church war das Clubtreffen der Dark Knights.

»Danke, Sasha, aber ich will dich nicht dauernd ausnutzen. Du bist nicht für Gus verantwortlich.«

»Ich weiß, aber du darfst das Treffen nicht versäumen. Möchtest du also lieber einen Babysitter suchen oder Gus bei dem Menschen lassen, den er abgesehen von dir auf dieser Ranch am liebsten mag?«

»Du kennst die Antwort auf diese Frage.«

»Dann ist es abgemacht.« Sie freute sich schon darauf, Zeit mit Gus verbringen zu können.

»Und es macht dir wirklich nichts aus?«

»Es macht mir nie etwas aus, mit meinem kleinen Lieblingsmenschen zusammen zu sein, aber überleg dir gut, worum du mich bittest. Deine nackte Brust könnte meine Fähigkeit, Entscheidungen zu treffen, gravierend beeinträchtigen.«

Er zog eine Augenbraue hoch. »Gus hat mir erzählt, dass Mädchen Jungs mögen, die keine T-Shirts tragen.«

Sie musste lachen, während ihre Brüder weiter Kartons aus der Scheune trugen und dabei Doc wegen seiner wechselnden Bettgeschichten aufzogen. »Ich kann mir schon denken, von wem er das hat. Aber jetzt noch mal Klartext: Du weißt, wie lieb ich Gus hab. Es gibt nichts, das ich lieber tun würde, als morgen Abend auf ihn aufzupassen. Aber jetzt musst du dir endlich dein Shirt anziehen, denn ich will hier Kartons durchschauen, und …« Sie zeigte auf seinen nackten Oberkörper. »… das da ist eine ziemliche Ablenkung.«

Er gluckste und ging dann kopfschüttelnd davon.

Der Anblick seines sich unter den Jeans deutlich abzeichnenden Hinterns war allerdings eine ebenso große Ablenkung. Und sie genoss jede Sekunde davon, bis er hinter der Scheune verschwunden war.

Fünf

Am Dienstagabend saß Ezra mit Sashas Brüdern und ein paar Freunden im Clubhaus der Dark Knights. Er war nie ein religiöser Mensch gewesen, und auch der Club hatte nichts Religiöses, aber die Verbindung zwischen den in diesem Raum versammelten Männern ließ sich durchaus als spirituell bezeichnen. Viele von ihnen hatten seinen Vater bei dessen Clubbeitritt gerettet und ebenso Ezra einige Jahre später, nachdem er Mitglied geworden war. Genau wie die Whiskeys hatte ihm der Club ein Zugehörigkeitsgefühl vermittelt und ihn unterstützt, was er damals dringend gebraucht hatte. Er war stolz darauf, Mitglied der Bruderschaft der Dark Knights zu sein.

Die Augen aller anderen waren auf Tiny gerichtet, der am Haupttisch neben Billies Vater Manny Mancini, dem Vizepräsidenten des Clubs, Platz genommen hatte, während sie Clubgeschäfte besprachen. Aber Ezras Aufmerksamkeit galt Flame, der mit Hyde und Taz am Nebentisch saß und auf seinem Handy herumtippte. Natürlich fragte sich Ezra, ob er gerade mit Sasha schrieb. Als sie vorhin zu seiner Hütte gekommen war, um auf Gus aufzupassen, hatte sie sündhaft sexy ausgesehen. Sie trug eine kurze Hose, ein süßes, eng anliegendes langärmeliges Top und Cowgirlstiefel, von denen sie jede Menge besaß. Er konnte es dem dunkelhaarigen Feuerspringer nicht verübeln, dass er versuchte, mit ihr anzubandeln. Für Flame wäre eine Beziehung zu Sasha anders als für Ezra nicht problematisch. Er arbeitete nicht für ihre Eltern, lebte auch nicht auf dem Gelände, und er hatte kein Kind, dem es das Herz brechen würde, sollte die Beziehung irgendwann in die Brüche gehen.

»Falls ihr euch noch nicht als Freiwillige für das Festival auf der Dorfwiese angemeldet habt: Wir brauchen weiterhin Leute, die für die Sicherheit vor Ort sorgen«, sagte Tiny und Ezra konzentrierte sich wieder auf das Treffen. »Wie üblich werden Wynnie und Alice die Freiwilligen koordinieren.« Alice war Billies Mutter und das Festival auf der Dorfwiese war eine einwöchige Veranstaltung mit Straßenverkauf, Livemusik im Park und vielen Verkaufszelten. Die Redemption Ranch und die Dark Knights hatten dort jedes Jahr einen Stand, an dem sie erklärten, wer sie waren und was sie taten.

Als Junge hatte Ezra solche Gemeindeveranstaltungen zusammen mit seiner Mutter besucht, was mit der kriselnden Beziehung seiner Eltern jedoch schon einige Jahre vor ihrem Weggang aufgehört hatte. Sein Vater war nur sporadisch und schließlich gar nicht mehr mitgekommen. Doch seit sein Vater dem Club beigetreten war, hatte er keine einzige Veranstaltung verpasst. Er war froh, dass sein Vater schließlich einen Sinn für Gemeinschaft und Familie gefunden hatte, auch wenn Ezra sich unweigerlich fragte, warum seine eigene Familie ihm das nie wert gewesen war.

Er blickte zu seinem Vater Samuel »Pep« Moore hinüber, der auf der anderen Seite des Raums saß. Einst hatten sie dasselbe tiefschwarze Haar, die scharfen Gesichtszüge und die breite Statur mit einer Körpergröße von eins achtundachtzig geteilt, aber mittlerweile war sein Vater größtenteils ergraut und auch im Gesicht sichtlich gealtert, und seine gebeugten Schultern ließen ihn kleiner wirken, als er war. Es hatte Ezra nicht überrascht, als er erfuhr, dass man seinem Vater den augenzwinkernden Bikernamen »Pep« gegeben hatte, weil er das Clubmitglied mit dem wenigsten Pep war. Er war wortkarg und lächelte nur selten. Nur bei Gus machte er eine Ausnahme.

»Der letzte Punkt auf der Tagesordnung ist unsere Rentier-rallye für das Hope Valley Hospital im August«, sagte Tiny und Ezra wandte seine Aufmerksamkeit von seinem Vater ab. »Zusätzlich zur Fahrt durch die Stadt veranstalten wir eine Spielzeugsammlung für die Kinder im Krankenhaus. Wer kann, sollte bitte mitmachen, nicht nur bei der Rallye, sondern vor allem beim Ausliefern der Geschenke an die Kinder. Bitte denkt dran, dass einige dieser Kinder das nächste Weihnachtsfest vielleicht nicht mehr erleben werden.«

Seit Ezra Vater geworden war, trafen ihn solche Aussagen umso mehr. Als Elternteil war man oft so machtlos. Er konnte Gus genauso wenig vor der Unzuverlässigkeit seiner Mutter bewahren wie davor, sich die Knie aufzuschürfen oder seinen ersten Liebeskummer zu erleiden. Er litt, wenn Gus leiden musste, und damit war er als Vater sicher nicht allein. Als Kind hatte er das Gefühl gehabt, sein Vater könnte Ezras Schmerz ausblenden. Mittlerweile hatte er genug über menschliche Gefühle und Traumata gelernt, um es besser zu wissen, auch wenn sein Vater nicht darüber sprechen wollte.

Ihm war außerdem völlig klar, dass das alles banal war im Vergleich zu der Machtlosigkeit, die die Eltern todkranker Kinder empfinden mussten. Da er sich diesen unermesslichen Schmerz gar nicht erst vorstellen wollte, konzentrierte er sich darauf, was Tiny über die Rentierrallye sagte.

»Wir werden unsere Motorräder dekorieren und alle darum bitten, sich festlich zu kleiden. Wynnie und ich werden als Weihnachtsmann und seine Frau mitmachen.«

»Dafür hast du die passende Plauze, alter Mann«, rief Doc, was allgemeines Gelächter hervorrief.

Tiny lehnte sich auf seinem Stuhl zurück und tätschelte seinen Bauch. »Dafür war jahrelange harte Arbeit nötig. Mit etwas Glück erweist ihr euch eines Tages auch als würdig, das Weihnachtsmannkostüm zu tragen.«

»Dafür müsste Doc aber sein Liebesleben auf die Reihe kriegen, sonst wird er der erste Single-Santa«, rief Rebel und brachte alle zum Lachen.

»Na gut, Jungs, beruhigt euch wieder. Es gibt noch weitere Themen«, mahnte Tiny und der Lärm ließ nach. »Falls ihr Vorschläge für die Motorraddeko oder eure Kleidung braucht, sprecht mit Wynnie oder Alice. Sie haben ein paar gute Ideen. Wynnie wird Sasha und Birdie bitten, sich als Weihnachtselfen zu verkleiden ...«

Sofort gingen Ezras Gedanken auf Abwege und er stellte sich Sasha in einem sexy grünroten Elfen-Outfit vor. Und dort verweilten sie für den Rest des Treffens.

Als alle aufstanden, um sich die Beine zu vertreten, sich Getränke zu holen und Billard oder Darts zu spielen, schrieb Ezra Sasha. Um seinen Sohn machte er sich nie Sorgen, wenn Sasha bei ihm war. Auch nicht, als Gus noch ein Baby gewesen war und Tina sich *freigenommen* hatte, sodass Ezra Gus mit zur Arbeit nehmen musste. In dieser anstrengenden Zeit hatten alle ihre Hilfe angeboten, wenn Ezra Zeit für seine Patienten brauchte, und Sasha war jedes Mal an vorderster Front gewesen. Warum also meldete er sich bei ihr, obwohl er erst seit ein paar

Stunden weg war? Weil er die letzten zwanzig Minuten damit verbracht hatte, sie sich in einem knappen Elfen-Outfit vorzustellen. Und das, nachdem er sich gefragt hatte, ob sie mit Flame schrieb, und obwohl er diese sexy Elfe nicht für sich beanspruchen durfte, konnte er doch zumindest dafür sorgen, dass sie an ihn dachte.

Ezra: *Wie läuft's?*

Sasha: *Super! Wir haben ein paar Bier gekippt und jetzt gehen wir gleich rüber zu Billies Rennstrecke, um ein paar Stunts zu üben.*

Er gluckste vor sich hin. Es war fast neun, vermutlich schlief Gus oder lag zumindest im Halbschlaf an sie gekuschelt, während sie ihm etwas vorlas. Ezra genoss diese Vorstellung noch ein wenig, bevor er antwortete.

Ezra: *Klasse. Sorg dafür, dass er keinen dieser lästigen Helme trägt.*

Sasha: *Keine Sorge. Ich habe ihm einen stachligen Iro geschnitten und ihn rot gefärbt. Da passt sowieso kein Helm drüber. Gehst du nach dem Treffen noch in eine Stripbar?*

Ezra: *Wie immer!* Er ergänzte ein Teufel-Emoji.

Wäre er mit siebzehn in einen Stripclub gekommen, hätte er ihn wahrscheinlich nie wieder verlassen, aber als Erwachsener war das nie sein Ding gewesen. Ab und zu genoss er es, im Roadhouse mit den Jungs ein Bier zu trinken, aber heute Abend wollte er nichts dringender, als nach Hause zu fahren und Zeit mit Sasha zu verbringen. Er richtete sich auf und steckte sein Handy ein.

»Hey, Mann. Kommst du noch mit ins Roadhouse?«, fragte Flame.

»Heute Abend nicht. Sasha passt bei mir auf Gus auf. Darum will ich nach Hause.«

»Cool. Dann sag ihr doch, dass sie noch ins Roadhouse kommen soll.«

»Mach ich, aber wartet nicht auf sie. Meistens quatschen wir noch ein bisschen.« Die Bande der Bruderschaft waren unzerstörbar, was jedoch nicht bedeutete, dass er nicht auch ein arroganter Mistkerl sein konnte, wenn die Eifersucht ihre hässliche Fratze zeigte.

»Du Glückspilz«, meinte Flame. Dare, Doc und Cowboy gesellten sich nun zu ihnen.

»Wirst du heute flachgelegt, Ezra?«, fragte Dare.

»Falls ja, dann von deiner Schwester«, kommentierte Flame lachend und ging.

Arschloch. »Ignoriert ihn.«

»Mach ich doch immer. Wir überlegen, am Sonntag nach Rocky Point rauszufahren. Bist du dabei?«, erkundigte sich Doc.

Jedes Wochenende fand eine Clubfahrt statt, und wenn er Zeit hatte, schloss Ezra sich ihnen an. »Ja, falls Tina nicht wieder kneift. Was ist mit dir, Cowboy?« Cowboy hatte einige der letzten Fahrten verpasst und dabei jedes Mal behauptet, mit Sully zu beschäftigt zu sein, um mitfahren zu können. »Oder ist Sonntag mittlerweile offizieller Sexy-Sully-Tag?«

Cowboy gluckste. »Jeder Tag ist Sexy-Sully-Tag.«

Doc klopfte ihm auf den Rücken. »Dann erledige diese zehn Sekunden einfach früher. Ich bin es leid, dass du die Sonntagsfahrten verpasst.«

Alle lachten.

»Habt einen schönen Abend. Ich rede noch mit meinem alten Herrn, bevor ich abdüse.« Ezra bahnte sich seinen Weg zu der Stelle, wo sein Vater mit Otto redete, einem umgänglichen Mann, dessen Frau Colleen ebenfalls Therapeutin auf der Ranch war. »Hey, Pep. Otto.« Seit er aufs College gegangen war, hatte er seinen Vater nicht mehr *Dad* genannt. Tatsächlich hatte ihm das Aberkennen dieser Rolle geholfen, weniger von seinem Vater zu erwarten.

»Hallo, Sohn«, begrüßte ihn sein Vater und sah ihn mit seinen dunklen Augen ernst an. »Wie geht es dir?«

Sohn. Ezra sehnte sich nach einer Umarmung oder nach etwas – *irgendetwas* –, das ihm das Gefühl geben würde, diese Bezeichnung wäre mehr als ein simples Wort, um ihn von all den anderen Männern zu unterscheiden, die sein Vater auf Armeslänge Abstand hielt. »Mir geht's gut. Und dir?«

»Kann mich nicht beschweren.«

»Hey, Ezra. Wie geht's deinem Jungen?«, fragte Otto so burschikos wie üblich.

»Super. Wird jeden Tag größer.«

»Ziehst du noch mit den Jungs los, während er bei Tina ist?«, fragte sein Vater.

»Nein. Sie konnte ihn heute Abend nicht nehmen. Er ist bei Sasha.«

Sein Vater runzelte die Stirn, sagte aber nichts.

Ezra war das unangenehme Schweigen seines Vaters bei Gesprächen mit anderen oder in Situationen, die bestimmte Emotionen hervorrufen konnten, mittlerweile gewohnt. Jedes Mal, wenn er versucht hatte, mit seinem Vater über Beziehungen zu sprechen, sei es die zwischen ihnen, die seiner Eltern oder Ezras Beziehung zu Tina, hatte sein Vater dichtgemacht. Selbst als er und Tina sich scheiden ließen, hatte sein Vater ihm nie einen Rat gegeben oder ihm sein Mitleid wegen des Scheiterns ihrer Ehe ausgesprochen. Es war so frustrierend geworden, dass Ezra schließlich aufgehört hatte, solche Themen anzusprechen. Nun existierten er und sein Vater auf einer Art von Mittelweg, den sein Vater als sicher oder bequem empfand,

Ezra jedoch einfach als sehr schade ansah. Er wusste, dass Pep nicht gut mit seinen Gefühlen umgehen konnte, aber er wusste auch, dass ihr Verhältnis nicht heilen konnte, bis sie sich darüber ausgesprochen hatten, was in ihrer eigenen Familie schiefgelaufen war.

»Das ist leider typisch für sie«, meinte Otto. »Ist wirklich eine Schande, welche Prioritäten sie setzt. Wie geht's Gus damit?«

»Er hat das schon so oft mitgemacht, dass er es gut weg-steckt.« Für Ezra hingegen wurde es immer schwerer, das einfach so hinzunehmen.

»Du bist ein besserer Mensch als ich«, sagte Otto. »Ich hätte ihr mittlerweile schon die Hölle heißgemacht.«

»Glaubst du, das hätte ich nicht getan?« Das hatte er schon viele Male, aber er musste mit Bedacht vorgehen, denn seiner Meinung nach war es für Gus besser, wenigstens etwas Zeit mit seiner Mutter zu verbringen als gar keinen Kontakt zu haben.

»Falls sie ihn dieses Wochenende nicht nehmen kann, bringst du ihn zu Grandpa«, schlug sein Vater vor. »Ich würde gern mehr Zeit mit ihm verbringen.«

»Mach ich. Brauchst du noch was, Pep?« Das fragte Ezra immer, auch wenn die Antwort jedes Mal gleich ausfiel. Er missgönnte Gus die Zeit mit seinem Großvater nicht, aber in solchen Momenten hätte er alles dafür gegeben, von seinem Vater zu hören: *Ja, mein Sohn. Hast du Zeit für ein Gespräch?* Er wusste, dass dieser Tag niemals kommen würde, konnte jedoch nicht aufhören, es sich weiterhin zu wünschen.

Sein Vater schüttelte den Kopf. »Alles gut.«

»Freut mich zu hören. Ich würde dich gern mal zum Mit-tagessen oder auf einen Drink einladen.«

»Nicht nötig. Wir sehen uns ja, wenn du Gus rüberbringst«, sagte sein Vater.

»Na klar. Schönen Abend noch.« Ezra ging durch die Vordertür hinaus.

Rebel stand neben seinem Motorrad und schaute auf sein Handy. Seine dunklen Haare verdeckten sein Gesicht, aber als Ezra vorbeilief, stieß er einen Fluch aus.

»Hey, alles okay?«, wollte Ezra wissen.

»Ja«, grummelte Rebel. »Aber mein Bruder Dallas hat mich gewarnt, dass meine Familie zu Dares Hochzeit aufkreuzt. Den Druck kann ich gerade echt nicht gebrauchen.«

Rebels Vater war der Gründer des Dark-Knights-Chapters in Upstate New York, und Rebel hatte Sailor Wicked, die Tochter des Vizepräsidenten, geheiratet, als er dafür eigentlich noch viel zu grün hinter den Ohren gewesen war. Vor ein paar Jahren war er nach einer chaotischen Scheidung nach Colorado gekommen, um bei seinen Cousins zu wohnen. Er hatte Ezra von Zeit zu Zeit davon erzählt, und zwei Dinge waren klar: Er war immer noch nicht über seine Ex hinweg und seine Familie wollte ihn wieder nach Hause holen.

»Ich hab Zeit, falls du reden möchtest«, bot Ezra an.

»Danke, aber ich glaube, ich würde lieber flachgelegt werden oder den Frust wegtrinken.« Er steckte das Handy ein.

»Na gut, aber falls du ihn tatsächlich wegtrinkst, dann steig nicht mehr auf dein Bike. Ruf mich an, falls du abgeholt werden willst.«

Rebel grinste kurz. »Ich plane Option eins, aber falls die fehlschlägt, bin ich nicht dumm genug, um betrunken zu fahren. Ich finde eine Mitfahrgelegenheit oder ruf dich an. Danke, Mann.«

»Jederzeit.« Während Ezra auf sein Motorrad stieg, fragte er sich, was wohl schlimmer war: eine Familie wie Rebels, die sich ständig einmischte, oder ein Vater, der überhaupt nicht präsent war.

Sechs

Als Ezra von der Church nach Hause kam, roch seine Hütte weiblich, süß und ungemein angenehm. Er kannte den Geruch nur zu gut, durchdrang er sein Leben doch bereits seit Jahren. Es war Sashas Duft. Sofort fühlte er sich belebter und mehr mit sich im Reinen. Er legte seinen Helm in den Schrank neben der Tür und betrachtete die Buntstiftzeichnungen, die Lego-Dinosaurier auf dem Couchtisch, die Sasha und Gus gebastelt haben mussten, und Gus' kleine Gitarre, die neben Sashas größerer auf der Couch lag. Sie hatte Gus letztes Jahr mit dieser Gitarre überrascht, als er sie gebeten hatte, ihm das Spielen beizubringen. Gus' Kinderzimmertür war geschlossen und aus der Küche hörte er das Klirren von Besteck. Als er sich auf den Weg dorthin machte, spürte er ein vertrautes Ziehen in der Brust. Das war das Zuhause, das er sich für seinen Sohn vorgestellt hatte. Bei zwei Menschen aufzuwachsen, die ihn abgöttisch liebten, in einem Heim, in dem er sich sicher fühlte, umgeben von mehr Familie, als er sich je wünschen konnte. Das Meiste davon hatte Gus, aber Ezra und Sasha als Paar, das blieb ein Ding der Unmöglichkeit.

Sasha stand in sexy Shorts und einem seiner Hoodies am Küchentresen und aß ein Stück der Spinat-Feta-Spanakopita, die er Sonntagabend zubereitet hatte.

Mit vollen Backen und großen Augen blickte sie zu ihm herüber, wie ein Kind, das mit der Hand in der Keksdose erwischt worden war. »Hey. Ich dachte, du gehst noch mit den Jungs einen trinken.«

»Ich wollte lieber nach Hause.«

Sie blickte auf das letzte Stück Spanakopita auf ihrem Teller. »Ich hoffe, es macht dir nichts aus, dass ich mir was davon stibitzt habe.«

Er liebte es, dass sie sich an seinen Sachen bediente, ohne das Bedürfnis zu verspüren, sich dafür zu entschuldigen. »Hat es mir denn je etwas ausgemacht?«

»Nein, zum Glück nicht, denn du hast dich wirklich selbst übertroffen. Das ist das Beste, was du je gekocht hast. Willst du einen Bissen?« Sie hielt die Gabel hoch.

Sah er nur das, was er sehen wollte, oder war ihr Blick verführerisch? Er zog ihn an wie ein Magnet. Er legte eine Hand über ihre und führte die Gabel zu seinem Mund.

»Richtig gut, oder?«

Mir kommt da etwas viel Köstlicheres in den Sinn. »Nicht übel.«

»Von wegen *nicht übel.*« Sie pikte ihn mit der Gabel und verspeiste das letzte Stück. »*Köstlich.* Abgesehen von deinem Mangel an Backtalent wirst du eines Tages einen fantastischen Ehemann abgeben.«

Er konnte beim besten Willen nicht backen. Jedes Mal, wenn er sich an Keksen für Gus versucht hatte, waren sie angebrannt. »Was das angeht, habe ich doch wohl schon das Gegenteil bewiesen.«

»Ich sag's gern noch mal: von wegen!«

Er hatte tatsächlich nicht sein gesamtes Herzblut in Tina

oder ihre Ehe gesteckt, aber darauf wollte er jetzt nicht näher eingehen. »Wie war's heute Abend mit Gus?«

»Gut. Wir hatten Spaß. Wir waren spazieren, haben Gitarre gespielt, Lego gebaut und gemalt. Er hat mich wieder gefragt, ob ich hier schlafen will.«

»Mein Kleiner hat einen guten Geschmack.«

»Schön, dass dir das auffällt«, kommentierte sie mit einem aufreizenden Lächeln.

»Hat er irgendetwas wegen seiner Mutter gesagt?«

Sie schüttelte den Kopf. »Das tut er nie, aber er hat wie immer gesagt, wie sehr er sich darauf freut, Daddy morgen früh zu sehen.«

»Wirklich?« Das schenkte ihm ein wohliges Gefühl.

»Ja. Das habe ich dir bestimmt schon mal erzählt. Und bei Tina weißt du ja, was ich von ihr halte. Sie verdient euch beide nicht.«

Sie wollte nicht nur Gus beschützen, sondern auch ihn, und auch das liebte er so sehr an ihr.

»Ich weiß, es geht mich nichts an ...«, sagte sie, trug ihren Teller zur Spüle und wusch ihn ab, »... aber ich verstehe nicht, warum du ihr weiterhin erlaubst, Gus zu sehen, wo sie ihn doch ständig im Stich lässt.«

»Ich erlaube es, weil ich nicht will, dass er sich so fühlt wie ich, nachdem meine Mutter gegangen ist.«

Sie legte Teller und Gabel auf das Abtropfgestell und drehte sich zu ihm um. »Du hast mir nie wirklich erzählt, wie du dich damals gefühlt hast, aber ich kann mir vorstellen, wie schrecklich es gewesen sein muss. Ich wäre verzweifelt gewesen, wenn meine Mutter verschwunden wäre und mich zurückgelassen hätte, ohne dass ich weiß, wohin sie gegangen ist oder warum.«

»Ich hab dir doch erzählt, dass ich lange völlig durch den

Wind war.«

»Ja, und du hast mir auch erzählt, dass das einen großen Anteil daran hatte, dass du so rebellisch warst, aber das verrät mir noch lange nicht, wie du dich *gefühlt* hast. Du und Gus, ihr seid mir wichtig, und ich will verstehen, wovor du ihn wirklich zu beschützen versuchst.«

Er mochte nur ungern etwas eingestehen, was sich viele Jahre lang wie eine Schwäche angefühlt hatte. Als ausgebildeter Therapeut wusste er, dass es keine Schwäche war, sondern eine Reaktion auf ein Trauma, das er vor Jahren verarbeitet und überwunden hatte. Das nahm ihm dennoch nicht das Unbehagen, sich einer Frau gegenüber zu offenbaren, die er bewunderte. Tatsache war jedoch, dass sie aufgrund ihrer engen Beziehung zu Gus ein Recht darauf hatte, es zu erfahren.

»Eine Mutter sollte ihre Kinder bedingungslos lieben und über alles andere stellen, so wie es deine Mutter tut. Als meine gegangen ist, hat sie mir das Gefühl gegeben, dass ich dieser Art von Liebe nicht würdig bin. Und dass mein Vater sich zurückgezogen und mich ausgeschlossen hat, machte die ganze Lage auch nicht besser.«

»Ich glaube, in dieser Situation würde sich jeder so fühlen. Es tut mir wahnsinnig leid, dass du das durchmachen musstest.«

Sie umarmte ihn und er genoss ihre tröstliche Wärme. Gleichzeitig fühlte sie sich viel zu gut an, und als sie mit einem warmen Blick zu ihm aufsah und sagte: »Ich hoffe, du weißt, dass du jeder Liebe würdig bist«, kam ihm das wie eine Einladung vor, sodass er sich zwingen musste, einen Schritt zurückzutreten.

Sich würdig zu fühlen war nicht mehr das Problem. Aber mit der Liebe seines Lebens glücklich zu werden? Das war eine ganz andere Geschichte. »Das alles ist lange her und ich habe diese negativen Gefühle hinter mir gelassen. Ich will nur nicht, dass Gus das auch durchmachen muss, und dachte daher immer, etwas Zeit mit seiner Mutter wäre besser als gar keine.«

»Jetzt, wo ich weiß, woher das rührt, kann ich es verstehen. Aber ich würde lügen, würde ich behaupten, dass mich Tina nicht wütend macht.« Ihre Miene wurde ernst. »Hast du deswegen die Spanakopita gemacht? Wegen deiner Mutter und Tina?«

Es hatte auch seine Schattenseiten, dass Sasha ihn so gut kannte. Er kochte dieses spezielle Gericht, das seine Mutter oft zubereitet hatte, nur dann, wenn ihn etwas belastete. Diesmal war jedoch nicht seine Mutter oder seine unzuverlässige Ex der Grund gewesen. Er hatte es Sonntagabend wegen all dem, was am Wochenende mit Sasha vorgefallen war, kochen müssen. Aber das würde er ihr kaum auf die Nase binden.

»Nein, da steckt nichts dahinter.«

»Was für ein Blödsinn, Moore. Du stehst nicht geschlagene zwei Stunden am Herd, wenn du nicht gerade über irgendetwas grübelst.«

»Lassen wir das Thema, Sasha.«

»Nein.« Sie trat näher an ihn heran, bis sie direkt vor ihm stand. »Ich rühre mich nicht von der Stelle, bis du mir erzählt hast, was los ist.«

Sie war viel zu süß und viel zu hartnäckig. Er schüttelte den Kopf und versuchte, sich das Lächeln zu verkneifen. »Hör auf damit.«

»Du kennst mich doch besser. Was hat dich so aus der Bahn geworfen?« Ihr Tonfall war verführerisch, und sie verstärkte das Ganze, indem sie ihn bei jedem Wort gegen die Brust pikte.

»*Sasha*«, warnte er.

»Hast du dir wegen Gus Sorgen gemacht?«

»Nein.«

»Geht's um eine Frau?«

Er knirschte mit den Zähnen.

»*Aha*«, trällerte sie. »Na, das ist doch mal interessant.«

»Sasha, *hör auf!*«

»Warum? Wir haben doch bereits festgestellt, dass wir beide erwachsen sind und Bedürfnisse haben. Nach dem, was du auf der Wiese gesagt hast, müsstest du doch wissen, dass du mir alles erzählen kannst.«

»*Grundgütiger.* Können wir das Thema bitte lassen?« Sie reizte ihn so, dass ihn die Erinnerung daran, wie gut sich ihr Körper auf seinem angefühlt hatte, erst recht erregte.

»Oh nein, wir« – sie pikte ihn erneut – »lassen« – *pik* – »das nicht.« Sie hob den Finger, um ihn noch mal zu piken, doch er legte eine Hand über ihre, sodass sie auf seinem Brustkorb verharren musste.

»*Stopp.*« Er trat noch einen Schritt vor, um dem Wort mehr Kraft zu verleihen.

»Nein.« Sie begehrte auf, presste sich an ihn. In seiner Hose regte sich etwas. »Soll ich noch etwas bei Gus bleiben, damit du rausgehen und dir irgendwo Erleichterung verschaffen kannst?«

»*Nein!*«, knurrte er, genervt davon, dass sie ihm sogar anbot, zu irgendeiner Frau zu gehen, wenn doch die einzige Frau, die er je gewollt hatte, direkt vor ihm stand. Er wusste nur zu gut, dass er auf Abstand zu ihr gehen musste, aber er konnte sich nicht davon abhalten, noch näher an sie heranzutreten, sodass sie zwischen ihm und dem Küchentresen eingekeilt war. »Ich mag keine One-Night-Stands.«

»Aber du hast doch gesagt ...«

»Ich weiß, was ich gesagt habe. Ich tue, was ich tun muss, denn ja, ich habe Bedürfnisse, und manchmal bekomme ich den

Kopf erst dann klar, wenn ich meinen Trieben nachgegeben habe. Aber das bedeutet nicht, dass es mir gefällt.«

Ihre Augen loderten, und verdammt, dadurch begehrte er sie noch mehr.

Sasha konnte kaum noch stehen, so sehr zitterten ihre Beine, aber es war so weit. In ihrem Herzen wusste sie, dass *sie* die Frau war, an die er gedacht hatte, und diesmal würde sie nicht zurückweichen oder verängstigt weglaufen. Seine Zurückhaltung war fast körperlich greifbar, doch sie war fest entschlossen, sie zu durchbrechen. Seine Handfläche auf ihrer Hand wurde immer wärmer, während sie die Finger über seine verkrampften Brustmuskeln gleiten ließ und mit dem Daumen über seine Brustwarze strich. Ezra versteifte sich. Er hatte sich immer so gut unter Kontrolle, doch sie spürte, dass er kurz davorstand, diese zu verlieren. Sie wollte diese Kontrolle auslöschen, ihn um den Verstand bringen und ihm zeigen, dass sie nicht länger ein ängstliches oder naives braves Mädchen war.

Sie krallte sich in sein T-Shirt, presste ihren Körper fester an ihn, wollte sein böses Mädchen sein. »Warum macht dich diese Frau so heiß?«

Er umschlang ihr Handgelenk, zog ihre Hand von seiner Brust und drückte sie an die Tresenkante. »Ich muss ständig an sie denken.«

»Sie muss ja was ganz Besonderes sein, dass sie dich so um den Verstand bringt.«

Er kniff die Augen zusammen. »Sie ist einzigartig.«

Sie legte die andere Hand auf seinen Brustkorb und hielt

seinem Blick stand. »Ich wette, du könntest jetzt etwas Erleichterung vertragen.«

Auch dieses Handgelenk umschlang er und drückte es auf die andere Seite. »Das ist unwichtig.«

»Ist es das?« Als sie sich mit der Zunge über die Lippen fuhr, verfolgten seine Augen jede ihrer Bewegungen. »Ist das nicht das Allerwichtigste?« Sie bewegte das Becken und rieb sich an ihm. Sein Knurren stachelte sie nur noch mehr an. »Sich das zu nehmen, von dem du weißt, dass wir es *beide* wollen?«

»*Scheiß drauf...*« Er presste den Mund auf ihren.

Es dauerte eine Sekunde, bis sie bemerkte, dass dieser Kuss echt war, und dann ... Dann gab es kein Halten mehr. Jahrelang unterdrückte Emotionen brachen aus ihr heraus. Sie stellte sich auf die Zehenspitzen, erwiderte jede Umgarnung seiner Zunge. Er hielt ihren Kopf fest, wie er es vor Jahren getan hatte, und neigte ihren Kopf, um den Kuss zu vertiefen, während er mit der Zunge vorstieß und dabei die Hüften vor und zurück bewegte. Ezra schmeckte nach Männlichkeit und Verlangen und war noch kraftvoller und selbstbewusster, als sie es in Erinnerung hatte. Geradezu gierig verschlang er sie. Sie war heiß auf ihn, wollte, nein – *brauchte* – alles, was er zu geben hatte. Er fuhr mit der Hand in ihr Haar und gab einen schroffen, verlangenden Laut von sich, der ihr Stromstöße durch den Körper jagte. Sie öffnete sich noch mehr für ihn, wollte seine Geräusche in sich aufnehmen, jedes Grollen in seiner Brust, jede Regung seiner Hüften spüren, bis alles ein Teil von ihr wurde. Seine Küsse waren verzehrend und ließen ihren gesamten Körper von den Fingerspitzen bis zu den Zehen kribbeln. Sie stand in Flammen, fühlte sich völlig in ihm verloren, stöhnte und rieb sich an ihm. Ihre Brustwarzen brannten und ihr ganzer Körper verlangte nach mehr.

»*Verdammt, Sasha*«, keuchte er an ihrem Mund.

Er liebkoste, biss, leckte und saugte und machte sie rasend. Seine Zähne schabten über ihren Kiefer, und er eroberte ihren Mund zurück, so rau und besitzergreifend, bis sie nicht mehr klar denken konnte. Dann hob er sie auf den Tresen und unterbrach den Kuss kaum, während er ihren Hintern mit beiden Händen packte, sie an den Rand zog, zwischen ihre Beine trat und so erregend die Hüften kreisen ließ, dass ihr Höschen feucht wurde. Ihre Küsse wurden immer drängender, ihr Atem heftiger. Er ließ die Hände über ihre Schenkel nach oben gleiten und ihr stockte der Atem. Schon schob er sie unter ihre Shorts, streichelte sie mit den Daumen durch ihren Slip und machte sie ganz benommen vor Lust. »*Ja*«, keuchte sie und griff nach dem Knopf seiner Jeans. Er erstarrte. Als sie sein »Verdaaaaammt« hörte, stieß sie die Luft aus. *Neinneinnein!*

Sie kniff die Augen fest zu, klammerte sich an ihn, vergrub das Gesicht an seinem Hals. »Sag es nicht.«

»Sasha …«

Sie schüttelte den Kopf, weil sie die Zurückhaltung in seiner Stimme hörte und in seinem Körper spürte. Nichts wünschte sie sich sehnlicher, als dass er den Kampf erneut verlor, dass er sie mehr wollte als das, was ihn zum Aufhören zwang. Obwohl ihr das Herz brach, zwang sie sich, seinen Blick zu erwidern. Er sah sie so gequält an, dass sie ihm einen Finger auf die Lippen legte. »Sag es nicht. Bitte *nicht*.«

Er legte eine Hand um ihre und küsste ihre Finger. Dann zog er sie weg und legte ihr die Hände an die Wangen. Sie versuchte, sich das Gefühl dieser Hände einzuprägen, wusste sie doch, dass sie sie gerade zum letzten Mal spürte. Er legte die Stirn an ihre.

»Es tut mir so verdammt leid. Ich will dich. Es gibt keine

Frau, die ich mehr will als dich. *Du* bist diejenige, an die ich andauernd denken muss. Aber wir können das hier nicht machen.«

»Warum nicht?« Ihre Stimme klang so gequält, wie sie sich fühlte.

»Gus. Deine Eltern. Dieser Ort. Mein *Job*. Es steht so viel auf dem Spiel.«

Sie wandte den Blick ab. Verlegenheit und Schmerz kämpften um die Vorherrschaft, als sie sich vom Tresen abstieß und auf wackeligen Beinen die Küche verließ. Er hatte nicht unrecht, aber in ihrem Kopf drehte sich alles. Überdeutlich spürte sie die Enttäuschung, die ihr bis ins Mark drang.

»Sasha, wir sollten darüber reden.«

Sie schüttelte den Kopf. »Ich kann nicht.«

»Aber …«

»Nein.« Sie nahm ihre Gitarre, reckte das Kinn in die Luft und gab ihr Bestes, um ihre Verzweiflung zu verbergen, bevor sie ihn wieder ansah. »Ist schon okay. Du hast recht. Es steht zu viel auf dem Spiel.« *Aber diesen andauernden Herzschmerz kann keine Frau auf Dauer ertragen.* »Tun wir so, als wäre das nie passiert.«

Sie ging zur Tür, und als sie gerade nach dem Knauf griff, sagte er: »Es tut mir so leid, Sasha. Gus liebt dich, und ich hoffe um seinetwillen, dass ich es nicht vermasselt habe.«

»Er wird keinen Unterschied merken.« Sie eilte aus der Tür und die Straße entlang, weigerte sich, den Tränen freien Lauf zu lassen.

Wie konnte ihre Schwester nur so falsch *und* gleichzeitig so richtig liegen? Sie hatte seine Küsse nicht zu etwas Größerem aufgebauscht, denn sie waren einfach alles, entführten sie in eine Welt, die sie nie wieder verlassen wollte. Aber er hatte sie daraus

verstoßen. Sie versuchte, den Kloß in ihrem Hals hinunterzu-
schlucken, schaute zu den Sternen hinauf und sagte sich, dass
das genau das war, was sie gebraucht hatte.

Jetzt wusste sie, wo sie bei ihm stand, und konnte ihr Leben
fortsetzen.

Warum tat es dann bloß so verdammt weh?

Sieben

Ezra versuchte, sich zu konzentrieren, als Gus ihm am Donnerstagabend auf dem Heimweg von seinem Tag im Camp erzählte. Er nickte und gab ab und zu ein »Hm-hm« von sich, aber seine Gedanken waren bei einer gewissen Blondine, die er seit gestern beim Frühstück nicht mehr gesehen hatte. Wie versprochen hatte sich Sasha Gus gegenüber wie immer fröhlich gegeben und war Ezra zwar nicht kalt, aber auch nicht warmherzig begegnet. Sie hatte ihm nicht einmal in die Augen geblickt und war so schnell wieder vom Frühstückstisch verschwunden, als wäre jemand hinter ihr her. Es fühlte sich grässlich an, denn er war selbst schuld an der Misere, weil er seinem Verlangen nachgegeben hatte, anstatt auf der sicheren Seite dieser unsichtbaren Grenze zu bleiben.

Gestern war sie nicht zum Mittagessen im Haupthaus aufgetaucht, und als er zu den Ställen mit den kranken Pferden gegangen war, um sie zu sehen, bevor er Gus vom Camp abholen musste, war sie schon weg gewesen. Er hatte an ihrer Hütte angehalten, aber ihr Wagen stand nicht dort. Auch das Abendessen hatte sie verpasst, und als er ihr geschrieben hatte, dass sie reden müssten, hatte sie nur mit *Nicht nötig. Ist alles okay* geantwortet. Daraufhin hatte er geschrieben *Ich sehe dich kaum noch* und sie hatte geantwortet *Viel zu tun.* Sie hatte ein lächelndes Emoji hinterhergeschickt, was er als gutes Zeichen wertete. Aber dann hatte sie heute erneut das Frühstück und das Mittagessen ausfallen lassen. Sie ging ihm eindeutig aus dem Weg, und das wurmte ihn gewaltig.

»Können wir das machen, Dad?«, fragte Gus vom Rücksitz.

»Sorry, Kleiner. Was noch mal?«

»Nach dem Abendessen Marshmallows rösten?«

»Klar doch.« Als er auf die Ranch einbog und zum Haupthaus fuhr, damit sie dort zu Abend essen konnten, machte er sich Vorwürfe, in Gus' Anwesenheit abgelenkt gewesen zu sein.

»Ich frage Sasha, ob sie mitmacht. Glaubst du, sie ist heute beim Abendessen?«

Er hoffte es inständig. Bei dem Versuch, es für Gus *nicht* zu vermasseln, hatte er genau das getan. »Das werden wir ja gleich sehen.«

»Ich will eine Astgabel suchen. Cowboy hat gesagt, die wären am besten, um Marshmallows zu rösten, weil man dann zwei gleichzeitig aufspießen kann. Denkst du, Cowboy und Sully machen auch mit?«

»Keine Ahnung, kleiner Mann. Du kannst sie gern fragen.« Er bog auf den Parkplatz vor dem Haupthaus ab und wünschte sich dabei, er könnte das, was mit Sasha vorgefallen war, einfach ausblenden.

»Sasha ist da! Und Sully auch! Los, park, Dad! *Schnell!*«

Ezra schaltete den Motor aus und seine Brust zog sich schmerzhaft zusammen. Sasha und Sully unterhielten sich an der Eingangstür. Sasha sah wie immer umwerfend aus, trug die Haare, die ihr bis über die Schultern ihres Tops mit V-Ausschnitt fielen, offen und leicht zerzaust. Sie hatte Jeans an, die ihre Kurven betonten, und die Cowgirlstiefel mit den

Blumenaufnähern, die sie beim Date mit dem Banker getragen hatte.

»Komm schon, Dad!« Gus löste seinen Gurt, sprang aus dem Wagen und rief aufgeregt: »Süße! Sully!«

Verdammt! Ezra stieg aus dem Bronco und machte sich auf den Weg zu ihnen, während Sasha bereits Gus hochhob. Sein Sohn schlang ihr die dünnen Ärmchen um den Hals und hatte sie ganz offensichtlich genauso vermisst wie Ezra. Er hatte weiter über die Situation am Dienstagabend gegrübelt, doch wie er es auch drehte und wendete, er wusste, es war richtig, sich um Gus' willen zurückzunehmen. Das Richtige zu tun hatte sich allerdings noch nie so verdammt falsch angefühlt.

»Wie war's im Camp?«, erkundigte sich Sasha.

»Richtig toll. Wir waren schwimmen und wisst ihr was?«, erzählte Gus aufgeregt, als Sasha ihn wieder absetzte.

»Was denn?«, fragten Sasha und Sully gleichzeitig.

»Ich schwimme schneller als alle anderen!«, rief er aus.

»Das ist toll, Gusto.« Sasha strahlte Ezra an. Aber es war nicht dasselbe flirtende Lächeln, mit dem sie ihn sonst bedachte. Es war die Art von Lächeln, das sie den Leuten schenkte, denen sie nicht nahestand.

Diese Erkenntnis traf ihn wie ein Schlag ins Gesicht. Er vermisste nicht nur ihr spezielles Lächeln, sondern das, was es über ihre Freundschaft aussagte. Verdammt noch mal, er vermisste es, sie bei den Mahlzeiten lachen zu hören, vermisste es, seinem kleinen Jungen zuzuhören, wie er aufgeregt mit ihr über alles plauderte, was sein kindlicher Verstand hervorbrachte, und er vermisste, wie sie Gus immer das Gefühl gab, etwas Besonderes zu sein. Wie das nach nur zwei Tagen möglich war, vermochte er selbst nicht zu sagen, aber er vermisste *sie*, und zwar sehr.

»Wow, Gus, das ist beeindruckend«, sagte Sully.

»Und wisst ihr, was ich noch gemacht habe?« Gus steckte eine Hand in die Vordertasche seiner Jeans und förderte ein zusammengeknülltes Stück Papier zutage. »Ich habe dir ein Bild gemalt!« Er reckte das zerknautschte Papier Sully entgegen. Die Marshmallows waren fürs Erste vergessen.

»Das hast du für *mich* gemalt?«, rief Sully enthusiastisch.

Gus nickte, wobei ihm die Locken in die Stirn fielen.

Es zerriss Ezra das Herz, als er an die Bilder dachte, die Gus am Dienstagabend zusammen mit Sasha gemalt hatte. Er hatte zwei Pferde gezeichnet, die eher wie Monster mit dicken Stampfern und stacheligen Haaren aussahen, mit zwei Strichmännchen auf dem einen und einem auf dem anderen. Es war nicht zu übersehen, wen das darstellen sollte. Sasha hatte lange gelbe Haare und Blumen, die zu groß für die Stiefel waren, welche er auf ihre Strichmännchenfüße gezeichnet hatte. Sich selbst hatte er mit lockigen dunklen Haaren vor ihr sitzend gemalt und Ezra auf dem anderen Pferd, mit großen Beulen für die Muskeln und schwarzen Haaren. Sein kleiner Sohn hielt ihn immer noch für eine Art Gott. Aber wüsste Gus, wie sehr Ezra Sasha wehgetan hatte, hätte er ihm mit Sicherheit die Leviten gelesen.

Keine Sorge, kleiner Mann. Dad macht sich schon selbst die ganze Zeit Vorwürfe.

Sully steckte sich die schulterlangen goldblonden Haare hinter das Ohr und glättete das Blatt.

»Tut mir leid, Sasha«, murmelte Gus. »Für dich habe ich kein Bild gemalt.«

Sasha zerzauste ihm die Haare. »Schon okay. Ich habe ja ganz viele Bilder von dir.«

»An deinem Kühlschrank!«, rief Gus aus.

»Genau, und in meiner Gusto-Kiste.«

Ezras Herz musste heute einiges einstecken. Sasha hatte eine Kiste mit Karten und Zeichnungen, die Gus ihr im Laufe der Jahre geschenkt hatte. Sie und Gus hatten die Kiste gemeinsam dekoriert, als er drei war.

»Oh, Gussy. Das finde ich ganz wunderbar! Danke.« Sully umarmte Gus. »Seht doch mal.« Sie zeigte ihnen die niedliche Zeichnung eines Strichmännchens auf einem Fahrrad, dessen Füße in Richtung der großen gelben Sonne gereckt waren.

»Das ist Sully auf ihrem Fahrrad«, erklärte Gus. »Wenn ich groß bin, möchte ich so malen wie sie.«

»Du bist jetzt schon ein großer Künstler«, erwiderte Sasha, den Blick fest auf das Bild gerichtet. »Man kann Sully deutlich erkennen.«

Sie versuchte ganz offensichtlich, Ezra *nicht* anzusehen, was ihn tierisch nervte. Er vermisste bereits jetzt die Blicke, die sie normalerweise tauschten, wenn Gus etwas Niedliches machte. »Das kann man wirklich. Gut gemacht, kleiner Mann.«

Sully drückte sich die Zeichnung an die Brust. »Die werde ich in Ehren halten. Ich nehme sie gleich mit rein, um sie Callahan zu zeigen.«

Während Sully hineinging, griff Gus nach Sashas Hand. »Gehen wir! Bevor Cowboy die ganzen leckeren Sachen aufgegessen hat.«

»Du musst ohne mich rein, Gusto. Ich habe heute Abend schon was vor.«

»Okay!« Gus rannte zur Tür und zog sie auf. »Komm, Dad! Ich will Sully und Cowboy wegen der Marshmallows fragen!«

»Ich komme gleich.« Er war dankbar, dass sein Sohn nicht mitbekam, wie er und Sasha sich anstarrten und welche Hitze und Wehmut zwischen ihnen schwelten.

»Okay!«, rief Gus und lief hinein.

»Hast du jetzt vor, mir dauerhaft aus dem Weg zu gehen?«

»Ich gehe dir nicht aus dem Weg«, entgegnete sie tonlos. »Ich sagte nur, dass ich schon was vorhabe.«

»Mit Flame?« Die Frage war ihm herausgerutscht, bevor er es verhindern konnte, und er wusste, dass ihn das zu einem Blödmann machte. Kapitulierend hob er die Hände. »Entschuldige. Antworte gar nicht darauf. Das geht mich nichts an. Es tut mir leid, dir wehgetan zu haben. Ich hätte mich nicht hinreißen lassen dürfen.«

»Vergiss es einfach. Ich hab das schon getan.« Und damit drehte sie sich um und ging davon.

Er sah zu, wie sie in ihren Wagen stieg und wegfuhr. Er war bereits mit vielen Frauen im Bett gewesen und danach einfach gegangen, ohne einen weiteren Gedanken an sie zu verschwenden. Aber nachdem er Sasha geküsst hatte, fühlte sich sein Herz an, als würde es ihm aus der Brust gerissen. Wäre er sein eigener Patient, würde er das Ganze detailliert von allen Seiten durchleuchten. Stattdessen verdrängte er den Schmerz, verstaute ihn dort, wo er seine jugendliche Rebellion, die Vernachlässigung durch seine Mutter und seine gescheiterte Ehe vergraben hatte. Die Ehe, die er über seine Gefühle zu Sasha gestellt hatte in der Hoffnung, seinem Sohn das zu geben, was er nie gehabt hatte.

Das war der größte Fehler seines Lebens gewesen.

Vor sechs Jahren hatte er sich für die falsche Frau entschieden und all seine Energie darauf verwendet, Gus ein tolles Leben zu ermöglichen. Ein Leben, das jetzt so sehr mit der Ranch und Sashas Familie verbunden war, dass er auf ewig den Preis für seine falsche Entscheidung zahlen musste.

Als er hineinging, verstand er ein klein wenig besser, warum sein Vater Gespräche über die Vergangenheit mied wie der Teufel das Weihwasser.

Acht

Früh am Freitagmorgen zog sich Sasha einen Hoodie – ihren, *nicht* Ezras –, Jeans und Turnschuhe an und fuhr mit einem Quad los. Sie schlängelte sich den zerklüfteten Pfad hinauf zu ihrem Lieblingsplatz zum Nachdenken, der hoch oben auf dem Kamm eines Hügels lag. Jeder in ihrer Familie hatte seinen Lieblingsplatz und sie kannte auch die meisten davon. Sie war ein cleveres Kind gewesen. Wenn ihre Brüder mit Quads oder Geländemotorrädern losgezogen waren, hatte sie ein Pferd gesattelt und war ihren Spuren gefolgt. Das hatte sie auch tun müssen, um ihren eigenen Platz zu finden, an dem sie sich vor der Welt verstecken konnte. Mit zwölf hatte sie ihn gefunden. Dafür waren mehrere Wochen nötig gewesen, in denen sie im Morgengrauen aufgestanden und die Wege abgeritten war, bis sie den passenden Ort gefunden hatte.

Die Bäume wichen einer Lichtung. Sasha verlangsamte das Tempo, fuhr über den staubigen Boden bis zum Fuß *ihres* Felsvorsprungs und schaltete den Motor aus. Sie atmete die frische Bergluft ein, kletterte auf den größten Felsblock, setzte sich, zog die Knie an und schlang die Arme darum. Dann genoss sie die Aussicht auf die Ranch. Streifen aus Rot-, Orange- und Gelbtönen schmückten den langsam blau werdenden Himmel, während die Morgensonne die Ranch in ihrer ganzen Pracht in warmes Licht tauchte.

Das Land war genauso ein Teil von ihr wie jedes der Pferde, die hier ankamen. Hier auf diesem Boden und auf diesen Pfaden hatte sie alles gelernt: laufen und reiten und jedes Lebewesen zu schätzen, ganz unabhängig von der äußeren Hülle. Sie hatte viel über Liebe und Verlust, Stärke und Freundschaft gelernt. *Alle* wichtigen Lektionen des Lebens hatten hier stattgefunden, und sie hatte sich sogar vorgestellt, eines Tages auf dem Gelände zu heiraten, so wie es Dare und Billie vorhatten und vermutlich auch Cowboy und Sully eines Tages tun würden.

Doch seit Ezra auf die Ranch gezogen war, hatte sie sich an die Hoffnung geklammert, dass er das eines Tages mit ihr tun würde. Sie hatte gewusst, dass es Jahre dauern konnte, aber in ihrem Herzen hatte es immer nur ihn gegeben. Jetzt wünschte sich ein Teil von ihr zum ersten Mal im Leben, sie würde nicht hier leben, wo sie ihn und Gus jeden Tag sehen musste. Es war ihr schwergefallen, Gus zu sagen, sie hätte schon etwas vor, aber wie sich herausgestellt hatte, genügten zwei Tage bei Weitem nicht, um über das hinwegzukommen, was mit Ezra passiert war. Ihm von Angesicht zu Angesicht gegenüberzustehen hatte all die Erregung und Leidenschaft ihrer Küsse und gleichzeitig so starken Frust und Herzschmerz mit sich gebracht, dass sie kaum noch hatte atmen können. Sie hatte einfach dort weggemusst. Bei der Arbeit hatte sie sich gut abgelenkt und am Mittwochabend war sie mit Bobbie eine Margarita trinken gegangen. Den gestrigen Abend hatte sie mit Birdie im Schokoladengeschäft verbracht, um nicht auf der Ranch sein zu müssen, weshalb es mittlerweile immer reizvoller wirkte, nicht länger hier zu wohnen.

Das Geräusch eines Quads in der Ferne durchbrach ihre Gedanken.

Sie lauschte, als es näherkam, fragte sich, wer wohl so früh unterwegs war. Am ehesten Dare, obwohl der es nicht eilig hatte, aus dem Bett zu kommen, wenn Billie neben ihm lag. Das konnte sie ihm nicht verübeln. Seine Liebe zu Billie war fast schon greifbar.

Das Quad kam immer näher. Sasha bezweifelte, dass jemand ihren geheimen Lieblingsort kannte. Sie hatte jedes Mal einen Umweg genommen, wenn sie hierhergekommen war, damit ihre Familie keine ausgetretenen Pfade vorfand. Sie ging auf die Knie und schaute zurück auf die Lichtung, als ein Quad mit ihrer Mutter darauf zum Vorschein kam. Ihre Mutter stellte den Motor ab und kletterte herunter. Sie trug Jeans und ein T-Shirt mit einem sportlichen roten Flanellhemd darüber.

»Mom? Was machst du denn hier?« Sasha trat an den Rand des Felsbrockens, um hinunterzuklettern.

»Ich wollte meine Tochter sehen. Bleib oben, Darling. Ich komm rauf.«

Ihre Mutter erklomm den Felsen, als würde sie das jeden Tag tun. Was Sasha nicht hätte überraschen sollen. Ihre Mutter war eine Kämpferin. Sie war nicht in einer Bikerfamilie aufgewachsen, aber das Leben auf der Ranch hatte sie stark und unerschütterlich gemacht. Schon früh hatte sie den Umgang mit harten, widerspenstigen Männern gelernt und später fünf starke Kinder großgezogen.

Ihre Mutter erhob sich und wischte sich die Hände an der Jeans ab. »*Puh.*« Sie betrachtete den Sonnenaufgang. »Ein wirklich schöner Morgen.«

»Stimmt. Woher hast du gewusst, wo ich bin?«

Ihre Mutter zog spöttisch eine Braue hoch. »Eine Mutter

weiß immer, wo ihre Kinder sind.«

»Ein unheimlicher Gedanke. Weiß noch jemand von diesem Ort?«

»Nur dein Vater. Setzen wir uns doch.«

»Dad kennt meinen geheimen Ort zum Nachdenken?«, fragte sie, während sie sich setzten.

»Was glaubst du, wer ihn mir gezeigt hat? Du weißt doch, wie sehr dich dein Vater liebt. Glaubst du, dieser Mann würde dich jemals im Morgengrauen losziehen lassen, ohne zu wissen, wohin du unterwegs bist?«

»Moment mal. Willst du damit sagen, er weiß davon, seit ich diesen Ort entdeckt habe?«

»Ich fürchte schon.« Sie tätschelte Sashas Hand. »Auf dieser Ranch passiert nichts, ohne dass dein Daddy davon weiß.«

»Aber *wie*? Ich hätte doch gesehen, dass er mir folgt, oder ihn wenigstens gehört.«

»Dein Vater mag ein großer Mann sein, aber er kann sich gut verbergen und ist ziemlich clever. Er hat sich mit einem Fernglas und einer Thermoskanne Kaffee bewaffnet und dich beobachtet, wenn du rausgeschlichen bist, dein Pferd gesattelt hast und in diese Gegend geritten bist.«

»Dann kann ich wohl von Glück reden, dass ich mich nicht rausgeschlichen habe, um mich mit einem Jungen zu treffen.«

»Wäre das der Fall gewesen, hättest du seine Anwesenheit definitiv bemerkt.« Ihre Mutter legte einen Arm um sie und drückte sie an sich. »Willst du mir erzählen, warum du dich in letzter Zeit auf der Ranch rarmachst?«

»Ich bin einfach nur beschäftigt.«

»Aber doch nicht zu beschäftigt, um mit allen zusammen zu essen. Brauchst du Hilfe mit den Pferden?«

»Nein. Ich habe genug Zeit für die Pferde.« Sasha zog die

Knie an und schlang die Arme darum. »Ich brauchte wohl einfach etwas Zeit für mich.«

»Das verstehe ich. Dort zu arbeiten, wo man lebt, kann schwierig sein, und hier bei uns gibt es nicht viel Privatsphäre.«

»Anscheinend noch weniger, als ich dachte.« Sasha stupste ihre Mutter mit der Schulter an. »Folgt Dad mir eigentlich immer noch?«

»Nein. Aber für deine Brüder kann ich nicht sprechen.« Wynnie lachte leise.

Sasha konnte nur grinsend den Kopf schütteln. »Wolltest du jemals weg von der Ranch?«

»Aber sicher. Oder zumindest dachte ich das. Als ich aufs College ging, dachte ich, dort würde ich mich endlich so richtig frei fühlen. Weg von den Regeln meines Großvaters und der endlosen Arbeit. Aber nach den ersten Monaten dort hab ich mein Zuhause vermisst.«

Sasha erinnerte sich, dass sie sich auf dem College genauso gefühlt hatte.

»Im Herzen bin ich einfach ein Ranch-Mädchen«, erklärte ihre Mutter. »Irgendetwas an diesem Land geht dir in Fleisch und Blut über. Ich konnte es kaum erwarten zurückzukommen, und als ich es tat, bescherte mir das Schicksal deinen Vater.«

Ihre Eltern hatten sich im Roadhouse kennengelernt, als ihre Mutter ihren College-Abschluss gefeiert hatte und ihr Vater, der aus Peaceful Harbor, Maryland, stammte, mit seinem Bruder Biggs auf einem Motorradtrip quer durchs Land gewesen war. Er war hin und weg gewesen, und statt nach Maryland zurückzukehren, hatte er einen Job auf der Ranch von Sashas Großvater angenommen, während ihre Mutter an die Uni gegangen war. Ein paar Jahre später hatten ihre Eltern geheiratet und irgendwann die Ranch erweitert, und ihr Vater hatte die Dark Knights gegründet.

»Ich wäre diesem Mann zum Mond gefolgt, wenn er das gewollt hätte. Aber, Schätzchen, so habe *ich* empfunden. Das Gleiche muss nicht auch auf dich zutreffen. Da draußen wartet eine große, weite Welt. Wir freuen uns natürlich sehr, dass du hier bei uns bist, aber wenn du dich rastlos fühlst oder in deiner Karriere eingeschränkt bist, musst du nicht bleiben, nur weil wir deine Familie sind.«

»Das weiß ich. Und das ist auch nicht das Problem. Ich arbeite gern hier, und ihr lasst mir freie Hand, das zu tun, was für die Pferde am besten ist. Ich habe keinerlei Beschwerden.«

»Gut. Ich versuche ja, mich nicht in dein Privatleben einzumischen, aber löst das den Stress aus? Gibt es da vielleicht jemanden, der dich aus dem Konzept bringt?«, fragte sie hoffnungsvoll.

Über jeden anderen Mann hätte Sasha mit ihrer Mutter reden können, aber da es um Ezra ging, war das Thema tabu. »Nein. Es gibt keinen neuen Mann in meinem Leben.«

»Okay, na gut, ist *das* dann das Problem? Ich hätte da nämlich ein paar Vorschläge. Birdie hat mir erzählt, dass Dating-Apps heutzutage ziemlich beliebt sind, außerdem gibt's da noch diesen netten jungen Mann, der im Futterlager arbeitet.«

»Mom, bitte nicht.« Sie würde Birdie umbringen.

»Ich wollte nur helfen, aber keine Sorge, Schätzchen. Du bist eine wunderschöne, kluge, junge Frau. Du wirst den Richtigen kennenlernen, wenn die Zeit reif ist. Und was das angeht, weiß ich möglicherweise eine tolle Gelegenheit.«

»Ich muss nicht verkuppelt werden.«

»Das ist kein Verkuppeln. Nächsten Monat findet ein Netzwerkdinner im Broadmoor in Colorado Springs statt, an dem einige sehr wichtige Leute teilnehmen, und wir wurden gebeten, über die Ranch zu sprechen. Das ist eine gute Gelegenheit, unseren Bekanntheitsgrad zu erhöhen und ein paar Spenden zu sammeln. Du weißt, wie sehr dein Vater solche Events, bei denen er sich schick anziehen muss, hasst, und dieses kostet pro Person fünfhundert Dollar. Ich hatte gehofft, du könntest hingehen und ihnen von der Rettungsstation erzählen und von dem, was wir für die Pferde tun.«

»Klar, das mache ich gern.« Sie redete gern über die Rettungsstation, und es wäre schön, mal rauszukommen. »Ist Abendgarderobe nötig?«

»Nein, aber schick anziehen solltest du dich trotzdem.«

»Okay. Ich kaufe mir ein Kleid.« Sie war zwar nicht in der Stimmung, shoppen zu gehen, aber zumindest würde sie das von der Ranch wegbringen.

»Du hast noch viel Zeit, eins zu finden. Maya schickt dir die Einzelheiten per E-Mail.« Maya Martinez kümmerte sich auf der Ranch um den ganzen Bürokram. Sie arbeitete bereits seit einigen Jahren hier, lebte aber nicht vor Ort.

»Colorado Springs ist so hübsch, und wer weiß, wen du beim Dinner kennenlernst. Falls du über Nacht bleiben möchtest, ist auch ein Hotelzimmer drin.«

»Danke. Vielleicht mache ich das. Eine Nacht auswärts wäre nicht übel. Doc hat erzählt, dass der Club eine Rentierrallye und eine Spielzeugsammlung für die Kinder im Krankenhaus organisiert und dass du und Dad euch als Weihnachtsmann und -frau verkleidet. Stimmt das?«

»Ja. Darüber wollte ich auch noch mit dir reden.«

»Ich finde die Idee großartig. Ihr beide werdet so knuffig aussehen. Die Kinder werden verrückt nach euch sein.«

»Wir hoffen, ihnen damit den Tag zu versüßen. Alice und ich haben uns gedacht, dass ihr jungen Frauen euch vielleicht als

Weihnachtselfen oder Rentiere verkleiden könntet.«

Ich brauche etwas, das mich von Ezra ablenkt. »Klar, das klingt nach Spaß.«

»Wunderbar.« Ihre Mutter sah auf die Uhr. »Ich muss zurück, wenn ich rechtzeitig beim Frühstück sein will. Kommst du mit?«

»Ich glaube, ich genieße noch ein bisschen die Aussicht.« Zumindest bis Gus und Ezra beim Frühstück waren. Sie wollte den beiden auf dem Rückweg nicht begegnen.

»Okay. Soll Dwight einen Teller für dich beiseitestellen?«

Sasha schüttelte den Kopf. »Nein danke. Ich hab keinen Hunger. Danke fürs Herkommen.«

»Ich vermisse es ein bisschen, Zeit nur mit dir allein zu verbringen.« Sie umarmte sie noch einmal und stand dann auf.

»Brauchst du Hilfe, um runterzukommen?«

»Ich mache das hier schon länger, als du auf der Welt bist.« Ihre Mutter kletterte nach unten und stieg auf das Quad. Dann sah sie noch einmal hoch. »Ich frage Ezra, ob er den therapeutischen Ansatz der Ranch beim Netzwerkdinner übernimmt. Vielleicht könnt ihr zwei zusammen hinfahren. Wir sehen uns später, Darling.«

Sasha rutschte das Herz in die Hose.

Noch vor einer Woche wäre eine Fahrt nach Colorado Springs mit Ezra ein wahr gewordener Traum gewesen. Aber jetzt? Sie konnte nicht einmal in seiner Anwesenheit etwas essen, ohne zu leiden. Als das Quad ihrer Mutter den Weg hinunter verschwand, versuchte Sasha, ihre Gedanken zu sortieren. Sie wollte nicht wegziehen oder Ezra für immer aus dem Weg gehen. Der Gedanke an ein Leben ohne ihn und Gus, auch wenn sie nur Freunde waren, ließ sich schwerer ertragen als der Versuch, so zu tun, als würde sie nicht mit gebrochenem

Herzen herumlaufen.

Sie musste sich einfach nur zusammenreißen und einen Weg finden, um weiterzumachen. Schwer zu glauben, dass es noch vor drei Tagen beinahe komplett anders gekommen wäre.

Am Freitagabend im Divine Intervention, Birdies Schokoladengeschäft, steckte sich Sasha eine weitere Praline in den Mund und lauschte, wie Birdie einer gesundheitsbewussten Kundin mittleren Alters die Vorzüge von Trüffeln erklärte. Sasha schwelgte im Genuss. Irgendwie sorgten Schokolade und Erdnussbutter dafür, dass sich alles besser anfühlte.

»Trüffel haben wenig Fett und kein Cholesterin«, schwärmte Birdie. »Außerdem sind sie ballaststoffreich und voller Proteine, und sie enthalten eine Menge wichtiger Vitamine und Mineralien, die unser Körper braucht. Damit macht man wirklich nichts falsch.«

Es sei denn, man isst ein Dutzend davon, so wie ich.

Während Birdie mit der Kundin zur Kasse ging, biss Sasha in eine weitere Praline und trug das fast leere Tablett mit den Kostproben zum anderen Ende der Theke und weg von Birdie. Sie hörte, wie die Küchentür geöffnet wurde und sah Quinn Finney, Birdies beste Freundin und Angestellte, ein weiteres Tablett mit Pralinen zur Vitrine tragen.

Sasha stopfte sich die letzte Praline in den Mund, eilte hinüber und stellte sich Quinn in den Weg. »*Mmh*, Fudge«, flüsterte sie. »Meine Lieblingssorte.«

Quinn zog eine Augenbraue hoch und sah mit den blaugrünen Augen, der schwarzgerahmten Brille und dem Bleistiftrock eher wie eine heiße, missbilligende Bibliothekarin aus als wie eine Vollzeit-Chocolatière. »Ich dachte, das wären die Schoko-Erdnuss-Buttertrüffel.«

»Vor fünf Minuten, stimmt. Was für eine Sorte ist das?«

Quinn zeigte kichernd auf die verschiedenen Kostproben. »Rocky Road, Kahlúa und Sahne, Kartoffelchip-Brezel – die sind fantastisch, wenn man seine Periode oder schlechte Laune hat – und meine Lieblingssorte Zuckercookie.«

Die Glocke über der Tür klingelte, als sich Sasha gerade ein paar Stücke vom Tablett mopste. »Ich probiere einfach jede Sorte.« Sie biss in den Zuckercookie-Fudge und die süße Praline schmolz in ihrem Mund. »Du meine Güte. Das ist ja fantastisch.«

»Sasha Whiskey, weg vom Fudge.«

Bei Birdies strengem Tonfall riss Sasha erschrocken die Augen auf. Schnell schob sie sich den Rest der Praline in den Mund.

Quinn unterdrückte ein Lachen und ging zur Vitrine. »Sei nett zu ihr, Birdie.«

»Unterstütze sie nicht auch noch.« Birdie stemmte eine Hand in die Hüfte ihrer hawaiianisch bedruckten Wickelhose, auf der Vaiana abgebildet war, und warf Sasha einen finsteren Blick zu. »Du versteckst dich hier schon seit zwei Tagen und isst alles, was du in die Finger bekommst.«

Sasha kaute schnell und schluckte alles herunter, was sie sich in den Mund geschoben hatte. »Das ist allein deine Schuld. Du hast gesagt, ich soll das mit Ezra durchziehen, und ich hab's getan.«

»Ich dachte, du würdest deine Antwort bekommen und dann endlich nach vorn blicken können«, entgegnete Birdie.

»Das wäre aber viel einfacher, wenn er gesagt hätte, dass er nicht auf mich steht, oder wenn seine Küsse mies gewesen wären«, fauchte Sasha. »Aber er steht auf mich, und er hat *so* verdammt gut geküsst, und er ist so leidenschaftlich. Ich war bereit, mich direkt dort in seiner Küche nackt auszuziehen. Und das Schlimmste ist, dass es sich so unglaublich *richtig* angefühlt hat, bei ihm zu sein, obwohl ich genau wusste, dass es falsch war.«

»Ich verstehe das, Sasha«, sagte Quinn. »Es tut mir leid, dass ihr nicht zusammen sein könnt, und ich sage es ja nur ungern, aber für ihn steht eine Menge auf dem Spiel. Für euch beide.«

»Ich weiß doch, dass es richtig war, damit aufzuhören«, gab sie jammernd zu. »Aber das bedeutet nicht, dass ich es nicht grässlich finde. Und es tut so höllisch weh.«

»Ich weiß, dass es wehtut«, tröstete Birdie ihre Schwester. »Aber es sieht dir gar nicht ähnlich, dich so in deinem Elend zu suhlen.«

»Ich suhle mich gar nicht. Ich … verkoste hier doch nur.«

»Es ist wirklich schlimm, dass du so leidest, aber du musst etwas anderes verkosten, um ein für alle Mal von Ezra loszukommen«, erklärte Birdie.

»Und zwar einen anderen Mann«, warf Quinn ein.

»*Ja*. Genau das. Das Roadhouse ist freitagabends immer gut besucht. Wir reiten den Bullen und sie kann dann noch jemand anderen reiten!« Birdie war die Beste in der Gegend, wenn es um das Reiten auf mechanischen Bullen ging, und allzeit bereit dazu.

»Ich will weder einen Bullen noch einen Cowboy reiten, vielen Dank auch«, stellte Sasha klar.

»Dann lass den Bullen weg«, sagte Birdie.

»Sie hat recht.« Quinn schlenderte zu ihnen. »Am besten kommt man über einen Mann hinweg, indem man sich unter einen anderen legt.«

Sasha verschränkte die Arme. »Das hat Bobbie letztens auch gesagt, als wir abends was trinken waren.«

»Weil jeder weiß, dass das die beste Option ist«, erklärte Birdie.

»Also, für mich funktioniert das nicht. Ich war schon mit genug Männern zusammen, seit Ezra und ich uns damals zum ersten Mal geküsst haben, und er ist noch immer der Einzige, den ich vor mir sehe, wenn ich nachts die Augen schließe. Das ist *so* frustrierend. Als wäre er immer da, selbst wenn er es nicht ist. Ich hasse diesen Zustand.«

»Dann tu etwas dagegen«, beharrte Quinn. »Du bist die Einzige, die etwas daran ändern kann.«

»Sie hat recht«, bestätigte Birdie. »Wir können dir Vorschläge machen, bis wir schwarz werden, und du kannst Schokolade futtern, bis du aus allen Nähten platzt, aber solange du nicht entscheidest, dass es Zeit wird, etwas zu unternehmen, um über ihn hinwegzukommen, wird es niemals passieren.«

Sasha blickte zwischen den beiden hin und her. »Eure Belehrungen sind nervtötend, aber ihr habt recht. Ich muss meine Gefühle nicht in Schokolade ertränken. Ich muss da raus und einen Weg finden, über den einzigen Mann hinwegzukommen, den ich je gel…«

»Nein!«, unterbrachen die beiden sie gleichzeitig.

»So darfst du nicht über ihn denken«, erklärte Birdie bedächtig. »Das macht es nur noch schwerer.«

Warum ist das so schwer? Es ist ja nicht so, als würde es etwas ändern, wenn ich mich nach ihm verzehre. Sie wollte sich nicht ewig so fühlen. *Ich kann das schaffen. Ich muss das schaffen.* Sie atmete tief durch, war fest entschlossen, den Schmerz loszuwerden. »Ich werde jetzt da rausgehen und einen Weg finden, über

Ezra Moore hinwegzukommen.«

»Verdammt richtig«, ermutigte Quinn sie.

»Ja!« Birdie reckte eine Faust in die Luft. »Auf ins Roadhouse.«

Plötzlich schien ihre Kleinstadt viel zu klein zu sein. »Ich wünschte, es gäbe eine andere coole Bar in Hope Valley, damit wir nicht in die gehen müssen, in der die Dark Knights ihre Zeit verbringen.« Zumindest arbeitete Bobbie heute Abend. Sie war Grundschullehrerin und Teilzeit-Barkeeperin.

»Tja, die gibt es aber nicht, also komm damit klar«, kommentierte Birdie. »Und wir suchen dein Outfit aus. Du musst supersexy und willig aussehen.«

»*Na schön*, aber nichts in Rosa oder so was Verrücktes wie deine Klamotten.« Birdie hatte einen einzigartigen Retrostil, der an jeder anderen vermutlich lächerlich ausgesehen hätte, bei ihr aber irgendwie funktionierte.

»Meine Klamotten sind nicht verrückt«, protestierte Birdie.

Quinn und Sasha tauschten einen amüsierten Blick.

»Du hast recht«, gab Sasha nach. »Man weiß ja nie, wann man zu einem Disney-Luau eingeladen wird.«

Birdie zuckte mit den Schultern. »Sollte es dazu kommen, wäre ich absolut vorbereitet.«

»Keine Sorge. Ich lasse nicht zu, dass sie ihren kompletten Birdie-Style auf dich überträgt«, versicherte Quinn ihr.

»Das würde ich sowieso nicht machen«, beharrte Birdie. »Ich kenne meine Schwester. Ihr Stil ist *Braves Mädchen, das gern rebellisch wäre, aber erzählt Daddy nichts davon*. Und ich habe dafür das perfekte Outfit im Sinn.« Sie legte Sasha eine Hand auf die Schulter und dirigierte sie in Richtung Tür. »Und jetzt geh nach Hause duschen. Komm um acht zu mir, und mach dich bereit, heute heftig zu flirten!«

Neun

Sasha stolzierte zusammen mit Birdie und Quinn ins Roadhouse. Sie fühlte sich selbstbewusst und sexy in ihrem elfenbeinfarbenen Crinkle-Tanktop mit tiefem Spitzenausschnitt und einem breiten Spitzenband unter den Brüsten. Dazu trug sie fransige Shorts, weiße Cowgirlstiefel und mehrere goldene Halsketten. Als sie in Birdies Wohnung angekommen war, hatte ihre übereifrige Schwester sie in das eingeweiht, was sie als *Operation sexy Single-Dad vergessen* bezeichnete. Der Plan beinhaltete ein Uber, Sasha mit Alkohol abzufüllen, einen mechanischen Bullen, von dem Birdie schwor, dass er die beste Art des Vorspiels sei, und eine Nacht voller Flirts. Sasha glaubte nicht, dass die Sache mit dem mechanischen Bullen funktionieren würde, aber sie war bereit, alles zu versuchen, um ihr Herz wieder neu auszurichten.

Musik schallte durch die rustikale Kneipe, und sie nahmen sich einen Moment Zeit, um die Menge vom erhöht gelegenen Eingangsbereich aus zu begutachten. Jeder Tisch war besetzt, die Tanzfläche randvoll. Auf dem mechanischen Bullen rechts von ihnen ritt ein Mann, und ein paar Leute, die sich um die Bar und die Billardtische versammelt hatten, feuerten ihn an. Hier gab es Dutzende gut aussehende Männer, mit denen zu flirten sich lohnen würde, und es waren ebenso viele attraktive Frauen anwesend. Sasha war froh, dass Birdie ihr die Haare gemacht hatte, sodass ihre Wellen voller als üblich aussahen. Quinn hatte ihr Make-up-Know-how eingesetzt und Sasha Smokey Eyes und karmesinroten Lippenstift verpasst, sodass sie sich fast wie ein Vamp fühlte. Sie brauchte diese Extraportion Selbstvertrauen, wenn sie so flirten wollte, wie die beiden es von ihr verlangten – ohne dass sie zuvor angesprochen wurde. Normalerweise war sie nicht so forsch, aber der heutige Abend war alles andere als normal. Sie war fest entschlossen, sich von Ezra abzulenken, und auch wenn sie dafür nicht mit einem Mann schlafen musste, hatte sie zumindest vor, sich zu amüsieren.

»Die Touristensaison hat schon ihre Vorteile«, kommentierte Quinn.

»Allerdings. Wie wär's mit einem von denen?« Birdie zeigte auf eine Gruppe Männer, die ein paar Meter von ihnen entfernt miteinander redeten.

»Der Dunkelhaarige ist heiß«, fand Quinn. »Aber der Blonde sieht zu schmierig für Sasha aus.«

Der dunkelhaarige Mann sah tatsächlich gut aus, traf allerdings nicht Sashas Geschmack. An ihm war nichts Besonderes. Er hatte nicht diesen grüblerischen Blick oder das Griechischer-Gott-Flair wie Ezra.

Mann. Ich will doch heute nicht an Ezra denken.

»Ich glaube, ich brauche einen Drink«, sagte Sasha und lief die Eingangstreppe hinunter.

Als sie auf die Bar zusteuerten, folgten ihnen die Blicke so einiger Männer. Man konnte nur raten, wen von ihnen sie anschauten. Quinns Sanduhrfigur zog immer viel Aufmerksamkeit auf sich und in ihrem roten Seidentanktop und dem schwarzen Minirock war sie einfach eine Augenweide. Und dann war da noch Birdie in ihren schwarz-weiß karierten Shorts, der schwarzen Bralette und den roten Stiefeletten. Sie war die Einzige, die ein solches Outfit tragen konnte, ohne dass es billig aussah oder so, als würde sie Getränke auf einer Rennbahn servieren.

Auf dem Weg zur Bar gesellte sich Bobbie zu ihnen. Sie hatte die blonden Haare zu einem Pferdeschwanz gebunden und ihre Augen funkelten aufgeregt. »Verdammt, ihr Mädels seht heute ja richtig heiß aus.«

»Wir sind auf einer Mission. Sasha soll flachgelegt werden«, verkündete Birdie.

»Was? Hat sich die Mission etwa geändert?« Neugierig blickte Bobbie Sasha an.

Sasha hatte ihr auf dem Weg hierher eine Textnachricht geschickt und sie in ihren Plan eingeweiht. Bobbie war ganz auf ihrer Seite. Sie hatte ihr mitgeteilt, dass Billie heute Abend nicht arbeitete, was bedeutete, dass Dare wahrscheinlich nicht da sein würde. Cowboy würde hoffentlich bei Sully zu Hause bleiben, somit musste sich Sasha nur wegen Doc Sorgen machen. »Nein, keine Planänderung. Wir flirten nur.«

»Okay, egal, die Luft ist rein«, sagte Bobbie. »Bisher haben sich deine Brüder nicht blicken lassen.«

»Hoffen wir, dass es so bleibt«, meinte Sasha.

»Bei der Menschenmenge hätten sie es sowieso schwer, dich dauerhaft im Auge zu behalten.« Quinn ging zusammen mit ihnen zur Bar. Kellan, Teilzeit-Barkeeper, Vollzeit-Jurastudent und schamloser Flirter, hob zur Begrüßung das Kinn, während er einem Gast einen Drink servierte.

»Womit fangen wir heute Abend an?«, fragte Bobbie.

Sasha wusste natürlich, dass es bei der Frage um Drinks

ging. »Hoffentlich mit jemandem, der groß, dunkelhaarig und grandios ist«, kommentierte sie vorwitzig.

»So ist's recht«, rief Birdie begeistert, während Bobbie die Bar umrundete.

»Bei groß und grandios bist du bei mir genau richtig, Süße«, kommentierte Kellan.

Sasha lächelte ihn an. »Deine Grübchen können eine Frau schon um den Verstand bringen, aber funktioniert dieser Spruch jemals wirklich?«

»Sag du's mir. Falls nicht, kommen mir noch ein Dutzend weitere in den Sinn, denn verdammt, Mädel. Du siehst unglaublich aus. Das ist ein mörderisch heißes Outfit. Triffst du dich hier heute Abend mit jemand Besonderem?«

»Das hoffe ich doch«, antwortete sie.

»Ja, das tut sie«, bestätigte Birdie.

»Aber du bist nicht der Auserwählte, Kellan.« Bobbie schob ihn spielerisch zur Seite. »Los, schmachte ein paar Kundinnen am anderen Ende der Bar an.«

Er gluckste, bedeutete Sasha, dass sie ihn gern anrufen könne, und ging.

»Wollt ihr eure üblichen Drinks?«, fragte Bobbie.

»Nein. Heute Abend soll nichts auf die übliche Weise laufen«, erwiderte Sasha, die langsam in Fahrt kam. »Wie wär's mit einer Runde Tequila-Shots?«

Birdie und Quinn jubelten und Bobbie schenkte ihnen ein.

Quinn hob ihr Shotglas. »Auf den Mädelsabend.«

»Auf einen *fantastischen* Mädelsabend«, antwortete Sasha hoffnungsvoll.

»Darauf, dass Sasha heute Abend flachgelegt wird«, ergänzte Birdie, was ihr einen Lacher von Quinn und einen bösen Blick von Sasha einbrachte. Sie stießen an und leerten ihre Gläser.

Zwei Shots später servierte Bobbie wieder anderen Gästen Getränke, und Sasha fühlte sich gut, während sie die Menge nach ihrem ersten Flirtopfer absuchte. Birdie stupste sie an und wies auf den Eingangsbereich. Flame trat gerade mit Taz und Hyde ein.

»Flame sieht heiß aus«, meinte Birdie.

Das tat er. Er war groß und kräftig, hatte kurze dunkle Haare und blaue Augen, von denen Sasha wusste, dass er damit reihenweise Herzen brechen konnte. Flame war witzig und sexy, aber wenn sein Blick auf Sasha ruhte, spürte sie keine Schmetterlinge im Bauch und auch nicht das Verlangen, das sich bei Ezra einstellte. Sie seufzte innerlich und fühlte sich erbärmlich, weil sie ihn mit Ezra verglich. Dieser Zug war längst abgefahren, und sie stand allein auf dem Bahnsteig.

Hör auf, dich wie eine Närrin zu verhalten, und reiß dich zusammen. Während sie sich selbst so ermahnte, wurde die Tür erneut geöffnet und Ezra trat ein. Sashas Herz raste. Sie hatte damit gerechnet, dass Tina Gus für dieses Wochenende absagen würde und Ezra mit ihm zu Hause bleiben musste. *Verdammt, verdammt, verdammt.*

Ezras Blick traf den ihren, als wären sie aufeinander abgestimmt. Er verzog die Mundwinkel zu einem umwerfenden Lächeln und erinnerte sie daran, wie sich seine Lippen auf ihren angefühlt hatten, an seine großen, starken Hände auf ihrem Körper und an die sexy Geräusche, die er von sich gegeben hatte, während sie wie im Fieberwahn übereinander hergefallen waren. Innerhalb weniger Sekunden geriet ihr Körper in Wallung. Im nächsten Atemzug wandelte sich sein Gesichtsausdruck, und nun wirkte er eher beunruhigt. Als wäre er erfreut gewesen, sie zu sehen, dann aber von der Realität eingeholt worden. Sie ermahnte sich wegzuschauen, aber wieder einmal fühlte sie sich von ihm wie verzaubert.

»Sei stark.« Birdie umklammerte ihr Handgelenk, was sie daran erinnerte, wie Ezra vor ein paar Nächten dasselbe getan hatte. »Hör auf, ihn anzustarren.«

»Leichter gesagt als getan«, kommentierte sie abwesend.

Quinn trat vor sie. »Schluss damit. Du wirst nicht zulassen, dass er mit deinen Gefühlen spielt. Genug ist genug.«

Als könnte sie ihr Herz davon abhalten, aus ihrer Brust springen zu wollen, um zu ihm zu gelangen.

»Halt dich an den Plan!« Birdie stellte sich neben Quinn, sodass Sasha nicht an ihnen vorbeischauen konnte. »Wenn du nicht in den nächsten fünf Sekunden deine Aufmerksamkeit auf den heißen Feuerspringer gerichtet hast, kneif ich dir fest in die Nippel.«

Das holte Sasha aus ihrer Trance. Birdie würde ihre Drohung definitiv in die Tat umsetzen. Sie atmete ein paarmal tief durch und zwang sich, Flame anzuschauen. Er reckte das Kinn in ihre Richtung. Sie spürte die Hitze von Ezras Blick, erlaubte sich aber nicht das Vergnügen – oder den Schmerz –, ihn zu erwidern. Ihr Herz raste aus den völlig falschen Gründen. Sie musste wieder die Kontrolle übernehmen, sonst würde sie sich noch zum Narren machen.

»Flame sieht dich an, als wollte er dich verschlingen. Los, überprüf mal seinen Feuerwehrschlauch«, drängte Birdie sie.

»Was? *Nein!*«, wehrte Sasha ab. »Ich bin hier, um zu flirten, nicht um mich zum Affen zu machen.«

»Du willst diesen Mann nicht auf seine Tauglichkeit prüfen?«, fragte Quinn. »Ezra hat dir wirklich den Kopf verdreht. Sieh dir Flame doch nur an. Er ist von Kopf bis Fuß ein echter Kerl und er giert nach einem sexy Snack.« Sie biss sich auf die Unterlippe. »An mir dürfte er jederzeit knabbern.«

»Aber dann würde Cutter ihn aufspüren und in der Luft zerreißen«, warf Sasha ein. Cutter Long war ein großer, bärenstarker Cowboy und schon seit Langem mit ihnen allen befreundet. Er und Quinn umgarnten einander schon seit einer gefühlten Ewigkeit.

»Ich gehöre diesem besitzergreifenden Cowboy nicht und er ist nicht mal hier.« Quinn winkte ab. »Flame aber schon, und du hast ihn ja offensichtlich in die Friendzone geschoben, also ist er Freiwild.«

War *das* das Problem? Hatte sie ihn so tief in die Friendzone gesteckt, dass außer Anerkennung für sein gutes Aussehen und Freundschaft keine Gefühle mehr möglich waren? Gedanklich ging Sasha die Male durch, in denen sie Zeit miteinander verbracht, sich geschrieben und locker geflirtet hatten. Ein schmerzliches Ziehen in der Magengrube verriet ihr, dass Quinn recht hatte. Sie hatte sich so auf Ezra versteift, dass sie die gesamte restliche Männerwelt in die Friendzone geschoben hatte.

Verdammt noch mal. Wie lange ging das schon so? Vielleicht musste sie heute Abend tatsächlich mehr als nur flirten. Wenn sie Flame küsste, ihn so *richtig* küsste, als würde sie es ernst meinen, würden vielleicht Schmetterlinge in ihrem Bauch tanzen. Dann könnte sie stattdessen Ezra in die Friendzone schieben, wo er ja ganz offensichtlich hingehörte. Ein Stich aus Sehnsucht und Schuldgefühlen durchzuckten sie. Sie ermahnte sich, dass es keinen Grund gab, sich schuldig zu fühlen. Ezra hatte ihr deutlich gemacht, wo sie bei ihm stand.

Und wie sehr er mich will.

Nein. Das würde sie sich nicht antun. Sie konnte nicht ewig am Rand stehen und warten. Bevor sie länger darüber nachdenken konnte, ergriff sie erneut das Wort. »Vergiss das mit dem

Freiwild. Ich glaube, du hast recht und ich habe Flame unabsichtlich in die Friendzone gesteckt. Er ist groß und dunkelhaarig, und ich werde rausfinden, wie gut er schmeckt.« Das war schwerer auszusprechen, als sie gedacht hatte, aber sie war fest entschlossen, ein für alle Mal über Ezra hinwegzukommen, wie sehr es auch schmerzen mochte.

»Mein Job hier ist erledigt.« Quinn warf sich die Haare über die Schulter und wackelte mit den Hüften.

Birdie klatschte Quinn ab. »Wir sind so ein gutes Team.«

Sasha schaute die beiden ungläubig an.

»Schau nicht so schockiert«, schalt Quinn. »Mach mal lieber ein sinnliches Gesicht. Flame kommt direkt auf dich zu.«

»Verdammter Mist. Ich brauche noch einen Drink.«

»Schon unterwegs!« Birdie beugte sich über den Bartresen. »Hey, Kellan! Wir brauchen noch eine Runde, und zwar sofort!«

»Kommt gleich!« Kellan zwinkerte Sasha zu, während er ihre Gläser nachfüllte. »Ich weiß nicht, was ich davon halten soll, dass du Fremden all deine sexy Aufmerksamkeit schenkst, wenn ich doch direkt vor dir stehe.«

Sie öffnete den Mund, um zu antworten, als sie eine große Hand auf ihrem Kreuz spürte. Hoffnung stieg in ihr auf. Sie sah über die Schulter, doch ihr Hochgefühl erstarb, als ihr klar wurde, dass es Flames und nicht etwa Ezras Hand war. Der stand neben Flame, mit zusammengebissenen Zähnen und den Blick auf sie gerichtet.

»Wir sind ja wohl kaum Fremde«, meinte Flame. »Stimmt's, Sasha?«

Quinn und Birdie sahen sie erwartungsvoll an und beschworen sie stumm, ordentlich zu flirten. Sie trank sich einen Schluck Mut an und begegnete Flames festem Blick. »Wir sind definitiv keine Fremden.«

Ein langsames Grinsen glitt über Flames Gesicht. Ezra verkrampfte derart den Kiefer, dass es schmerzhaft aussah.

Gut. Du sollst auch eifersüchtig sein. Du hattest deine Chance und hast mich abgewiesen. Er hatte seine Grenzen mehr als deutlich gemacht und das zu Recht, also musste sie das Pflaster ein für alle Mal abreißen und herausfinden, ob sie alle anderen Männer in die Friendzone gesteckt hatte, sonst würde sie niemals über ihn hinwegkommen.

»Ich sehe schon, wo mein Platz ist«, gab sich Kellan amüsiert geschlagen. »Was kann ich euch Männern bringen? Ein Bier?«

»*Ja*«, brachte Ezra heraus.

»Klar, klingt gut«, sagte Flame leichthin, der nichts von der Spannung mitbekam, die sich zwischen Sasha und Ezra aufbaute.

Sasha beschloss, aufs Ganze zu gehen. Sie wollte sich Ezra gegenüber normal verhalten und vielleicht ein bisschen mehr mit Flame flirten als üblich, weil Ezras Ablehnung immer noch schmerzte. »Hey, Ezra. Tina ist heute Abend anscheinend aufgetaucht, um Gus zu übernehmen?«

»Ja«, antwortete er schroff.

»Das bedeutet, dass Daddy zum Spielen rausdurfte«, warf Birdie ein.

»Wir haben alle unsere Bedürfnisse, und das hier scheint der richtige Ort zu sein, um sie auszuleben«, meinte Sasha und versuchte, dabei keine Eifersucht durchklingen zu lassen.

Ezras Gesichtsausdruck blieb unverändert. »Ich bin wegen eines *Drinks* hier.«

Am liebsten hätte sie sich an diese Aussage geklammert, aber sie mussten einen Abschluss finden. Und deshalb musste sie sich an den Plan halten. »Ein Drink, ein sexy Tanz. Ein bisschen …«

Sie wackelte mit den Augenbrauen und lächelte Flame verführerisch an. »Du reservierst mir heute hoffentlich einen Tanz, Großer.«

Flames Blick war glühend. »Baby, ich reserviere dir all meine Tänze. Bedeutet das, dass ich dich endlich mal ausführen darf?«

»Warten wir mal ab, wie der Tanz läuft«, neckte sie ihn.

Flame legte ihr die Hände an die Hüften, und sie spürte Ezras flammenden Blick, als Flame hinzufügte: »Du wirst an meinem Rhythmusgefühl nichts auszusetzen haben.«

»Darauf wette ich.« Sie verspürte Schuldgefühle, weil sie ihm etwas vormachte, aber sie musste herausfinden, ob sie selbst unwissentlich dafür gesorgt hatte, dass sie bei niemand anderem Schmetterlinge im Bauch bekommen konnte.

»Was geht denn hier ab?«, fragte Taz, als er und Hyde sich zu ihnen gesellten.

Sasha bemerkte die neugierigen – beifälligen? – Blicke, die sie Flame zuwarfen.

»Wir trinken Shots«, verkündete Birdie. »Und die beiden flirten.«

Oh mein Gott.

»Das sehe ich«, meinte Hyde.

»Oh-oh, da ist ja Team Double-Trouble«, meinte Bobbie, die auf dem Weg zur Bar an ihnen vorbeikam.

»Du solltest uns mal ausprobieren, meine Hübsche.« Hyde reckte das Kinn in die Luft. »Wir sind kein Double-Trouble. Mit uns hast du doppelt so viel Befriedigung und doppelt so viel Spaß.«

Bobbie schnaubte. »Davon träumt ihr wohl. Ich will keinen von euch und ganz sicher nicht euch beide zusammen.«

»*Moment*, meint er etwa …?« Birdie riss die Augen auf, und

ihr Blick wanderte zwischen Hyde und Taz hin und her. »Ihr zwei *und* Bobbie? Ein Dreier?«

»Oder ein Vierer, wenn du auch Lust auf einen Ritt hast«, schlug Taz vor.

»Reißt euch zusammen«, warnte Ezra schroff.

Sasha gefiel sein Beschützerinstinkt Birdie gegenüber mehr, als sie zugeben mochte, aber sie konnten ihre Kämpfe auch allein ausfechten. »Wenn ihr nicht wollt, dass Cowboy euch den Kopf abreißt, Dare ihn euch in den Hintern schiebt und Doc eure Leichen verbuddelt, schlage ich vor, dass ihr jetzt die Klappe haltet.«

»Ja, das war nicht cool«, stimmte auch Flame zu.

»Entspannt euch«, meinte Taz. »Ich würde nie mit Birdie ins Bett gehen.«

»Warum nicht? Ich bin doch heiß«, beharrte Birdie.

»*Birdie!*«, ermahnte Sasha sie, aber sie wusste, dass es sinnlos war. Birdie war ebenso feurig wie zart und sie ließ sich nicht die Butter vom Brot nehmen.

Birdie stemmte eine Hand in die Hüfte und kniff die Augen zusammen. »Was denn? Ich *bin* heiß.«

»Du bist so was von heiß, Babe«, stimmte Hyde zu.

»Siehst du?«, fragte Birdie trotzig und blickte Hyde dann neugierig an. »Also, du und Taz, ihr macht …?« Sie machte Kussgeräusche. »Und … *du weißt schon?*« Sie wackelte mit den Augenbrauen.

»*Birdie.*« Sasha nahm ihren Arm. »Zeit für den mechanischen Bullen.« Während sie Birdie wegzerrte, hörte sie, wie Ezra und Flame den Jungs schwer ins Gewissen redeten. »Was hast du dir dabei gedacht, die beiden auch noch anzustacheln?«

»Ich bin neugierig. Du nicht? Ich meine, Hyde *und* Taz?«

»Nein, ich bin nicht neugierig, und hör auf, so über sie zu

denken.«

»Wartet!« Quinn eilte ihnen hinterher. »Warum hast du sie weggezerrt? Ich wollte die Antwort hören.«

»Ihr macht mich noch wahnsinnig«, beschwerte sich Sasha. »Die stehen auf Kram, von dem ihr nichts wissen wollt.« Sie hatte so einiges gehört, und auch wenn sie den Standpunkt vertrat, dass jeder nach seiner Façon selig werden sollte, hatte sie keine Lust, das mit Birdie und Quinn genauer auszudiskutieren.

»Woher weißt du das?«, fragte Quinn geziert.

Birdie keuchte auf. »Warst du schon mit ihnen zusammen?«

»*Nein!* Falls es euch noch nicht aufgefallen ist, ich war bisher mit den Gedanken immer nur bei *einem* Mann, nicht bei zweien.« Sasha und Birdie stellten sich vor dem mechanischen Bullen an und Quinn blieb neben ihnen. Sie ritt nie den Bullen. Sasha war nicht so geschickt wie Birdie, aber sie konnte sich recht gut behaupten, und im Augenblick war ihr jede Gelegenheit recht, Ezras wachsamen Blicken zu entfliehen.

»Vielleicht sind zwei ja besser«, flüsterte Birdie. »Falls der eine nicht auf dich steht, tut es möglicherweise der andere.«

»Du bekommst keinen Tequila mehr.« Sasha versuchte, Birdies Aufmerksamkeit auf die Leute um sie herum zu lenken. »Was denkst du, wer von denen hier deine Bestzeit schlagen kann?«

Kritisch musterte Birdie die Männer und Frauen in der Schlange vor ihnen. »Diese Stadtleute haben keine Ahnung, worauf sie sich einlassen. Die werden das morgen ordentlich im Hintern spüren.« Ein gepflegter Typ in Hemd, Jeans und glänzenden schwarzen Schuhen kletterte auf den Bullen und Birdie johlte: »*Woo-hoo!* Du hast es voll drauf.« Sie senkte die Stimme. »Er hat es überhaupt nicht drauf.«

Sie feuerten alle an, während die Männer und Frauen versuchten, sich gegenseitig zu übertrumpfen. Alle hielten nur ein paar Sekunden durch und fielen dann herunter. Je nach Temperament folgten daraufhin Gelächter oder Flüche. Als Sasha an der Reihe war, feuerten Birdie und Quinn sie beim Besteigen des Bullen an.

Sasha konnte nicht widerstehen, in der Menge nach Ezra Ausschau zu halten. Stattdessen sah sie Flame, der auf sie zukam. Er legte die Hände an den Mund. »Zeig's ihnen, Sasha!«, rief er. In dem Augenblick sah sie Ezra am Rande der Menge stehen, der sie anstarrte und die Lippen fest aufeinanderpresste. In ihr setzte etwas aus und all der Schmerz und die Schuld verwandelten sich in Wut. *Warum soll ich mich schlecht fühlen, weil ich Spaß habe? Er ist derjenige, der die Grenze zwischen uns gezogen hat.*

Sie setzte sich aufrechter hin, begegnete seinem Blick. *Verzehr dich ruhig nach mir. Du hättest mich haben können.*

Während sie die Schenkel gegen die Lenden des mechanischen Bullen presste, schoss ihr flüchtig der Gedanke durch den Kopf, wie es wäre, dasselbe mit Ezra zu tun. Sie schob diese Vorstellung jedoch beiseite, legte die linke Hand unter den Lederriemen und schlang die Finger darum – und ärgerte sich, weil sie wiederum sofort an einen bestimmten Körperteil von Ezra denken musste. Es war definitiv Zeit, dieser Fantasie ein Ende zu bereiten. Sie schloss die Augen, atmete tief ein und langsam wieder aus, um zur Ruhe zu kommen und den Oberkörper zu entspannen. Dann öffnete sie die Augen und hob die rechte Hand, um besser das Gleichgewicht zu halten. Sie nickte Hardy zu, der den Bullen bediente, und betete, dass er ihr nicht zu viel zumuten würde. Sie war fest entschlossen, Ezra zu zeigen, was ihm entging.

Die Menge jubelte, als es langsam und gemächlich losging,

sodass Sasha Zeit hatte, sich einzugewöhnen. *Danke, Hardy.* Es war schon eine Weile her, dass sie den Bullen geritten hatte, aber immerhin ritt sie häufiger auch auf Pferden, die versuchten, sie abzuwerfen. Als der Bulle sich schneller bewegte und immer unberechenbarer wurde, tobten die Zuschauer. Adrenalin schoss durch ihre Adern, während der Bulle bockte und sich drehte. Sie bewegte sich mit ihm und erntete noch mehr Gejohle, Jubel und Pfiffe. Vage war sie sich Flames Stimme bewusst, die sich über die anderen erhob, und wünschte sich dabei doch sehnlichst, es wäre Ezras. Sie kämpfte gegen diesen Gedanken an und hielt sich mit aller Kraft fest, als sich die Geschwindigkeit steigerte. Dabei verlor sie weder das Gleichgewicht noch die Konzentration und es fühlte sich verdammt gut an. Sie war überglücklich, beinahe trunken vor Freude, als die Leute laut riefen und pfiffen. Der Bulle drehte sich schneller und auf einmal wurde ihr der Übermut zum Verhängnis. Sie kippte zur Seite und purzelte auf den gepolsterten Boden. Um sie herum brandete Applaus auf, der ihr einen weiteren Adrenalinschub verpasste, während Birdie laut rief: »Woo-hoo! Das ist meine Schwester!«

Lachend rappelte sich Sasha auf. Birdie und Quinn umarmten sie, und dann hob Flame sie hoch. »Du warst einfach großartig!«

Sie *fühlte* sich auch großartig. »Ja, oder?«

»Und ob.« Er sah sie so gierig an, wie es Männer immer taten, bevor sie einen küssten.

Oh Gott. Dazu war sie noch nicht bereit. »Wir müssen Birdie anfeuern«, kam ihr gerade noch rechtzeitig als Ausrede in den Sinn. Sie löste sich aus seinen Armen und drehte sich um, damit sie Birdie zuschauen konnte. Ihr Blick fiel auf Ezra auf der anderen Seite der Zuschauermenge, der aussah, als wolle er jemanden umbringen. *Verdammt, verdammt, verdammt.*

»Los, Birdie!«, johlte Flame, und sein Körper streifte Sashas Rücken.

Sashas Gedanken rasten in ein Dutzend Richtungen, während sie Birdie zujubelten. Sie nahm sich vor, Flame zu küssen, und sofort redete sie es sich wieder aus. Wären Birdie oder eine ihrer Freundinnen in der Situation, in der sie und Ezra sich befanden, würde sie ihnen sagen, dass der Mann richtig daran getan hatte, es zu beenden, bevor alles zu kompliziert wurde. Warum fiel es ihr dann so schwer, das zu akzeptieren?

Nachdem Birdie alle anderen auf dem mechanischen Bullen ausgestochen hatte, gingen sie zur Bar, um sich eine Runde Shots zu gönnen. Birdie und Quinn legten einen kurzen Schwenk ein, um mit ein paar süßen Kerlen zu quatschen.

»Bleiben wohl bloß noch wir beide«, meinte Flame. »Hey, Doc und Rebel sind auch hier.«

Sie folgte seinem Blick zu Doc, Rebel und Ezra, die mit einer Gruppe Frauen plauderten. Konnte der heutige Abend noch unangenehmer werden?

Doc winkte sie heran.

Ja. Offenbar kann es noch schlimmer werden.

Sie gesellten sich zu ihnen, und Sasha war bemüht, sich normal zu verhalten und sich an den verschiedenen Gesprächen zu beteiligen, während sich die attraktive Brünette, mit der Ezra plauderte, ihm praktisch an den Hals warf. Sie hatte keine Lust auf Selbstgeißelung. »Ich brauche einen Drink. Bin gleich wieder da.«

»Ich hol ihn dir«, bot Flame an.

»Nein, schon gut. Bleib ruhig hier. Ich bin gleich zurück.«

Doc berührte sie am Arm, damit sie stehenblieb. »Wie kommst du nach Hause?«

»Uber«, antwortete Sasha schlicht.

»Ich habe nur ein Bier getrunken und bin mit dem Pick-up hier«, sagte Flame. »Ich sorge dafür, dass sie sicher nach Hause kommt.«

Ezra sah aus, als würde ihm gleich Rauch aus den Ohren kommen.

Der hatte Nerven. Sasha schenkte Flame ein flirtendes Lächeln. »Danke. Bin gleich wieder da.«

Kochend vor Wut bahnte sie sich den Weg zur Bar und sah mit Erleichterung, dass Bobbie gerade hinter dem Tresen stand.

Bobbie musterte sie neugierig. »Du siehst aus, als könntest du einen Tequila gebrauchen.«

»Am besten eine ganze Flasche.«

Während sie Sashas Glas füllte, blickte sie über Sashas Schulter. »Verstehe.«

Bobbie ging wieder, und Sasha drehte sich genau in dem Augenblick um, als Ezra sie erreichte. Er trat so dicht an sie heran, dass sich die Luft zwischen ihnen elektrisch aufgeladen anfühlte.

»Was zum Teufel treibst du hier?«, fragte er ebenso leise wie schroff.

»Mir einen Drink holen.« Sie nahm ihr Glas in die Hand und zeigte es ihm, als würde sie seine Nähe nicht kümmern oder als würde sie die Eifersucht, die von ihm ausging, nicht erregen, was ihr gerade schmerzhaft bewusst wurde.

»Du weißt genau, wovon ich rede«, knurrte er.

»Das weiß ich leider wirklich nicht. Vielleicht weiß es deine neueste Eroberung.« Sie hob das Kinn und stolzierte zurück zu Flame. Auf dem Weg dorthin schüttete sie sich den flüssigen Mut in die Kehle.

In der nächsten halben Stunde zwang sie sich, auf Flame

konzentriert zu bleiben. Nicht dass das schwer gewesen wäre. Er war aufmerksam, attraktiv und sündhaft gut darin, auf eine Weise mit ihr zu flirten, die nicht so offenkundig war, dass Doc Alarm schlagen konnte. Sie amüsierte sich gut, aber die Schmetterlinge in ihrem Bauch flatterten nur auf, wenn Ezras Blick auf ihr ruhte. Nicht bei Flame.

»Country Girl (Shake It for Me)« drang aus den Lautsprechern, und sie hörte Birdie jubeln. Schon kamen Birdie und Quinn zu ihr gelaufen.

»Komm!«, rief Birdie. »Das ist unser Song.«

»Sorry, Flame«, ergänzte Quinn.

Sie hakten sich bei Sasha unter und eilten zu dritt auf die Tanzfläche.

»Was läuft da bei euch?«, fragte Birdie beim Tanzen. »Diese Frau hat es auf Ezra abgesehen, aber er hat nur Augen für dich.«

»Keine Ahnung. Ich konzentriere mich heute Abend auf Flame.« Sasha klang viel zuversichtlicher, als sie sich fühlte, aber wie lautete der Spruch doch gleich? *Fake it until you make it?* Das war heute Abend ihr Motto.

Quinn tanzte näher an sie heran. »Also machst du dich richtig an ihn ran?«

»Vielleicht.« Sie wirbelte herum und konnte kaum glauben, dass sie das gesagt hatte, geschweige denn, dass sie darüber nachdachte, Flame zu küssen, damit sie endlich ihre Antwort bekam.

»Ezra und Flame beobachten dich beide«, berichtete Birdie. »Also drehen wir mal richtig auf!«

Sie gingen zu ihrer eigenen Dirty-Dancing-Version über, einem Tanzstil, der eine Menge männliche Aufmerksamkeit auf sich zog und ihre Brüder normalerweise in den Wahnsinn trieb. Der Tequila hatte seine Funktion erfüllt. Sasha war in rebellischer Stimmung und gab bei diesem Tanz alles, bewegte verführerisch die Hüften und Schultern. Sie warf sich die Haare über eine Schulter und blickte lüstern in Flames und Ezras Richtung, damit die für sich entscheiden konnten, wem der Blick galt.

Sie tanzten noch zu weiteren Songs, und als »Rock and a Hard Place« gespielt wurde, kam Flame auf die Tanzfläche und sah dabei äußerst attraktiv aus.

»Entschuldigt, Ladys.« Er nahm Sashas Hand und zog sie an sich. »Du hast mich doch gebeten, dir einen Tanz zu reservieren.«

»Ja, das hab ich.« Sie schlang ihm die Arme um den Hals und wiegte sich im Takt der Musik.

Sie sah Ezra mit zu Fäusten geballten Händen und glühenden Augen an der Tanzfläche vorbeischreiten. Der Schmerz, die Schuldgefühle und die Wut in ihr verschmolzen mit dem Tequila und verwirrten sie vollkommen. Sie schloss die Augen und konzentrierte sich auf den Mann, mit dem sie tanzte, und nicht auf den, der ihr das Herz schwer machte. Flame drückte sie fester an sich und sie spürte jeden Zentimeter seines harten Körpers. Er war ein sinnlicher Tänzer und strich mit seinen großen Händen über ihren Rücken, während er das Becken an ihres presste. Das hier war ein Mann, der wusste, wie er seinen Körper einsetzen musste. Ihr Puls beschleunigte sich. Er war ein guter Mann und ein guter Freund, und das war ihre Chance herauszufinden, ob zwischen ihnen mehr sein konnte.

Sie musterte seinen kantigen, glatt rasierten Kiefer. Jetzt oder nie. Aber als er sie mit seinen tiefblauen Augen ansah und die Lippen auf ihre zubewegte, gewann ihr Herz die Oberhand. »Ich muss kurz ins Bad«, meinte sie in dem Augenblick, in dem er sie gerade küssen wollte. »Sorry. Zu viel Tequila.«

»Schon okay, Sweetheart. Ich gehe nirgendwohin.«

»Bin gleich wieder da.«

Eilig verließ sie die Tanzfläche und sah, wie Ezra sie beobachtete, als sie auf den Gang zuging, der zur Damentoilette führte. Ihr Puls beschleunigte sich, als er neben sie trat. Er sagte kein Wort, aber das brauchte er auch nicht. In der Luft um sie herum knisterte die Spannung heiß und eindringlich und auf seltsame Weise faszinierend. Er griff nach ihrem Oberarm und zog sie am Eingang zur Damentoilette vorbei bis ans Ende des Gangs und in eine enge Nische, in der ein altes Münztelefon an der Wand hing.

Sie riss sich los. Er stand direkt vor ihr. So nah, dass sie das Feuer in seinen Augen lodern sah. »Was soll denn das?«

»Dieselbe Frage wollte ich dir auch gerade stellen«, fauchte er, und sein Brustkorb streifte ihren, während sie mit dem Rücken gegen die Wand prallte.

Der wütende Ezra war so heiß, dass sich ihre Brustwarzen verräterisch aufrichteten und sich ihm entgegenreckten. Aber das spielte keine Rolle. Er war schuld, dass sie solche Probleme mit anderen Männern hatte, und sie war sauer. »Ich tue, was ich will, und das geht dich einen feuchten Kehricht an.«

»Von wegen.«

»Falls es dir entgangen sein sollte, du hattest deine Chance bei mir, aber du wolltest mich nicht.«

Er beugte sich vor, bis sein Mund nur einen Zentimeter von ihrem entfernt war. »Das stimmt doch gar nicht. Ich habe mein Verlangen nach dir doch wohl glasklar ausgedrückt.«

»Das bedeutet gar nichts, wenn darauf ein *Wir können das hier nicht machen* folgt.«

Er biss so fest die Zähne aufeinander, dass sich seine Kiefermuskeln wölbten. »Du gehörst nicht zu *ihm*.«

»Du hast Nerven, mir vorzuschreiben, mit wem ich zusammen sein sollte. *Er* schickt mich nicht weg oder spielt mit meinen Gefühlen. *Er* wird mich küssen und … *weitermachen.*«

»Verdammt noch mal, Sasha. Du weißt doch, dass ich dich will«, stieß er zwischen zusammengepressten Zähnen hervor. »Ich kann nur nicht entsprechend handeln und alles riskieren, was Gus hat und braucht.«

Bei der Erwähnung von Gus schmerzte ihr hämmerndes Herz erneut. Zu den nächsten Sätzen musste sie sich zwingen. »Und ich würde das nie von dir verlangen, und damit hast du deine Antwort. Gute Nacht, Ezra.« Sie schob sich an ihm vorbei und ging zurück zu Flame.

Zehn

Als Ezra kurz vor dem Ende seiner Joggingrunde war, fühlte sich seine Haut zu straff gespannt an, sein Kopf zu durcheinander, um klar zu denken, und sein verdammtes Herz, als wäre es durch einen Fleischwolf gedreht worden. Er war kein gewalttätiger Mensch, aber stünde Flame jetzt vor ihm, würde er ihn in Stücke reißen. Oder bei dem Versuch sterben.

Sasha war gestern Nacht nicht nach Hause gekommen.

Das wusste er, weil er so dämlich gewesen war, draußen sitzen zu bleiben und nach Flames Pick-up Ausschau zu halten. Er war nicht stolz darauf, doch er hatte sich einfach nicht davon abhalten können. Er rannte schneller und ging auf dem letzten Kilometer zum Sprint über, während er zum millionsten Mal über alles nachdachte, was gestern Abend passiert war. Es war unmöglich von ihm gewesen, so hart mit Sasha ins Gericht zu gehen, aber er hatte es nicht länger ertragen können. Es war eine Sache, sie mit Flame flirten zu sehen. Vermutlich hatte sie das getan, um ihm eins auszuwischen. Aber als er sie in Flames Armen auf der Tanzfläche gesehen hatte, wie sie sich in diesem sexy Outfit von ihm anfassen ließ, hatte seine Wut die Oberhand gewonnen. Selbst jetzt, am helllichten Tage, fiel es ihm schwer, bei dem Gedanken ruhig zu bleiben.

Das war doch verrückt. Normalerweise blieb er ruhig und rational. Er war noch nie ausgeflippt oder bei seiner Frau besitzergreifend gewesen, selbst als sie ihn betrogen hatte. Andererseits hatte er für Tina nie so starke Gefühle gehabt wie für Sasha. Er musste sich zusammenreißen und das mit Sasha in Ordnung bringen, bevor Gus darunter litt.

Als er seinen Klimmzugbaum am Ende des Weges erreichte, wurde er langsamer. Ezra machte dreißig Klimmzüge, die jedoch nicht halfen, die Verkrampfungen in seiner Brust zu lösen. Er wischte sich über die schweißnasse Stirn. Dann verließ er den Weg, ließ sich ins Gras fallen und machte fünfzig Liegestütze und hundert Sit-ups in der Hoffnung, dadurch etwas von seiner Anspannung loszuwerden. Aber eigentlich wusste er es besser. Er hatte bereits vor seiner Joggingrunde ein anstrengendes Krafttraining absolviert und kochte immer noch vor Wut.

Er stand auf, zog sein T-Shirt aus und wischte sich damit Gesicht und Brust ab, während er über die grasbewachsene Anhöhe in Richtung der Straße lief, an der er und Sasha wohnten. Als er den Hügel erklommen hatte, sah er Sashas Pick-up vor ihrer Hütte stehen.

Das Hemd in der Faust umklammert betrat er ihre Veranda und klopfte an die Tür, bereit, sich dem Problem zu stellen. Sein Puls raste, die Minuten kamen ihm vor wie Stunden. Ihm kam der unangenehme Gedanke, dass sie vielleicht gerade unter der Dusche stand und Flames Geruch abwusch. Erneut übermannte ihn wilde Wut, und das machte ihn zu einem echten Scheißkerl, denn er war nicht nur wegen Flame wütend. Er wollte nicht, dass sie mit *irgendjemand anderem* zusammen war. Diese Erkenntnis hätte er eigentlich genauer analysieren müssen, bevor er nach ihr suchte, aber im Augenblick war ihm das egal. Er machte sich auf den Weg zu den Ställen, weil er darauf hoffte, sie dort anzutreffen.

Während er so durch das Gras stapfte, ermahnte er sich, sich nicht wie ein Arschloch zu verhalten. Das Gleiche hatte er auch gedacht, als er als Teenager auf die Ranch gekommen war, aber in dem Augenblick, in dem er Sasha gesehen hatte, waren all seine guten Vorsätze über Bord gegangen und stattdessen war ihm *Hey, Lämmchen, wie wär's mit einer Runde im Heu?* über die Lippen gekommen. Wie konnte eine Frau ihn über so viele Jahre um den Verstand bringen?

Er sah Pferde auf den kleineren Koppeln und ein paar in den Einfriedungen und wusste, dass Sasha dort sein musste. Sie liebte ihre Pferde ebenso sehr wie Gus. Beim Gedanken an seinen Sohn fühlte sich seine Brust wie zugeschnürt an. Ein Teil von ihm wünschte sich, Tina hätte Gus nicht übers Wochenende zu sich geholt. Dann hätte er nicht gewusst, was Sasha gestern Abend getrieben hatte. Verdammt, ein Teil von ihm wünschte sich, sie hätten sich nie geküsst, damit sie ihre Freundschaft fortsetzen konnten, die er so sehr schätzte.

Er betrat den ersten Stall für die kranken Pferde, wo Sully vor einer Box stand und mit einem Pferd redete. »Hey, Ezra. Ist Gus bei dir?« Sie spähte um ihn herum.

»Nein«, antwortete er kurz angebunden. »Er ist über das Wochenende bei seiner Mutter.«

»Ich wollte ihm erzählen, dass wir das Bild, das er mir gemalt hat, eingerahmt und im Wohnzimmer aufgehängt haben.« Sullys und Cowboys Wände waren voll mit Sullys Zeichnungen und Fotos von ihren Familien und engen Freunden.

»Er wird begeistert sein, wenn er das hört.« Ihre Liebe zu Gus war für ihn eine wichtige Erinnerung daran, warum er seine Emotionen in Schach halten musste. »Ich suche Sasha. Ist sie hier irgendwo?«

»Ja. Sie ist im anderen Stall.«

»Danke. Wir sehen uns später.«

Seine Nerven lagen blank, als er den anderen Stall betrat, aber er war fest entschlossen, sich zu entschuldigen und alles in Ordnung zu bringen. Er unterdrückte den Drang, nach ihr zu rufen, wohl wissend, dass er die Pferde damit aufschrecken würde. Stattdessen schaute er in jede Box, an der er vorbeikam. Einige der geretteten Pferde waren in einem schlechten Zustand, was ihn bekümmerte. Doch er wusste, dass sie unter Sashas Obhut aufblühen würden.

Genau wie Gus und ich, als wir auf die Ranch kamen.

Die Tür der Sattelkammer stand einen Spalt offen. Er sah Sasha, die in ihren süßen kastanienbraunen Stiefeln auf den Zehenspitzen stand, und wie sich ihr T-Shirt nach oben schob, während sie sich streckte, um ein Regal zu erreichen. Ihr Haar war offen und ein wenig zerzaust, und sie trug die Shorts, die ihm am besten gefielen; ein bisschen zu groß und tief auf ihren Hüften sitzend. Über der linken Gesäßtasche enthüllte ein Riss einen Hauch von Haut. Gleichzeitig erinnerten ihn diese Shorts an gestern Abend und an Flames Hände auf ihrem Rücken. Die Erinnerung löste eine weitere Welle von Gefühlen aus. Eifersucht und Verlangen kämpften gegen seine rationalen Gedanken. Er versuchte, die Beherrschung zu wahren, als er den Raum betrat, doch als sie sich umdrehte, ihr dabei die Haare über eine Schulter fielen und Überraschung und ein Hauch von Lust in ihren Augen schimmerten, war es damit vorbei.

»Ezra«, hauchte sie, und ihr Blick wanderte zu seiner nackten Brust.

»Wir müssen reden.« Er schloss die Tür hinter sich und drehte den Schlüssel herum. Das Shirt ließ er achtlos zu Boden fallen. Er wollte keine Ablenkungen.

»Warum hast du abgeschlossen?«

»Weil wir diesen Raum erst verlassen, wenn alles geklärt ist.« Er ließ ihr keinen Verhandlungsspielraum, trat dicht an sie heran. Dabei entging ihm nicht, wie ihr Blick bei seinem Näherkommen über seinen Körper wanderte. »Ich habe mich gestern in der Bar wie ein Arschloch verhalten, und das tut mir leid.«

Sie nickte und leckte sich die Lippen, als wäre ihr Mund plötzlich trocken.

»Du bist letzte Nacht nicht nach Hause gekommen.«

Sasha hob den Kopf, um ihm ins Gesicht zu sehen. »Woher weißt du das?«

Sie leugnete es nicht, und die Eifersucht überrollte ihn wie ein Güterzug, löschte jede Chance auf Rationalität aus. »Warst du mit ihm im Bett?«

»Darüber reden wir nicht.«

»Doch, das tun wir.« Er brauchte Antworten, sonst würde er verdammt noch mal den Verstand verlieren. Es war nicht fair von ihm, danach zu fragen, geschweige denn, eine Antwort zu verlangen, aber er hatte es satt, bei ihr immer das Richtige zu tun. Er trat noch dichter an sie heran, hielt ihren Blick fest. »Hast du mit ihm geschlafen?«

»Ezra«, flehte sie.

»Du weißt selbst, dass du von keinem anderen berührt werden willst als von mir. Ich sehe es in deinen Augen. Ich habe es gespürt, als wir uns geküsst haben.« Er wusste nicht, woher diese Behauptung kam, aber sie schluckte schwer, und das Verlangen in ihren Augen gab ihm recht. »Hat er letzte Nacht deine *Bedürfnisse* befriedigt?«, brachte er zwischen zusammengebissenen Zähnen hervor. »Hast du zugelassen, dass er dich auf die

Art berührt, auf die du von *mir* berührt werden willst?« Er strich mit einer Hand über ihren Oberkörper, streifte dabei ihre Brust und spürte, wie sie unter seiner Hand erbebte und leise *»Ezra«* stöhnte. »Hast du ihn das hier machen lassen?« Er ließ seine Hand über ihren Hals wandern, griff ihr ins Haar und zog daran, sodass sie den Kopf heben musste, um ihn anzusehen.

Sie atmete schwer und ihre Augen verdunkelten sich vor Verlangen.

Er ließ die Lippen dicht über ihren verharren. »Hat er dich so innig und hart geküsst wie ich? Hast du für ihn gestöhnt und dich gewunden, wie du es für mich getan hast?«

»Ezra, bitte«, flüsterte sie.

Er bezwang das Verlangen, sie zu küssen, legt ihr die andere Hand an die Wange und strich mit dem Daumen über ihre Haut. »Du bist einfach zu schön. Du bringst mich noch um, Sasha.« Er drückte den Daumen auf ihre Unterlippe. »Hast du ihn in deinem hübschen Mund *kommen* lassen?«

Ihr klappte die Kinnlade herunter, und ein Laut, der zwischen entsetzt und neugierig angesiedelt war, drang aus ihrer Kehle.

Er wusste, dass er aufhören musste, aber es war längst zu spät. Sein Griff in ihren Haaren wurde fester, er nahm die Hand von ihrer Wange und umfasste ihre Brust, spielte durch das Hemd hindurch mit ihrer Brustwarze. »Durfte er seinen Mund auf diese wunderbaren Brüste legen, auf denen eigentlich *mein* Mund sein sollte?«

Ein verlangendes Stöhnen entwich ihren Lippen.

Er senkte die Hand und ließ die Finger über die Innenseite ihrer Oberschenkel wandern. »Hat er dich so feucht gemacht, wie ich es tue?« Das Verlangen in ihren Augen spornte ihn an, und er streichelte die empfindliche Haut unter dem Saum ihrer

Shorts. »Ich wette, du bist jetzt gerade sehr feucht für mich.«

Ihr Atem stockte und sie berührte seine Brust, ließ die zitternden Finger über seine Brustwarze wandern. »Oh Gott ...«, seufzte sie.

»Gefällt dir, was du spürst, Lämmchen?« Er beugte sich vor, strich mit seinen Bartstoppeln über ihre Wange und flüsterte rau: »Sehnst du dich so schmerzhaft nach mir, wie ich mich nach dir sehne?«

»Ja«, antwortete sie schlicht und schloss die Augen.

»Mach die Augen auf. Ich will, dass du den Mann siehst, der dir einen Orgasmus beschert.« Sie öffnete die Augen, und ihr Blick war so erregt, dass er sie umso mehr begehrte.

»Ich sehe dich«, hauchte sie. »Ich *will* dich.«

Er konnte sich gerade noch so beherrschen, aber er musste sicherstellen, dass sie sich einig waren. »Ich kann dir nicht mehr als eine schöne Zeit versprechen, und falls irgendjemand hiervon erfährt, könnte das unser Leben ruinieren.«

»Ich habe nie um mehr gebeten, und was zwischen uns vor sich geht, geht niemanden sonst etwas an.«

»Wenn ich dich berühre, wird dich kein anderer Mann anfassen, solange wir das hier tun. Ist das klar?«

»Ja. Genau das will ich.«

Er öffnete ihre Shorts und hielt ihren Blick gefangen, während er eine Hand in ihren Slip schob. Sobald er ihre erregte Mitte berührte, stieß sie ein sexy Stöhnen und er ein Knurren aus. Er umfasste ihren Venushügel. »Das gehört mir.«

Sie nickte. »Dir.«

Er drang mit den Fingern in sie ein und ein sinnlicher Laut stieg aus ihrer Kehle. Der Gedanke, dass sie das auch für Flame getan haben könnte, nagte an ihm. Er versuchte, ihn wegzuschieben, während er sie liebkoste und mit der Zunge über ihre

Unterlippe fuhr. »Dieser Mund gehört *mir*. Niemand außer mir kostet von meiner Whiskey.«

»Ja.«

Er presste den Mund auf ihren, küsste sie grob und besitzergreifend, bemühte sich, das Bedürfnis nach Antworten zu vertreiben. Doch während sie unter seinen Berührungen stöhnte und sich wand, hingen all diese unbeantworteten Fragen so dunkel und donnernd wie ein aufkommender Sturm über seinem Kopf. Sie rieb sich stöhnend an ihm und war so kurz davor zu kommen, dass er es schmecken konnte. Daher verharrte er und löste die Lippen von ihren, um eine Antwort zu verlangen, aber bevor er dazu kam, flehte sie erneut: »Ezra, *bitte*.«

Sein Verlangen, sie zu befriedigen, zu spüren, wie sie *seinetwegen* die Kontrolle verlor, wurde wichtiger als sein Wunsch nach Antworten. Er schob ihr eine Hand ins Haar und zog ihren Kopf nach hinten. Siedend heiß fiel ihm gerade noch rechtzeitig ein, wo sie sich befanden, daher warnte er sie rasch: »Schrei nicht zu laut, Lämmchen.« Dann drückte er den Mund auf ihren und eroberte ihn, während er ihr gab, was sie brauchte.

Wonach es sie beide verlangte.

Ezra war wie benommen vom Geschmack ihres köstlichen Munds und dem Gefühl ihrer sensibelsten Stelle unter seiner Hand. Er sehnte sich danach, tief in ihr zu sein. Als sie kurz vor dem Höhepunkt auf die Zehenspitzen ging, löste er die Lippen von ihren und knabberte stattdessen an ihrem Hals. »Ezra ...«, stieß sie laut und wild hervor. Das klang wie Musik in seinen Ohren, aber da er wusste, dass es ihn den Job kosten könnte, eroberte er ihren Mund zurück und ließ ihr Stöhnen verstummen, während sie sich unter ihm wand und ihr Körper um seine

Finger herum pulsierte. Die ganze Zeit über liebkoste er sie weiter, bis sie ihren Höhenflug beendet hatte, um dann »Noch mal« zu knurren und sie abermals leidenschaftlich zu küssen.

»Sasha?«, rief eine männliche Stimme irgendwo im Stall.

Sie erstarrten und in Sashas großen Augen stand Sorge. *Verdammt.* Schnell zog Ezra die Hand aus ihren Shorts und knöpfte sie zu. Sie sah ihm dabei zu, wie er sich die Finger ableckte, und in ihren Augen rang Verlangen mit Furcht. Ihre Haare waren nun völlig zerzaust, ihre Wangen gerötet, die Lippen rosa und geschwollen von all den Küssen. Er strich ihr über das Haar, um es zu glätten. »Du siehst wunderschön aus, aber leider auch so, als hätte man dich gerade richtig durchgenommen«, flüsterte er ihr zu.

»Mist.« Sie schüttelte die Haare aus. »Ezra …?«

»Ja?«

Sie deutete auf seine Erektion.

»Scheiße.« Er hob sein Shirt vom Boden auf und zog es über, aber es war nicht lang genug, um seine erwachte Männlichkeit zu verdecken.

»Sasha?«, erklang die männliche Stimme erneut und näherte sich der Tür.

»Doc«, flüsterten sie gleichzeitig.

Sie schob Ezra auf das Badezimmer zu und entriegelte die Tür zur Sattelkammer. »Geh. Schnell«, drängte sie ihn leise.

Während er ins Bad rannte, hörte er, wie die Tür geöffnet wurde.

»Hey. Was machst du hier drin?«, fragte Doc.

»Ich wollte das Sattel- und Zaumzeug wegräumen. Dummerweise habe ich dabei ein paar Sachen vom Regal gestoßen, und es hat ewig gedauert, alles wieder richtig zu verstauen. Ich muss jetzt nach den Pferden sehen. Komm doch mit.«

Clever.

Ezra stützte sich mit den Händen auf das Waschbecken und starrte sich im Spiegel an. Der rebellische Bad Boy, den sie in ihm zum Vorschein brachte, grinste ihm erfreut entgegen. Doch der verantwortungsvolle Vater und Therapeut ermahnte ihn, dass er gerade mit dem Feuer spielte.

Elf

Beim Abendessen bemühte sich Sasha, den Gesprächen um sie herum zu folgen, aber ihr Herz raste, und in ihrem Magen hatte sich ein Knoten gebildet. Sie war schon den ganzen Tag nervös und hatte gehofft, Ezra zu sehen oder von ihm zu hören, damit sie miteinander reden konnten. Doch er hatte sie nicht aufgesucht und jetzt saß er neben ihr und verhielt sich völlig normal. Während sie kaum etwas zu sich nehmen konnte, genoss er Barbecue-Rippchen, als hätte er nicht erst vor ein paar Stunden zuvor schmutzige Dinge zu ihr gesagt und sie zum Orgasmus gebracht. *Das* hier war der Ezra, den sie kannte. Der ruhige, vernünftige, unerschütterliche alleinerziehende Vater und Therapeut, ganz anders als die eifersüchtige, lüsterne, *hungrige* Bestie, von der sie im Stall eine Kostprobe bekommen hatte. Ihr war nicht bewusst gewesen, dass es ihr gefallen würde, wenn ein Mann so zupackend war und Dirty Talk draufhatte, bei dem ihr Höschen feucht wurde. Vielleicht wäre das bei einem anderen Mann als ihm auch nicht der Fall. Doch jetzt, wo sie ihm so nahe war, kam alles noch einmal hoch.

Wie konnte er sein Verlangen so einfach abschalten? Weil er Erfahrung mit bedeutungslosen One-Night-Stands hatte? *Oh nein.* War das in der Sattelkammer eine einmalige Sache gewesen?

War all das Gerede darüber, was er mit ihr anstellen würde, nur dazu da, sie auf das heiß zu machen, was er in der Sattelkammer mit ihr vorgehabt hatte, bevor sie unterbrochen worden waren? Hatte er deshalb die Tür abgeschlossen?

Na toll. Jetzt dachte sie schon wieder an das, was er mit ihr angestellt hatte. Sie trank etwas Eiswasser und schaute sich gleichzeitig am Tisch um, ob jemandem auffiel, dass sie innerlich in Flammen stand.

Cowboy riss mit seinen Zähnen ein Stück Fleisch von einer Rippe und blickte stirnrunzelnd Doc an, der sein Fleisch mit Messer und Gabel vom Knochen schnitt. »Was treibst du denn da?«

»Wonach sieht es denn aus?«, fragte Doc.

»Hast du Angst, dir die manikürten Fingernägel zu ruinieren?«, witzelte Cowboy.

»Nein, du Blödmann. Ich habe ein Date und will nicht, dass mein Hemd schmutzig wird.«

Ezra beugte sich vor, um an Sasha vorbeizusehen, und fragte: »Wohin führst du sie aus?«

Wie konnte er sich so normal verhalten, wenn sie hier gerade den Verstand verlor? Sasha erinnerte sich daran, dass er gesagt hatte, er würde Frauen um den Verstand vögeln und sie dann nie wiedersehen. Plötzlich fragte sie sich, ob das mit ihr so ähnlich war, obwohl er sie auch gewarnt hatte, dass niemand sonst sie anfassen durfte. Ihr Magen verkrampfte sich.

»Wir gehen …« Doc schaute die Frauen am Tisch an. »… *bowlen.«*

»Ja, na klar«, kommentierte Billie sarkastisch. »Also ein One-Night-Stand.« Sie biss in ihr Rippchen.

»Bowling passt doch ganz gut, immerhin ist er nach einem

Strike sowieso raus.« Cowboy gluckste.

Sasha musste sich ablenken. »Wisst ihr noch, wie Doc das Mädchen in der Bowlingbahn gebeten hat, mit ihm auszugehen, und sie ihm einen Korb gegeben hat?«

»Oh ja. Daran erinnere ich mich«, meinte Cowboy. »Danach hat er sich monatelang geweigert, bowlen zu gehen.«

»Haben wir nicht seinetwegen eine Bowling-Geburtstagsparty verpasst?«, fragte Dare.

Das Geplänkel half nicht. Sie stand auf, um sich Wasser nachzuschenken, und hoffte, etwas Abstand würde es ihr erleichtern, sich normal zu verhalten. Während sie ihr Glas füllte, trat ihr Vater neben sie, um sich ebenfalls etwas einzuschenken.

»Hi, Darling. Geht's dir gut? Du siehst aus, als wärst du mit den Gedanken ganz woanders.«

»Ich? Nein. Alles gut. Mir fiel nur eben ein, dass ich vergessen habe, etwas im Futterladen zu bestellen.«

»Na gut. Doc hat erwähnt, dass eine Katze im Stall der kranken Pferde Mäuse jagt. Bei deinem Gesichtsausdruck war ich schon besorgt, sie würden Schwierigkeiten machen.«

Ihre Nerven waren zum Zerreißen gespannt und in ihrem Kopf erklang die Stimme ihrer Mutter. *Dein Vater mag ein großer Mann sein, aber er kann sich gut verbergen und ist ziemlich clever.* Sie fühlte sich, als wäre sie wieder zehn Jahre alt und dabei erwischt worden, eine Krankheit vorzutäuschen, um nicht in die Schule gehen zu müssen. Wusste er von ihr und Ezra? Wusste Doc Bescheid? *Niemals.* Doc hätte sie geradewegs darauf angesprochen. Oder nicht? Doch. Natürlich hätte er das. Sie war bloß paranoid.

»Nein. Keine Schwierigkeiten. Alles in Ordnung.«

»Freut mich zu hören.« Er legte ihr eine Hand auf den Rücken. »Wenn dir irgendwelche Streuner Probleme machen, sag deinem alten Herrn Bescheid, dann kümmere ich mich um sie. Guten Appetit, Liebes.«

Während er zurück zu seinem Tisch ging, rang sie um Fassung. Sie musste sich zusammenreißen. Niemand durfte von ihr und Ezra erfahren.

Sie machte sich auf den Weg zu ihrem Platz und hörte ihr Handy pingen. Rasch stellte sie ihr Glas auf dem Tisch ab, setzte sich hin und las die Nachricht.

Ezra: *Ich kann dich immer noch schmecken.*

Ihr Herzschlag beschleunigte sich und ihre Wangen brannten. Sie warf ihm einen fassungslosen Blick zu. Wie konnte er ihr so etwas schicken, während sie von ihrer Familie und allen anderen umringt waren?

Seine Augen blitzten unverschämt, während er sich Barbecue-Soße von den Fingern leckte.

Um nicht komplett die Fassung zu verlieren, wandte sie den Blick ab und ließ ihn stattdessen noch einmal über den Tisch schweifen, um herauszufinden, ob jemandem auffiel, was in ihr vorging. Wenn das so weiterging, wäre bis zum Ende des Abendessens nur noch ein Häufchen Asche von ihr übrig, so erhitzt fühlte sie sich. Zum Glück waren ihre Brüder damit beschäftigt, sich gegenseitig aufzuziehen, und die Frauen lachten über sie.

Unter dem Tisch drückte Ezra ein Bein gegen ihres und lenkte ihren Blick damit wieder auf sein Gesicht. Charmant und jungenhaft grinste er sie an, so ganz anders als der unverschämte Blick, den er ihr noch vor wenigen Sekunden zugeworfen hatte. Ihr Herz klopfte schneller, und sie konnte nur versuchen, mit ihm Schritt zu halten.

Wieso fühlte sich etwas so Harmloses wie die Berührung

ihrer Beine ebenso tabu an wie die lüsterne Textnachricht?

Später am selben Abend war sie immer noch bemüht, sich von Ezra abzulenken, während sie die Wäsche zusammenlegte und über Lautsprecher mit Bobbie telefonierte. Sie hatte gehofft, Ezra an diesem Abend noch zu sehen, aber seit er nach dem Essen gegangen war, hatte sie nichts mehr von ihm gehört. Gus sollte eigentlich bis Sonntagnachmittag bei seiner Mutter sein. Sie fragte sich, ob Tina ihn vielleicht früher wieder abgegeben hatte.

»Ich kann's nicht fassen, dass du dir keinen Ritt auf Flames Löschschlauch gegönnt hast«, meinte Bobbie gerade.

»Er ist kein Feuerwehrmann, sondern Feuerspringer, und ich war einfach nicht in Stimmung.«

»Zu schade. Er eignet sich perfekt für eine Freundschaft plus.«

Sie hatte Bobbie nichts von dem erzählt, was mit Ezra letzte Nacht in der Bar und auch danach vorgefallen war, aber Freundschaft plus schien das richtige Etikett für die Beziehung zwischen ihr und Ezra zu sein, daher griff sie das Thema, das ihre Freundin da gerade angesprochen hatte, vorsichtig wieder auf. »Hattest du schon mal so eine Freundschaft plus?«

»Nein, aber Cindy führt so eine. Ich habe dir doch von ihr und ihrem Nachbarn erzählt.« Cindy war ebenso wie Bobbie Lehrerin.

»Das hatte ich ganz vergessen. Ich wusste nicht, dass sie sich noch treffen. Hat das nicht letztes Weihnachten angefangen?«

»Ja, und ihr gefällt das Arrangement. Sie hat gesagt, es wäre besser als eine normale Beziehung, weil es dabei keinen Druck gibt.«

Für Sasha war das hier hundertmal schlimmer als eine Beziehung. Das Ganze lief noch nicht mal einen Tag und sie verlor bereits den Verstand. »Für mich klingt das aber recht kompliziert. Wie läuft das eigentlich genau? Haben sie bestimmte Tage oder Zeiten, zu denen sie sich treffen, oder läuft das alles spontan? Wartet sie, bis er anruft, oder macht sie den ersten Schritt?«

»Sie hat gesagt, sie ruft ihn an, wenn sie Lust hat, und er ruft sie an, wenn er in Stimmung ist.«

Sasha konnte sich nicht vorstellen, Ezra anzurufen oder ihm zu schreiben und zu fragen: *Hey, willst du zum Spielen vorbeikommen?* Egal, wie sehr sie es wollte. Aber wollte sie es denn wirklich? Beim Abendessen war das durchaus der Fall gewesen, aber jetzt war sie von ihm eher genervt, weil er sie so hängen ließ. Sollte nach der ersten Intimität nicht noch irgendwas kommen? Eine Nachricht oder ein Anruf?

»Sie treffen sich auch mit anderen Leuten«, fuhr Bobbie fort.

»Oh.« Sasha wurde schwer ums Herz. Daran hatte sie noch gar nicht gedacht. Ezra wollte ganz eindeutig nicht, dass irgendjemand anderes sie berührte, aber was war mit *ihm*? War er heute Nacht mit einer anderen zusammen? Hatte er ihr beim Abendessen nur geschrieben, um sie bei Laune zu halten? Um sicherzustellen, dass sie eine der Frauen blieb, bei denen er zum Zug kam? Normalerweise war sie im Umgang mit Männern selbstbewusster. Zum Teufel, sie war sogar diejenige gewesen, die Birdie all ihre Tricks beigebracht hatte. Wenn ein Mann beispielsweise nach sexy Fotos fragte, hatte sie Birdie gezeigt, wie man einen BH über die Knie zog und das Ganze aus einem bestimmten Winkel so fotografierte, dass es nach Brüsten aussah. Warum war sie dann bei Ezra so unsicher?

»Willst du heute Abend wirklich nicht mitkommen? Vielleicht lernst du ja jemanden kennen.«

»Ich bin nicht in Stimmung. Ich hab es mir schon gemütlich gemacht und das Gesicht gewaschen. Wahrscheinlich lege ich mich aufs Sofa und schaue mir einen Film an.« *Und versuche herauszufinden, was ich wegen Ezra tun kann.*

»Okay. Falls du deine Meinung änderst, schreib mir einfach.«

Nach dem Telefonat räumte Sasha ihre Wäsche weg und ging in die Küche, um Popcorn zu machen. Vielleicht konnte sie ihre Sorgen ja wegfuttern. Ihr Blick blieb an Gus' Zeichnungen am Kühlschrank hängen und ihr wurde schwer ums Herz. Sie schaute zum Bastelbereich, den sie in der Küchenecke für ihn eingerichtet hatte. Die Fächer waren voll mit Bastelmaterial und Spielzeug. Von ihren Gefühlen überwältigt, stellte sie eine Tüte Popcorn in die Mikrowelle und durchwühlte ihre Speisekammer nach M&M's. *Na toll.* Die waren ihr ausgegangen. Wenn sie jemals Süßkram gebraucht hatte, dann heute Abend.

Sie schüttete das Popcorn in eine Schüssel und ging ins Wohnzimmer.

Im Gegensatz zu Doc und Cowboy, die sich größere Häuser auf der Ranch gebaut hatten, und zu Dare, der in einer rustikalen Hütte wohnte, die schon immer dort gestanden hatte, lebte Sasha in einer bescheidenen Hütte mit drei Zimmern, die offen geschnitten war und hohe Decken hatte. Helle Parkettböden, weiß getünchte Wände mit Zierleisten und große Panoramafenster mit Blick auf einen kleinen grasbewachsenen Garten vervollständigten das Bild. Ihre Sofas waren cremefarben mit rosa, weißen und mintgrünen Kissen, die zu den mintgrünen Vintage-Couch- und Beistelltischen sowie den weißen Schränken in der offenen Küche passten.

Sasha tapste über den geblümten Teppich vor dem Kamin, schnappte sich die Fernbedienung und ließ sich mit der Schüssel Popcorn auf die Couch sinken. Sie ging die Filme durch, die sie in ihrem Profil gespeichert hatte, und landete bei *Er steht einfach nicht auf dich*. Auf diesen Film hatte sie überhaupt keine Lust, aber er brachte sie auf eine Idee. Sie suchte nach *Freunde mit gewissen Vorzügen* in der Hoffnung, aus dem Film etwas lernen zu können.

Gerade hatte sie es sich gemütlich gemacht, um den Film anzusehen, da schrak sie auf, als ihr Handy pingte. Beim Anblick von Ezras Namen auf dem Display beschleunigte sich ihr Puls.

Ezra: *Hey. Bist du zu Hause?*

Sasha: *Ja. Warum?*

Ezra: *Wir müssen reden.*

Sie starrte auf die Nachricht und ihr wurde flau im Magen. Hatte er über sie nachgedacht und war zu dem Schluss gekommen, dass es ein Fehler war? *Nein, nein, nein.* So durfte sie nicht denken. Auch in der Sattelkammer hatte er reden wollen, aber geredet hatten sie nun wirklich nicht. Okay, er schon, aber sie war von seiner plötzlichen Eifersucht, seinem Verlangen und dem ganzen Dirty Talk zu verblüfft gewesen, um etwas zu sagen.

Sasha: *Mit Worten oder so wie in der Sattelkammer?* Ihr Daumen schwebte ein paar Sekunden über dem Display, bis sie sich dazu überwinden konnte, die Nachricht abzuschicken.

Ezra: *Muss ich mich für eins entscheiden?*

Erleichterung und Glückseligkeit stiegen in ihr auf, aber sie bemühte sich, lässig zu reagieren.

Sasha: *Nein. Was gibt's denn?*

Ezra: *Ich habe ein Problem.*

Sasha: *??*

Sie hielt den Atem an.

Ezra: *Ich kann nicht aufhören, an all die schmutzigen Dinge zu denken, die ich mit dir anstellen will.*

Aufregung durchzuckte sie. Sie wollte antworten, überlegte es sich aber anders. Er hatte sie den ganzen Tag in der Luft hängen lassen, sodass sie nicht gewusst hatte, woran sie bei ihm war. So leicht wollte sie ihn nicht davonkommen lassen. Es war Zeit für eine kleine Revanche. Sie aß etwas Popcorn und schaute gute fünf Minuten lang den Film, bevor sie antwortete.

Sasha: *Ezra, hier ist Wynnie. Sasha ist im Bad. Das ist äußerst unangemessen. Ich würde gern morgen früh mit dir reden.*

Auf dem Display erschienen drei kleine Punkte, als würde er etwas tippen. Dann verschwanden sie. Sekunden verstrichen und fühlten sich an wie Minuten. Sie wollte ihm schon schreiben, dass das ein Witz gewesen war, als die Punkte erneut erschienen.

Ezra: *Das ist nicht witzig.*

Sie antwortete mit einem Lach-Emoji.

Ezra: *Ich werde dich bestrafen müssen.*

Sasha: *Muss ich mich in die Ecke stellen?*

Ezra: *Nein, Lämmchen. Wenn ich dich in die Finger bekomme, kannst du dich in keiner Ecke verstecken.*

Ein Hitzeschauer durchlief sie.

Sasha: *Das ist keine sonderlich harte Bestrafung. Ich muss wohl öfter frech sein.*

Ein Teufel-Emoji erschien und sie konnte nicht aufhören zu grinsen.

Ezra: *Kann ich dich sehen?*

Sie schaltete den Film aus, sprang auf und tippte *Ja. Wann?*, während sie ins Schlafzimmer lief, um sich umzuziehen.

Ezra: *Mach die Tür auf, Lämmchen. Ich bin hier.*

Sasha erstarrte in der Mitte des Wohnzimmers. Sie war noch nicht bereit. Schnell zog sie die Spange aus dem Haar und schüttelte es aus. Als er an der Tür klopfte, brandete ein Rausch der Vorfreude durch ihren Körper. *Verflixt!* Sie betrachtete ihre Baumwollshorts und ihr verblichenes rosa Sweatshirt, als es erneut klopfte. So wollte sie ihn *nicht* begrüßen, wenn sie das erste Mal seit der Sattelkammer allein waren, aber da sie keine Zeit mehr hatte, sich umzuziehen, und ihr rasendes Herz ihr das Denken erschwerte, atmete sie tief durch, erinnerte sich daran, dass er sie schon in schlimmeren Klamotten gesehen hatte, und ging zur Tür.

Zwölf

Du liebe Güte. Ezra stand mit einer Papiertüte in der Hand vor ihr und sah in grauem T-Shirt und Jeans zum Anbeißen aus. Seine dunklen Augen wanderten langsam an ihr herunter. Ihre Brustwarzen wurden unter seinem sengenden Blick steif. Ein teuflisches Grinsen umspielte seine Lippen, und als ihr einfiel, dass sie keinen BH trug, wurde sie noch nervöser.

»Hey, Sasha.«

»Hi.« Gedankenverloren berührte sie ihre Haare. Sie fühlte sich etwas unbeholfen und verlegen. »Entschuldige, ich hatte keine Zeit, mich umzuziehen oder mir die Haare zu machen. Oder überhaupt irgendetwas.«

»Du siehst so wunderschön aus wie immer.«

Die Ernsthaftigkeit, mit der er das sagte, beruhigte sie ein bisschen.

»Willst du mich denn nicht hereinbitten?«

»Doch. *Sorry.* Komm rein.« Sie trat beiseite, und als er eintrat, fühlte es sich so an, als hätte er dem Eingangsbereich sämtlichen Sauerstoff entzogen.

Ihre Hand lag auf dem Türknauf und er legte eine Hand darüber und schloss die Tür. »Nervös?«

»Ein bisschen«, gab sie zu.

»Dagegen habe ich etwas.« Er griff in die Tüte und holte ein Sixpack ihres Lieblingsdrinks heraus.

Sie lächelte ihn an. »Danke. Sehr aufmerksam, aber ich glaube, ich bin zu nervös dafür.«

»Dann helfen vielleicht die hier.« Er förderte eine große Tüte M&M's Peanut zutage und wackelte dabei mit den Augenbrauen.

Er kannte sie einfach zu gut und das machte sie glücklich. »Ja, *damit* dürfte es klappen, aber ich brauche noch einen Augenblick, bevor ich sie essen kann.«

»Sie sind hier, wann immer du so weit bist.« Er stellte die Tüte auf dem Boden ab. »Hör mal, Sasha. Bitte entschuldige, dass ich heute Nachmittag so aggressiv war. Ich bin wirklich mit der Absicht in den Stall gekommen, einfach nur mit dir zu reden. Aber ich wusste, dass du letzte Nacht nicht nach Hause gekommen bist, und als ich dich gesehen habe, hat mich die Eifersucht übermannt, und ich bin durchgedreht. Das war dir gegenüber nicht fair und es tut mir leid. Ich weiß nicht mal, wie es dazu kommen konnte. So habe ich mich noch nie gefühlt. Es ist fast so, als würdest du eine eifersüchtige Bestie in mir entfesseln.«

Seine Entschuldigung rührte sie. »Ich hab mich nicht beschwert, oder? Mir hat das im Stall gefallen, und es ist schön zu wissen, dass ich so etwas bei dir auslöse. Aber ich muss mich auch bei dir entschuldigen. Ich habe mich nicht sonderlich erwachsen verhalten. Es war nicht fair von mir, dich auszuschließen. Ich habe versucht, das mit uns hinter mir zu lassen, und es war einfach zu schwer, dich zu sehen und meine Gefühle zu ertragen.«

»Das hat mich ganz wahnsinnig gemacht.«

»Es tut mir leid. Ich habe versucht, bei Sinnen zu bleiben,

aber das hat uns hierhergeführt, also war es vielleicht doch nicht so schlecht.« Sie hakte einen Finger in die Vordertasche seiner Jeans. »Und du solltest wissen, dass mit Flame gestern nichts passiert ist.«

Er runzelte die Stirn. »Aber du bist gestern Nacht nicht nach Hause gekommen. Warst du nicht bei ihm?«

Sie schüttelte den Kopf. »Ich habe bei Birdie geschlafen. Flame ist ein toller Kerl und ein guter Freund von uns allen. Daher wollte ich ihn erst recht nicht ausnutzen, um über dich hinwegzukommen.« Sie hatte Birdie erzählt, was mit Ezra in der Bar vorgefallen war, und sie gleichzeitig zur Geheimhaltung verpflichtet. Birdie war stolz darauf gewesen, dass Sasha sich behauptet hatte. Seitdem hatte sie noch nicht wieder mit ihrer Schwester gesprochen. Und obwohl sie ihr Geheimnis so gern teilen würde, hatte sie längst beschlossen, ihr ab jetzt nichts mehr anzuvertrauen. Sollte irgendjemand herausfinden, was zwischen Ezra und ihr lief, wollte sie nicht, dass Birdie ebenfalls Ärger bekam.

Lächelnd schüttelte er den Kopf. »Ich bin ein egoistischer Bastard, denn das macht mich so verdammt glücklich.«

Sie lachte leise. »Das ist vielleicht ganz gut, aber ich will ehrlich zu dir sein. Ich weiß nicht, wie das, was immer wir hier tun, laufen soll. Ich bin schon den ganzen Tag ein nervöses Wrack. Ich war mir nicht sicher, ob du mich heute Abend sehen willst oder nicht, und mir sind alle möglichen Dinge im Kopf rumgegangen. Ich will keine Mutmaßungen anstellen, aber diese Unwissenheit ist hart für mich. Ich weiß, dass du mit solchen Dingen Erfahrung hast, aber …«

Er brachte sie zum Schweigen, indem er seine Lippen sanft auf ihre drückte. »Ich habe damit auch keine Erfahrungen«, hauchte er an ihrem Mund. »Normalerweise mache ich nicht mit Freunden rum.«

Mit *Freunden*. Das war die Klarstellung, die sie gebraucht hatte, und sie schmerzte ein wenig.

Er schob ihr eine Haarsträhne hinters Ohr und sah sie mit seinen dunklen Augen durchdringend an, während er ihre Wange streichelte. »Ich wollte dir schreiben und dir sagen, dass ich an dich denke. Ganz ehrlich, eigentlich wollte ich zurück in den Stall, dich noch mal in die Sattelkammer zerren und das beenden, was wir angefangen hatten. Aber wir riskieren hier beide sehr viel. Ich musste mich zusammenreißen und alles durchdenken. Damit war ich den ganzen Tag beschäftigt. Ich fühle mich schuldig, weil deine Mutter meine Chefin und dein Vater der Clubpräsident ist. Sie vertrauen mir.«

»Mir vertrauen sie auch«, stellte sie klar. »Aber allein ihre dämliche Regel ist schuld daran, dass wir uns heimlich treffen müssen. Ich weiß, dass Gus auch eine Rolle spielt, und er ist hier natürlich am wichtigsten, aber wenn du meinen Eltern nicht sowieso von jeder Frau erzählst, mit der du etwas hast, würde ich mich an deiner Stelle nicht schuldig fühlen. Es geht sie nichts an, wie wir unsere Freizeit verbringen. Das hat doch keine Auswirkungen auf unsere Arbeit.«

»Gutes Argument. Ich glaube, das musste ich hören. Aber womit ich ebenfalls zu kämpfen habe, ist, dass du mehr verdienst als eine heimliche Affäre, eine Freundschaft plus oder wie immer du das mit uns nennen willst, Sasha. Und ich wünschte, ich könnte dir das geben.«

Das wünschte sie sich auch, aber sie wusste, es war richtig, das mit ihnen geheim zu halten. Wie eng verbunden sie sich auch fühlen mochten, sie riskierten eine Menge. Wenn sie nicht ihrer beider Leben auf den Kopf stellen wollten, durfte aus dem zwischen ihnen nicht mehr werden. Es war nicht ideal, aber lieber wollte sie einen Teil von ihm als gar nichts. »Ich verdiene es, mit einem Mann zusammen zu sein, mit dem ich wirklich zusammen sein *will*, selbst wenn es nur heimlich ist. Und ich will mit dir zusammen sein.«

»Ich will dich mehr, als du dir vorstellen kannst, aber bist du dir wirklich *sicher*? Ich möchte nicht, dass du mich irgendwann dafür verabscheust.«

»Du triffst keine Entscheidungen für mich, Ezra. Wie könnte ich dich verabscheuen? Ich weiß, dass es nicht leicht wird, aber jetzt bin ich schon auf den Geschmack gekommen, und wenn das alles ist, was wir jemals haben können, dann werde ich jede Sekunde von dem genießen, was noch vor uns liegt.«

»Nicht leicht ist noch untertrieben.« Er schüttelte den Kopf. »Du hast keine Ahnung, wie schwer es mir beim Abendessen gefallen ist, die Finger von dir zu lassen. Ich konnte nicht widerstehen, dir diese Nachricht zu schicken, damit du weißt, dass ich an dich denke. Aber danach war das Verlangen, dich in mein Büro zu zerren, so stark, dass ich gehen musste, um den Kopf freizubekommen.«

Ich hätte das Büro bevorzugt. »Ich bin froh, dass du mir geschrieben hast, aber als du verschwunden bist, habe ich gedacht, du hättest deine Meinung vielleicht geändert oder wärst zu einer anderen gegangen.«

Er runzelte die Stirn. »Warum sollte ich das tun?«

Sie zuckte halbherzig mit einer Schulter. »Du hast gesagt, du willst nicht, dass mich ein anderer berührt, aber über dich haben wir nicht geredet.«

»Sasha, so ein Arsch bin ich dann auch wieder nicht. Ich würde dir das niemals antun. Wenn wir zusammen sind, werde ich mit keiner anderen schlafen, und du kannst davon ausgehen, dass ich dich sehen will, wann immer es für uns sicher ist. Ich bin eine Runde gefahren, um eine Entscheidung zu treffen und den Kopf freizubekommen.«

Das war typisch für Ezra. »Und was hat Therapeut Ezra gesagt?«

Er legte die Hände an ihre Hüften und zog sie an sich. »Dass er ebenfalls nicht die Finger von dir lassen kann.«

»Mir gefällt Therapeut Ezras Denkweise.«

Er küsste sie sanft, nahm ihre Unterlippe zwischen die Zähne und zupfte daran. »Und seinen Mund auch nicht.«

Im Stall war sie überrumpelt worden. Diesmal jedoch war sie vollkommen präsent und nahm jede Kleinigkeit wahr. Das Verlangen in seiner Stimme, die Hitze in seinem Blick, die Art, wie ihr Körper vor Vorfreude pulsierte. Aber vor allem war sie dankbar dafür, dass er ebenso viel über sie beide nachgedacht hatte wie sie, auch wenn sein Schweigen sie verrückt gemacht hatte. Der eifersüchtige und ungestüme Ezra war zwar aufregend und sexy, aber für den rationalen Ezra galt das noch viel mehr, denn sie wusste, dass er nicht nur in sein Herz geblickt, sondern auch darauf gehört hatte.

»Dann halt dich nicht länger zurück«, hauchte sie.

Er legte den Mund auf ihren und küsste sie, erst langsam und zärtlich, bis sie auf ihn einging, dann wurde er fordernder. Ihr Körper pulsierte vor Verlangen, als er ihre Hände miteinander verschränkte und gegen ihre Lippen seufzte. »Das wollte ich schon den ganzen Tag tun.« Er zog ihre Arme über den Kopf und drückte sie gegen die Wand, dann küsste er sie erneut so leidenschaftlich, dass ihr ganzer Körper vibrierte. »Sobald ich dich in die Finger bekomme, werde ich nicht aufhören, bis ich jeden Zentimeter deines wunderschönen Körpers berührt und gekostet habe und tief in dich eingedrungen bin.«

Das Verlangen in seiner Stimme machte sie mutig. »Gut,

denn da das, was du im Stall gemacht hast, mich schon ganz wild gemacht hat, kann ich mir sehr gut ausmalen, wie sich alles weitere anfühlen wird.«

Er eroberte ihren Mund zurück und küsste sie abermals leidenschaftlich. Sie drückte sich von der Wand ab und rieb sich an ihm. Daraufhin schob er das Becken vor und seine Erektion drückte sich hart und verlockend gegen ihren Bauch. Er presste ihre Knie weiter auseinander, ohne den Kuss zu unterbrechen oder ihre Hände loszulassen, dann bewegte er die Hüften und presste seine Härte gegen sie. Wie ein Lauffeuer breitete sich die Hitze in ihrem Körper aus. Sie stöhnte, versuchte, sich im Einklang mit ihm zu bewegen, aber er rieb sich so perfekt an ihr, dass sie sich auf die Zehenspitzen stellte und den verlockenden Empfindungen hingab. Ein tiefer, kehliger Laut drang aus seiner Kehle und er küsste sie noch fordernder. Seine Zunge drang tiefer ein, zwang ihren Mund weiter auf, als wollte er ihn völlig in Besitz nehmen. *Sie* völlig in Besitz nehmen. Die Lust seiner Küsse und das Gefühl seiner Erektion sorgten dafür, dass sie keinen klaren Gedanken mehr fassen konnte. Er führte ihre Handgelenke zusammen, sodass er sie mit einer Hand über ihrem Kopf festhalten konnte, dann löste er den Mund von ihr. Ihrer beider Atem ging schnell. Sein Blick durchdrang sie, während er eine Hand unter ihr Shirt schob und ihre Brust streichelte. Sie schloss die Augen und ihr Verlangen nahm immer weiter zu. Ein zufriedenes Seufzen drang über seine Lippen, das in ihrem ganzen Körper widerhallte. Er strich mit den Lippen über ihre und flüsterte dabei rau: »Es fühlt sich an, als könnte ich endlich wieder frei atmen.«

»Geht mir genauso.« Sie öffnete die Augen und war von den Emotionen in seinem Blick überwältigt, als er ihren Pulli anhob und den Mund auf ihre Brustwarze legte. Seine heiße, feuchte

Zunge glitt über die steife Knospe und brachte sie zum Stöhnen. Als er fest daran saugte, durchfuhr sie pure Lust. »Oh mein Gott ...«

»Bist du feucht für mich, Lämmchen?«

»So feucht, wie du hart für mich bist.« Sie konnte kaum glauben, dass diese Worte aus ihrem Mund kamen. Aber sie würde jetzt nicht die Schüchterne geben und sich irgendetwas entgehen lassen.

»Wo hat sich denn diese kleine Verführerin die ganze Zeit versteckt?«

Sie grinste. »Schätze, du entfesselst auch in mir das Tier.«

»Du bist so verdammt sexy.« Seine Bartstoppeln strichen über ihre Wange und hinterließen ein Kribbeln auf ihrer Haut. Er schob mit einer Hand ihre Shorts und ihren Slip nach unten, bis sich der Stoff zu ihren Füßen ballte. »Tritt heraus.« Sie tat, was er verlangte, sehnte sich nach seiner Berührung. Und sie musste nicht lange darauf warten. Schon spürte sie seine Finger an ihrer feuchten Mitte. »Ich will gerade so viel mit dir anstellen, aber ich werde es nicht übereilen.« Er rieb sie und drang mit zwei Fingern in sie ein. Sie keuchte, als die Lust sie überwältigte. »Gefällt dir das, Baby?«

»Ja.«

Ezra hielt ihren Blick gefangen, machte keine Anstalten, sie zu küssen, während er die Finger wieder herauszog, nur um sie erneut in sie hineinzustoßen und mit teuflischer Präzision diese geheime Stelle in ihr fand. Er setzte dieses betörende Muster fort, bewegte die Finger quälend langsam und traf dabei genau die richtigen Punkte, während er ihre Arme weiter über ihrem Kopf festhielt. Sie fühlte sich entblößt, als könnte er ihr bis in die Seele blicken, was sie noch mehr erregte. Jede seiner Bewegungen löste Hitzeschauer in ihrem Körper aus. Flatternd schloss sie die Lider. »Sieh mich an, Baby«, verlangte er, und sie schlug die Augen wieder auf. »Das ist mein Mädchen.«

Mein Mädchen. Sie ermahnte sich, diesen Worten nicht zu viel Gewicht zu verleihen, doch ihr Gehirn ignorierte die Warnung.

Er ließ die Lippen über ihre gleiten, küsste sie jedoch nicht und sagte auch kein Wort, während seine Finger sie an den Rand des Wahnsinns trieben. Er schaute ihr nur tief in die Augen. Sie spürte, dass er jedes prickelnde Gefühl, das er bei ihr auslöste, auch selbst empfand. Jedes Mal, wenn seine Fingerspitzen über den empfindlichen Nervenknoten fuhren, zuckten Funken durch ihr Innerstes, und sie schnappte nach Luft. Dann verweilte er noch ein wenig länger dort. Bei jedem Streicheln gab sie bedürftige Seufzer von sich, was er mit gierigen, hungrigen Lauten konterte, die ihren ganzen Körper zum Glühen brachten. Es hatte etwas Erotisches, sich von ihm berühren zu lassen, während er sie beobachtete. Während er lernte, was ihr gefiel, sie lustvoll neckte, bis ihr Schoß pochte und ihre Brustwarzen brannten. Eigentlich hätte sie peinlich berührt sein müssen, doch er war so auf ihr Vergnügen fokussiert, studierte sie mit seinen dunklen Augen, reagierte auf ihren Körper, *ihr* Verlangen, dass sie sich stattdessen mächtig und schön fühlte.

»Genau so, Baby. Spürst du, wie sich das Verlangen in dir aufbaut? Spürst du, wie dein Inneres nach mir verlangt?«

»Ja«, keuchte sie.

»Ich will, dass du jedes Mal, wenn du dein Haus betrittst, daran denkst, wie gut du dich bei mir fühlst.«

Bei diesen Worten stellte sie überrascht fest, dass sie immer noch im Eingangsbereich standen. Und sie wusste, dass sie ab jetzt jedes Mal an ihn denken würde, wenn sie ihn durchquerte.

Auch an diesem Nachmittag hatte sie nicht einmal den Stall betreten können, ohne an das zu denken, was sie dort getan hatten.

Seine Bewegungen wurden schneller, er rieb und streichelte sie, bis sie die Augen schloss, das Becken von der Wand abdrückte und seinen Namen ausstieß. »Das ist gut«, murmelte er rau. Seine Stimme verriet, wie schwer es ihm fiel, nicht die Beherrschung zu verlieren. »Du bist so verdammt wunderschön, wenn du für mich kommst.« Er berührte sie weiter, liebkoste sie mit Streicheleinheiten und Worten, während sie sich ihrem Orgasmus hingab. Als sie erschlaffte, ließ er ihre Handgelenke los, zog sie in seine starken Arme und legte den Mund auf ihren. Er hauchte Luft in ihre erschöpfte Lunge und küsste sie so intensiv, dass ihr schwindelig wurde. »Bist du noch bei mir, Baby?«

»Gerade so«, flüsterte sie.

Er küsste sie sanfter. »Vielleicht gibt dir das ja wieder Auftrieb.«

Bei diesen Worten ging er auf die Knie, legte die Hände auf die Innenseite ihrer Oberschenkel und presste den Mund dazwischen. *Oh mein …* Sie klammerte sich an seine Schultern, während er sich an ihr labte. Seine Bartstoppeln schabten über ihre Haut und verstärkten ihre Erregung, sodass sie von überwältigender Lust durchdrungen wurde.

»So verflucht süß«, raunte er.

Bei jedem Streicheln seiner Zunge, jedem Saugen und Knabbern zuckten kleine Nadelstiche über ihre Haut. Als er seine Finger einsetzte, bohrte sie die Fingernägel in seine Schultern und drückte sich gegen seinen Mund. »Ja. Hör nicht auf. So gut.« Er intensivierte seine Bemühungen, leckte, saugte und neckte sie, während er gleichzeitig mit den Fingern in sie eindrang und ihre empfindlichsten Stellen liebkoste und streichelte. Als er den Mund an ihrem Venushügel schloss, überkam sie die Ekstase. Sie schrie auf, und das Verlangen war so intensiv, dass sie kaum noch atmen konnte. Sie wand sich unter ihm, doch er machte weiter, hielt sie so lange auf dem Höhepunkt, dass sie glaubte, gleich ohnmächtig zu werden. Als sie langsam wieder zu Atem kam, tat er etwas Unglaubliches mit seiner Zunge, wodurch ein neuer Ansturm von Gefühlen auf sie einprasselte. Sie klammerte sich an ihn, versuchte, sich auf den Beinen zu halten, während sich die Welt um sie herum drehte und sie keine andere Wahl hatte, als sich den Wonnen hinzugeben, die über sie hereinbrachen.

Als sie diesmal langsam auf den Boden zurückkehrte, stand er auf und legte ihr die starken Hände an die Wangen. »Du schmeckst so verdammt gut, dass ich dich noch im Schlaf schmecken werde.« Er küsste sie langsam und tief und ihre Erregung vermischte sich mit seinem einzigartigen Geschmack. »Rate mal, wer ab jetzt davon besessen ist, dir Lust zu bereiten.«

Gott, was er alles sagte …

Erneut küsste er sie sinnlich, eroberte ihren Mund, streichelte sie mit der Zunge, woraufhin sie noch viel mehr wollte, brauchte, *begehrte*. Dann löste er sich von ihr und strich mit dem Daumen über ihre Unterlippe. »Eines Tages werde ich mit diesem süßen Mund sehr schmutzige Dinge anstellen.« Er drückte seine warmen Lippen an ihr Ohr. »Ist das zu viel für dich, Lämmchen?«

»Nein. Ich will es sogar.« Sie wusste nicht, wer diese schamlose Frau war, die für sie sprach. Bisher hatte es ihr nie Spaß gemacht, einen Mann mit dem Mund zu befriedigen, aber sie hatte das Gefühl, dass ihr bei Ezra alles Spaß machen würde. Und jetzt war sie gierig nach ihm.

Er küsste sie wieder, langsam und süß und immer noch genauso leidenschaftlich. »Ich glaube, wir stecken in Schwierigkeiten, Sasha«, hauchte er rau.

»Warum?«

»Weil ich das Gefühl habe, ich werde bei so einigem, was dich angeht, eine Besessenheit entwickeln.«

Ihr Leben lang hatte sie darauf gewartet, von ihm gewollt zu werden, und das hier war so viel mehr. »Das hoffe ich doch«, erwiderte sie, als er sie hochhob und in ihr Schlafzimmer trug. »Ich würde gern behaupten, dass ich selbst gehen kann, aber das wäre womöglich gelogen.«

»Das fasse ich als Kompliment auf.« Er stellte sie neben dem Bett ab und küsste sie erneut, diesmal langsam und süß. Sanft zog er ihr den Pullover aus, ließ ihn auf den Boden fallen und gönnte sich dann eine lange, lüsterne Betrachtung ihres nackten Körpers. »Du bist einfach atemberaubend.«

Ihre Wangen brannten.

»Und wenn du so errötest, bist du noch begehrenswerter.« Er küsste sie zärtlich, dann zog er mit einer schnellen Bewegung sein T-Shirt aus.

»Ich bin dran.« Sie griff nach dem Knopf seiner Jeans.

Er legte eine Hand auf ihre, führte sie hoch zu seinem Mund und küsste ihre Handfläche. »Ich mach das schon, Lämmchen.« Er zog einen Streifen Kondome aus der Gesäßtasche und warf ihn aufs Bett.

»Wow. Du warst dir deiner Sache wohl sehr sicher.« Sie nahm die Pille, war aber froh, dass er daran gedacht hatte.

»*Nein*. Ich hatte gehofft, dass wir hier landen würden, und wollte nicht unvorbereitet auftauchen, aber ich hatte keine Erwartungen.« Er strich mit den Lippen über ihre und fuhr heiser fort: »Mein letztes Mal ist schon eine Weile her, daher musste ich eine Schachtel Kondome kaufen, und ich wusste, sollten wir hier landen, würden ein oder zwei nicht ausreichen.«

»Aber *sechs* genügen?«, fragte sie mit einem Blitzen in den Augen.

»Keine Sorge, Baby. Du kommst nicht zu kurz. Der Rest der Schachtel liegt noch zusammen mit den Getränken in der Tüte.«

Sie mussten beide lachen. Er zog sie für einen weiteren Kuss an sich und ihr Lachen ging in gieriges Stöhnen über. Schnell entledigte er sich seiner Stiefel und zog sich bis auf die schwarzen Boxershorts aus. Seine Erektion drückte gegen die dunkle Baumwolle, der breite Schaft lugte unter dem Bund hervor. Sasha sehnte sich danach, ihn zu berühren, ihn zu schmecken und zu spüren, wie er *ihretwegen* die Kontrolle verlor. Sie griff nach seinen Boxershorts und zog sie nach unten, um seine Erektion zu befreien. Er war noch schöner, als sie ihn sich vorgestellt hatte. Ihr Herz hämmerte, als er aus den Shorts heraustrat, sie in die Arme nahm und so leidenschaftlich küsste, dass sie vor Verlangen bebte. Das Gefühl seines nackten Körpers an ihrem brachte eine ganz neue Ebene der Erregung und eine unerwartete Dringlichkeit mit sich.

»Ich will dich schmecken«, stieß sie fieberhaft hervor und umfasste seine prachtvolle Länge, was ihr ein raues Stöhnen einbrachte. Seine Haut war warm und glatt, aber es war vor allem sein lüsterner Blick, der ihre Vorfreude anstachelte, als sie vor ihm auf die Knie ging. Sie leckte über seine Länge und er stöhnte hungrig. Dann schlang sie die Finger um den Schaft, ließ die Zunge über die Eichel wandern und liebkoste seine empfindlichste Stelle. Er spannte den Kiefer an und durchbohrte sie mit Blicken. Sie neckte ihn weiter, leckte und streichelte ihn.

Er vergrub die Hände in ihren Haaren. »Das fühlt sich gut an, Baby.«

Sein Lob spornte sie an, und sie nahm ihn in den Mund, woraufhin er laut aufstöhnte. Sie saugte und streichelte, benutzte gleichzeitig die Hand und den Mund und nahm ihn noch tiefer in sich auf. »Gut so. Nimm dir, was du willst.« Sie beschleunigte ihre Bemühungen. Er wandte den Blick nicht von ihr ab und zog fester an ihren Haaren, was beinahe schmerzhaft war, sich aber schnell in erotisches Vergnügen verwandelte. Sie stöhnte um seinen Schaft herum und er fluchte leise. Es war so verdammt heiß, so erregend, dass sie es gleich noch einmal tat, um seine gierigen Laute erneut zu hören. Er drückte das Becken vor, und sie streichelte ihn immer schneller und stärker, während sie gleichzeitig saugte und leckte. »Baby … Wow … Sasha.«

Sie genoss seinen wilden Blick, die angespannten Muskeln, weil er sich zurückhielt, und ließ nicht nach. Er jedoch umklammerte seine Erektion mit einer Hand und hielt ihren Kopf mit der anderen fest. »Dein Mund ist einfach göttlich, aber ich will in dir kommen.« Die Gier in seiner Stimme steigerte ihr Verlangen noch mehr. Er zog sie hoch und für einen weiteren wilden Kuss an sich.

Dann griff er nach den Kondomen, riss eins ab und warf den Rest auf den Nachttisch.

»Lass mich das machen«, bat sie.

Ihre Blicke trafen sich, als sie die Hand um seinen Schaft legte. Sie hatte nicht mit dem Ansturm der Gefühle gerechnet, der sie überschwemmte, und wieder einmal musste sie alles geben, um sich nicht von diesem intimen Moment mitreißen zu lassen.

»Ich will, dass du mich reitest.« Er nahm ihre Hand und

führte sie zum Bett, wo er sich mit dem Rücken an das Kopfteil lehnte. Danach half er ihr, sich breitbeinig über ihn zu setzen, doch als sie versuchte, sich auf seine Erregung sinken zu lassen, umklammerte er ihre Hüften fester und hielt sie davon ab. Er sah aus, als wollte er etwas sagen, aber er schwieg.

»Stimmt etwas nicht?«, fragte sie.

»Es ist alles gut. Du bist perfekt. Aber ich habe lange auf diesen Augenblick gewartet und will mir einfach alles genau einprägen.« Sein Blick wanderte langsam über ihr Gesicht und dann an ihrem Körper herunter. Als sie sich danach erneut ansahen, loderten in seinen Augen tiefe Emotionen, die die ihren perfekt widerspiegelten.

Sich nicht mitreißen zu lassen, wurde mit jeder Sekunde schwerer.

Er lockerte seinen Griff und hielt ihren Blick gefangen, während er sie auf seinen harten Schaft lotste. Ihr Atem verließ ihre Lunge, als sie spürte, wie jeder Zentimeter von ihm sie ausdehnte, sie vollständig ausfüllte. Nichts hatte sich jemals so gut oder so richtig angefühlt.

»Sasha«, hauchte er erregt, legte die Arme um sie und küsste sie. Er drang tiefer in sie ein, wurde mit jedem Stoß härter und sie spürte seine Kraft in sich vibrieren. Sie ritt ihn schneller, bohrte die Fingernägel in sein Fleisch. Er spannte die Muskeln unter ihren Handflächen an und ließ die Hände über ihren Hintern, ihren Rücken und in ihre Haare wandern. Dabei gab er kehlige Laute von sich und löste die Lippen von ihren, um ihre Wangen und ihren Kiefer zu küssen. »Du fühlst dich so gut an«, stieß er hervor.

»Hör nicht auf.«

»Ich höre ganz sicher nicht auf.« Mit einer Hand griff er nach ihren Haaren, zog ihren Kopf nach hinten und presste den

Mund auf ihren Hals. Dort saugte er so fest, dass es zwischen ihren Beinen heiß wurde und sie aufschrie. »So ist's recht, Baby. Zeig mir, was dir gefällt.« Mit der anderen Hand umklammerte er ihre Hüfte und hielt sie fest an sich gedrückt, während er härter zustieß. Es war, als würden Blitze durch ihr Innerstes zucken. Noch nie hatte sie etwas so Intensives, so süchtig Machendes, so *Echtes* erlebt. Jegliches Gefühl für Zeit und Raum verschwand. Sie war völlig eingenommen von dem Gefühl ihrer sich aneinanderreibenden und pumpenden Körper, den Stoßseufzern, die die Luft erfüllten, und dem Gefühl seiner Zähne und Hände auf ihr, während sie sich beide dem Höhepunkt näherten. Seine Hand wanderte von ihrer Hüfte zu ihrem empfindlichen Nervenknoten und wirkte dort so perfekt ihre Magie, dass Sashas Gliedmaßen vor Lust zuckten und sie das Gefühl hatte, gleich zu zerbersten. Sie stöhnte und seufzte, während sie sich ihrer explosiven Erlösung hingab.

Als ihr Orgasmus abebbte, legte er sie auf den Rücken und schob sich über sie. »Ich könnte dich die ganze Nacht kommen lassen.«

»Ich will, dass du mit mir zusammen kommst«, keuchte sie. »Und *dann* kannst du mich die ganze Nacht kommen lassen.«

Ein teuflisches Funkeln tanzte in seinen Augen. »Wie du wünschst, Lämmchen.«

Lächelnd eroberte er sie mit einem langen, sinnlichen Kuss, der sie begierig nach mehr zurückließ. Es hatte sich gut angefühlt, ihn zu reiten, aber das war nichts im Vergleich dazu, das Gewicht seines großen Körpers auf sich zu spüren, das Gefühl seiner angespannten Muskeln oder seine leidenschaftlichen Küsse, als er in sie eindrang. Sie fanden ihren Rhythmus und ihre Küsse wurden wild, seine Stöße schnell und kraftvoll. Sie erwiderte jede seiner Bewegungen mit einem Heben des

Beckens und krallte sich an seinem Rücken fest, um Halt zu finden. Er legte ihr die Hände unter die Knie, zog sie bis zu seiner Taille hoch und drang dadurch unglaublich tief in sie ein. »Du fühlst dich so gut an«, hauchte er gegen ihren Mund. »Ich hätte besser zwei Schachteln Kondome kaufen sollen.«

Sie musste lachen, was er durch weitere hitzige Küsse erstickte. Als sie nach seinem Hintern griff, schossen seine Hüften vor, was sie zum Kichern brachte. Sie konnte sich nicht erinnern, sich jemals so gut gefühlt oder so viel Spaß im Bett gehabt zu haben.

Er grinste von oben auf sie hinunter und sein Blick war feurig. »Ich spüre deine Hände fast so gern auf mir wie deinen Mund.«

»*Mmh*. Ich merke es mir für das nächste Mal.«

»Das nächste Mal«, wiederholte er. »Das gefällt mir.«

Er eroberte ihren Mund zurück, als hätte er nicht gerade ihr Herz zum Rasen gebracht, und beschleunigte seine Bemühungen. Das Blut wallte heftig durch ihre Adern, als sie einander verschlangen, sich ineinander krallten und nacheinander tasteten, stöhnten und mehr erflehten. Ihre Körper waren schweißnass, ihr Atem ging rasend schnell. Er legte ihre Beine um sich und schob die Hände unter ihren Po, hielt sie in einem bestimmten Winkel fest, und jeder seiner Stöße führte sie weiter in Richtung Paradies, bis ihr Verstand am seidenen Faden hing. Sie versuchte, es hinauszuzögern, in die Länge zu ziehen, aber er fühlte sich einfach zu gut an. »*Ezra* … Ich komme gleich …«

»Ich auch.« Sein Blick bohrte sich in ihren und sie konnte nicht wegsehen. Sie wollte keine Sekunde dieses glorreichen Anblicks verpassen, genau sehen, wie Ezra Moore *ihretwegen* die Kontrolle verlor. »Komm für mich, Baby. Gib mir alles, was du hast.«

Mehr war nicht nötig, um sich dem Wirbelwind der Gefühle hinzugeben, den diese Worte auslösten. Ein Glücksgefühl durchzuckte sie, als er ihren Namen schrie und sich seiner kraftvollen Erlösung hingab. Sie klammerten sich aneinander, ritten auf den Wogen ihrer Leidenschaft, gaben sich einander ganz hin. Als sie schließlich atemlos und befriedigt auf die Matratze sanken, nahm er sie in die Arme und küsste sie so zärtlich, dass unzählige Emotionen in ihr aufwallten. Es war einfach zu viel, den Mann tief in sich zu spüren, den sie so lange begehrt hatte, erfüllt von seinen gefühlvollen Berührungen zu sein und von der Art, wie er sie ansah, als wäre sie eine Art Göttin, und zu wissen, dass es nie mehr als das sein würde. Sie wollte sich jede Kleinigkeit einprägen, doch stattdessen vergrub sie das Gesicht an seinem Hals aus Angst, ihre Augen könnten verraten, was ihr Herz empfand.

Ezra strich ihr die Haare aus dem Gesicht und küsste ihre Schulter. »Das war unglaublich.«

»Mhm«, murmelte sie gegen seine Haut. Während sie so in seinen Armen lag, umgeben vom Duft ihrer Intimität, überkam sie die Nervosität wegen dem, was als Nächstes passieren würde. Sie war noch nicht bereit, die Nacht zu beenden. Sie wollte mehr, aber vielleicht hatte er andere Pläne? Was sollte sie tun, wenn er einfach nur *Danke* sagte und aufstand, um zu gehen? Bei dem Gedanken bekam sie kaum Luft. Sie musste ihre Gefühle unter Kontrolle bekommen, um nicht als Häufchen Elend zurückzubleiben, wenn er schließlich ging. »Ich bin gleich wieder da.«

Als sie sich zur Seite drehte, um aufzustehen, zog er sie noch einmal an sich und küsste sie. »Neue Regel. Keiner verlässt das Bett ohne einen Kuss.«

Glücksgefühle schoben ihre Sorgen von eben beiseite. »Ich

wusste gar nicht, dass wir Regeln haben.«

»Ich auch nicht, bis du fliehen wolltest.«

»Du bist ziemlich wankelmütig«, neckte sie ihn. »Sanftmütiger Therapeut bei Tag, fordernder Tyrann bei Nacht?«

»Bei dir anscheinend schon.«

Er küsste sie noch einmal und sie tänzelte beglückt ins Bad.

Sie betrachtete ihr Spiegelbild. Ihre Haare waren völlig zerzaust, ihre Wangen gerötet und in ihren Augen tanzte ein neues, fröhlicheres Licht. Wie könnte es auch anders sein? Ihr Leben lang hatte sie darauf gewartet, mit ihm zusammen zu sein, und endlich wurden ihre Träume wahr. Wenn auch nur heimlich.

Nachdem sie sich frisch gemacht hatte, kam sie zurück ins Schlafzimmer. Er stand groß, breitschultrig und herrlich nackt vor ihr. Auf dem Weg ins Bad gab er ihr einen Kuss. Wie konnte sich das so natürlich anfühlen? Und warum wurde sie schon wieder nervös, nachdem er die Tür hinter sich geschlossen hatte?

Sollte sie sich anziehen? Wieder ins Bett gehen?

Sasha sah sein T-Shirt auf dem Boden liegen und wollte es unbedingt anziehen, doch falls er gehen wollte, würde er es brauchen. Sie hatte noch keine Entscheidung getroffen, als er verführerisch lächelnd und mit einem begehrlichen Blick das Bad verließ. Seine schon wieder fast harte Erektion baumelte verlockend zwischen seinen muskulösen Schenkeln. Er zog sie an sich und küsste ihren Hals. »Überlegst du, wie du mich loswirst?«

»Ganz im Gegenteil, aber ich war mir nicht sicher, ob du vielleicht gehen willst.«

»Gehen ist wirklich das Letzte, was ich tun will.« Er knabberte an ihrem Kiefer, sodass ihr ganzer Körper in gespannter

Erwartung prickelte. »Bereit für Runde zwei?«

»Runde zwei, drei, vier …« Sie stellte sich auf die Zehen-spitzen und küsste ihn lange und sinnlich. Einander berührend und küssend fielen sie in einem wilden Knäuel aufs Bett und ihr gemeinsames Gelächter erfüllte das Zimmer – und ihr Herz.

Dreizehn

Ezra erwachte und spürte Sashas weichen Körper, der sich an ihn schmiegte, ihren warmen Atem an seiner Brust. Sie waren auf der Seite liegend und in den Armen des anderen eingeschlafen, ihr Knie zwischen seinen Beinen, ihre Wange an seiner Brust. Auch jetzt lagen sie noch in der gleichen Position und hielten sich genauso fest, als ob keiner den anderen loslassen wollte. Er lächelte in sich hinein. Jahrelang hatte er davon geträumt, Sasha nahe zu sein, aber nichts von dem, was er sich ausgemalt hatte, kam dem Gefühl nahe, sie in seinen Armen zu halten, sie auf seinen Lippen zu schmecken und die ganze Nacht mit ihr Liebe zu machen.

Sein Blick wanderte über die halbleere Tüte M&M's, die sie mitten in der Nacht geöffnet hatten, und die leeren Kondompackungen auf dem Nachttisch. Der Anblick löste einen Ansturm von Erinnerungen und Gefühlen aus. Aus Angst davor, was diese Emotionen mit ihm anstellen konnten, verdrängte er sie und wandte den Blick ab, um sich auf etwas anderes zu konzentrieren. Das Sonnenlicht, das durch die Vorhänge hereinfiel, erinnerte ihn daran, wie Sasha vor all diesen Jahren in sein Leben getreten war. Als er sie auf dieser Party aus dem Auto seines Kumpels hatte steigen sehen, mit einem Gesichtsausdruck, der gleichzeitig Schock und Faszination ausdrückte. Ohne sich vorzustellen oder auch nur einen Blick in seine Richtung zu werfen, hatte sie alle anderen in den Schatten gestellt.

Sasha kuschelte sich an ihn und gab einen verschlafenen Laut von sich. »Du bist noch hier.«

Er strich mit der Hand über ihren Rücken und tätschelte ihren prachtvollen Hintern. »Hast du gedacht, ich würde einfach wortlos verschwinden?«

»Vielleicht.« Lächelnd blickte sie zu ihm auf.

Sie war so wunderschön, dass es ihm den Atem raubte, und sie wirkte ein wenig schüchtern, was seine Brust zum Beben brachte. Er wollte sie beschützen, ihr die Nervosität wegen dem nehmen, was sie getan hatten und von dem er hoffte, dass sie es weiterhin tun würden. Gleichzeitig musste er seine eigenen Gefühle im Zaum halten, damit sie die Chance hatten, das hier geheim zu halten.

Er küsste sie sanft. »Das würde doch unsere Regel Nummer eins brechen.«

»Apropos Regeln, wie läuft es üblicherweise am Morgen danach? Gibt es Regeln, was das Gehen angeht? Sollte ich eine Ausrede erfinden und dich rauswerfen?«

»Du verstehst dieses Freundschaft-plus-Ding völlig falsch.« Er bewegte sich über sie, verschränkte ihre Hände miteinander und drückte ihre neben ihrem Kopf auf die Matratze. »Hier wird niemand rausgeworfen. *Niemals.*«

»Niemals?« In ihren Augen funkelte der Schalk. »Und wenn ich dich satthabe?«

»Das wird nicht passieren«, konterte er arrogant.

»Und wenn mein Vater an die Tür klopft? Dann darf ich dir nicht zurufen, dass du durchs Fenster verschwinden sollst?«

Darüber wollte er gar nicht nachdenken. »Kommt er denn häufig morgens vorbei?«

Breit grinsend schüttelte sie den Kopf. »Nie.«

»Du kleines Biest.« Er knabberte an ihrem Hals, was ihm ein weiteres Kichern einbrachte. »Jetzt bist du fällig.« Er biss gerade fest genug in ihr Ohrläppchen, dass sie aufkeuchte und kicherte. »Spiel nicht mit mir, Lämmchen.« Er fuhr mit seiner Zunge an ihrer Ohrmuschel entlang und saugte am Ohrläppchen, was ihr ein hinreißendes Stöhnen entlockte.

»Wenn das die Konsequenz davon ist, dass ich mit dir spiele, muss ich wohl damit weitermachen.«

»Du bist *wirklich* eine Unruhestifterin.« Er ließ ihre Hände los und hauchte viele kleine Küsse über ihren Brustkorb und die Wölbung ihrer Brust. »Sei einfach ehrlich. Wenn du willst, dass ich gehe, sag es mir.« Er legte den Mund auf die Knospe und neckte sie mit der Zunge.

Sie bäumte sich unter ihm auf dem Bett auf und umklammerte seine Arme. »Und wenn ich will, dass du *bleibst?*«

Er hauchte mit offenem Mund Küsse über ihren Oberkörper. »Dann musst du mich füttern.« Er begegnete ihrem lustvollen Blick. »Und ich warne dich schon mal vor, ich bin heute Morgen sehr hungrig.«

»Oh, *verflixt*. Ein heißer, hungriger Mann in meinem Bett? Was soll ich nur tun?«

»Hoffentlich den richtigen Namen schreien, wenn ich dich zum Orgasmus bringe.« Er knabberte an ihrer Haut.

Erneut kicherte sie, und er verwandelte diese süßen Geräusche in ein lustvolles Stöhnen, indem er ihren Körper mit Küssen bedeckte, leckte, kniff und saugte und jeden Zentimeter von ihr liebkoste. Sie krallte sich in die Laken, als er ihre empfindlichsten Stellen reizte, und flehte nach mehr, als sein

Mund ihre Feuchtigkeit auskostete. Er schob zwei Finger in sie hinein und setzte den Mund dort ein, wo sie ihn am meisten brauchte. Sie bohrte die Fersen in die Matratze und stieß laut und ungeniert seinen Namen aus. *Das ist Musik in meinen Ohren.* Das Verlangen pochte in ihm, aber ihr Vergnügen zu bereiten, war für ihn das Größte, und er wollte mehr davon. Als sie mit geschlossenen Augen und bebendem Körper langsam von ihrem Höhepunkt herunterkam, ließ er sie sofort abermals die Wonnen der Lust erleben. Er streichelte und liebkoste sie, hielt sie am Rande der Erlösung und genoss es, wie sie sündig um mehr bettelte, während sie zitterte und sich unter ihm wand.

»Mach die Augen auf, meine Schöne.«

Sie warf ihm einen verzweifelten Blick zu, ihre grünbraunen Augen quollen über vor Verlangen. Mit den Händen und dem Mund brachte er sie erneut zum Orgasmus. Als sie diesmal auf die Matratze niedersank, arbeitete er sich mit einer Spur aus Küssen an ihrem Körper entlang nach oben, was ihm weiteres Keuchen und Kichern einbrachte.

»Dein Bart kitzelt.«

»Gut.«

Er nahm das letzte Kondom vom Nachttisch und ging auf die Knie, um es sich überzustreifen. Sie beobachtete ihn mit hungrigen Augen und griff nach ihm, als er sich über sie beugte. Er wollte es eigentlich langsam angehen, aber als er sie in die Arme nahm und sich ihre Körper vereinten, fühlte sie sich einfach zu gut an. »*Verdammt*, Baby. Nie hat sich etwas so perfekt angefühlt, wie in dir zu sein.«

»Ich dachte, ich hätte nur geträumt, wie gut sich das mit uns anfühlt«, flüsterte sie staunend.

Sie hatte ja nicht die geringste Ahnung, was diese Worte in

ihm auslösten. Er eroberte ihren Mund und ließ all seine aufgestauten Gefühle in ihre Vereinigung einfließen. Es gab kein Halten mehr. Sie verloren sich in einem Rausch aus gierigem Betasten, lustvollen Stößen und atemlosen Küssen, bis sie die Ekstase erreichten.

Als sie schließlich befriedigt und erschöpft auf die Matratze sanken, schloss er sie in die Arme, küsste ihre Stirn und versuchte erneut, die Gefühle zu bezwingen, die ihn übermannten. Es war ein aussichtsloser Kampf. Sich einzureden, dass sie hier nur bedeutungslosen Sex hatten, war sinnlos. Das war Sasha Whiskey, die Frau, die er bereits so lange begehrte, dass er sich kaum an eine Zeit erinnern konnte, in der es nicht so gewesen war. Aber zu ihrer beider Wohl musste er einen Weg finden, seine Gefühle im Zaum zu halten, und das bedeutete, sie für sich zu behalten.

»Ich wünschte, wir könnten den ganzen Tag genau hier bleiben«, murmelte sie und kuschelte sich enger an ihn.

Auch er war keineswegs bereit, ihren ersten gemeinsamen Morgen enden zu lassen. Besonders da er keine Ahnung hatte, wann sie den nächsten erleben würden. Aber sie musste sich um die Pferde kümmern, und die Jungs wollten mit ihm eine Ausfahrt machen, bevor er Gus abholte. Er küsste sie auf die Stirn. »Wann musst du im Stall sein?«

Sie sah auf die Uhr auf dem Nachttisch. »In ungefähr fünfundvierzig Minuten.«

»Lass uns zusammen frühstücken. Ich mache richtig gute Waffeln mit Schokostückchen.«

»Dafür müsste ich die passenden Zutaten dahaben, was jedoch nicht der Fall ist. Ich esse im Haupthaus, wie du genau weißt.«

»Und an den Tagen, an denen du das nicht tust?«

»Du meinst, als ich mich vor dir versteckt habe?«

Er stemmte sich auf einen Ellbogen und blickte zu ihr hinunter. »Wusste ich es doch, dass du dich versteckst. Tu das nicht noch mal.«

»Mach mich nicht sauer, dann tue ich es auch nicht.«

»Ich werde mich bemühen.« Er streifte ihre Lippen mit seinen. »Wir können zu mir gehen und dort frühstücken.«

»Und wenn wir jemanden treffen? Wie wollen wir erklären, warum wir so früh am Morgen zusammen unterwegs sind und dann auch noch von meiner Hütte kommen?«

Verdammt. Wo hatte er seinen Verstand gelassen? »Wir sagen einfach, dass ich schlafgewandelt und in deinem Bett gelandet bin.«

Sie lachte auf. »Oh ja. *Das* wird alle überzeugen.«

»Dann überspringen wir wohl die Waffeln und nutzen die zusätzliche Zeit für etwas Spaß unter der Dusche.«

Sie schlang die Arme um ihn. »Gerade dachte ich noch, der Morgen könnte nicht besser werden, aber jetzt kommst du hier mit dem Sahnehäubchen um die Ecke.«

Vierzig Minuten später standen sie an ihrer Tür, um sich zu verabschieden. Ezra wäre am liebsten geblieben.

»Ich wünschte, wir könnten jeden Morgen zusammen duschen.« Sasha stellte sich auf die Zehenspitzen, um ihn zu küssen.

»Da sind wir schon zwei.« Das Bild von Sasha auf den Knien, wie sie ihm oral Freude bereitete, würde ihm noch den ganzen Tag im Kopf herumspuken. Genau wie alle möglichen anderen Bilder von ihrer gemeinsamen Zeit.

»Ich sollte dich vermutlich warnen, dass du das Duschbad benutzt hast, das Birdie von dieser Frau in Upstate New York kauft, die behauptet, all ihre Produkte mit Liebestränken zu verfeinern.«

Er hatte das Etikett gesehen. Dare und Cowboy hatten ihm alles über Birdies Behauptungen erzählt, Roxie Daltons Liebestränke hätten dabei geholfen, ihre Liebe zu besiegeln. »Nichts könnte mächtiger sein als der Zauber, den du damals auf mich gelegt hast.« So viel dazu, seine Emotionen im Zaum zu halten. Bei ihrem hoffnungsvollen Lächeln fühlte er sich wie ein Schuft, und er bemühte sich, diese Gefühle zu ignorieren.

»Das mag kitschig klingen, aber ich hatte eine tolle Nacht.«

»Ich auch.«

»Sehen wir uns Dienstagabend nach der Church?«

»Darauf hatte ich gehofft.«

»Bis Dienstag scheint es noch eine Ewigkeit zu sein.« Er küsste sie erneut. »Was machst du, wenn du mit den Pferden fertig bist?«

»Ich weiß noch nicht. Vielleicht reite ich aus oder fahre in die Stadt.«

Er würde gern mit ihr zusammen ausreiten. »Sehen wir dich beim Abendessen?«

»Auf jeden Fall. Ich vermisse Gus. Es war nicht fair von mir, so zu verschwinden.«

»Ist schon okay, aber ich weiß, dass er dich auch vermisst.« Er zog sie in die Arme und wollte ihr sagen, wie sehr es ihm widerstrebte, sie zu verlassen, und wie sehr er sich wünschte, sie könnte ihn bei der Motorradausfahrt begleiten. Er hätte gern gespürt, wie sie sich an seinen Rücken schmiegte, und allen gezeigt, dass sie zu ihm gehörte. Aber diese Luftschlösser mit ihr zu teilen, würde die Realität nur umso schwerer machen, daher brachte er sie mit einem weiteren Kuss zum Schweigen.

Sein Handy pingte und er zog es aus der Tasche.

Tina: *Mir ist was dazwischengekommen. Du musst Gus abholen.*

Diese verdammte Tina. Er musste daran denken, wie viel Mühe es ihn am Freitagmorgen auf dem Weg zum Camp gekostet hatte, Gus dafür zu begeistern, das Wochenende mit seiner Mutter zu verbringen, und nahm sich vor, noch einmal mit Tina über ihre Unzuverlässigkeit zu sprechen.

»Die Motorradtour ist wohl abgesagt. Tina will, dass ich Gus abhole.«

Sasha presste die Lippen aufeinander. »Diese Frau ist wirklich unfassbar. Sollte sie ihn nicht eigentlich bis sechzehn Uhr haben? Was für eine Ausrede hat sie denn diesmal? Einen Yogakurs? Drinks mit Freunden?«

»Hat sie nicht geschrieben, aber das spielt auch keine Rolle. Ich verbringe gern Zeit mit meinem Sohn, für mich ist das ein Gewinn.«

»Auf jeden Fall ist es *ihr* Pech. Ich würde ja auf ihn aufpassen, während du mit den Jungs ausfährst, aber ich weiß, dass du jetzt sowieso nicht fahren wirst.«

»Du kennst mich eben gut, Lämmchen.« Wenn Tina an ihren Wochenenden so etwas abzog, bemühte sich Ezra, Gus zum Ausgleich umso mehr Aufmerksamkeit zu schenken.

»Heute soll ein richtig schöner Tag werden. Warum unternimmst du nicht etwas Besonderes mit ihm? Du könntest mit ihm in den Wasserpark oder den Kletterpark gehen?«

»Der Wasserpark ist eine tolle Idee. Warum kommst du nicht mit?«

»Würde ich gern, aber vermutlich solltest du erst Gus fragen. Vielleicht will er die Zeit lieber mit dir allein verbringen.«

»Als würde er mich je seiner *Süßen* vorziehen.« Er beugte sich vor und küsste sie. »Ich schreib dir, wenn ich ihn abgeholt habe.«

»Warte.« Sie öffnete die Tür einen Spaltbreit und spähte heraus. »Okay, die Luft ist rein. *Geh.*«

»Da fühle ich mich ja gleich wie dein schmutziges kleines Geheimnis.« Er zog sie zurück hinter die Tür und küsste sie, bis ihr die Luft wegblieb.

Eine halbe Stunde später hielt er vor dem einstöckigen Haus im Ranch-Stil mit zwei Zimmern, in dem Tina wohnte, und parkte neben dem Wagen ihres Freundes. Er knirschte mit den Zähnen, um die aufsteigende Wut zu unterdrücken. Für ihren Sohn war sie zu beschäftigt, aber nicht für ihren Freund? Tina hatte eine Vorliebe für gut aussehende Männer mit Geld und normalerweise hatte sie alle paar Monate einen Neuen. Mit ihrem letzten Freund hatte sie es immerhin sieben oder acht Monate ausgehalten. Ezra ließ diese Männer jedes Mal von Mayas älterem Bruder Hector »Hazard« Martinez überprüfen, einem Polizisten aus der Gegend, der auch zu den Dark Knights gehörte. Tinas aktueller Freund Collin Frye war ein wohlhabender Immobilienmakler. Ezra hatte fälschlicherweise gehofft, der Mann würde zu Tinas Stabilität beitragen und dazu, dass sie sich Gus gegenüber verantwortungsbewusster verhielt.

Auf dem Weg zur Haustür verspannten sich seine Schultern immer mehr. Er klopfte an die Tür.

Tina öffnete ihm in einem ärmellosen schwarzen Kleid und hochhackigen Schuhen. Sie war neunundzwanzig Jahre alt und eine klassische Schönheit. Mit ihrer schlanken Figur, ihrer makellosen olivfarbenen Haut, dem perfekt aufgetragenen Make-up und ihren langen, glänzenden dunklen Haaren, deren sorgfältig frisierte Wellen bis zur Mitte des Rückens reichten, fiel sie überall auf. Aber in Ezras Augen verdarb die Art und Weise, wie sie Gus behandelte, all ihre Schönheit.

»Hi«, begrüßte sie ihn mit falscher Überschwänglichkeit. »Danke, dass du ihn abholst. Collins Eltern haben uns zum Brunch in ihren Country-Club eingeladen.«

»Dad!« Gus kam durch die Tür gerannt und schlang die Arme um Ezras Beine. »Ich hab dich vermisst.«

»Ich hab dich auch vermisst, kleiner Mann. Warte doch im Wagen auf mich, damit ich noch kurz mit Mommy reden kann.«

»Okay!«

Gus lief zum Auto. Tina rief ihm noch ein »Bis Dienstag!« hinterher.

»Okay!«, schrie Gus zurück und stieg ein.

Ezra wandte sich erneut Tina zu und nahm ihr Gus' Rucksack ab. »Hättet ihr Gus nicht mit zum Brunchen nehmen können?«

»Du weißt doch, wie wild er ist. Ich will keinen schlechten Eindruck machen.«

»Ich dachte, ihr hättet Thanksgiving mit seinen Eltern verbracht und du hättest Gus deshalb nicht nehmen können.«

»So war es auch, aber ich habe doch gerade gesagt, dass wir sie in ihrem *Country-Club* treffen.« Sie betonte das so, als müsste es jegliche Unklarheiten beseitigen.

»Na sicher, und Mitglieder von Country-Clubs haben keine Kinder?« Das war natürlich sehr sarkastisch, aber er konnte einfach nicht anders. Er verabscheute es zutiefst, wenn sie so etwas abzog.

»Natürlich haben sie Kinder.« Sie verschränkte die Arme und wirkte verärgert. »Ich dachte, du würdest ihn gern nehmen.

Wäre es dir lieber, ich hätte einen Babysitter geholt?«

»Nein. Mir wäre es nur lieber, unser Sohn hätte für dich zur Abwechslung mal Priorität. Dein jetziges Verhalten kann sich auf seine Beziehungen später im Leben auswirken.«

Sie verdrehte die Augen. »Sei nicht so melodramatisch. Ihm geht's gut und ich bin nicht deine Mutter. Ich verlasse ihn nicht.«

Ezra knirschte abermals mit den Zähnen. »Nein, du gibst ihm bloß das Gefühl, an zweiter Stelle zu stehen.« Er ging zurück zum Wagen, stellte sicher, dass Gus angeschnallt war, und fuhr los. »Tut mir leid, dass dein Besuch bei deiner Mom kürzer ausgefallen ist.«

»Schon okay. Ich hab Hunger. Mom hatte keine Zeit, Frühstück zu machen. Machst du mir Pancakes?«

Wenn Gus so aufgedreht und fröhlich war, fiel es leicht, sein *Schon okay* als beiläufigen Kommentar zu verstehen, aber Ezra nahm dennoch zur Kenntnis, wie sein Sohn die gemeinsame Zeit mit seiner Mutter so einfach abtat. »Mit Schokostückchen?«

»Ja!«, jubelte Gus.

»Wie wär's, wenn wir sie gemeinsam machen?«

»Okay. Ich tue ganz viele Schokostückchen rein. Können wir Sasha auch welche vorbeibringen? Sie hat jetzt schon so oft das Frühstück verpasst.«

Er dankte den Sternen, dass Gus noch in einem Alter war, in dem ihm bestimmte Dinge noch nicht auffielen; wie Erwachsene, die sich aus dem Weg gingen. »Ich glaube, darüber würde sie sich freuen. Was hältst du davon, wenn wir heute in den Wasserpark fahren?«

»In den *Wasserpark*? Ich *liebe* den Wasserpark! Kann Sasha mitkommen? Sie mag den Wasserpark auch. Weißt du noch, als sie mit mir gerutscht ist und du schneller warst als wir? Ich wette, diesmal schlagen wir dich. Ich bin jetzt nämlich größer …«

Später am Nachmittag im Wasserpark Splash ’N Slide war die Luft erfüllt vom Geruch nach Chlor, Sonnencreme und frittiertem Essen und den Geräuschen jubelnder Besucher, dem Plätschern des Wassers, Gelächter und Gesprächen. Hier gab es für jeden etwas, von einem gigantischen Kinderbereich mit riesigen Kinderbecken und -rutschen, Klettergeräten und Elefanten, die Wasser aus den Rüsseln spritzten, bis hin zu einem Hindernisparcours für Erwachsene, Wasserfällen, langen und gewundenen Röhrenrutschen und Schlauchbootflüssen.

»Beeil dich, Dad!« Ausgestattet mit Schwimmbrille und Badehose zappelte Gus, dem die nassen Locken an der Stirn klebten, aufgeregt herum, als Ezra ihm auf den mittleren Sitz eines Floßes für drei Personen half, damit sie die Wet-and-Wild-Rutsche hinunterfahren konnten.

»Ja, beeil dich mal, du lahmes Huhn«, neckte Sasha ihn.

Sie reizte ihn bereits den ganzen Tag mit ihren koketten Blicken und heimlichen Berührungen, während sie in ihrem blassrosa Bikini umherschlenderte. Er war allerdings auch nicht besser. Ezra genoss die gemeinsame Zeit mit ihr, liebte die Art, wie sie jeden Wettkampf genoss, und saugte jeden heimlichen Blick, jede Berührung auf, daher zahlte er es ihr mit gleicher Münze heim.

»Ich dachte, es gefällt dir, wenn ich es langsam angehen lasse.« Er zwinkerte ihr zu und stieg dann hinten ins Floß, wobei er sich an der Röte erfreute, die sich auf ihren Wangen ausbreitete.

»Nein, das tut es nicht!«, rief Gus. »Sie gewinnt gern! *Los doch, Dad!*«

»Ich bin bereit, kleiner Mann.«

»Haltet euch an den Griffen fest«, ermahnte der Mitarbeiter im Teenageralter. »Und immer schön im Floß bleiben.«

»Machen wir«, versicherte Gus ihm.

Sie hielten sich alle gut fest. Das Floß fuhr erst geradeaus, dann ganz nach oben und schoss sie schließlich in einen Tunnel, der nach unten führte. Gus jubelte, Sasha schrie, und Ezra lachte, während sie um Kurven, offene Rutschen hinunter und durch weitere Tunnel sausten. Als sie von der letzten Rutsche flogen und in den Pool stürzten, kreischten sie alle vergnügt. Sie stiegen aus dem Floß, und während Ezra Gus mit einem Arm hochhob, griff er mit der anderen Hand unter Wasser verstohlen nach Sashas Hintern, was ihm ein weiteres errötendes Grinsen von ihr einbrachte.

»Das hat Spaß gemacht!«, rief Gus begeistert und befreite sich aus Ezras Armen, als sie aus dem Pool kletterten. »Können wir zu den Eimern gehen, die Wasser auf uns kippen?«

»Na klar.«

Gus rannte voraus.

»Langsam«, rief Ezra ihm hinterher und nahm Sashas Hand. »Gehen wir, meine Schöne.« Sie eilten ihm nach. »Gefällt es dir?«

»Und wie. Gus hat so viel Spaß, und es ist ewig her, dass ich so viel gelacht habe.«

»Bei mir auch.« Er beugte sich vor, um sie zu küssen, doch ihre weit aufgerissenen Augen ließen ihn innehalten. »Verdammt.« Er warf einen Blick zu Gus hinüber, der ein paar

Meter vor ihnen lief, und ließ widerstrebend Sashas Hand los. Gus hatte nicht gesehen, dass Ezra sie beinahe geküsst hätte, doch sein eigenes Herz war sich dieser Tatsache durchaus bewusst. Anscheinend konnte er nicht einmal mehr ihre Hand halten, ohne mehr zu wollen. »Tut mir leid.«

»Er hat nichts gesehen«, erwiderte sie.

»Die Entschuldigung war an dich gerichtet. Es tut mir leid, dass wir uns verstecken müssen, als wäre das mit uns ein schmutziges Geheimnis.«

»Na ja, bei dir mag ich es schmutzig, also stell uns nicht bloß und behalte deine Hände bei dir, wenn wir in der Öffentlichkeit sind.«

Er lachte leise. »Es wäre vielleicht nicht so hart, wenn du mich nicht mit diesem sexy Bikini in Versuchung führen würdest.«

»Oh, dir gefällt das alte Ding?« Sie täuschte Unschuld vor, sah an sich hinunter und wackelte mit den Brüsten.

»Das weißt du ganz genau.«

»Wie schrecklich, dass das für dich so *hart* ist.« Mit noch mehr Schwung in den Hüften stolzierte sie davon, nahm Gus' Hand und warf Ezra über die Schulter einen verführerischen Blick zu.

Diese Frau würde noch sein Tod sein.

»Komm mit, Gusto. Nach den Eimern besiegen wir Daddy auf dem Hindernisparcours!«

Sie wurden von Eimern übergossen, von Elefanten bespritzt und fuhren auf dem Lazy River und mit einer Handvoll anderer Fahrgeschäfte. Am späten Nachmittag ließ Gus' Energie langsam nach. Nach dem Hindernisparcours zeigte er auf einen Jungen, der ein Eis aß. »Können wir auch ein Eis essen?«

»Können wir.« Ezra zerzauste Gus die Haare. »Und danach

sollten wir vielleicht langsam nach Hause.«

»Ich *will* nicht nach Hause«, jammerte Gus.

»Ich weiß, kleiner Mann, aber es wird immer später.«

»Das hat heute großen Spaß gemacht, aber ich muss auch zurück und mich um die Pferde kümmern«, sagte Sasha.

»Okay.« Gus lehnte sich gegen Ezras Bein.

Er strich seinem schläfrigen Sohn über die Haare. »Wirst du müde, Kleiner?«

»Nein.« Gus schüttelte den Kopf.

Ezra wechselte einen wissenden Blick mit Sasha und ihr süßes Lächeln ging ihm durch Mark und Bein.

Sie holten sich jeder ein Eis und gingen zu einem Tisch mit Sonnenschirm.

»Ich habe die Servietten vergessen. Bin gleich wieder da.« Sasha lief zurück zum Eiscremestand.

Ezra hörte ein kleines Mädchen rufen: »Mom! Da ist Gus!«

Er sah sich um.

»Dad, Annie ist hier.« Gus zeigte auf ein kleines blondes Mädchen, das seine Mutter in ihre Richtung zog.

Ezra erkannte sie aus der Vorschule. Annies Mutter, eine große Blondine, die einen knappen weißen Badeanzug trug, hatte schon häufiger versucht, ihn in ein Gespräch zu verwickeln, aber er hatte keine Ahnung, wie sie hieß.

»Gus!« Annie kam angerannt, und die Kinder erzählten einander begeistert von den Fahrgeschäften, mit denen sie gefahren waren.

»Hi, Ezra.« Annies Mutter schenkte ihm ein flirtendes Lächeln. »Was für ein Zufall.«

»Hi.« *Verdammt.* Wie hieß sie doch gleich? Er sah Sasha näherkommen und die Mutter des Mädchens neugierig mustern, die wiederum Ezra anschaute, als wäre er ein Steak und sie am Verhungern.

»Hier, bitte, Gusto.« Sasha wischte Gus Eiscreme von der Wange und gab ihm eine Serviette.

»Ist das deine Mom?«, erkundigte sich Annie.

»Nein. Das ist meine Süße.« Gus strahlte Sasha an.

»Die, mit der du reiten gehst?«, fragte Annie.

»Ah, *du* bist die berüchtigte Süße«, meinte Annies Mutter.

»Eigentlich heiße ich Sasha. Nur Gus nennt mich Süße.«

»Na dann, Sasha, ich bin Layla. Ich habe zwei Tage die Woche in der Vorschulklasse der beiden ausgeholfen und Gus hat viel über dich geredet.« Sie sagte es so, als hätte sie es satt, von ihr zu hören.

»Wirklich?«, erwiderte Sasha.

»Ja. Ich weiß alles über die Kekse, die du backst, die Ausritte und ein Dutzend anderer Dinge. Bist du seine Nanny oder …?«

»Oh nein«, wehrte Sasha ab und schien von Laylas Befragung unangenehm berührt zu sein. »Ich bin …« Sie warf Ezra einen Blick zu. »Nur eine Freundin der Familie.«

Nur eine Freundin der Familie, von wegen. Diese Aussage war weit entfernt von jeglicher Wahrheit, aber das konnte er dieser Frau wohl kaum sagen. Er hatte keine Ahnung, an wen sie es weitertratschen würde.

»Wirklich?« Laylas Augen leuchteten auf und sie konzentrierte sich wieder auf Ezra. »In dem Fall sollten wir für die Kinder mal ein Spieldate verabreden. Vielleicht können wir uns alle mal einen Abend auf eine Pizza und einen Film treffen.«

Dieses verdammte Geheimnis. »Wir sind terminlich ziemlich eingespannt, aber ich sehe mal, was ich machen kann.«

»Sehr schön. Meine Nummer findest du in der Familienliste.« Layla hielt den Blick weiter auf Ezra gerichtet, als würde Sasha gar nicht existieren.

Mit mahlendem Kiefer legte er Sasha eine Hand auf den Rücken. »Wir sollten gehen.«

»War schön, dich kennenzulernen«, meinte Sasha.

»Ja«, erwiderte Layla kühl, doch bei Ezra wurde ihr Tonfall wärmer. »Ich freue mich darauf, von dir zu hören.« Dann rief sie: »Annie, Schatz, wir gehen.«

»Tschüss, Gus!« Annie eilte zu ihrer Mutter.

»Tschüss!«, rief Gus.

Im Gehen meinte Sasha zu Ezra: »Da will wohl jemand ein Spieldate für Erwachsene mit dir.«

»Ganz sicher *nicht*.«

Auf der Fahrt zurück zur Ranch schlief Gus ein, und Sasha war froh, dass Ezra diese Zeit nutzte, um ihre Hand zu halten. Bestimmt ein halbes Dutzend Mal hatte er ihre Hand an seine Lippen geführt und geküsst, während sie sich leise unterhielten. Als sie zu Hause ankamen, bat Gus Ezra, zum Abendessen Hot Dogs über dem Feuer zu machen, und bettelte Sasha an, auch zu kommen und ihre Gitarre mitzubringen, damit sie zusammen spielen konnten.

Sasha versorgte die Pferde und ging duschen. Ezras Duft hing noch in ihrem Schlafzimmer, und auch unter der Dusche spürte sie ihn, wie er sie mit fürsorglichen Händen einschäumte, sie unter dem warmen Wasserstrahl küsste und ihren Körper liebkoste, wie er noch nie liebkost worden war. Am liebsten hätte sie diese Gefühle und Gerüche in Flaschen abgefüllt, um sie für immer zu bewahren.

Sie aßen am Feuer und spielten mit Gus »Ich sehe was, was

du nicht siehst«. Ezra gab sich verspielt und albern, behauptete, er hätte eine Ameise und einen Hot Dog in Gus' Bauch gesehen, und erfand noch weitere Albernheiten, die er angeblich entdeckt hatte, was Gus zum Lachen brachte. Als Gus' Schlafenszeit gekommen war, sah er Sasha mit seinen großen braunen Augen an und fragte sie, ob sie ihm zusammen mit seinem Daddy eine Gute-Nacht-Geschichte vorlesen würde.

Aus einer Geschichte wurden drei, aber Sasha machte das nichts aus. Nur zu gern hörte sie Ezras tiefen, beruhigenden Stimme zu, während er die letzten Seiten von *Wenn ich ein Pferd wäre* vorlas. Gus lag zwischen ihnen in seinem Bett. Seine Wangen waren sonnengebräunt, die Augenlider schwer, und in seiner kleinen pummeligen Hand hielt er Moxie umklammert, das Stoffpferd, das Sasha ihm geschenkt hatte, als er drei Jahre alt war. Er hatte es nach ihrem Pferd benannt. Ein Ohr war ganz abgewetzt, weil Gus es ständig zwischen seinen kleinen Fingern und dem Daumen rieb. Das tat er schon seit dem Tag, an dem sie es ihm geschenkt hatte, und sie hatte das Ohr schon einmal wieder annähen müssen.

Sie ließ ihre Gedanken wandern und stellte sich eine gemeinsame Zukunft mit den beiden vor. Eine, in der sie sich nicht verstecken mussten und in der es Sonntagnachmittage wie heute und Abende wie diesen gab. Sie dachte an Layla und wusste, dass sie wahrscheinlich nur eine von vielen Frauen war, die um Ezras Aufmerksamkeit buhlten. Sasha hätte ihr allzu gern ins Gesicht gesagt, dass sie mehr als nur Freunde waren, aber sie konnte nicht alles riskieren, wofür Ezra so hart gearbeitet hatte, nur um ihren Anspruch auf ihn deutlich zu machen. Interessanterweise war sie zwar eifersüchtig, weil Layla mit ihm flirtete, nicht jedoch unsicher hinsichtlich ihrer Übereinkunft. Sie vertraute Ezra, und wusste in ihrem Herzen, dass es stimmte, wenn er sagte, er sei nur mit ihr zusammen.

Als Ezra leise das Buch zuklappte, wurde sie aus ihren Gedanken gerissen. Gus war eingeschlafen. Er sah friedlich und glücklich aus, genau wie sein Daddy, der sie ansah, als gehörte sie hierher. Sie wusste, dass ihr Herz schon wieder mit ihr durchging und sie es zügeln musste. Aber es fühlte sich gut an, warum also nicht alles genießen, solange sie es konnte?

Gerade wollte sie aufstehen, da öffnete Gus die Augen.

»Gutenachtkuss«, murmelte er schläfrig und streckte die Arme nach ihr aus.

Sie umarmte ihn und drückte ihm einen Kuss auf die Stirn. »Ich hab dich lieb, Gusto.«

»Hab dich auch lieb.« Er küsste ihre Wange, hatte die Ärmchen noch immer um ihren Hals geschlungen. »Machen wir eine Pyjamaparty?«

Ja, bitte. Sie blickte Ezra an und sah dasselbe Verlangen in seinen Augen.

»Morgen müssen wir arbeiten und du musst ins Camp, kleiner Mann«, erklärte Ezra.

»Dann ein andermal?«, bettelte er.

Ezras Lippen zuckten, als wollte er zustimmen. »Mal sehen.«

»Okay.« Gus küsste Sashas Wange erneut. »Noch ein Kuss?«

Leise lachend küsste sie ihn noch einmal und stieg dann aus dem Bett. »Gute Nacht, du süßer Fratz.«

»Gute Nacht, meine Süße.«

Gus drehte sich um und kuschelte sich an Ezra. Er strich Gus die Haare aus der Stirn und flüsterte: »Ich hatte heute einen tollen Tag mit dir, kleiner Mann.«

»Ich auch«, stimmte Gus schläfrig zu.

»Du wirst so groß, warst schon auf allen Fahrgeschäften für die großen Kinder. Daddy ist sehr stolz, dass du die Regeln befolgt hast, als wir dort waren, und immer lieb zu den anderen Kindern warst.«

Sashas Herz machte einen Satz, und sie verließ das Schlafzimmer, um den beiden etwas Privatsphäre zu geben. Sie erinnerte sich daran, wie Ezra damals, als die beiden auf die Ranch gezogen waren, über Gus' Kinderbett gestanden, seinem kleinen Jungen den Rücken gestreichelt und ihm gesagt hatte, wie lieb er ihn habe. Im Laufe der Jahre hatte sie oft gesehen, wie er Gus diese Liebe immer wieder sanft und entschlossen nahebrachte, doch nachdem sie selbst in Ezras Armen gelegen hatte, fühlte sich alles noch intensiver an.

Jetzt stand sie im Wohnzimmer und wurde langsam nervös. Wenn sie sonst abends zusammen Zeit mit Gus verbracht hatten, schauten sie danach noch einen Film oder saßen gemeinsam draußen, nachdem er zu Bett gegangen war. Nun allerdings hatten sie den ganzen Tag zusammen verbracht und außerdem ihr neues Arrangement getroffen, und sie wusste nicht so recht, was sie tun sollte. Ihr Handy pingte, daher zog sie es aus der Tasche.

Birdie: *Was machst du gerade?*

Sasha: *Ich bin bei Ezra.*

Ein Emoji, das die Augen verdrehte, war die Reaktion.

Birdie: *Verzehrst du dich schon wieder nach ihm? Muss ich rüberkommen und dir in den Hintern treten? Die Moore-Jungs müssen wohl bloß mit den Wimpern klimpern und schon wirst du schwach.*

Sasha überlegte, Birdie zu erzählen, was zwischen ihnen passiert war, aber sie hörte Ezra, der sich in Gus' Zimmer rührte, und wusste, dass nicht genug Zeit für Erklärungen blieb.

Sasha: *So ist das nicht. Ich kann jetzt nicht schreiben.*

Ein weiteres die Augen verdrehendes Emoji erschien, als

Ezra das Kinderzimmer verließ. Die Tür ließ er angelehnt. Sasha steckte ihr Handy weg und lächelte ihn an. »Ich weiß nicht, wie du diese Niedlichkeit jeden Abend erträgst.«

Er kam zu ihr. »Mein Sohn ist ein Casanova.«

Wie sein Daddy, hätte sie beinahe gesagt, aber so empfand sie nicht, und sie wollte die Wahrheit nicht herunterspielen. »Er ist einfach voller Liebe und schämt sich nicht dafür, sie zu zeigen.«

»Wie gesagt, er ist ein Casanova.«

»Vielleicht ein kleines bisschen, aber ich glaube, es steckt mehr dahinter. Ich weiß, du machst dir Sorgen darüber, welche Folgen sein Verhältnis zu Tina auf sein späteres Leben haben wird. Und ich sehe auch, wie sehr du bemüht bist, nicht so abweisend wie dein Dad zu sein.« Sie berührte seinen Arm. »Ich hoffe, dir ist klar, wie unglaublich du als Vater bist und dass sich deine Bemühungen auszahlen. Nur deinetwegen weiß dieser kleine Junge da drin, wie man Liebe schenkt und empfängt.«

Sein Kiefer verkrampfte sich, und sie spürte, wie er die Muskeln anspannte.

Die Angst, zu weit gegangen zu sein, ließ ihre Nervosität wachsen. »Danke, dass ich heute dabei sein durfte. Das hat wirklich Spaß gemacht. Wir sehen uns dann wohl morgen beim Frühstück.«

»Du willst gehen?«

»Wir haben die ganze letzte Nacht und den heutigen Tag zusammen verbracht. Ich dachte, du willst vielleicht etwas Zeit für dich, und das, was ich eben gesagt habe, war vielleicht nicht angebracht. Aber es stimmt, und ich nehme es nicht zurück, ob es dir nun gefällt oder nicht. Trotzdem muss ich dir nicht länger auf den Geist gehen.«

»Also, nur fürs Protokoll, ja, ich will mich entspannen, aber das würde ich gern mit dir zusammen tun.«

Erleichterung durchzuckte sie. »Wirklich?«

»Ja. Ich mag dich, Sasha, und ich verbringe gern Zeit mit dir, ganz egal was wir tun. Unsere Freundschaft ist die Grundlage von allem und hat großen Anteil daran, dass wir so gut harmonieren. Ich will unsere gemeinsame entspannte Zeit nicht verlieren, nur weil wir miteinander schlafen.«

Erleichtert atmete sie aus. »Ich auch nicht.«

»Gut, und was das angeht, was du über Gus und Liebe schenken und empfangen gesagt hast: Das war schon in Ordnung. Entschuldige, wenn ich komisch reagiert habe, aber das hat mich gerade etwas überwältigt. Du und deine Mutter, ihr seid die Einzigen, die wissen, wie sehr ich mir deswegen Gedanken mache, und ich habe seit Jahren nicht mehr mit deiner Mom darüber geredet. Es bedeutet mir viel, dass dir das aufgefallen ist und dass du glaubst, ich wäre ein guter Vater.«

Mir fällt alles auf. »Du bist ein fantastischer Vater. Ich würde es dir sagen, wenn ich der Ansicht wäre, du würdest Gus irgendwie schaden. Nicht dass ich viel vom Elterndasein weiß, aber du kennst mich. Ich bin niemand, der seine Meinung für sich behält.«

Er lachte leise. »Das gehört zu den Dingen, die ich an dir mag. Du sagst immer die Wahrheit.« Er nahm sie in die Arme. »Ich will nicht, dass es sich zwischen uns seltsam anfühlt.«

»Ich auch nicht, aber nach letzter Nacht … manchmal wird es etwas seltsam sein.«

»Ich weiß. Wir begeben uns auf unbekanntes Terrain, und es wird eine Weile dauern, ein Gleichgewicht zu finden. Aber wenn wir miteinander reden, sobald wir so empfinden – so wie jetzt –, dann wird es sich hoffentlich nicht negativ auf unsere

Freundschaft auswirken.«

»Klingt gut.«

»Prima, denn es ist noch früh am Abend, und ich fände es wirklich schön, wenn du noch bleibst und mit mir zusammen einen Film schaust, wie du es sonst auch machen würdest.«

Sie kniff die Augen zusammen. »Hast du noch was von meinem Lieblingsdrink?«

»Ja, und Popcorn *und* M&M's.«

»Dann haben wir wohl ein Filmdate.«

Vierzehn

Am späten Dienstagnachmittag kam Sasha gerade aus dem Stall, als ihr Handy klingelte und der Name ihres Vaters auf dem Display aufleuchtete. Nervosität durchzuckte sie. Ezra hatte sie heute Morgen im Stall besucht, als er gerade keine Patienten gehabt hatte, und ihr Vater war dort gewesen, um mit ihr über eines der Pferde zu sprechen. Der arme Ezra hatte durch und durch schuldbewusst ausgesehen, sich aber schnell gefangen. Er hatte behauptet, auf dem Weg zu seiner Hütte zu sein, um etwas zu holen, und ihr Bescheid geben zu wollen, dass er sie heute Abend während der Church nicht brauchte, um auf Gus aufzupassen, weil Tina sich um den Jungen kümmerte. Sasha war sich nicht sicher, ob ihr Vater ihnen das abgekauft hatte. Vor allem, weil sie das Gefühl hatte, mit einem Neonschild auf der Stirn herumzulaufen, auf dem stand: *Geht derzeit mit Ezra Moore ins Bett.*

Sie dachte an Sonntagabend zurück, als sie den Film ange-schaut hatten und ihre Hände nicht bei sich behalten konnten. Am Ende waren sie in seinem Schlafzimmer gelandet. Nach dem Abschiedskuss hatte er sie noch etwa ein Dutzend Mal wieder an sich gezogen, um sie erneut zu küssen. Als sie sich um zwei Uhr morgens auf den Weg nach Hause gemacht hatte, war sie sich wie ein verknallter Teenager vorgekommen. Er hatte darauf bestanden, während des gesamten Wegs bis zu ihrer Hütte mit ihr zu telefonieren, um sicherzugehen, dass sie gut zu Hause ankam, da er Gus nicht allein lassen konnte. Sie liebte diese beschützerische Seite an ihm. Sie fand es auch toll, dass er sie gestern in seiner Pause aufgesucht und erneut mit ihr in der Sattelkammer herumgeknutscht hatte. Aber jetzt fragte sie sich, ob möglicherweise jemand gesehen hatte, wie sie hineingegangen waren? Oder ob ihr Vater gemerkt hatte, dass da etwas vor sich ging? Es war ihr beinahe unmöglich, ihre Gefühle zu verbergen, und sie befürchtete, dass das Neonschild bei den Mahlzeiten, wenn sie so eng nebeneinandersaßen und gegen den Drang ankämpften, den anderen zu berühren, grell aufleuchtete.

Erneut klingelte ihr Handy und riss sie aus ihren Gedanken. Sie atmete tief durch und versuchte, nicht zu nervös zu klingen. »Hi, Dad.«

»Hi, Darling. Kannst du in zehn Minuten im Büro deiner Mutter sein? Wir wollen mit dir reden.«

Verdammt, verdammt, verdammt. »Na klar. Worüber denn?«

»Wir reden, wenn du hier bist.«

Und schon hatte er aufgelegt. Ihr Vater war kein Mann der vielen Worte und telefonierte nie länger als nötig. Doch als sie zu dem dunkler werdenden Himmel hinaufsah, fragte sie sich, ob sich gerade ein Sturm ganz anderer Art zusammenbraute.

»Sieht nach Regen aus«, meinte Sully, die aus dem Stall kam. »Geht's dir gut? Du siehst aus, als hättest du einen Geist gesehen.«

»Hm? Ja, alles gut. Ich muss ins Haupthaus und mit meinen Eltern reden. Könntest du die letzten drei Pferde reinholen?«

»Na klar.

»Danke. Wir sehen uns später.«

Auf dem Weg zum Haupthaus überlegte Sasha, Ezra zu schreiben, um in Erfahrung zu bringen, ob ihr Vater irgendetwas zu ihm gesagt hatte. Aber falls dem nicht so war, wollte sie ihn nicht beunruhigen. Sie erklomm den Hügel und versuchte, sich zu beruhigen, doch als sie schließlich beim Haupthaus angekommen war, hatte sich ihre Nervosität sogar noch gesteigert.

Sie lief den Flur entlang in Richtung des Büros ihrer Mutter, und wäre dabei beinahe mit Maya Martinez zusammengestoßen, einer kurvigen Brünetten mit einem kecken Auftreten, die gerade aus der Toilette kam. »*Huch*. Entschuldige, Maya.«

»Kein Ding. Wo willst du denn so eilig hin?«

»In Moms Büro. Dad hat angerufen und gemeint, sie wollen mit mir reden. Hast du eine Ahnung, worum es dabei geht?«

»Nein.« Maya beugte sich vor, und ihre dunklen Augen funkelten schelmisch. »Warum? Was hast du angestellt?«, flüsterte sie verschwörerisch.

»Gar nichts«, erwiderte Sasha mit einem, wie sie hoffte, entspannten Lachen.

»Verflixt. Ich hatte mir ein bisschen pikanten Tratsch erhofft. Aber vielleicht will dein Dad mit dir über die Stute reden, die heute Abend ankommt. Sie ist blind.«

»Ein neues gerettetes Pferd?« Sasha hatte bei einem Praktikum auf einer Rettungsstation in Montana, die auf behinderte Pferde spezialisiert war, gelernt, mit sehbehinderten Pferden zu arbeiten. Auch auf der Ranch hatte sie bereits Erfahrungen mit sehbehinderten Pferden sammeln können, aber seit dem Praktikum nicht mehr mit ganz erblindeten zu tun gehabt.

»Ja. Ihre Besitzerin kann sich die Pflege nicht mehr leisten. Ich war gerade dabei, dir die Unterlagen zu schicken, die sie ausgefüllt hat. Das arme Pferd hatte kein leichtes Leben, aber die Besitzerin meint, es wäre gesund. Sie bringt die Stute heute Abend zwischen sieben und acht vorbei, während die Männer bei der Church sind.«

»Das ist okay. Ich kümmere mich um die Aufnahme«, versicherte sie und hoffte gleichzeitig, dass ihr Vater tatsächlich darüber mit ihr reden wollte. Was allerdings nicht erklärte, warum auch Wynnie dabei sein sollte. »Ich gehe die Unterlagen nach unserem Treffen durch.«

Ezras Tür öffnete sich und er und Mike traten heraus. »Wir sehen uns Donnerstag, dann können wir über eine Familiensitzung sprechen.«

»Super. Danke noch mal.« Mike nickte Maya und Sasha zu. »Einen schönen Nachmittag, Ladys.«

»Ebenso«, erwiderte Sasha, während Maya gleichzeitig »Danke« sagte, und Mike ging den Flur hinunter und auf den Ausgang zu.

Ezras Blick fand Sashas und ihr Puls beschleunigte sich. Sie versuchte, das Lächeln zu unterdrücken, das an ihren Lippen zupfte, aus Angst, das Neonschild würde wieder anfangen zu blinken.

»Warum seht ihr zwei so aus, als würdet ihr etwas aushecken?«, fragte Ezra.

Maya sah zwischen ihnen hin und her und musterte Sasha amüsiert. »Gute Frage.«

Als sich Maya auf den Weg zurück zu ihrem Schreibtisch machte, flüsterte Ezra: »Es sollte verboten sein, so wunderschön auszusehen wie du, nachdem du den ganzen Tag gearbeitet hast. Meinst du, es fällt jemandem auf, wenn ich dich in mein Büro zerre und mit dir schmutzige Dinge anstelle?«

»So gern ich Ersteres verneinen und Letzteres mit dir machen würde: Hat mein Dad irgendetwas zu dir gesagt, seit er dich im Stall gesehen hat?«

Er runzelte die Stirn. »Nein, aber deine Mutter wollte mit mir sprechen, wenn ich mit meinem Patienten fertig bin. Ich bin gerade unterwegs zu ihr.«

»*Verdammt.* Ich soll mich auch mit ihnen treffen.«

Nun sah auch Ezra besorgt aus.

Die Bürotür ihrer Mutter wurde geöffnet und ihre Mom trat heraus. »Oh gut, ihr seid beide hier.« Sie wandte sich an Maya. »Maya, Liebes, kannst du bitte für zwanzig Minuten keine Anrufe durchstellen?«

»Geht klar.«

Sasha und Ezra wechselten einen besorgten Blick, während sie ihrer Mutter ins Büro folgten. Ihr Vater lehnte mit verschränkten Armen an der Fensterbank. »Tiny«, begrüßte Ezra ihn nickend.

Ihr Vater nickte zurück.

»Macht es euch doch bequem.« Wynnie deutete auf die Couch und die Sessel.

Sasha war sich sicher, dass jeder ihren Herzschlag hören konnte, als sie und Ezra sich auf die Couch setzten. Ezra warf ihr einen leicht verzweifelten Blick zu. Sie verspürte den Drang, nach seiner Hand zu greifen, was keinen Sinn ergab, weil das alles nur noch schlimmer machen würde. Er presste die Hände flach auf die Oberschenkel, als würde er ebenfalls gegen das Bedürfnis ankämpfen, sie zu berühren.

»Danke fürs Kommen«, begann ihre Mutter das Gespräch, nachdem sie sich in einen Sessel gesetzt hatte.

»Kein Problem«, erwiderte Ezra.

Sasha war zu nervös, um zu antworten.

Ihr Vater drückte sich von der Fensterbank ab und trat zu

ihnen. »Wir wollten mit euch über das Netzwerkdinner reden.«

»Ach, wirklich?« Das klang so enthusiastisch, dass Sasha ebenso gut *Hurra! Das ist toll!* hätte ausrufen können. »Ich meine, ich bin froh, dass ihr das ansprecht. Ich war so beschäftigt, dass ich es nicht mehr wirklich auf dem Schirm hatte.« Sie drehte sich zu Ezra um und sah die Erleichterung in seinen Augen. »Hast du davon gewusst?«

»Ja. Wynnie hat es letztens erwähnt. Ich wollte mit dir besprechen, ob wir zusammen hinfahren, aber ich war dieses Wochenende etwas abgelenkt. Gestern Abend wollte ich es erwähnen, habe es jedoch vergessen.« Seine Augen glühten.

Nachdem Gus im Bett gewesen war, hatten sie per Textnachrichten wild miteinander geflirtet. Sasha versuchte, ihr Grinsen zu unterdrücken.

»Sasha«, beschwor ihre Mutter sie. »Dieses Dinner ist wichtig. Wir verlassen uns darauf, dass du die Ranch gut vertrittst. Bitte vergiss nicht, deine Rede vorzubereiten.«

»Natürlich nicht. Keine Sorge. Der Termin steht in meinem Kalender. Ich fange nächste Woche mit der Rede an. Ich war die letzten Tage nur stark mit anderen Dingen beschäftigt.«

»Haben wir gehört«, meinte ihr Vater.

Sashas Herz hätte beinahe ausgesetzt. »Ach ja?«

»Ich sehe was, was du nicht siehst …« Ihr Vater zog eine Augenbraue hoch.

Sashas Brust zog sich zusammen. Sie wagte es nicht, Ezra anzusehen, spürte jedoch die Anspannung, die er ausstrahlte. Sie überlegte, was sie antworten sollte, aber bevor ihr etwas eingefallen war, ergriff ihre Mutter das Wort.

»Mit einem Kind gibt es auf dieser Ranch keine Geheimnisse«, sagte ihre Mutter.

Sasha hielt den Atem an.

»Während ihr anderen gestern früh über die Paintball-Party diskutiert habt, hat Gus uns alles über den tollen Tag im Wasserpark und das Kochen danach erzählt«, berichtete ihr Vater.

Sasha lachte erleichtert. »Hat er das?«

»Ja, das hat er«, bekräftigte ihr Vater. »Ich muss da etwas loswerden, Ezra. Ich hatte mir anfangs Sorgen gemacht, weil der Junge hier aufwächst, wo es keine anderen Kinder gibt. Aber er scheint regelrecht aufzublühen. Ich glaube, er tut uns allen gut.« Er nickte Sasha zu. »Besonders ihr, die so hart arbeitet, dass sie Mahlzeiten auslässt.«

»Freut mich, das zu hören«, sagte Ezra. »Ich bin jeden Tag dankbar dafür, hier ein Heim und eine Familie gefunden zu haben.«

Sasha fühlte sich zurückversetzt in eine Zeit vor vielen Jahren, als sie Ezras Abschluss seines Masterstudiums gefeiert hatten. Vor ihrem geistigen Auge sah sie, wie er sein Glas hob und sich bei allen für ihre Unterstützung bedankte. *Als ich auf die Ranch kam, war ich ein Wrack. Ich fühlte mich allein und hatte keine Orientierung und kein Interesse daran, eine zu finden. Dann hat Wynnie mir die Richtung gewiesen, und ihr alle habt mir gezeigt, wie eine Familie sein sollte. Ihr habt mir geholfen, meine Bestimmung zu finden, und ich fühle mich geehrt, dass ich die Chance bekomme, anderen dabei zu helfen, dasselbe zu tun. Ich werde euch nicht enttäuschen.* Schuldgefühle durchfluteten sie. Sie war so begeistert davon gewesen, endlich mit Ezra zusammen zu sein, dass sie dem, was für ihn auf dem Spiel stand, nicht genug Bedeutung beigemessen hatte.

»Wir sind auch dankbar, dass du hier bist, Schatz«, erklärte ihre Mutter. »Jetzt aber zurück zum eigentlichen Zweck des Treffens. Tiny und ich haben besprochen, wie ihr das Beste aus dem Publikum herausholen könnt, mit dem ihr es beim Netzwerkdinner zu tun bekommt ...«

Während ihre Eltern mit ihnen die Themen durchgingen, auf die sie und Ezra sich in ihren Vorträgen konzentrieren sollten, hinterfragte Sasha all das, was sie und Ezra taten. Sie mochte vielleicht das Vertrauen und den Respekt ihrer Eltern riskieren, aber für Ezra ging es um alles. Und wofür? Für etwas, aus dem niemals mehr werden konnte, solange sie beide hier arbeiteten.

Zum Ende des Treffens hin waren Sashas Herz und Verstand völlig in Aufruhr.

»Einen Moment noch, Schatz«, bat ihr Vater.

Ezra verließ den Raum, und sie verdrängte ihre Gefühle so gut wie möglich und wandte sich ihrem Vater zu. »Ja?«

»Heute Abend kommt zwischen sieben und acht ein Pferd zu uns. Eine blinde Stute.«

»Davon hat mir Maya schon erzählt. Ich bereite mich auf sie vor und schreibe Cowboy und Doc, sobald wir es ihr bequem gemacht haben.«

»Danke, Darling.« Er legte den Arm um sie und drückte sie an sich. »Und danke, dass du das Netzwerkdinner übernimmst. Du weißt ja, wie sehr ich so was hasse.«

»Kein Problem. Ich rede auch noch mit Ezra, ob wir Teile unserer Vorträge kombinieren können, damit wir nichts doppelt erzählen.«

»Gute Idee, Liebes«, sagte ihre Mutter.

Sasha schlug das Herz bis zum Hals, als sie zu Ezras Büro ging. Sie spähte hinein. »Hey. Hast du einen Augenblick?«

»Für dich? Immer.«

Sie trat ein und schloss die Tür hinter sich. »Falls meine Eltern fragen sollten, ich habe ihnen erzählt, dass ich mit dir darüber reden will, ob wir Teile unserer Vorträge kombinieren können.«

»Gut gemacht, Lämmchen. Bist du genauso erleichtert wie ich?« Er zog sie in die Arme und küsste sie. »Das will ich schon den ganzen Tag tun.«

Kurz lächelte sie, doch ihre Besorgnis wischte ihr das Lächeln schnell wieder vom Gesicht, und sie befreite sich aus seiner Umarmung. »Ezra, während wir dort im Büro waren, sind mir die Konsequenzen dessen, was du für uns riskierst, erst so richtig bewusst geworden. Und es macht mir Angst.«

»Mir auch, aber wir haben über die Risiken gesprochen.«

»Ja, das stimmt. Aber jetzt, wo wir mittendrin sind und nachdem ich bei meinen Eltern gesessen und gedacht habe, sie würden dich gleich feuern …« Da sie zu nervös war, um stillzustehen, wanderte sie im Zimmer auf und ab. »Du hast so hart dafür gearbeitet, diesen Job zu bekommen und dir hier mit Gus ein Leben aufzubauen.« Ihre Kehle fühlte sich eng an, aber sie zwang die Worte heraus. »Ich weiß einfach nicht, ob wir das weiterhin riskieren sollten.«

Er runzelte die Stirn. »Sasha …«

Die Gegensprechanlage auf dem Schreibtisch knackte, und er hielt inne, als Mayas Stimme erklang. »Ezra?«

»Ja, Maya?«

»Dein nächster Patient ist hier.«

»Danke. Ich komme gleich raus.« Er knirschte mit den Zähnen, und sie warteten beide, bis das Licht der Gegensprechanlage erloschen war.

Sasha griff nach der Türklinke. »Ich sollte gehen.«

»Sasha.« Er berührte ihren Arm, damit sie ihn ansah. Sein Blick war ernst, verstört. »Wir müssen darüber reden.«

Zu viele Emotionen tobten in ihr, um etwas zu sagen, und

da das hier weder der richtige Zeitpunkt noch der richtige Ort war, um die Sache auszudiskutieren, nickte sie lediglich und verließ das Zimmer.

Fünfzehn

Es nieselte, als Kathy Lethango, eine kleine, stämmige Frau, mit Posey eintraf, der etwa sechzehnjährigen Appaloosa-Stute, die sie abgeben wollte. Posey war auf dem rechten Auge blind, und ihr linkes Auge war entfernt worden, weil sie an Uveitis gelitten hatte, einer schmerzhaften Entzündung der Augenhaut, die zu lange übersehen und nicht behandelt worden war.

Sasha warf einen Blick in den Pferdeanhänger.

Posey kauerte an der Rückwand. Sie trug ein Seilhalfter, was gefährlich war und schmerzhaft sein konnte. Sashas Brustkorb zog sich zusammen. Es hatte sie große Mühe gekostet, ihren persönlichen Herzschmerz zu verdrängen, um den Abend durchzustehen, und der Anblick der ängstlichen Posey brachte ihn wieder an die Oberfläche. Sie fühlte mit dem Pferd, wusste jedoch, dass sie das nicht zeigen durfte. Was ein Pferd auch durchgemacht hatte, Sasha begegnete ihm mit Bewunderung, nicht mit Mitleid, denn das brauchten sie, um Selbstvertrauen zu gewinnen.

»Das arme Ding kommt nicht gut mit Menschen klar«, erzählte Kathy gerade. »Nicht wahr, Posey? Dir gefällt es nicht, wie wir uns bewegen oder was wir für Geräusche machen, stimmt's? Sie versteht einfach nicht, was um sie herum vor sich geht.«

Doch da irrte sich Kathy. Das Problem bestand nicht darin, dass das Pferd die Menschen nicht verstand. Ihre Besitzerin begriff vielmehr nicht, was das Pferd brauchte. Ein Pferd, das behandelt wurde, als wäre es aus Glas, verhielt sich auch so, als wäre es zerbrechlich. Und ein Pferd, das durch die Nachlässigkeit seiner Besitzerin ein Auge verloren hatte, hatte guten Grund, dieser zu misstrauen.

Sasha schob ihre negativen Gefühle Kathy gegenüber beiseite und konzentrierte sich darauf, Posey willkommen zu heißen. »Wie viel Zeit haben Sie mit ihr verbracht?«

»Nicht viel. Ich dachte, ich hätte mehr Zeit für sie, aber der einzige Stall, in dem ich sie unterbringen konnte, lag fast eine Stunde entfernt, und ich arbeite Vollzeit, daher konnte ich nur zwei bis drei Tage in der Woche vorbeischauen. Ich bin abends immer eine Weile geblieben. Aber sie hatte eine schöne Box. Sie war zufrieden dort.«

Wärst du gern tagelang in einer Box eingesperrt? »In den Aufnahmeunterlagen haben Sie angegeben, Sie wüssten nicht, was sie durchgemacht hat, bevor Sie sie aufgenommen haben, oder wie sie das Augenlicht auf dem rechten Auge verloren hat. Ist das so korrekt?«

»Ja. Sie war bereits auf dem rechten Auge blind, als ich sie bekommen habe. Ein paar Monate später hat sie eine Infektion im anderen Auge bekommen, und ich konnte es mir nicht leisten, sie behandeln zu lassen.«

»In Ordnung.« Sasha selbst würde auf alles verzichten, wenn dadurch kein Pferd leiden musste, aber sie wusste auch, dass das leider nicht jeder so sah. »Sie können sie auf die leere Koppel bringen und sich dort von ihr verabschieden. Ich habe Dream, eine unserer sanftesten Stuten, auf die andere Seite gebracht, damit sie sich anfreunden können.« Sie deutete auf die aneinander angrenzenden Koppeln, die zum Teil überdacht waren.

»Aber es regnet. Sollten Sie sie nicht in eine Box bringen?«

Es nieselte lediglich, aber Sasha ersparte sich die Mühe, darauf hinzuweisen. »Pferde lassen sich leicht von zu vielen unbekannten Gerüchen überwältigen, wie es im Stall der Fall wäre, und für ein blindes Pferd ist das noch schlimmer. Ich werde ihr erst einmal etwas Zeit geben, sich an eine Freundin zu gewöhnen. Und wenn sie und Dream gut miteinander auskommen, bringe ich sie in benachbarte Boxen, damit sie sie in der Nähe riechen kann. Soll ich sie lieber rausführen?«

»Nein«, entgegnete Kathy schnell. »Ich möchte mich verabschieden.«

Kathy lockte die zögerliche Posey mit einem Leckerbissen aus dem Anhänger. Während Kathy sie auf die Koppel führte, eilte Sasha in den Stall, um dort ihre Regenjacke und ein Sicherheits-Halfter für Posey zu holen. Als sie wieder herauskam, war Kathy bereits auf dem Rückweg zu ihrem Wagen.

»Das ging ja schnell.« *So viel zu einer herzlichen Verabschiedung.*

»Ich habe eine lange Heimfahrt vor mir«, erklärte Kathy. »Viel Glück damit, ihr das Halfter anzulegen. Mit dem hier habe ich ewig gebraucht.« Sie hielt das Seilhalfter hoch.

Super. Du hättest es ja auch noch dranlassen können, bis ich meins angelegt habe. »Wir kommen schon zurecht. Danke fürs Herbringen. Ich werde mich gut um sie kümmern.« Sasha lief zur Koppel.

Dream stand an der Trennwand zwischen den Koppeln und beäugte ihre verängstigte neue Freundin neugierig. Posey war ein wunderschönes Pferd mit kastanienbraunem Fell und einem weißen Klecks mit kastanienbraunen Flecken entlang der

Hüften und Lende. Sie wirkte weder unterernährt noch verletzt, aber ihre Haltung verriet ihre Nervosität. Sie hatte die Ohren angelegt, presste die Lippen aufeinander und blähte die Nüstern. Sasha konnte ihre Verwirrung gut verstehen. Hier war jeder Geruch neu für sie, und zusätzlich hatte sie eine lange Fahrt mit dem Anhänger hinter sich, was selbst die souveränsten Pferde beunruhigen konnte.

»Du schaffst das, mein süßes, starkes Mädchen. Ich bin Sasha und wir werden gute Freundinnen werden.« Sie musste Poseys Vertrauen gewinnen und ihr helfen, ihre Angst zu überwinden. Aber sie musste ihr auch ein Halfter anlegen, damit sie sie später sicher in den Stall führen konnte. »Wir gehen das hier ganz langsam an. Ich komme jetzt zu dir in die Koppel.«

Sie öffnete das Tor und Posey wich vor dem Geräusch zurück.

»Alles gut, Posey«, versicherte sie ihr, während sie langsam auf sie zuschritt, aber Posey zuckte zurück. »Du bist hier sicher, Süße.« Jedes Mal, wenn Sasha sich bewegte, wich Posey zurück. Sie wollte ihr nicht hinterherjagen, weil das ihre Angst nur verstärken würde. Posey musste zu ihr kommen, und sie hatte auch schon eine Idee, was funktionieren könnte. Den Trick hatte sie beim Praktikum in Montana gelernt.

»Ich bin gleich wieder da. Keine Sorge. Wir bekommen das schon zusammen hin.«

Sasha verließ die Koppel und holte einen Eimer mit Seniorfutter, das die Pferde mochten, weil es nach Melasse roch. Sie legte das Halfter in den Eimer, wobei das Nasenstück oben auf dem Futter auflag. Wenn sie Posey dazu brachte, ihr ausreichend zu vertrauen, um aus dem Eimer zu fressen, konnte sie ihr das Halfter anlegen, während sie fraß.

Da sie wusste, dass es eine Weile dauern würde, schickte sie eine Gruppennachricht an Doc und Cowboy.

Sasha: *Posey geht's gut. Sie sieht gesund aus, ist aber nicht halftertrainiert und hat Todesangst. Ich habe sie in die Doppelkoppel neben Dream gebracht. Es wird noch etwas dauern, bis ich ihr ein Halfter anlegen kann, und ihr werdet heute Abend nicht mehr an sie herankommen, also schaut bitte nicht vorbei. Ich will nicht, dass sie noch nervöser wird. Ich schreibe euch, wenn sie in ihrer Box ist. Um noch etwas Positives zu berichten, Dream ist neugierig und benimmt sich wie ein braves Mädchen. Ich glaube, sie wird die perfekte Freundin für Posey.*

Cowboy: *Gut gemacht. Meld dich, wenn du Hilfe brauchst.*

Doc: *Klingt gut. Ich schaue dann morgen früh bei dir vorbei.*

Sie überlegte, Ezra zu schreiben, und verspürte einen Anflug von Traurigkeit. Es gefiel ihr nicht im Geringsten, das, was sie taten, infrage zu stellen, aber gleichzeitig blieb Gus ihre oberste Priorität. Bei der Arbeit mit Posey konnte sie keine aufgewühlten Emotionen gebrauchen, daher schob sie diese Gedanken beiseite und steckte ihr Handy ein, ohne ihm zu schreiben.

Mittlerweile regnete es stärker. Sie zog ihre Regenjacke zu, setzte die Kapuze auf und trug den Eimer in die Koppel. »Ich entschuldige mich schon im Voraus für mein mieses Gesangstalent, Posey, aber so weißt du immer, wo ich gerade bin. Ich weiß, dass du nervös bist, aber wir stehen das gemeinsam durch. Und wenn es die ganze Nacht dauert.«

Sasha stand in der Mitte der Koppel und hielt den Futtereimer in der Hand. Sie nahm eine Handvoll heraus und hielt sie Posey hin, während sie überlegte, welches Lied sie singen sollte. Als sie an Posey und Ezra dachte, kam ihr die passende Idee, und sie sang »Lean on Me«, damit Posey wusste, dass sie nie allein sein würde – und vielleicht auch, um ihrem eigenen Herzen etwas Frieden zu schenken.

Ezra ging nach der Church nicht mehr mit den Männern im Roadhouse was trinken, sondern fuhr zurück zur Ranch. Er war kurz davor, den Verstand zu verlieren. Nach dem Treffen hatte er Sasha eine Nachricht geschickt, aber sie hatte nicht geantwortet, und er würde nicht ruhig schlafen, solange zwischen ihnen nicht alles geklärt war. Er fuhr zu ihrer Hütte und sah erleichtert, dass Licht brannte und ihr Wagen vor der Tür stand. Er stieg aus seinem Geländewagen, joggte durch den strömenden Regen zu ihrer Veranda und klopfte an die Tür.

Als sie nicht reagierte, klopfte er erneut. Er glaubte nicht, dass sie ihm schon wieder aus dem Weg ging. So ein Mensch war sie nicht. Er lief zurück zu seinem Wagen und warf im Wegfahren einen Blick den Hügel hinunter zu den Ställen. Vor einem sah er Licht.

Ezra fuhr hin und entdeckte Sasha auf einer der Koppeln bei einem Pferd. Er parkte neben dem Stall und zwang sich, ganz langsam zu ihr zu gehen, um das Pferd nicht zu erschrecken. Dabei beobachtete er Sasha. Sie stand in der Mitte der Koppel und hielt einen Eimer in den Händen, aus dem das Pferd fraß. Als er näherkam, hörte er sie »Lean on Me« singen. Er erinnerte sich, wie sie Gus genau dieses Lied vorgesungen hatte, als er noch ein Baby gewesen war. Ezra war gerade frisch getrennt gewesen, ständig übermüdet und hatte dringend Hilfe gebraucht. Genau wie Ezra hatte auch Gus Sashas Stimme immer als tröstlich empfunden.

Als er die Koppel erreichte, sah er, dass Sasha keine Jacke trug und ihre Kleidung und Haare völlig durchnässt waren. Er wollte sie so gern in die Arme nehmen, wagte es jedoch nicht, sich zu rühren, aus Angst, ihre Arbeit mit dem Pferd zu behindern.

Sie sang weiter. Als sie ihn dabei anblickte, merkte er, dass sie zwar noch in der selben Melodie sang, ihre Worte allerdings für ihn bestimmt waren. »Das wird hier noch etwas dauern. Ich sorge gerade dafür, dass sie sich einlebt.«

Er vernahm ein Zittern in ihrer Stimme. Wie lange war sie bereits hier draußen?

»Kann ich helfen? Willst du meine Jacke anziehen?«, fragte er so leise, wie er konnte, damit sie ihn trotz des Regens noch verstand.

»Nein danke«, sang sie. »Ich weiß, wir müssen reden, aber du solltest gehen.«

»Ich möchte lieber bleiben, falls du irgendetwas brauchst.«

»Du machst sie nervös«, sang sie lächelnd. »Ich schreibe dir, wenn ich fertig bin.«

Er nickte und ging widerstrebend zurück zu seinem Wagen. Statt nach Hause zu fahren, machte er sich allerdings auf den Weg in die Stadt. Bei dem Pferd konnte er ihr nicht helfen, aber danach konnte er sich um sie kümmern.

Eineinhalb Stunden später meldete sich Sasha bei ihm.

Sasha: *Hi. Ich bin jetzt fertig und gehe nach Hause.*

Ezra packte die gekauften Sachen und einen Regenschirm ein, stieg in seinen Wagen und fuhr zum Stall. Sasha stapfte gerade den Hügel hinauf, die Arme vor der Brust verschränkt, als würde sie sich selbst umarmen. Er hielt an, nahm den Regenschirm und lief über das Gras zu ihr. Ihr Blick wirkte leicht misstrauisch. Was nicht verwunderlich war, nachdem sie am Nachmittag so auseinandergegangen waren. Vermutlich glaubte sie, er würde sofort darüber reden wollen. Aber das konnte warten.

»Du hättest mich nicht abholen müssen«, meinte sie, als er sich zu ihr gesellte und den Schirm über sie beide hielt.

»Und ich dachte, ich bekomme Bonuspunkte für meine Ritterlichkeit. Komm, ich wärme dich auf.« Er reichte ihr den Schirm, legte den Arm um sie und zog sie an sich, während sie zu seinem Wagen gingen.

»Du bekommst auf jeden Fall Bonuspunkte.«

»Was hast du da mit dem Pferd gemacht und warum hast du keine Regenjacke oder wenigstens einen Hut getragen?«

»Ich hatte eine Jacke an, aber Posey ist ein Neuzugang. Sie ist blind und schrecklich ängstlich. Sie wurde vor ein paar Stunden abgegeben und ist nicht halftertrainiert. Ich musste sie dazu bringen, mir genug zu vertrauen, damit ich ihr ein Halfter anlegen konnte. Sie hat sich vor dem Rascheln meiner Regenjacke gefürchtet, daher habe ich sie ausgezogen.«

»Hast du die ganze Zeit da draußen gestanden und ihr vorgesungen?« Er öffnete die Beifahrertür und half ihr hinein.

»Ja. Ich habe versucht, sie dazu zu bewegen, aus dem Eimer zu fressen. Singen wirkt beruhigend und hat ihr geholfen, mich zu orten.« Sie erzählte ihm, wie sie das Halfter in den Eimer gelegt hatte und es dem Pferd schließlich hatte anlegen können.

»Das war clever. Ich bin froh, dass es funktioniert hat.« Er ging auf die Fahrerseite und stieg ein. »Vermutlich erinnerst du dich nicht mehr daran, aber dieses Lied hast du auch Gus vorgesungen, als er noch ein Baby war.«

Sie sah ihn mit ihren wunderschönen müden Augen an. »Eigentlich habe ich es euch beiden vorgesungen, denn du hast dich ständig dafür entschuldigt, mich um Hilfe zu bitten, und jeder braucht ab und zu jemanden, auf den er sich verlassen kann.«

»Du hast uns durch so einige schwere Zeiten geholfen.«

Sie schüttelte den Kopf. »Ich habe nur getan, was jeder Freund tun würde.«

»Auf jeden Fall hatten wir Glück, dass du für uns da warst.« Er fuhr zu ihrer Hütte und parkte davor. »Jetzt bin ich dran, den Gefallen zu erwidern. Ich habe ein paar Sachen dabei, damit dir wieder warm wird.« Er griff hinter den Sitz nach der Tüte mit seinen Einkäufen und reichte sie ihr.

Sie spähte in die Tüte. »Kakao, Schlagsahne, Mini-M&M's.« Kurz blickte sie zu ihm auf. »Suppe? Ein Schaumbad und … Was ist *das* denn?« Sie griff in die Tüte und zog die rosa Kuschelsocken heraus, die er ebenfalls besorgt hatte. Sie hielt sie sich an die Wangen. »Die sind so weich.«

»Für deine kalten Füße.«

»Woher hast du gewusst, dass ich kalte Füße habe?«

»Weil du gesagt hast, dass du dir nicht sicher bist, ob wir uns weiterhin sehen sollten.« Er zog eine Braue hoch. »Wenn das keine kalten Füße sind, dann weiß ich auch nicht.«

»Ezra«, mahnte sie leise und mit gerunzelter Stirn. »So ungern ich das auch ansprechen wollte, ich habe es ernst gemeint. Ich mache mir Sorgen.«

»Ich weiß, und ich will auch darüber reden, aber du hattest einen anstrengenden Abend. Lass mich dir ein heißes Bad einlassen, und während du dich aufwärmst, mache ich dir eine heiße Suppe oder einen Kakao oder beides. Dann verschwinde ich und wir können ein andermal reden.«

»Du willst dich um mich *kümmern*?«, fragte sie leicht ungläubig und ein bisschen keck.

»Ja. Du bist mir wichtig, Sasha, egal ob du mich weiterhin sehen möchtest oder nicht.«

»Ich *will* dich weiterhin sehen, mehr als alles andere, aber das ist purer Egoismus. Ich war so ekstatisch, endlich mit dir zusammen zu sein, dass ich mir nicht die Zeit genommen habe, *wirklich* zu verinnerlichen, was du riskierst. Aber heute traf es mich wie ein Blitz. Das hier ist der einzige Ort, an dem ich *jemals* arbeiten wollte. Ich gehöre mit Leib und Seele hierher, und heute ist mir bewusst geworden, dass es dir ebenso geht. Ich war da, als du Praktika gemacht und studiert hast und langsam zu dem fantastischen Therapeuten wurdest, der du heute bist. Aber, Ezra, du riskierst alles für ein Arrangement, das nie mehr als vorübergehend sein kann.«

»Das mit uns scheint im Augenblick vielleicht vorübergehend zu wirken, aber so sehe ich uns nicht.« *Ich sehe uns als … endgültig.* Er durfte nicht mehr versprechen, als er geben konnte, aber er wollte auch nicht, dass sie das mit ihnen aufgab. »Wer weiß schon, was die Zukunft bringt? Vielleicht hasst du mich nächste Woche.«

»Unwahrscheinlich, da ich dich schon ewig kenne und noch nie gehasst habe.«

»Ja, ich bin nicht sonderlich hassenswert«, neckte er sie, und das brachte ihm ein Lächeln ein, das in ihm den Wunsch nach mehr weckte. »Ganz im Ernst, Sasha. Wir wissen nicht, was passieren wird, und wir wollen zusammen sein. Können wir nicht einfach das Beste hoffen? Vielleicht ändern sich die Dinge eines Tages.«

»Du meinst, wenn Gus aufs College geht und wir uns keine Sorgen mehr darüber machen müssen, sein Leben auf den Kopf zu stellen?«, fragte sie amüsiert, doch mit Schmerz in der Stimme.

Er hoffte inständig, schon vorher eine Lösung zu finden, aber für den Augenblick wollte er nur die Stimmung auflockern. »Klingt doch gar nicht so übel, oder?« Er nahm ihre Hand. »Ich habe noch keine Antworten, aber du sollst wissen, dass ich mich in vollem Bewusstsein auf uns eingelassen habe. Ich kenne die Risiken und ich *will* bei dir egoistisch sein, Lämmchen. Aber wenn du dich damit unwohl fühlst und das nicht fortsetzen willst …«

»Ich *will* es. Ich will nur nicht euer Leben hier gefährden. Ich glaube, damit könnte ich nicht leben.«

»Ich finde es bewundernswert, wie sehr du an uns denkst, aber du gefährdest unser Leben nicht.« Sie parkten vor ihrer Hütte, die in Dunkelheit gehüllt war. Er beugte sich vor, legte ihr eine Hand in den Nacken und zog sie näher an sich heran. »Du machst unser Leben auf jede erdenkliche Weise besser. Wenn irgendetwas schiefgehen sollte, dann ist das *meine* Verantwortung, Baby, nicht deine. Verstanden?«

Sie rümpfte die Nase. »Irgendwie schon unser beider.«

»Nein. Du bist nicht für mich und Gus verantwortlich. Ich bin der Einzige, dem diese Verantwortung obliegt. Kapiert?«

Sie nickte. »Du und Gus, ihr macht mein Leben auch besser.«

»Das höre ich gern.« Er küsste sie sanft. »Hast du noch etwas auf deinem übergroßen Herzen?«

Sie biss sich auf die Unterlippe und lächelte. »Nur eins noch.«

»Dann lass uns darüber reden.«

»Das hat mehr etwas mit *berühren* zu tun«, kommentierte sie aufreizend.

»Ist ja noch besser.« Er küsste sie erneut. »Was hast du denn im Sinn?«

»Ein Schaumbad für zwei.«

»Das ist doch mal eine Idee, hinter der ich voll und ganz stehen kann.«

Sechzehn

Sasha ließ sich in der warmen Badewanne gegen Ezras Brust sinken und schloss die Augen. Sie genoss das Gefühl seiner kräftigen Schenkel, die er gegen ihren Körper presste, den Vanilleduft des Badeschaums und die Berührungen des Mannes, der sie sanft badete. Er küsste ihre Schulter, während er mit fürsorglichen Händen langsam über ihre Haut strich und sie auf eine Weise verwöhnte, wie es noch kein Mann zuvor getan hatte.

»Ich habe schon seit Jahren kein Schaumbad mehr genommen und noch nie eins mit einem Mann.«

»Ich auch nicht.«

Sie hob den Kopf und sah über die Schulter. Er grinste sie an. »Und was ist mit einer Frau?«

»Du bist die Erste.« Er legte die Lippen auf ihre.

»Wirklich? Das gefällt mir.«

»Mir auch.« Er strich mit den Händen über ihre Oberschenkel. »Wird dir langsam warm?«

»*Mhm.* Noch nie hat sich jemand so um mich gekümmert.«

»Du bist ganz offensichtlich mit den falschen Männern ausgegangen.«

Sie warf sämtliche Vorsicht über Bord. »Das wusste ich

doch immer. Aber der, den ich wirklich wollte, stand entweder nicht auf mich oder war verheiratet oder verboten.«

»Hyde ist nie verheiratet gewesen«, konterte er in gespieltem Ernst.

»Nicht Hyde, du Dummkopf.« Sie schlug ihm aufs Bein, sodass Seifenblasen über den Wannenrand spritzten.

Er legte lachend die Arme um sie, drückte sie fest an sich und strich mit seinem Bart über ihre Wange. »Oh, du meinst *mich*?«, fragte er gespielt unschuldig.

»Ich fange langsam an, meine Wahl zu hinterfragen.«

»Du solltest lieber all die falschen Männer hinterfragen, mit denen du ausgegangen bist.« Er strich mit den Händen über ihre Schenkel und verharrte so kurz vor ihrer Mitte, dass das Verlangen in ihr heiß und gierig aufflammte. »Aber was mich angeht, gab es eigentlich nie eine Zeit, in der ich dich nicht gewollt habe.«

»Ich meine nach deiner Teenagerzeit.«

»Hey, nichts gegen die Teenagerzeit. Da hat alles angefangen. Oft habe ich darum gebeten, länger arbeiten zu dürfen, damit ich dich öfter sehen konnte. Ich habe dich dabei beobachtet, wie du dieser Frau geholfen hast, die mit den Pferden gearbeitet hat, und deine Hausaufgaben im Stall gemacht hast, um bei den verletzten Tieren zu sein.« Seine Hand glitt über ihren Bauch nach oben und streichelte die Unterseite ihrer Brust, was sie noch mehr erregte. »Du warst so engagiert. Das war beeindruckend. Du hast einen großen Teil dazu beigetragen, dass ich mich verändert habe.«

»Habe ich *nicht*«, wehrte sie lachend ab.

Er spielte mit ihrer Knospe und hauchte ihr ins Ohr: »Doch, das hast du, Lämmchen. Ich wollte gut genug sein, um mit einem Mädchen wie dir zusammen sein zu können.«

Sie bekam eine Gänsehaut auf den Beinen und spürte, wie er sich anspannte.

»Vergiss die letzten Worte, denn sie stimmen überhaupt nicht«, stieß er plötzlich hervor und schlang die Arme um sie. »Mein Ziel war es, gut genug für *dich* zu sein.«

Ihr Herz setzte einen Schlag aus und sie blickte ihn über die Schulter an. »Ist das wahr?«

»Zu einhundert Prozent.«

Während sie noch versuchte, das zu verarbeiten, wurde ihr die schmerzliche Wahrheit bewusst. »Und ich habe dich so behandelt, als wärst du nicht gut genug.«

»Nur in der Zeit, als ich im Programm war, und anfangs hatte ich es auch nicht anders verdient. Du warst zu klug, um dich mit jemandem wie mir abzugeben. Es war richtig, dass du mich auf Abstand gehalten hast. Deine Selbstachtung hat mich ebenfalls Selbstachtung gelehrt.«

Sie bemühte sich, ihr rasendes Herz zu beruhigen, aber die Wahrheit erledigte das für sie. »Und dann bist du aufs College gegangen und hast mich vergessen.«

»So ein Quatsch. Du warst schon als Teenager unvergesslich, und das hat sich noch verstärkt, je älter du wurdest. Ich wollte immer noch mit dir zusammen sein, aber unser Timing hat nie gestimmt. Wir waren an unseren jeweiligen Schulen, sind mit anderen zusammen gewesen, haben unser Leben geführt.«

Zu erfahren, dass er sie immer gewollt hatte, schenkte ihrem einsamen Herzen, das sich in all den Jahren so nach ihm gesehnt hatte, wohltuenden Trost. »Warum hast du mir das nie erzählt?«

»Wenn wir auf der Ranch waren, haben deine Brüder allen Kerlen die Hölle heißgemacht, die dich oder Birdie auch nur angeschaut haben.«

»Vermutlich hätten sie dir damals die Beine gebrochen.«

Er lachte. »Davon gehe ich aus.«

»Aber du bist ein Dark Knight geworden und sie haben dir vertraut, sonst hättest du nie Mitglied werden können.«

»Das stimmt, aber dir ist vermutlich nicht bewusst, dass ich mich bereits mit achtzehn beworben habe. Ich musste hart arbeiten, um mich vor deinem Vater und Manny und allen anderen Mitgliedern zu beweisen. Die meisten Männer sind ein Jahr lang Anwärter. Ich habe zwei gebraucht, und zu dem Zeitpunkt war deine Familie bereits zu meiner geworden.«

Wie konnte die Familie nur so ein zweischneidiges Schwert sein? »Ich weiß, wie wichtig sie dir sind.«

»Ich hatte einfach zu viel Respekt vor euch allen, um das alles über den Haufen zu werfen.« Er hielt sie fester und seine Stimme war voller Emotionen. »Und sobald ich das Praktikum bei deiner Mom angefangen hatte, warst du offiziell tabu.«

»Das bin ich immer noch«, flüsterte sie, während die Gefühle in ihr Achterbahn fuhren. Sie wollte ihm näher sein und versuchte, sich umzudrehen. Aber sie wusste nicht, wohin mit ihren Beinen, weshalb Wasser über den Wannenrand schwappte. Sie mussten lachen. Er rückte vor und half ihr, die Beine um ihn zu legen.

»Du brauchst eine größere Badewanne.«

»Oder du brauchst eine geschicktere Freundin.« Ihr war nicht bewusst gewesen, was sie da gesagt hatte, bis das Wort wie eine tickende Zeitbombe zwischen ihnen hing. »Freundschaft plus, meine ich natürlich.«

Er legte die Arme um sie und strich mit der Nasenspitze über ihre Wange. »Wie ich schon sagte, unser Timing ist schrecklich.« Er lehnte sich etwas zurück und legte ihr die

Hände auf die Wangen. »Verwechsle unser schlechtes Timing niemals mit einem Mangel an Verlangen, denn *das* war immer da.«

In seinen Augen standen Gefühle, die zu tief waren, als dass sie sie hätte ergründen können, aber sie sehnte sich danach, alle zu spüren. Die Lust und die Leidenschaft, die Ungewissheit und den Schmerz über ihre verlorenen Jahre und das unbändige Bedürfnis, alles in sich aufzunehmen. Sie öffnete den Mund, um *Zeig es mir* zu sagen, aber sie konnte nicht warten und presste stattdessen die Lippen auf seine. Er erwiderte ihr drängendes Verlangen, schob eine Hand in ihre Haare und hielt damit ihren Kopf fest, während er den Kuss vertiefte. Mit der anderen Hand umfasste er ihren Po und zog sie näher an sich heran. Seine Zunge drang tief in sie ein, erforschte ihren Mund, und sie ließ die Hände über seine Arme und Schultern wandern und danach in seine Haare, um Halt zu finden. Er streichelte ihre Brust und spielte mit der Brustwarze, bis sie vor Verlangen bebte, stöhnte und sich an ihn presste. Sie ertrug das nicht mehr länger. Als sie seine Hand zwischen ihren Beinen spürte, griff sie dazwischen und umschloss seinen harten Schaft. Wasser spritzte auf, als sie ihn streichelte. Er knurrte in ihre Küsse hinein, was sie noch mehr erregte, während er sie mit den Fingern gekonnt verwöhnte, bis die Lust sie wild durchströmte. »Ja. Oh Gott. Ja …« Sie krümmte sich und stöhnte, ließ seine Männlichkeit los und klammerte sich stattdessen an seinen Armen fest, als die Lust sie komplett übermannte. Er machte weiter, liebkoste und schenkte ihr Lust, bis das Hochgefühl langsam abebbte.

»Du bist so sexy, Baby. *Noch mal.*« Er unterstrich die Forderung, indem er die Finger schneller bewegte und ihre Gedanken abermals zerfasern ließ. Er eroberte ihren Mund wild und leidenschaftlich und rollte ihre Brustwarze zwischen dem Finger und dem Daumen, während er sie mit der anderen Hand um den Verstand brachte. Empfindungen durchzuckten sie wie tausend Nadelstiche und brachten sie an den Rand des Wahnsinns. Erneut griff sie nach seiner Länge, konnte sich aber nicht genug aufs Streicheln konzentrieren und klammerte sich stattdessen nur an ihn, als wäre er ihre Trophäe. Er löste den Mund von ihrem und ließ ihn stattdessen über ihren Hals wandern. Sie spürte seine Zähne auf ihrer Haut und lustvolle Schauer überkamen sie. Sie konnte gerade noch seinen Schaft loslassen und sich an seinen Armen festhalten, als der Orgasmus über sie hereinbrach. Die Umgebung verschwamm vor ihren Augen, ihr Körper verkrampfte sich, sie schaukelte vor und zurück, und lüsterne Geräusche drangen aus ihrer Kehle, als wäre sie besessen.

Als sie langsam wieder zu Sinnen kam, küsste er sie noch einmal langsam und zärtlich. »Ich liebe es, dich kommen zu lassen.«

»Ach ja? Wäre mir nie in den Sinn gekommen«, keuchte sie und er lachte. Sein köstlicher Mund fand ihren erneut und lächelnd küssten sie sich. »Ich will dich in mir spüren. Ich nehme die Pille.«

In seinen Augen loderten Flammen auf. »Das hättest du mir nicht verraten dürfen, Lämmchen. Jetzt weiß ich, dass ich dich nehmen kann, wann immer mich das Verlangen überkommt.«

»Vielleicht hätte ich es dir schon vor einer Woche sagen sollen.«

Er umfasste ihre Hüften und dirigierte sie auf seine Erektion. Das Lustgefühl, das in ihrer Brust und in ihren Lenden aufflammte, als sie nach unten sank und ihn tief in sich aufnahm, ließ sie aufkeuchen. *Oh Goooooott*«, murmelte er und hielt sie fest. »Verdammt, Baby. Nichts in meinem Leben hat sich je so gut angefühlt wie du gerade.« Sie ließ das Becken kreisen und er stöhnte kehlig. »Du gibst mir das Gefühl, als wäre ich ein Teenager, der nicht an sich halten kann.«

Sie lachte leise. »Das darf aber nicht passieren, sonst wundern sich die Männer bald, warum ich dich Eine-Minute-Moore nenne.«

»Wehe dir.« Er stieß noch tiefer in sie hinein, was eigentlich nicht hätte möglich sein dürfen, und raubte ihr so den Atem. »Ich sagte, dass du mir das Gefühl gibst, *nicht*, dass es passieren wird.«

»Hoffen wir es mal«, neckte sie ihn und ließ die Hüften erneut kreisen.

»Pass auf mit dem, was du dir wünschst, Lämmchen. Dein Wolf hält die ganze Nacht durch und dann kannst du morgen nicht mehr stehen.«

»Beweis es.«

Ihre Münder fanden sich zu fieberhaften Küssen, aber er bremste sie und ließ die Zunge sinnlich über ihre gleiten, während er sie an seinem Schaft auf- und abschob. Bei jedem Stoß wurden ihre empfindlichsten Nervenknoten gereizt und kleine Stromschläge jagten durch ihren Körper. Sie versuchte, ihn schneller zu reiten und diesen Gefühlen nachzugeben, aber er ließ es nicht zu. »Du fühlst dich zu gut an, um das hier zu übereilen.«

»Ezra, bitte.«

»Keine Sorge, Baby. Du wirst so oft für mich kommen, dass sich deine Beine in Gummi verwandeln.« Er fuhr mit der Zunge über ihre Unterlippe und kontrollierte weiterhin das Tempo. »Diese Lippen sind so perfekt. Sie verführen mich jedes Mal aufs Neue.« Er knabberte an ihrer Unterlippe. »Ich liebe deinen Mund.« Er presste seine Lippen auf ihre, küsste sie hungrig und machte gleichzeitig langsam Liebe mit ihr. Die widersprüchlichen Empfindungen lösten einen Orkan in ihr aus. »Und besonders liebe ich es, wenn du sie um mein bestes Stück legst.«

Sein Dirty Talk machte sie genauso an wie seine Berührungen.

»Und deine wunderbaren Brüste bringen das Tier in mir zum Vorschein.« Er leckte mit der Zunge über eine Knospe und fuhr um sie herum, widmete sich danach der anderen, bis jeder Zentimeter ihrer Haut in Flammen stand und nach mehr verlangte. »Ich will bald mal auf ihnen kommen.«

»Ja.« Bei dieser erotischen Fantasie bohrte sie die Fingernägel in seine Schultern.

»Mmh. Die Idee gefällt meinem Mädchen.«

»Ich will alles mit dir machen«, stieß sie atemlos hervor. »Gib's mir schneller.«

Er steigerte das Tempo ein wenig, bis sie dem Orgasmus, der zum Greifen nahe war, noch mehr entgegenfieberte. Er wusste genau, wie er ihre Lust in die Länge ziehen konnte, und sie genoss jede quälende Sekunde. »Ist mein Mädchen bereit, auf meinem Schwanz zu kommen?«

»So was von bereit.«

Er saugte so fest an ihrer Brustwarze, dass ihr Orgasmus entfesselt wurde. Dann hielt er sie in den Armen, während ihr Körper wild zuckte. Als sie von ihrem Höhepunkt herunterkam, intensivierte er das Stoßen und Saugen, und schon war es erneut um sie geschehen. Er ließ ihre Hüften los, schlang einen Arm um sie und hielt sie fest an sich gedrückt, während sie den letzten Rest der Welle auskostete. Das Gefühl seiner angespannten Muskeln war ebenso erregend wie seine Berührungen, als er den Mund wieder auf ihre Brust sinken ließ. Er saugte fester an ihrer Brustwarze und löste eine berauschende Mischung aus

Schmerz und Lust in ihr aus. »Noch mal«, flehte sie. Er saugte fester und stieß schneller zu, bis sie die Kontrolle verlor und seinen Namen schrie. Vage nahm sie das Plätschern von Wasser wahr, als er ihren Kopf zu sich zog und sie besitzergreifend und eindringlich küsste, was die Empfindungen, die sie überkamen, noch intensivierte.

Ihre Küsse wurden wild und leidenschaftlich, ihre Stöße schnell und hektisch. Eine Flut von Empfindungen überfiel sie und ließ sie erneut die Wogen der Lust erklimmen. Ihr war schwindelig vor Verlangen, sie wollte mehr von ihm, war wie eine Süchtige auf der Jagd nach ihrer Lieblingsdroge. Er legte ihr eine Hand an den Hintern, die andere an die Hüfte und bewegte sie schneller und fester an seiner Männlichkeit entlang. Leichter Schmerz verwandelte sich in alles verzehrende Lust und sie konnte nicht genug davon bekommen. Jeder seiner Regungen begegnete sie mit einem Hüftstoß, ihre Körper bewegten sich in perfektem Einklang. Ihre Lust war so intensiv, dass jede Berührung sie wie ein Blitz durchzuckte. Sie krallte sich an seinen Armen und Schultern fest, und die kehligen Laute, die er von sich gab, trieben sie in einen weiteren fantastischen Orgasmus. Kurz darauf kam auch er, stieß ihren Namen aus und gab sich seiner kraftvollen Entladung hin.

Sie ließ sich gegen ihn sinken, legte die Wange an seine Schulter, und er bedeckte ihre Haut mit Küssen. Langsam kam die Welt wieder in den Fokus.

»Mein Gott, Baby. Das war unglaublich.«

»Mhm«, brachte sie gerade so heraus.

Er streichelte ihren Rücken. »Sieht aus, als hätte hier drin ein Tsunami gewütet.«

Sie blickte über den Wannenrand und sah das Wasser auf dem Boden. »Noch eine Runde?«

Er schob die Finger in ihre Haare und küsste sie lange und ausdauernd. Sie spürte, wie er abermals hart wurde. Mit einem wölfischen Grinsen sah er sie an. »Was denkst du?«

Nach einem weiteren Tsunami, einer warmen Dusche und nachdem sie das Chaos im Bad beseitigt hatten, machte Ezra ein Feuer im Kamin. Er wollte gerade in die Küche gehen, als Sasha in ihren neuen Flauschsocken, ihren alten Baumwollshorts und *seinem* T-Shirt ins Wohnzimmer kam. Was gab sie doch für einen Anblick ab – so hinreißend ungezwungen und mit diesem zutiefst befriedigten Blick. Er war so gern allein mit ihr in ihrem Zuhause, in dem die Zeichnungen seines Sohnes den Kühlschrank schmückten und Gus' Bastelecke bis zum Rand gefüllt war. Es war, als wären sie schon immer füreinander bestimmt gewesen.

»Du hast ein Feuer gemacht«, merkte sie an. »Habe ich so lange mit dem Anziehen gebraucht?«

»Nein. Feuermachen kann ich aus dem Effeff.«

Lüstern betrachtete sie seine nackte Brust. »Ich könnte mich daran gewöhnen, dich barfuß und ohne Shirt in meiner Küche zu sehen.«

Er nahm sie in die Arme. »Vorsicht, sonst bist *du* gleich wieder nackt.« Er küsste sie sanft. »Was hättest du gern? Suppe? Kakao?«

»Kakao, aber den kann ich mir selbst kochen.«

»Entspann dich. Ich mach das schon. Du hattest einen langen, schweren Abend mit dem Pferd und danach einem gierigen Kerl in deiner Badewanne.«

»Hast du von mir irgendwelche Beschwerden vernommen? Ich jedenfalls nicht.« Sie stellte sich auf die Zehenspitzen und küsste ihn, dann holte sie eine Tasse aus dem Schrank.

Er machte ihr Kakao, und sie nahm die Sprühsahne und sprühte etwas davon in ihren Mund. Lachend schüttelte er den Kopf. »Du bist genauso schlimm wie Gus.« Er griff nach der Sahne.

Sie zog ihre Hand weg und sprühte sich noch mehr in den Mund. Ihre Augen funkelten vergnügt.

»Ich hätte da etwas, das du in den Mund nehmen kannst.« Er zog eine Braue hoch.

Ihre Augen funkelten. »Vielleicht müssen wir die Sahne nachher mit ins Schlafzimmer nehmen.«

Sie drehte sich um und sprühte Sahne auf ihren Kakao, und er schlang von hinten die Arme um sie und küsste ihren Hals. Beim Gefühl ihrer Kurven unter seinen Händen begehrte er sie gleich wieder. Aber so gern er sie auch ins Schlafzimmer getragen und bis zum Morgengrauen vernascht hätte – er war schon genug von seinem Verwöhnprogramm abgewichen. In der Öffentlichkeit konnte er vielleicht nicht der Mann sein, der er für sie sein wollte, aber zumindest privat würde er sie so behandeln, wie sie es verdiente.

»*Sasha mit Sahnehäubchen* klingt perfekt.« Er streute M&M's auf die Sahne. »Aber das muss noch warten, jetzt musst du dich nämlich ausruhen.« Er nahm die Tasse, legte ihr eine Hand auf den Rücken und führte sie ins Wohnzimmer.

»Mir geht's gut. Willst du nicht auch eine Tasse?«

»Ich habe die Süßigkeit, nach der es mich verlangt, direkt vor mir.« Er küsste sie auf die Schläfe.

Seufzend ließ sie sich auf die Couch sinken und er reichte ihr die Tasse. Sie trank einen Schluck. »Mmh. Danke.«

»Was hättest du gern? Ich kann dir die Füße massieren oder die Schultern.«

»Du musst das nicht machen, Ezra.«

»Ich muss meine Hände in deiner Gegenwart beschäftigen, sonst gehen sie auf Abwege. Wie wär's, wenn ich mit deinen Füßen anfange?« Er setzte sich ans andere Ende der Couch und nahm ihre Füße auf den Schoß.

»Ezra, du musst wirklich nicht …«

Er fing an, ihren Fuß zu massieren.

»Du meine Güte, das fühlt sich *unglaublich* an. Vergiss, was ich gesagt habe. Mach einfach mit dem weiter, was du da tust.«

Er massierte lachend ihren Fuß und arbeitete sich zu ihrer Wade vor.

»Oh, wow. Das ist fantastisch. Bist du sicher, dass du Gesprächstherapie gelernt hast und nicht Massagetherapie?«

»Ich habe mich all die Jahre nur verstellt. Verrat es bloß niemandem.« Er drückte ihren Fuß. »Und jetzt erzähl mir von Posey. Was wird morgen mit ihr passieren?«

»Willst du wirklich mehr von ihr hören?« Sie trank einen weiteren Schluck und leckte sich die Schlagsahne von der Oberlippe.

So verdammt sexy. »Die Pferde sind dein Leben, und ich höre gern mehr über das, was dir wichtig ist.«

»Also, Doc wird sie sich morgen anschauen, und ich werde weiter mit ihr arbeiten, um ihr Vertrauen zu gewinnen. Ich hoffe, dass sie und Dream – das Pferd, das mit uns draußen war –, sich weiter anfreunden, damit sie sich hier zu Hause fühlen kann.«

»Wie sorgst du dafür?«

»Auf dieselbe Weise, wie man das bei Menschen macht. Man gibt ihnen Zugang zueinander und verhindert Aggressionen. Dream war heute Abend wirklich lieb zu ihr. Nachdem du weg warst, habe ich sie in spezielle Boxen gebracht, die nur durch ein Drahtgitter statt Holz voneinander abgetrennt sind. Es gibt keine scharfen Kanten, damit sich Posey nicht verletzen kann, aber sie kann die Nase daranhalten, um Dream näher zu sein. Pferde sind Herdentiere, und ich hoffe, das hilft ihr dabei, sich sicher zu fühlen.«

»Das klingt vernünftig. Aber was dann? Kann sie mit den anderen Pferden auf die Weide?«

»Es gibt keinen Grund, warum sie kein erfülltes, glückliches Leben haben kann. Was das Zusammensein mit der Herde auf der Weide angeht: Vermutlich werden wir sie zusammen mit Dream und vielleicht noch ein oder zwei weiteren Pferden eher in Stallnähe halten. Wir wollen sie davor schützen, tyrannisiert zu werden. Wir schauen erst mal, wie sie sich entwickelt, genau wie du es bei einem Kind tun würdest.«

»Verstehe.« Er widmete sich jetzt ihrem anderen Fuß.

»*Gott*, fühlt sich das gut an. Nicht zu fassen, dass du mir dieses Talent all die Jahre vorenthalten hast.«

Er arbeitete sich zu ihrer Wade vor. »Wir hatten bis vor Kurzem keine Beziehung, die das möglich gemacht hätte.«

Sie trank noch etwas und stellte die Tasse auf dem Beistelltisch ab. »Ich bin froh, dass wir sie jetzt haben.« Neugierig neigte sie den Kopf. »Ich dachte immer, deine Sprache der Liebe wäre Hilfsbereitschaft, aber jetzt tendiere ich eher zu Zärtlichkeit.«

»Meine Sprache der Liebe? Hast du schon wieder Birdies Zeitschriften gelesen?«

Sie lachte leise. »Das wirst du mir ewig aufs Brot schmieren, oder?«

»Du hast beim Abendessen alle gezwungen, einen Test mit

dem Titel *Wie single bist du?* zu machen.«

Sie verdrehte die Augen. »Das ist mindestens drei Jahre her. Lass doch die alten Kamellen.«

Er hob kapitulierend die Hände. »In Ordnung … fürs Erste.«

»Auch egal. Warst du denn schon immer ein eher körperlich betonter Mensch? Ich weiß, dass du bei Gus nie Hemmungen hattest, und meine das eher in Bezug auf andere Leute.«

»Nicht wirklich. Du weißt ja, wie mein Dad ist. Er liebt mich, hat mir aber nie sonderlich viel körperliche Zuneigung gezeigt.«

»Was ist mit deiner Mom? Hat sie dich oft umarmt?«

»Ich glaube schon, zumindest als ich klein war. Ich habe Erinnerungen daran, wie sie mich in den Arm genommen und mir gesagt hat, dass sie mich lieb hat. Aber ich glaube, das hat sich geändert, als ihre Beziehung zu Dad schlechter wurde.«

»Wann fing diese Veränderung an?«

»Ich weiß es nicht genau. Vielleicht, als ich so zehn oder elf war. Als sie fortging, wurden viele dieser schöneren Gefühle unter Schmerz und Wut begraben.«

»Verständlich. Ich weiß, dass du heute keine Beziehung mehr zu ihr hast, aber hat sie sich nach ihrem Weggang noch jemals darum bemüht?«

»Nicht wirklich.« Er begegnete ihrem Blick und war froh, dass seine Hände eine Beschäftigung hatten. »Sechs Monate nach ihrem Auszug hat sie sich gemeldet und uns erzählt, sie wäre nach Griechenland gezogen und würde dort bei ihren Eltern leben. Ganz ehrlich, zu dem Zeitpunkt wollte ich nichts mehr mit ihr zu tun haben. Erst ein paar Jahre später, nachdem ich bei deiner Mom in Therapie war, hab ich überhaupt angefangen, mich mit diesen Emotionen zu beschäftigen.«

»Ich bin froh, dass meine Mom dir helfen konnte.«

»Ich auch. Sie hat meine Sichtweise auf die Dinge verändert und mir geholfen zu erkennen, dass Menschen nun einmal nicht perfekt sind. Dass ich ein Recht darauf hatte, wütend und verletzt zu sein, aber dass ich lernen musste, damit umzugehen, wenn ich es nicht in künftige Beziehungen mitnehmen wollte. Und das habe ich getan. Es war schwer und hat eine Weile gedauert, aber wir haben es geschafft.«

Sie zog die Füße von seinem Schoß, rückte näher an ihn heran und nahm seine Hand. »Ist es für dich zu schwer, darüber zu reden?«

»Es ist nicht angenehm, aber in Anbetracht unserer Beziehung solltest du wissen, was ich durchgemacht habe.«

»Danke für dein Vertrauen. Wie bist du denn damit umgegangen? Also, abgesehen davon, mit meiner Mom zu reden.«

»Sie hat mich Briefe an meine Eltern schreiben lassen, die ich nie abgeschickt habe, damit ich all die schlechten Gefühle rauslassen konnte. Die ersten Seiten waren so voller Wut und Hass, dass es kaum verwunderlich ist, wie verkorkst ich damals war.«

»Du warst nicht verkorkst. Dein Herz war gebrochen, und das nicht ohne Grund. Ich kenne genug Menschen, die so etwas durchgemacht haben, um zu verstehen, wie sehr sich das auf alle anderen Aspekte im Leben auswirkt.«

»Das stimmt, aber ich war trotzdem verkorkst, und ich habe kein Problem damit, es zuzugeben. Schmerz, Wut, Verwirrung, das Gefühl, der Liebe meiner Mutter nicht würdig zu sein. Das ist schon ziemlich verkorkst, Baby. Das hörst du bestimmt nicht gern, aber wir sollten bei der Realität bleiben.«

»Es stört mich nicht. Es macht mich nur traurig, dass du dich so gefühlt hast, und ich bin wütend auf deine Eltern, weil sie dir das angetan haben.«

»Siehst du? *Verkorkst.*« Er beugte sich vor und küsste sie. »Aber im Laufe der Zeit konnte ich mich da rauswühlen. Nach und nach habe ich gelernt, meine Gefühle besser zu verstehen, und meine Briefe waren nicht mehr nur voller Anschuldigungen. Ich suchte auch nach Antworten.«

»Was für Antworten?«

»Das Typische eben. Warum hat meine Mutter uns verlassen? Warum ist sie nicht in der Nähe geblieben, um den Kontakt zu mir halten zu können? Warum ist mein Vater noch verschlossener geworden? Aber ich bekam keine Antworten, weil mein Vater nicht darüber reden wollte. Auf dem College war ich mit anderen Dingen beschäftigt, aber diese Fragen blieben immer in meinem Hinterkopf. Deine Mom und ich hatten auch weiterhin Kontakt und machten Videositzungen und natürlich war ich in den Sommermonaten auch jedes Mal wieder hier.«

»Ich erinnere mich daran. Ich habe mich das ganze Jahr darauf gefreut, dich zu sehen.«

»Da warst du nicht die Einzige. Ich konnte es auch kaum erwarten, dich zu sehen.«

»Wirklich?« Ihre Miene ließ erkennen, dass sie das kaum glauben konnte.

»Ja, wirklich. Die Uni war stressig. Okay, sie hat auch Spaß gemacht, und es gab Partys und Mädels und all das, aber irgendwie war das für mich nichts als ein chaotischer Tunnel, und du und die Ranch, ihr wart das Licht am Ende.«

»Es stört mich nicht mal, wenn du das gerade erfunden hast.« Sie kuschelte sich an ihn. »Das höre ich gern.«

Er lachte. »Ich erfinde hier nichts.«

»Umso besser. Und, hast du deine Antworten jemals bekommen?«

»Das musste ich unbedingt. Mir wurde klar, wenn ich je anderen bei ihren persönlichen Problemen helfen wollte, musste ich zuerst meine eigenen auf die Reihe bekommen. Das war im Sommer nach meinem zweiten Studienjahr. Da habe ich zum ersten Mal richtig versucht, mit meinem Vater darüber zu reden.«

»Wie hat er reagiert?«

»Wie du dir vermutlich vorstellen kannst. Er hat gesagt, er will nicht darüber sprechen und würde weder über die Details noch die Scheidung reden. Er sagte, er hätte sein Bestes gegeben und könnte die Zeit nicht zurückdrehen und einige Dinge oder sich selbst ändern, und damit war die Sache erledigt. Ich habe es noch ein paarmal versucht, aber er hat sich weiterhin geweigert, über die Vergangenheit zu reden. Bei dem Thema macht er einfach dicht.«

»Die Sache scheint zu schmerzhaft für ihn zu sein. Aber das klingt nicht so, als hätte er dir irgendwelche Antworten gegeben.«

»Er nicht, meine Mutter aber schon.«

Sie riss die Augen auf. »Du hast mit ihr gesprochen?«

»Ich habe etwas länger gebraucht, um den Mut aufzubringen, sie anzurufen, aber ein paar Monate später habe ich genau das getan.«

»Wow. Wie war das nach so langer Zeit?«

Er dachte eine Minute lang darüber nach, erinnerte sich daran, wie seltsam es gewesen war, die Stimme seiner Mutter zu hören. »Es war komisch. Ich war nervös, aber nicht völlig von der Rolle. Ich erinnere mich, sämtliche Szenarien im Kopf durchgespielt zu haben, bevor ich anrief. Beispielsweise wie es wäre, wenn sie nicht mit mir reden wollte oder wütend auf mich war, weil ich so rebellisch auf die Trennung reagiert hatte. All solche Dinge. Aber dann habe ich mich daran erinnert, was deine Mom gesagt hat, als ich ihr erzählte, ich würde meine Mutter kontaktieren.«

»Was hat sie denn gesagt?«

»Sie meinte, bevor ich anrufe, soll ich in den Spiegel schauen und mich daran erinnern, wie weit ich gekommen bin, seit meine Mutter gegangen ist. Sie hat gesagt, ich soll mich daran erinnern, dass meine Mutter damals die Macht hatte, mein Leben auf den Kopf zu stellen, weil ich ein Kind war, aber dass ich als Erwachsener selbst die Kontrolle habe und sie mir nicht wehtun kann, es sei denn, ich lasse es zu. Außerdem sagte sie, ich soll an den Ursprung denken, bevor ich dem Schmerz die Tür öffne. Zu hören, dass ich entscheide, wer mir wehtun kann, war für mich eine große Sache. So denken die Wenigsten, wenn es um ihre Eltern geht. Aber sie hat auch gesagt, dass Menschen, die so im Stich gelassen wurden, sich manchmal wieder wie das verletzte Kind fühlten, wenn die Wunde neu geöffnet wird. Und dass es auch okay wäre, falls das passiert. Sie würde da sein, um das mit mir durchzustehen.«

»Das klingt ganz nach meiner Mom. Und, hast du dich wieder wie das verletzte Kind gefühlt?«

»Nein. Es war seltsam, aber als ich die Stimme meiner Mutter hörte, war es, als würde ich mit einer Person reden, von der ich wusste, dass ich sie einst gekannt und geliebt, eine Zeit lang aber auch gehasst hatte. Ich empfand zum Zeitpunkt des Anrufs nicht mehr viel abgesehen von dem Wunsch, Antworten von dem einzigen Menschen zu bekommen, der sie mir geben konnte.«

Ihre Augen waren voller Mitgefühl. »Oh, Ezra. Diese Erkenntnis muss schmerzhaft gewesen sein.«

»Das war sie gar nicht. Tatsächlich war es sogar befreiend. Während ich meine Fragen stellte, wurde mir klar, dass es gar keine Rolle spielte, welche Entschuldigungen sie vorbrachte. Sie war eine Mutter, die ihren Sohn zurückgelassen hatte. Und das verriet mir, wer sie wirklich war. Ich wollte eigentlich nur noch den Grund dafür wissen, um dieses Kapitel abschließen zu können.«

»Was hat sie gesagt?«

»Nicht viel. Sie hat gesagt, mein Vater hätte ihre emotionalen Bedürfnisse nicht erfüllen können, was nicht überraschend war, aber das hätte sie wissen können, bevor sie geheiratet haben. Und sie hat gesagt, sie wollte keinen schmutzigen Scheidungskrieg oder versuchen, das Sorgerecht für mich zu bekommen, um mich ins Ausland zu schaffen. Sie glaubte, mir das Leben zu erleichtern, indem sie mich bei meinem Vater lässt. Aber das war lediglich eine Rechtfertigung ihrerseits, und noch dazu eine schlechte. Ein Jahr, nachdem sie uns verlassen hatte, hat sie wieder geheiratet und sich nicht im Geringsten bemüht, Teil meines Lebens zu bleiben.«

»Ich verstehe nicht, wie man das seinem Kind antun kann. Einfach weggehen, als hätte es nie existiert?«

»Das liegt daran, dass du dich von Liebe leiten lässt. Ich glaube, meine Mutter lässt sich teilweise von Selbstsucht und Schwäche leiten.«

»Wie Tina.«

»In gewisser Weise ja. Tatsache ist nun mal, dass Menschen Fehler haben, und Hass kann an einem nagen. Ich konnte nur akzeptieren, was sie getan hatte, und entscheiden, ob ich sie in meinem Leben haben will.«

»Weiß sie von Gus?«

»Keine Ahnung. Ich habe mich nie bei ihr gemeldet, um ihr

von ihm zu erzählen. Ich wollte ihn davor schützen, das Gefühl zu bekommen, seiner Oma nicht wichtig genug zu sein, wenn sie ihn nicht mal besucht, ihm keine Geburtstagskarte schickt oder …«

Sie kuschelte sich noch enger an ihn. »Ich finde es toll, wie du Gus mit allem, was du hast, liebst und beschützt. Es ist erstaunlich, wie liebevoll du sein kannst, obwohl du nicht mit dieser Form der offenen Zuneigung aufgewachsen bist.«

»Das liegt an Tina und Gus.«

»Tina hat das bewirkt?«, fragte sie überrascht. »Dann war sie wohl doch noch für etwas anderes gut, als deinen wunderbaren Jungen auf die Welt zu bringen.«

Er schnaubte. »*Nein.* Zärtlichkeit ist definitiv *nicht* ihre Sprache der Liebe. Ich glaube, sie hat gar keine Sprache der Liebe. *Gus* hat das aus mir herausgekitzelt, und zwar nur aufgrund ihrer Unfähigkeit als Mutter. Möglicherweise litt Tina nach Gus' Geburt an einer nicht diagnostizierten Wochenbettdepression. Sie war die ganze Zeit müde und ist nachts nie aufgestanden, um ihn zu füttern. Ich habe versucht, mit ihr darüber zu reden, aber sie meinte, es wäre normal, nach der Geburt erschöpft zu sein. Zwei Monate später kehrten ihre Energie und ihre Persönlichkeit zurück, und dann ging es ihr nur noch darum, wieder in Form zu kommen. In dem Augenblick, in dem ich von der Arbeit nach Hause kam, ging sie ins Fitnessstudio oder mit Freundinnen aus, also war ich viel mit Gus allein, seitdem er ein Säugling war. Ich habe ihn mir gern auf die nackte Brust gelegt, wenn ich ihn gewiegt habe. Ich wollte immer sicherstellen, dass er sich als kleines Kind geliebt fühlt.«

»Das tust du immer noch.«

»Ja. Ich glaube, das bleibt für immer.«

»Du kannst dir auf jeden Fall sicher sein, dass du das ganz großartig machst. Tatsächlich glaube ich, dass deine Liebe zu Gus alle fünf Sprachen der Liebe umfasst, und dadurch hat er viel gelernt, denn er spricht sie alle. Er ist rücksichtsvoll, hat definitiv keine Angst vor körperlicher Nähe, und er ist fürsorglich und sagt süße Sachen.«

Zu hören, wie sie so liebevoll über Gus redete, schenkte ihm ein wohliges Gefühl. Er zog sie an sich und küsste sie. »So, Miss Neugierig. Welche ist denn deine Sprache der Liebe?«

»Eine gute Frage. Ich glaube, bei den Pferden sind es Lob, Anerkennung und Zärtlichkeit.«

»Jetzt untertreib mal nicht. Du hilfst ihnen und verbringst mit ihnen auch jeden Tag viel Zeit.«

»Stimmt. Das machst du aber auch mit Gus und deinen Freunden.«

»Im Augenblick geht's aber nicht um mich. Wie ist deine Sprache der Liebe bei Menschen?«

»Das hängt von der Person ab. Ich stehe schon so lange auf dich, dass ich vermutlich den Männern, mit denen ich ausgegangen bin, keine echte Zuneigung zeigen konnte.«

Am liebsten hätte er sich eingeredet, der einzige Mann zu sein, mit dem sie je zusammen gewesen war, aber das wäre ziemlich seltsam gewesen. »Wenn das stimmt, tut es mir leid, denn du hast ein großes Herz, Lämmchen, und viel Liebe zu geben. Ich hoffe, dass du dich nicht meinetwegen unzureichend amüsiert hast.«

»Oh, ich habe mich gut amüsiert. Ich konnte nur keine wahre Zuneigung zeigen. Aber jetzt, wo ich mit dir zusammen bin ...« Sie setzte sich auf seinen Schoß und legte die Arme um ihn. »Jetzt will ich alle Sprachen der Liebe ergründen. Zweisamkeit wie heute Abend, Lob und Anerkennung. Ich liebe es, wie du redest und zuhörst.« Sie küsste ihn auf die Lippen. »Und Zärtlichkeit.« Sie strich mit den Fingern über seine muskulöse Brust, verharrte auf den Brustwarzen. »So richtig viel Zärtlichkeit.«

»Das ist gut, Lämmchen, denn ich liebe es, dich zu berühren.« Er schob die Hände unter ihr Shirt und streichelte ihre Brüste. Als er eine Knospe zwischen Finger und Daumen drehte, keuchte sie auf. »Schenk mir deinen Mund, Lämmchen.«

»Dazu wollte ich gerade kommen.« Sie griff nach seinem Hosenbund und öffnete den Knopf seiner Jeans. »Ich glaube, es wird Zeit für eine Belohnung.«

»Verdammt, Baby.«

Sie kletterte von seinem Schoß und gemeinsam zogen sie ihm die Jeans und Boxershorts aus. Er griff nach ihr, aber sie schubste ihn auf die Couch zurück und ging in die Knie, um seine Erektion in die Hand zu nehmen. Ihr Blick ruhte auf ihm, während sie ihre Zunge um die breite Spitze gleiten ließ und den Schaft leckte, bis er feucht glänzte. Dann drückte sie den Mund auf seine Männlichkeit, ohne den Blick von ihm abzuwenden.

»Du bist so verdammt sexy, wenn du so was machst, Baby. Zieh dein Shirt aus. Ich will deine Brüste sehen.« Sie kam der Aufforderung nach und das Haar fiel ihr über die nackten Schultern. »Einfach wunderschön.«

Er beugte sich vor und küsste sie innig.

»Lass mich dich lieben«, flüsterte sie.

Ihre Worte rührten ihn tief in seinem Inneren, als sie wieder anfing, ihn zu streicheln, zu lecken und zu saugen. Von dieser unglaublichen Frau geliebt zu werden, wäre ein wahr gewordener Traum. Sie streichelte ihn schneller, fester und saugte an seiner Länge. Seine Gedanken zerfaserten und ein Knurren stieg aus seiner Kehle.

Sie grinste triumphierend. »Ich liebe die Geräusche, die du von dir gibst.«

»Wenn du so was sagst, würde ich dir am liebsten mein bestes Stück in die Kehle rammen. Nicht, um dir wehzutun, nur … weil du mich so antörnst. Ich will alles von dir erobern.«

»Du meinst so in der Art?« Sie senkte den Mund über seine Länge und nahm ihn tief in sich auf. Dann zog sie ihn langsam heraus und ließ ihn erneut in den Mund gleiten, während sie die Faust um den Ansatz ballte.

»*Gooooott. Ja.*«

Sie beschleunigte ihre Bemühungen. Seine Spitze stieß immer wieder gegen ihre Kehle. Er fluchte, so sehr hatte ihn die Lust im Griff. Als sie um ihn herum stöhnte, schossen seine Hüften wie von selbst in die Höhe. Sie musste würgen und ließ mit geschwollenen Lippen von ihm ab.

»Mist. Entschuldige, Babe. Ich wollte dir nicht wehtun.«

»Hast du nicht. Es kam bloß überraschend. Jetzt, wo ich weiß, was dir gefällt, kann ich mich darauf einstellen.« Sie fuhr mit der Zunge über seine Länge. »Halt dich nicht zurück. Ich will, dass du meinen Mund eroberst, als würdest du ihn lieben.«

Bei dieser Aufforderung stand seine Männlichkeit sofort wieder stramm. »Wie könnte ich ihn nicht lieben, Baby? Er gehört zu dir.« Er beugte sich vor und eroberte sie mit einem weiteren leidenschaftlichen Kuss. »Soll ich ihn am Ende rausziehen? Oder darf ich in deinem sexy Mund kommen?«

Hitze flackerte in ihren Augen auf. »Zieh ihn nicht raus. Ich will, dass du jedes Mal, wenn du mich siehst, daran denkst, wie ich deinen Samen geschluckt habe.« Sie senkte den heißen, feuchten Mund über seine Erektion, als hätte sie ihn nicht gerade schon meisterhaft verwöhnt. Ihr Blick schien ihn zu durchbohren, während sie ihn so perfekt liebkoste und streichelte, dass die Lust durch seine Adern brannte und unter seiner Haut pulsierte wie ein Tier, das nach Erlösung verlangte. Es dauerte nicht lange, bis er die Zähne zusammenbeißen musste, um seinen Orgasmus hinauszuzögern. Sie nahm ihn noch weiter in sich auf, schneller, *härter* und immer tiefer. »Verdammt, ich liebe deinen Mund.«

Ezra vergrub die Hände in ihren Haaren und bewegte das Becken, während sie saugte und streichelte, eine Hand um seinen Schaft legte, exquisit zudrückte und ihn damit um den Verstand brachte. Er wollte, dass es andauerte, wollte ihren Mund stundenlang um sich spüren. *Tagelang.* Aber er konnte jetzt nicht langsamer werden. Es fühlte sich einfach zu gut an. »Ich bin gleich so weit, Baby«, warnte er sie. Mit der anderen Hand spielte sie mit seinen Hoden und zupfte sanft daran. Hitze schoss ihm den Rücken hinunter, und als er kam und ihren Namen sagte, klang es wie ein Grollen.

Sie behielt ihn im Mund, nahm alles auf, was er zu geben hatte, und wartete, bis das letzte Nachbeben verebbt war. Ihre wunderschönen Augen suchten seine, als sie seine Männlichkcit freigab, und sie sah aus wie der schönste unanständige Engel, den er je gesehen hatte. Sie ließ die Zunge über ihre glitzernden Lippen gleiten und er nahm sie in die Arme.

»Ich glaube, wir haben deine Superkraft gefunden.« Er küsste sie leidenschaftlich und besitzergreifend, was ihm ein sündiges Stöhnen einbrachte. »Ich will dich nackt sehen, Baby.« Er half ihr auf die Füße und zog ihr die Shorts aus. Während er ihren Blick gefangen hielt, schob er die Finger zwischen ihre Beine. »Mmh. Deine Mitte bettelt nach mir.«

Ihre Wangen färbten sich rot, als er sich auf die Couch

setzte, sie näher heranzog und sich vorbeugte, um ihre Erregung zu kosten. Sie sog scharf die Luft ein, klammerte sich an seine Schultern.

»Du schmeckst so süß.« Er leckte und neckte und saugte und drang mit den Fingern in sie ein. Gleichzeitig knabberte er sanft an ihrer empfindsamsten Stelle, was ihr ein lautes, lustvolles Stöhnen entlockte. Er fand den empfindlichen Nervenknoten tief in ihrem Inneren, woraufhin sie noch lauter stöhnte und zuckte. Sasha zu befriedigen war zu seinem größten Verlangen geworden und er bekam nicht genug davon. Er drang weiter mit den Fingern in sie ein, und jedes Mal, wenn er diese magische Stelle streichelte, keuchte sie auf. Er neckte sie, bis ihr Atem stoßweise ging und sie nur noch *»Oh Gott, Oh Gott…Ezra«* herausbrachte. Sie bohrte die Fingernägel in seine Haut und presste das Becken gegen ihn, während er jeden Tropfen ihrer Erregung verschlang.

So unfassbar perfekt.

Als sie erschlaffte, legte er sie auf die Couch und beugte sich über sie. Sie schlug flatternd die Augen auf. »Ist das der Himmel?«, flüsterte sie.

Er lachte und küsste sie, presste seine Erektion dabei gegen ihre feuchte Mitte. »Da ist jemand eifersüchtig auf meine Zunge. Er will in dir sein.«

»Worauf wartest du dann noch?«

Sie hob die Hüften, und als sich ihre Körper vereinten, kam gleichzeitig ein *»Sasha«* über seine und ein *»Ezra«* über ihre Lippen. Das zwischen ihnen war magisch und er wollte es auf ewig festhalten. Als ihre Münder aufeinanderprallten und sie ihren Rhythmus fanden, schoss ihm neben der Wonne, die ihn ganz und gar durchdrang, ein Gedanke durch den Kopf. Er musste einen Weg finden, wie sie zusammen sein konnten, ohne sich zu verstecken. Und das möglichst schnell, denn er würde sie auf keinen Fall wieder hergeben. Und was auch immer das zwischen ihnen war, es war zu groß, um es noch lange verborgen zu halten.

Siebzehn

»Halt still, kleiner Mann«, forderte Ezra, während er Gus in seinen neongelben Paintballanzug half.

»Ich will sehen, wer gewinnt«, drängelte Gus und drehte sich um, damit er zuschauen konnte, wie Dare und Cowboy zusammen mit Rebel und Hyde Unsinn trieben. Sie versuchten gerade herauszufinden, wer am längsten auf den Händen laufen konnte. Die anderen feuerten sie an. Hyde kippte um und stieß dabei Rebel an. Rebel jagte ihn in Richtung Dare und Cowboy, die dadurch ebenfalls auf dem Hintern landeten. Die vier schrien und rannten wie die Verrückten durch die Gegend, während sich alle kaputtlachten.

Hier wird es nie langweilig.

Es war Freitagabend, eine Woche vor Dares und Billies Hochzeit, und als die Sonne unterging, beleuchteten Bodenscheinwerfer das Paintballfeld, auf dem bald die Junggesellen-/Junggesellinnenabschiedsspiele beginnen sollten. Mit den Whiskeys, den Mancinis, Dwight und den Ranchhelfern sowie den Patienten der Ranch waren mehr als zwei Dutzend Menschen in Tarnkleidung anwesend und warteten darauf, dass das Spiel beginnen konnte. Paintball war bei den Whiskeys eine ernste Angelegenheit. Das Feld war das reinste Kriegsgebiet und mit Sandsackbunkern, Steinmauern und Fässern, riesigen aufrechtstehenden Reifen, die im Boden steckten, Erdbarrieren und verschiedenen anderen Hindernissen ausgestattet.

»Wo zur Hölle bleiben die Mädels?«, fragte Rebel.

Gus zupfte an Ezras Jeans. »Dad, Rebel hat das H-Wort gesagt.«

»Ja, hab ich gehört.«

»Warum brauchen Frauen immer so verdammt lange?«, kommentierte Taz.

»Taz hat das V-Wort gesagt«, petzte Gus.

»Was zur Hölle stimmt denn nicht mit dem V-Wort?«, fragte Hyde grinsend, was Gus zu weiteren Beschwerden veranlasste.

»Ernsthaft, Jungs?« Ezra verkniff sich das Lachen und schüttelte den Kopf. Die anderen brachen in Gelächter aus.

»Wow. Ich muss häufiger zu Paintballspielen gehen.« Kenny zeigte über das Feld zum Haupthaus, wo die Frauen gerade in Badebekleidung durch die Tür traten. Wynnie, Alice und Sully trugen Badeanzüge, die anderen Bikinis.

Beim Anblick von Sasha, die in einem winzigen türkisfarbenen Bikini und Kampfstiefeln auf sie zu stolzierte, wurde Ezra ganz heiß. In seinem Kopf hörte er »Pour Some Sugar on Me« und sah vor seinem inneren Auge, wie sie sich in Zeitlupe bewegte, die langen blonden Haare über die Schulter warf, die Hüften schwang und ihn mit ihren wunderschönen Augen ansah. Seine Männlichkeit regte sich. *Verdammt!* Er versuchte, seine schmutzigen Gedanken durch Kopfrechnen zu unterbinden.

Taz und Hyde pfiffen und jubelten, woraufhin einige der Ranchhelfer es ihnen gleichtaten. Ezra unterdrückte den Drang, Sasha eine Decke umzulegen, damit sie sich nicht an ihr sattsehen konnten.

»Dad, gehen wir auch noch schwimmen?«, rief Gus.

»Nein, kleiner Mann. Wir spielen Paintball.«

Gus rannte zu Sasha. »Süße! Warum trägst du Badesachen?«

Sie hob ihn hoch und strahlte übers ganze Gesicht, als sein kleiner Junge die Arme um sie schlang. Es war anderthalb Wochen her, dass er und Sasha an diesem verregneten Abend die ganze Nacht eng umschlungen verbracht hatten. Das war die schönste Nacht seines Lebens gewesen. Letztes Wochenende hatte er Gus bei sich gehabt, und am Samstag hatten sie mit seinem Vater zu Mittag gegessen. Sein Vater war voll auf Gus fokussiert gewesen, und Ezra hatte sich die ganze Zeit über gewünscht, Sasha an seiner Seite zu haben. Am Dienstagabend hatte sich Tina wieder einmal aus der Verantwortung gestohlen, und Sasha hatte auf Gus aufgepasst, während Ezra bei der Church war. Sobald Gus im Bett lag, hatten Ezra und Sasha sich erneut leidenschaftlich geliebt. Seitdem hatten sie hier und da ein paar private Augenblicke für sich erhaschen können und gemeinsam an ihrem Vortrag für das Netzwerkdinner gearbeitet, während Gus spielte oder fernsah. Aber das war nicht annähernd genug. Was Sasha anging, war Ezra gierig. Er wollte mehr Zeit mit ihr allein und mit Gus verbringen.

Er wollte einfach alles.

Eigentlich hätte Gus heute Abend bei Tina sein sollen, aber Ezra hatte ihn hierbehalten, damit Gus das Paintballspiel nicht verpasste. Er würde ihn am nächsten Morgen zu Tina bringen, und obwohl er sich nie weniger Zeit mit seinem Sohn wünschte, konnte er es doch kaum erwarten, Sasha erneut in den Armen zu halten.

»Verdammt. Seht euch meine Old Lady in ihrem Badeanzug an, den rockt sie doch richtig«, kommentierte Tiny stolz.

»Ich bin zu beschäftigt, meine anzusehen«, erwiderte Manny.

»Meine zukünftige Frau ist ein echt heißer Feger«, sagte Dare.

»Nicht so heiß wie meine«, stellte Cowboy fest und lief Sully entgegen.

»Ich wechsle in *deren* Team und gehe nackt!«, verkündete Taz und riss sich das Shirt vom Leib. Er griff nach dem Knopf seiner Jeans.

»Ich auch!«, rief Kenny und fing an, sein Shirt auszuziehen.

Ezra und die anderen Männer warfen ihnen böse Blicke zu, aber erst Tinys schroffe Stimme ließ sie innehalten. »Wenn ihr Jungs euch die Hosen auszieht, habt ihr diese Hände das letzte Mal benutzt.«

»Entschuldige, Präsident. Hab mich etwas mitreißen lassen.« Taz zog sich das Shirt wieder an.

»Idiot.« Rebel verbarg das Wort durch ein Husten, als die Frauen zu ihnen aufschlossen.

»Versucht ihr Ladys, einen Aufstand anzuzetteln?« Doc verschränkte die Arme und starrte seine Schwestern an.

Birdie stemmte eine Hand in die Hüfte. »Schon mal was von psychologischer Kriegsführung gehört?«

»Nicht wenn eure Brüder im anderen Team sind«, knurrte Doc.

»Ihr seid ja nicht *alle* unsere Brüder«, konterte Sasha und trug Gus zu Ezra, den sie schelmisch musterte.

Ezra sehnte sich danach, sie in die Arme zu nehmen und jeden hier wissen zu lassen, dass sie ihm gehörte und er verdammt stolz darauf war.

»Bleib locker, Doc. Das ist nur Badebekleidung«, beruhigte Wynnie ihn.

»Du hast doch keine Angst vor ein bisschen nackter Haut, Doc?«, fragte Alice.

»Wir mögen nackte Haut«, erklärte Hyde, der zusammen mit Taz Bobbie umkreiste.

Bobbie verdrehte die Augen.

»Mein Kerl beschwert sich jedenfalls nicht.« Billie stolzierte zu Dare, der sie an sich drückte und küsste.

»Seht ihr? Die wissen, wie man Spaß hat«, rief Birdie.

»Na gut, Mädels, ihr hattet euren Spaß«, verkündete Tiny laut. »Jetzt zieht eure Sachen an.«

Sasha setzte Gus auf dem Boden ab. Er rannte zu Wynnie und nahm ihre Hand. »Wynnie, können die Jungs das nächste Mal Badesachen anziehen?«

Wynnie lächelte zu ihm hinunter. »Ich wüsste nicht, was dagegenspricht.«

Ezra stellte sich mit dem Rücken zu den anderen und flüsterte mit Sasha. »Du siehst absolut fantastisch aus, aber musstest du unbedingt den türkisen anziehen?«

Sie blickte auf ihren knappen Bikini hinab. »Was stimmt denn mit dem nicht?«

»Der ist *kleiner* als der rosafarbene. Hast du eine Ahnung, wie schwer es mir gerade fällt, die Hände bei mir zu behalten?«

»Gut. Ich wollte sicherstellen, dass du mich heute Abend nicht vergisst«, erwiderte sie kess.

»Süße, ich denke so oft an dich, dass es ein Wunder ist, wenn ich überhaupt noch andere Gedanken haben kann.«

Selbst eine Stunde später sah er sie in ihrem verdammten Bikini noch immer vor sich. Das Spiel war in vollem Gange. Die Geräusche rennender Menschen und abgefeuerter Paintballwaffen, Gelächter und Rufe erfüllten die Luft. Taz schoss auf Ezra. Ezra wich hinter einen Reifenturm aus, um nicht getroffen zu werden. Er hörte Gus kichern und drehte sich gerade noch so rechtzeitig um, dass er sehen konnte, wie sich sein Sohn neben Dare an Simone heranschlich. Sie schossen ihr in den Rücken, und als sie herumwirbelte, klemmte sich Dare Gus wie einen Football unter den Arm und rannte davon.

Ezra bemerkte, wie sich Alice und Manny in einem Bunker küssten, rannte vorbei und schoss beide ab.

»Was ist denn aus der Bruderschaft geworden?«, brüllte Manny.

»Im Krieg und in der Liebe ist alles erlaubt!« Lachend verschwand Ezra hinter einer Metallbarriere. Er spähte hinaus und entdeckte Sasha, die hinter einer Steinmauer hervorlugte, während Bobbie über das Feld sprintete. Aus einem Bunker tauchte Doc auf und schoss Bobbie in die Brust.

»Verdammt, Doc!«, beschwerte sich Bobbie.

Lauthals lachend rannte Doc vorbei, als plötzlich Dwight hinter einer Barriere auftauchte und auf ihn feuerte. Doc täuschte seinen Tod vor und stürzte dramatisch zu Boden. Sasha tauchte aus dem Schutz der Mauer auf, schoss Dwight in den Rücken, schrie »Loser!« und rannte davon.

Das ist mein Mädchen.

Hinter einem Zementzylinder erklang ein Schuss, gefolgt von Wynnies Schrei. »Verdammt, Tiny!« Tinys tiefes Lachen hallte durch die Luft und ein »Weiter so, Dad!« von Cowboy folgte.

Ezra sah, wie Sasha aus einem Bunker und um eine Steinmauer robbte. Vorsichtig schlich er sich an sie heran, schlüpfte dabei hinter ein Hindernis nach dem anderen. »Erwischt!«, hörte er Gus jubeln.

»Oh Mann! Von einem Zwerg erschossen!«, rief Kenny aus.

Ezra sprintete hinter einem Reifenturm hervor und rannte hinter die Mauer, wo sich Sasha versteckte. Sie wirbelte herum und zielte mit ihrer Waffe direkt auf ihn. Ihre Tarnhose und -weste waren schmutzig, die Haare unter ihrer Augenmaske eingeklemmt. Sie sah wild und kämpferisch aus und so verdammt sexy, dass er sie am liebsten auf der Stelle genommen hätte. Er hielt sich den Finger vor den Mund und sie sahen sich um. Sein Herz schlug schneller, als er auf sie zuging. »Hey, Lämmchen«, flüsterte er. »Ich glaube, wir sind allein.«

»Ich habe niemanden gesehen.«

Adrenalin durchströmte ihn, als er sie für einen Kuss an sich zog. Er brauchte das, um sich voll und ganz lebendig zu fühlen – in letzter Zeit passierte das häufiger. Eigentlich wollte er mehr, wollte den Kuss vertiefen, aber er wusste, dass er es nicht riskieren konnte. Zögerlich löste er sich von ihr. Ihr süßes Lächeln und ihr lüsterner Blick zwangen ihn fast in die Knie. »Komm heute Abend zu mir, wenn Gus eingeschlafen ist«, flüsterte er.

»Okay«, raunte sie zurück.

Ihre Blicke blieben aufeinander gerichtet, während sie rückwärts zu gegenüberliegenden Enden der Wand gingen. Er bemerkte nicht einmal, dass sie die Waffe gehoben hatte, bis ihn die Paintballkugel in der Magengrube traf. Und schon war sie weg und ihr Lachen wehte wie der Wind hinter ihr her.

Lange nach ihrem epischen Paintballspiel, das sich zu mehreren epischen Spielen mit ein paar gestohlenen Küssen ausgedehnt hatte, saß Sasha am Lagerfeuer und spielte Gitarre, während um sie herum Gelächter und Gespräche durch die Luft hallten. Ihre Eltern saßen händchenhaltend auf ihren Stühlen und unterhielten sich mit Alice, Manny und Dwight. Birdie hatte Billie dazu überredet, ihre Zukünftige-Braut-Schärpe zu tragen, und drängte nun auch noch auf die Krone. Dare versuchte, Birdie davon zu überzeugen, dass seine wunderschöne Verlobte keine Krone brauchte, während er Billie gleichzeitig weismachen wollte, dass sie die heißeste gekrönte Braut wäre, die es je gegeben hatte.

Er würde einen tollen Ehemann abgeben.

Gus hatte Schokolade an den Fingern, da er mit Ezra S'mores machte. Dabei plauderten sie mit Doc. Taz und Hyde flirteten mit Bobbie und Simone. Die Mädchen verdrehten die Augen, und Kenny machte sich einen Spaß daraus, Taz und Hyde deswegen aufzuziehen. Cowboy und Sully unterhielten sich und küssten sich zwischendurch. *Seufz.* Sie waren so verliebt. Das waren die Augenblicke, die Sasha am meisten liebte. Wenn sie von den Menschen umgeben war, die ihr am Herzen lagen, und Liebe und Freundschaft in der Luft mitschwangen. Sie wünschte sich nur, sie könnte ihre Liebe zu Ezra so offen ausleben, wie es ihre Geschwister mit ihren Partnern taten.

»Ich trage keine Krone«, beharrte Billie.

»Das ist Tradition«, drängte Birdie. »Jede Braut trägt auf dem Junggesellinnenabschied eine Krone.«

»Wir haben noch keine Traditionen. Wir sind die Ersten aus unseren Familien, die heiraten«, rief Billie ihr in Erinnerung. »Unsere Tradition kann auch *keine Krone* lauten.«

»Das gilt dann aber bloß für dich, Schwesterherz«, warf Bobbie ein, die sich gerade ein Marshmallow röstete. »Auf meinem Junggesellinnenabschied werde ich eine Krone und eine Schärpe tragen.«

»Ich auch«, erklärte Birdie. »Wir mögen Kronen, stimmt's, Sasha?«

Würde Sasha Ezra heiraten, wäre es ihr egal, was sie trug. »Schon, aber ich finde, Billie sollte das tragen, was ihr gefällt. Es ist immerhin ihr Junggesellinnenabschied.«

»Birdie, Billie muss keine Krone tragen, bloß weil *dir* die Tradition gefällt«, schaltete sich Dare ein. »Aber ich werde sie gern an ihrer statt tragen, damit deine Tradition gewahrt wird.«

»Das geht für mich in Ordnung.« Birdie setzte Dare die Krone auf und hüpfte fröhlich zurück an ihren Platz.

»Hättest du ihr einen juwelenbesetzten Cowgirlhut besorgt, hätte sie den vermutlich getragen«, scherzte Bobbie.

»Und er hätte auch besser zur Familientradition gepasst«, stimmte Alice zu.

»Eine tolle Idee«, meinte Birdie. »Was meinst du, Sasha? Bevorzugst du eine Krone oder einen Cowgirlhut?«

Verstohlen warf Sasha Ezra einen Blick zu, der sich gerade Schokolade von den Fingern leckte, und ihr Herz flatterte wild, als er sie lüstern ansah.

»Sasha, Krone oder Cowgirlhut?«, drängelte Birdie.

»Äh … noch einen S'more«, gab sie verwirrt zur Antwort und stand auf, um sich ein Marshmallow vom Tisch zu holen. Die Tüte war leer. Auch gut. Sie konnte eine Ablenkung gebrauchen. »Ich gehe kurz rein und hole mehr Marshmallows. Bin gleich wieder da.«

»Ich kann sie doch holen«, bot Dwight an.

»Schon okay. Ich mach das.« Sasha ging zum Haupthaus

hinüber. Eine Minute später hörte sie Schritte und schon hatten Bobbie und Birdie sie flankiert und hakten sich bei ihr unter.

»Da hat jemand Geheimnisse vor seinen besten Freundinnen«, flüsterte Bobbie gespielt drängend.

»Wovon redet ihr da?« Sasha öffnete die Küchentür und sie traten ein. »Du bist doch diejenige, die mit Taz und Hyde flirtet.«

»Stimmt doch gar nicht. Die flirten mit mir«, widersprach Bobbie. »Die beiden sind wie läufige Hunde.«

»Läufige Hotdogs.« Birdie lachte auf.

»Konzentrier dich, Birdie. Okay, Sasha. Gib dein Versteckspiel auf«, verlangte Bobbie. »Wir haben die lüsternen Blicke gesehen, die du und Ezra euch den ganzen Abend über zuwerft.«

Sie wollte ihnen so gern die Wahrheit sagen, aber sie hatte Ezra versprochen, dass es niemand erfahren würde. »Ihr seid doch verrückt. Ich werfe ihm keine lüsternen Blicke zu.« Sie holte eine Tüte Marshmallows aus der Speisekammer.

Ausdruckslos sahen die beiden sie an.

»Ich arbeite in einer Bar und kenne den Unterschied zwischen den Blicken, die sich zwei Menschen zuwerfen, die es miteinander treiben, und den Blicken von jenen, die es gern *tun würden*.« Bobbie kniff die Augen zusammen. »Was du und der griechische Gott da macht, fällt eindeutig in die erste Kategorie.«

Ach du Schande, sind wir so durchschaubar?

»Und du warst in letzter Zeit viel zu glücklich«, ergänzte Birdie.

»Ist euch je in den Sinn gekommen, dass ich glücklich bin, weil es Posey gut geht und ich mir ihretwegen Sorgen gemacht hatte?« Das war ein glaubwürdiger Grund. Jetzt, wo sich Posey wohler fühlte, Sasha mehr Vertrauen entgegenbrachte und sich mit Dream angefreundet hatte, lebte sie sich gut ein. Sasha brachte die beiden weiterhin auf benachbarte Koppeln, wenn sie sie hinausließ, damit Posey eine Routine und eine Freundin hatte, auf die sie sich verlassen konnte.

»Ja.« Birdie beugte sich vor und flüsterte: »Aber du siehst *Orgasmus*-glücklich aus. Nicht Pferd-glücklich.«

»Es sei denn, Ezra ist bestückt wie ein Pferd«, fügte Bobbie aufgeregt hinzu.

»Gutes Argument. Ist er das?«, flüsterte Birdie verschwörerisch.

Ja, und er treibt mich mit genau diesem Körperteil in den Wahnsinn und mit seinen Händen und seinem Mund und überhaupt allem. Sie dachte daran, wie er ihr tief in die Augen schaute, wenn sie miteinander schliefen, und schon wurde ihr warm in der Lendengegend. Aber es war so viel mehr als das. Er redete mit ihr und hörte ihr zu, war fürsorglich und liebevoll und würde sein Leben für seinen Sohn geben.

Nichts davon konnte sie ihnen erzählen, aber als sie ihre Schwester und ihre Freundin ansah, denen sie so viele Geheimnisse anvertraut hatte, wollte sie auch nicht lügen. »*Falls* wir was miteinander hätten, wisst ihr doch, dass ich nicht darüber reden würde, weil es gegen die Regeln verstößt, etwas mit einem Kollegen anzufangen.«

»Jetzt weißt du, warum ich nicht hier arbeite. Man weiß ja nie, wann ein heißer Kerl auftaucht.« Birdies Augen wurden groß. »*Moment mal.* Bedeutet es das, was ich glaube, dass es bedeutet?«

Sasha bemühte sich, ihr Lächeln zu unterdrücken.

»Ja!« Bobbie und Birdie quiekten aufgeregt und umarmten Sasha. »Ich freue mich so für dich. Aber wenn du nicht willst, dass es alle wissen, solltest du aufhören, ihn so anzusehen, als würdest du ihn gern auffressen.«

»Das spielt gar keine Rolle. Sie hat ihn doch schon immer so angesehen«, meinte Birdie.

»Und warum hast du dann gesagt, du würdest anhand unserer Blicke erkennen, dass wir was miteinander haben?«, fragte Sasha.

»Das war ich nicht. Das hat Bobbie behauptet. Ich habe gesagt, du siehst Orgasmus-glücklich aus, aber deswegen wusste ich es noch lange nicht mit Sicherheit. Allerdings habe ich beim Paintballspiel gesehen, wie ihr euch geküsst habt.«

Sasha wurde übel, und Panik stieg in ihr auf.

»Keine Sorge. Ich habe Wache gestanden. Niemand sonst hat euch beobachtet, und wären sie nähergekommen, hätte ich sie abgeschossen«, versicherte Birdie ihr.

»Bist du sicher? Warum hast du mir das nicht gesagt? Wir haben uns hinreißen lassen und jedes Mal geglaubt, wir wären allein.«

»Ja, das glaub ich gern, und ich habe nichts gesagt, weil ich sehen wollte, ob du als Erste darüber redest.«

»Ich kann aber nicht darüber reden, und ihr dürft das auch nicht tun, sonst verliert er möglicherweise seinen Job und muss wegziehen. Das wäre schrecklich für ihn und Gus, und Mom und Dad würden mir nie mehr vertrauen. Versprecht mir, dass ihr nichts sagt.«

Birdie nahm die Tüte mit den Marshmallows, warf sie auf den Tresen und klatschte zweimal in die Hände. Dann schlug sie sich mit den Händen auf die Oberschenkel und blickte die anderen beiden schelmisch an.

Sasha und Bobbie wechselten einen fröhlichen Blick und schlossen sich Birdie bei ihrem heimlichen Schwesternschwur an.

Sie klatschten zweimal in die Hände, schlugen sich mit den Händen auf die Oberschenkel und dann in einem sich wiederholenden Muster jeweils eine Hand der anderen ab. Dabei trällerten sie: »Schwester, Schwester, ich schwöre hier, dein Geheimnis bleibt bei mir. Schwester, Schwester, vertrau auf mich, ich lass dich niemals im Stich.« Sie hielten die kleinen Finger hoch, hakten sie bei den anderen ein und fügten die Zeilen hinzu, die sie sich später noch ausgedacht hatten. »Für immer in meinem Herzen, für immer in meiner Seele. Dein Alibi in großer Not, ein Leben lang bis in den Tod. Und wird es mal schwer …«

»Komm ich mit der Schaufel her«, sagte Sasha.

»Und ich hol den Besen«, ergänzte Bobbie.

»Und wir fliegen davon, als wär nie was gewesen«, beendete Birdie.

Sie umarmten sich lachend, und als sie zurück zum Feuer gingen, war Sasha etwas leichter ums Herz.

»Fährst du nicht zusammen mit Ezra zu diesem Netzwerkdinner?«, fragte Birdie.

»Ja. Und?«, erwiderte Sasha.

»Wir müssen shoppen gehen und dir ein sexy Kleid besorgen«, sagte Birdie. »Irgendetwas Unwiderstehliches.«

»Das ist ein förmliches Dinner«, erinnerte Sasha sie.

»Du kannst doch förmlich und sexy aussehen«, fand Bobbie.

»Ich kenne den perfekten Laden«, sagte Birdie.

Sie verabredeten, in der Woche nach Dares und Billies Hochzeit shoppen zu gehen, und gesellten sich dann wieder zu den anderen.

»Oh, gut, ihr seid wieder da«, sagte ihre Mutter.

»Hast du uns vermisst?«, fragte Birdie und ließ sich auf den Stuhl neben Doc sinken, der ihr die Tüte Marshmallows abnahm.

Gus saß eingekuschelt auf dem Schoß seines Daddys und Sasha setzte sich auf den leeren Stuhl daneben.

»Wir haben gerade darüber geredet, wie viel in den nächsten Wochen ansteht. Da wären die Hochzeit, das Festival auf der Dorfwiese und die Rentierrallye«, zählte ihre Mutter auf.

»Ich werde Ringjunge bei Billies und Dares Hochzeit«, erzählte Gus stolz.

»Ringträger«, korrigierte Ezra ihn und küsste ihn auf die Stirn.

»Das wird klasse.« Sasha kitzelte Gus' Bauch, bis er kicherte. »Du wirst in deinem Anzug so schick aussehen.« *Genau wie dein Daddy.*

»Ich will bei dir sitzen, Süße.« Gus versuchte, von Ezras Schoß zu krabbeln.

»Gib ihr einen Augenblick, kleiner Mann«, mahnte Ezra. »Ich glaube, Sasha hat Marshmallows geholt, weil sie sich einen S'more machen will.«

»Noch lieber hätte ich aber einen kleinen zappligen Jungen auf dem Schoß.« Sie streckte die Arme nach Gus aus.

»Soll ich dir einen S'more machen?«, bot Ezra an, doch sein Blick enthüllte noch so viel mehr, und ihr Herz begann zu flattern.

Sie dachte daran, wie Bobbie ihre Blicke hatte deuten können, und zwang sich, wegzusehen und stattdessen mit Gus zu kuscheln. »Danke, aber das hier ist süßer als alles andere.«

»Wann dekorieren wir?«, fragte Doc, der sich ein Marshmallow röstete.

»Freitagnachmittag«, antwortete Dare. »Das Hochzeitszelt wird Mittwochnachmittag geliefert und aufgestellt und die Tische und Stühle und der ganze Rest kommen am Donnerstag.«

Die Zeremonie würde in der großen Scheune stattfinden, in der Billie Dare zum ersten Mal geküsst hatte, als sie noch Kinder waren. Da mit ihren Familienmitgliedern sowie Dares Dark-Knights-Kameraden fast einhundertfünfzig Personen eingeladen waren, sollte der Empfang in einem riesigen Hochzeitszelt auf dem Gelände stattfinden.

Sie redeten über die Hochzeitsvorbereitungen, über Dares und Billies Hochzeitsreise, das Festival auf der Dorfwiese, und als sich das Gespräch der Rentierrallye zuwandte, streckte Ezra die Hand aus und streichelte Gus den Rücken, wobei seine dunklen Augen auf Sasha gerichtet waren. Ihr Herz machte einen Satz, aber sie bemühte sich, ihn nicht zu lange anzusehen.

»Ich habe mit meinem Weihnachtselfenkostüm angefangen«, verkündete Birdie. »Das wird supersüß.«

»Du schneiderst deins selbst?«, fragte Bobbie.

»Ich will die süßeste Weihnachtselfe sein, also *ja*«, erwiderte Birdie.

»Da habe ich aber Neuigkeiten für dich, Birdie«, mischte sich Sasha ein. »Die süßeste Elfe werde nämlich ich.«

»Träum weiter. Hast du meine Beine gesehen?«, konterte Bobbie.

»Ich würde sie mir gern mal näher ansehen.« Taz zwinkerte ihr zu.

»Ihr liegt alle völlig falsch. Die süßeste Elfe wird hinten auf meinem Bike mitfahren.« Cowboy beugte sich vor und küsste Sully.

Gus hob den Kopf. »Ich will auch ein Elf sein. Daddy, kann ich ein Elf sein?«

»Sicher kannst du das«, stimmte Ezra zu.

»Wir machen dir das allersüßeste Kostüm, Gusto«, versprach Sasha. Ihr gefiel der Gedanke, gemeinsam Kostüme zu basteln und sich für Ezra als sexy Elfe zu verkleiden. Selbst wenn er der Einzige sein würde, der wusste, dass sie es für ihn tat.

»Ich werde der süßeste Elf!«, verkündete Gus und brachte damit alle zum Lachen.

»Ich finde, wir sollten einen Wettbewerb für das beste Weihnachtselfenkostüm ausrufen«, schlug Alice vor.

»Ja!«, rief Birdie aus. »Die Idee gefällt mir.«

»Mir auch. Darf ich auch mitmachen?«, fragte Simone.

»Natürlich«, bestätigte Wynnie. »Du gehörst doch zu uns.«

»Ich bin dabei! Und was ist mit dir, Billie?«, fragte Bobbie.

Billie warf sich die langen dunklen Haare über die Schulter und verkündete: »Ich werde die härteste Elfe, die ihr je gesehen habt.«

Hyde hob sein Bier. »Ich biete mich hiermit als Juror für den Wettbewerb an.«

»Ich glaube, dafür brauchen wir mehr als eine Person. Ich werde auch gern Jurymitglied«, sagte Rebel.

»Ich auch, aber ich warne euch schon mal vor«, meinte Taz. »Möglicherweise müssen wir Hand anlegen, um richtig urteilen zu können.«

»Am Arsch!«, protestierte Manny.

»Manny hat ein böses Wort gesagt«, verkündete Gus.

»Entschuldige, Kleiner«, sagte Manny. »Manchmal muss man ein böses Wort benutzen, um etwas klarzustellen.«

»Oh«, murmelte Gus und legte den Kopf wieder auf Sashas Schulter.

»Hey, Mädels, wollen wir unsere Kostüme zusammen machen?«, fragte Sasha.

»Das ist ein Wettbewerb«, widersprach Birdie, als hätte sie eine dumme Frage gestellt. »Bis zur Rallye darf niemand mein

Kostüm sehen.«

Sasha verdrehte die Augen. »Na schön, aber nur damit ihr es wisst, Gus und ich werden gewinnen. Stimmt's, Gusto?«

»Ja!« Er nickte an ihrer Schulter.

»Von wegen«, konterte Bobbie. »Tut mir leid, Gus, aber ich werde gewinnen.«

»Am Arsch«, erwiderte Gus schläfrig.

»Gus«, mahnten Ezra und Sasha gleichzeitig, während alle anderen versuchten, nicht loszuprusten.

»Du darfst solche bösen Wörter nicht in den Mund nehmen, Schatz«, sagte Ezra ernst.

»Manchmal muss man etwas klarstellen«, erwiderte Gus. »Stimmt's, Manny?«

Sashas Vater lachte dröhnend. »Da bekommt jemand richtig Ärger.«

Sie scherzten herum und redeten über die Rallye und irgendwann schlief Gus auf Sashas Schoß ein. Ezra stand auf und streckte sich. »Es ist wohl an der Zeit, meinen Sohn ins Bett zu bringen. Das war die beste Junggesellinnen- und Junggesellenabschiedsparty, auf der ich je gewesen bin. Danke, dass wir dabei sein durften.«

»Du gehörst zur Familie, Bro«, bekräftigte Dare. »Wir sind froh, dass du und der kleine Mann hier wart.«

Ezra wollte Sasha Gus abnehmen, aber der klammerte sich an ihr fest. »Können wir mit Sasha schlafen?«

Die Gespräche verstummten, alle Augen wandten sich Sasha und Ezra zu, und Bobbie verschluckte sich an ihrem Drink und hustete.

Taz klopfte ihr auf den Rücken. »Brauchst du eine Mund-zu-Mund-Beatmung?«

»Nicht aus deiner Petrischale von Mund«, sagte Bobbie.

Ezra begegnete den neugierigen Blicken der anderen mit gehobenen Brauen. »Gus will schon seit Wochen eine Pyjamaparty durchdrücken und bettelt die ganze Zeit darum, dass sie bei uns schläft.«

»Kann ich verstehen, Kumpel. So was will ich auch schon seit Jahren«, erwiderte Hyde und Gelächter erklang.

Sasha strich über Gus' Locken. »Tut mir leid, Gusto, aber heute gibt's keine Pyjamaparty. Es ist schon spät, und du willst doch nicht müde sein, wenn du morgen deine Mom triffst.«

»Aber du hast mir versprochen, dass wir bald draußen campen«, jammerte Gus.

»Und das machen wir auch, aber Pyjamapartys sind eine große Sache. Wir brauchen Zeit zum Planen und müssen sicherstellen, dass wir Holz fürs Lagerfeuer und die richtigen Snacks haben, und wir müssen ein Zelt aufstellen.« Am liebsten hätte sie ihm angeboten, ihm jetzt noch eine Gutenachtgeschichte vorzulesen, aber sie wollte keine fragenden Blicke riskieren oder ihn fürs Jammern belohnen. »Sei heute ein braver Junge, dann machen wir ganz bald unsere Pyjamaparty.«

»Okay«, gab er nach und streckte die Arme nach Ezra aus.

Ezra hauchte ein *Danke,* als er ihn ihr abnahm.

Sie sah ihnen nach, als sie gingen, und fragte sich, ob irgendjemand bemerkte, wie gern sie die beiden begleiten wollte.

Achtzehn

Sasha lag in Ezras Armen und sah zu, wie der Wecker auf dem Nachttisch von 3:14 Uhr auf 3:15 Uhr sprang. Sie hatte einen tollen Tag mit den Pferden verbracht, und sie hatten Spaß beim Paintballspielen und am Lagerfeuer gehabt, aber diese ruhigen Momente, in denen es nur sie und Ezra gab und Gus im anderen Zimmer schlief, waren die besten von allen. Sie war bereits seit Stunden hier. Das sollte genügen, bis sie das nächste Mal etwas Privatsphäre fanden. Eigentlich sollte sie aufstehen, sich anziehen und nach Hause gehen, dankbar für ihre gemeinsame Zeit sein. Aber alles, was sie wollte, war, genau hier in seinen Armen zu bleiben, bis die Sonne aufging. Sie sehnte sich danach, Gus' verschlafene Stimme am Morgen zu hören und an ihrem morgendlichen Ritual teilzuhaben, das sicher laut und chaotisch war, was aber in ihren Ohren perfekt klang.

Sie kuschelte sich noch enger an Ezra. »Ich wünschte, ich könnte die Zeit anhalten, damit wir mehr von diesen Stunden haben.«

»Ich auch.« Er küsste ihre Schläfe und rollte sich auf die Seite, um sie ansehen zu können.

Er hatte diesen berauschten Blick, wie immer nach dem Sex. Sie liebte diesen Blick, genau wie alles andere an ihm. Wie seinen Blick reiner Freude, wenn Gus lachte, und die Art, wie er sie in letzter Zeit ansah, als würde sie seinen Tag besser machen. Sie liebte es, dass Ezra immer ein Lächeln auf den Lippen hatte, wenn er mit den Jungs herumalberte, und sie liebte auch den ernsten Blick, den er oft aufsetzte, als würde er gerade versuchen, die größten Probleme der Welt zu lösen. Genau so sah er sie in diesem Augenblick an. »Woran denkst du?«

»Dass ich unbedingt in aller Öffentlichkeit Zeit mit dir verbringen will. Ich hasse es, so zu tun, als wäre zwischen uns nichts Besonderes. Ich wollte heute Abend ein Dutzend Mal die Arme nach dir ausstrecken und dich küssen.«

»Dann sind wir schon zwei.«

Er ließ eine Hand zu ihrem Po wandern, zog sie eng an sich und küsste sie. »Lass uns morgen zusammen eine Motorradtour machen.«

»Jemand könnte uns sehen.«

»Na und? Alle wissen, dass wir befreundet sind. Das würde keinen groß scheren.«

»Es wissen aber auch alle, was es bedeutet, bei einem Biker hinten mitzufahren«, stellte sie klar. »Wir waren nie die Art von Freunden, die zusammen Motorrad fahren, und ich habe in den letzten Jahren nicht unbedingt damit hinter dem Berg gehalten, dass ich in dich verknallt war. Was sollen wir tun, wenn jemand eins und eins zusammenzählt, wie Bobbie es getan hat?« Sie hatte ihm davon erzählt, und sie hatten sich darauf geeinigt, vorsichtiger zu sein. Birdies Adleraugen hatte sie für sich behalten, um ihn nicht unnötig zu beunruhigen.

Er verspannte den Kiefer und stützte sich auf einen Ellbogen. »Dann treffen wir uns außerhalb der Stadt. Wir können uns bei Clayton Field treffen und deinen Wagen dort stehenlassen.«

Das Feld, auf dem wir uns kennengelernt haben. Sie schluckte.

»Wir halten uns von den Hauptstraßen fern, fahren ins Gebirge oder in eine andere Stadt. Mir ist egal, wohin wir fahren oder was wir machen. Ich will einfach nur Zeit mit dir verbringen, ohne mir darüber Gedanken machen zu müssen, ob ich deine Hand halten, dich küssen oder dich ansehen und berühren darf, als würdest du zu mir gehören.«

Sie wollte sich von seinen Worten nicht so mitreißen lassen, aber ihr Magen schlug freudig Purzelbäume, und sie setzte sich auf. »Das klingt unglaublich. Bist du sicher?«

»Sicherer, als ich es je gewesen bin. Um zehn gebe ich Gus bei Tina ab. Wann bist du bei den Pferden fertig?«

»Ich kann um die Zeit fertig sein und dich gegen elf treffen. Ich bringe meinen Helm mit.«

»Perfekt.« Er küsste sie erneut und grinste, als hätte er im Lotto gewonnen. »Wir werden einen tollen Tag haben.«

»Ich kann's kaum erwarten, aber wie soll ich denn jetzt noch an Schlaf denken, wenn ich so aufgeregt bin?«

»Keine Ahnung, aber du brauchst deinen Schlaf, Lämmchen. Ich will nicht, dass du später von meinem Bike fällst.«

»Das würdest du nie zulassen.«

Der Samstag startete mit klarem, sonnigem Himmel und dem Versprechen eines perfekten Tages. Gus war bester Laune, als er mit zwei kleinen Actionfiguren in den Händen in den Kindersitz auf der Rückbank kletterte. Ezra stellte seinen Rucksack ab und beugte sich über ihn, um ihm beim Anschnallen zu helfen.

»Ich schaff das«, behauptete Gus und kämpfte damit, den

Gurt weit genug zu ziehen.

Ezra half ihm ein bisschen und Gus drückte die Schnalle in die Verankerung. »Gut gemacht, kleiner Mann.«

Als er gerade Gus' Tür zuschlug, klingelte sein Handy. Sobald er Tinas Namen auf dem Display sah, fluchte Ezra und hielt sich das Handy ans Ohr. »Ja?«

»Hi, ich bin's. Tut mir leid, dass ich mich so spät melde, aber ich kann Gus heute nicht nehmen. Ich fahre zu …«

»Du willst mich wohl auf den Arm nehmen?« Wütend entfernte er sich ein paar Schritte vom Auto. »Wie kannst du ihm das schon wieder antun?«

»Ich kann es nicht ändern, weil ich meinen Wagen reparieren lassen muss.«

Er schloss die Augen und versuchte, seine Wut im Zaum zu halten. »Und das war an keinem anderen Tag dieser Woche möglich?«

»Sie haben gerade angerufen und gesagt, dass sie mich heute dazwischenschieben können. Ich brauche mein Auto. Ohne komme ich nicht zurecht. Ich nehme ihn garantiert am Dienstag. Versprochen.«

Das würde er erst glauben, wenn er es sah. Er legte auf, war stinksauer um Gus *und* auch seiner selbst willen. Sein ganzes Leben hatte er Gus und seiner Karriere gewidmet. Er wollte doch nur für ein paar Stunden ein ganz normaler Mann sein und Zeit mit der Frau verbringen, die er anbetete. Außerdem wollte er Sasha nicht enttäuschen, obwohl ihm klar war, dass sie es verstehen würde.

Er sah zu Gus hinüber, der fröhlich mit seinen Actionfiguren spielte. An jedem anderen Tag hätte Ezra seine Pläne ohne zu zögern in den Wind geschossen, um Zeit mit seinem Sohn zu verbringen, aber nicht heute. Er wusste verdammt gut, dass er sonst den ganzen Tag schlechte Laune hätte, und das war Gus gegenüber nicht fair. Heute würde er sich selbst das schenken, was er sich in all den Jahren nicht gegönnt hatte. Ein paar Stunden, in denen er tun konnte, worauf *er* Lust hatte.

Zwar schob er Gus nur ungern zu anderen ab, aber er wusste, dass sein Vater und Gus sich gernhatten. Daher rief er ihn an.

»Guten Morgen, Ezra.«

»Hi, Pep. Tut mir leid, dich zu stören, aber Tina kann Gus heute nicht nehmen, und ich habe Pläne. Könntest du dich vielleicht für ein paar Stunden um ihn kümmern?«

»Na, sicher. Bring ihn rüber. Wir werden eine tolle Zeit miteinander haben. Soll ich ihn über Nacht hierbehalten?«

Ihm lag das *Ja* schon auf der Zunge, aber so egoistisch war er dann doch nicht. »Nein. Ein paar Stunden genügen schon. Danke.«

Nach dem Telefonat setzte er sich hinters Steuer und drehte sich zu Gus um. »Hey, kleiner Mann. Deine Mom hat Probleme mit ihrem Auto, sieht also so aus, als würdest du den Tag mit Grandpa verbringen.«

»Okay! Denkst du, Grandpa geht mit mir in den Park? Letztes Mal haben wir im Teich geangelt, und wir haben einen großen schwarzen Hund gestreichelt, der Rascal hieß …«

Gus plapperte die ganze Fahrt bis zum Haus seines Großvaters. Als er auf die Eingangstür zu rannte, wurde sie bereits von Pep geöffnet. »Grandpa!« Er warf sich in Peps Arme und hielt immer noch eine Actionfigur in jeder Hand.

Pep strahlte, als Gus ihn so umarmte. »Wie geht's meinem Kleinen?«

»Gut. Können wir im Park angeln gehen und zum Mittagessen Pizza holen?«, fragte Gus, als Ezra sich auf der Schwelle zu ihnen gesellte.

»Ich denke, das lässt sich einrichten.« Pep setzte Gus ab.

»Können wir auch zu deiner Freundin Debbie im Eiscafé? Sie gibt mir immer Extrastreusel.« Gus wartete gar nicht erst auf eine Antwort, sondern schlang die Arme um Ezra. »Tschüss, Dad!«

»Viel Spaß, Kleiner. Hab dich lieb.«

»Hab dich auch lieb!« Gus rannte ins Haus.

Ezra beäugte seinen Vater kritisch. »Debbie?«

Pep grummelte etwas über Kinder und ihre große Klappe und nahm Gus' Rucksack entgegen. »Gib mir Bescheid, wenn ich ihn doch über Nacht hierbehalten soll.«

Ezra fragte sich, was dahintersteckte, wollte ihn aber nicht bedrängen. Sollte sein Vater jemanden haben, freute er sich für ihn. Er hoffte nur, dass Pep ihn aus diesem Teil seines Lebens nicht ebenfalls ausschließen würde. »Danke. Ich weiß es wirklich zu schätzen, dass du ihn heute nimmst.«

»Gern. Geh und mach dein Ding und mach dir wegen Gus keine Sorgen. Er ist in guten Händen.«

»Das weiß ich. Danke für deine Hilfe. Ich würde gern irgendwann mit dir essen gehen, um mich erkenntlich zu zeigen. Nur wir beide.« Er wusste nicht, warum er es nicht lassen konnte, aber vermutlich würde er es auch in zwanzig Jahren noch versuchen.

Sein Vater runzelte die Stirn. »Für so was hat doch niemand Zeit.«

»Ich nehme mir die Zeit«, bot Ezra an.

»Wie wär's, wenn wir dann mal zusammen mit Gus zu Abend essen? Das wäre doch schön.«

»Na klar, Pep. Noch mal danke.« Ezra wandte sich ab, um zu gehen, blickte dann aber noch einmal zurück. »Dank deiner

Freundin bitte dafür, dass sie ihm Extrastreusel gibt.«

Der Hauch eines Lächelns umspielte die Lippen seines Vaters, als er abwinkte. »Verschwinde. Wir müssen angeln gehen.«

Ezra fuhr die abgelegene Landstraße in Richtung Clayton Field hinunter. Das Dröhnen des Motorrads wetteiferte mit der Vorfreude auf die Fahrt mit Sasha und einem Ansturm jugendlicher, rebellischer Erinnerungen.

Am Rand des Felds parkte Sashas Pick-up. Sie stand mit dem Rücken an die Fahrertür gelehnt und trug Jeans, die langen Beine hatte sie an den Knöcheln verschränkt. Er hielt neben ihr, nahm den Helm ab und stieg vom Motorrad. »Hey, Schöne.«

»Hi. Hast du Gus gut abgeliefert?«

Er fuhr sich mit einer Hand durch die Haare. »Ja. Tina konnte ihn nicht nehmen, also ist er bei meinem Dad.«

»Ich würde dieser Frau wirklich gern mal die Meinung geigen.« Sie drückte sich von der Tür ab. In ihrem schwarzen T-Shirt und dazu passenden Lederstiefeln sah sie extrem sexy aus. »Warum hast du mir das nicht gesagt? Wir hätten unsere Ausfahrt auch an einem anderen Tag machen können, damit du bei Gus sein kannst.«

»Weil ich *dich* sehen und nicht zulassen wollte, dass sie mir das vermasselt.« Das brachte ihm eines dieser schüchternen Lächeln von ihr ein, die er so liebte.

»Danke. Das bedeutet mir viel.« Ihr Blick wanderte über seine schwarze Lederweste und das T-Shirt. »Ich hatte gehofft, du würdest deine Weste tragen.«

»Ach ja? Warum?«

»Weil ich heimlich mit einem echt coolen Biker schlafe, aber sonst nur die anderen fantastischen Seiten von ihm erlebe.«

Er nahm sie in die Arme. »Dann passt es ja, dass wir hier sind, wo alles angefangen hat.«

»Wie fühlt es sich an, wieder hier zu sein?«

Er sah sich auf dem überwucherten Feld um. »Hierhin bin ich öfter geflüchtet, als ich zählen kann. Es war leicht, all die Gefühle zu verdrängen, die meine Familie in mir ausgelöst hat, wenn ich mit anderen Teenagern zusammen war, deren Gedanken sich vorwiegend darum drehten, was sie anstellen könnten.«

»War es schlimm?«

»Nein. Ich glaube, ich musste das alles durchmachen, um zu dem Mann zu werden, der ich heute bin. Und hier mit dir zu sein, fühlt sich an wie eine zweite Chance.« Er hauchte ihr einen Kuss auf die Lippen. »Du hast damals etwas in mir geweckt. Ich wollte dich beschützen, aber gleichzeitig wollte ich dich *besitzen*. Und jetzt bist du der einzige Mensch, der dieses rebellische Kind in mir hervorbringt.«

»Willst du damit sagen, dass ich aus dir einen Unruhestifter mache?«

»Nein, Lämmchen. Bei dir fühle ich mich jung und rebellisch und will Risiken eingehen. Aber auf eine gute Weise. Was ist mit dir? Wie fühlt es sich für dich an, hier zu sein?«

»Ich fühle mich wieder, als wäre ich fünfzehn und würde mich herschleichen. Nur dass es diesmal aufregender ist, weil ich wusste, dass ich dich hier treffe.«

»Du bist mir schon damals aufgefallen, als wir noch Kinder waren. Du warst so hübsch und hattest so unschuldige Augen. Aber jetzt?« Er stieß einen Pfiff aus. »Ich habe nicht wenig Lust, dich auf den Rücksitz deines Wagens zu verfrachten und die verlorene Zeit wiedergutzumachen.«

»Und ich habe nicht wenig Lust, dich gewähren zu lassen«, konterte sie frech. »Aber ich freue mich schon den ganzen Morgen darauf, dir den Rücken zu wärmen, also wird das warten müssen.« Sie drückte ihm einen Kuss auf die Brust. »Wenn du deine Karten richtig ausspielst, kannst du vielleicht nach unserer Ausfahrt die Ladefläche meines Pick-ups einweihen.«

»Das ist so viel besser, als wenn du erschrocken flüchtest, Lämmchen«. Er presste die Lippen auf ihre. »Ich habe Jahre auf diesen Moment gewartet. Setzen wir dich endlich hinten auf mein Bike.«

Sie holte ihren Helm aus dem Wagen und er half ihr auf sein Motorrad. Dann gönnte er sich einen Augenblick, um den Anblick zu genießen. »Mhm. Das war es wert, darauf zu warten.« Er stieg vor ihr auf und sie schlang von hinten die Arme um ihn, legte die Wange auf seine Schulter und seufzte. Dieses Seufzen war so voller Erleichterung und Zufriedenheit, dass es ihm die Brust zuschnürte. Sie fühlte sich so gut an, so verdammt *richtig*, dass er gar nicht erst den Motor anlassen und schon gar nicht den Helm aufsetzen und losfahren wollte.

»Du hast Jahre gewartet«, sagte sie leise. »Aber ich habe das Gefühl, mein Leben lang darauf gewartet zu haben. Können wir einfach eine Minute so sitzen bleiben?«

Mit jedem süßen Seufzer und jeder gespiegelten Empfindung brachte sie sein Herz mehr zum Schmelzen. Er wusste, dass er diesen Moment nie vergessen würde, dennoch zückte er sein Handy und machte ein Selfie von ihnen beiden, um die Erinnerung daran zu bewahren. Sie hatte die Augen geschlossen und die Lippen zu einem Lächeln verzogen, das genauso zufrieden und verliebt war wie sein eigenes.

Neunzehn

Hinten auf einem Motorrad mitzufahren, war Sasha nicht fremd. Aber mit Freunden und Geschwistern zu fahren war etwas völlig anderes, als hinter Ezra zu sitzen. Sie hatte davon geträumt, mit ihm zu fahren, seit er Motorrad fuhr. Aber kein Traum kam auch nur annähernd an das Gefühl heran, das Spiel seiner Muskeln unter ihren Händen und an ihrer Brust zu spüren und von seinem Körper gewärmt zu werden, während sie Nebenstraßen entlangfuhren und der warme Wind über ihre Arme peitschte. Sie wehrte sich nicht gegen ihre Empfindungen, ließ sich völlig davon mitreißen, wie gut es sich anfühlte, mit ihm zusammen unterwegs zu sein. Von dem Moment an, als sie ihn auf seinem glänzenden schwarzen Motorrad auf das Feld hatte fahren sehen, so sexy und knallhart in seiner schwarzen Lederweste und den Bikerstiefeln, hatte sie gewusst, dass jeder Widerstand zwecklos wäre. Auch bei ihm wirkte heute alles anders. Von der Art, wie er sie ansah, bis hin zu der Art, wie er sich bewegte.

Wie ein Mann, der nichts zu verbergen hatte.

Sie hielten für ein spätes Mittagessen in einem abgelegenen Lokal weit weg von Hope Valley. Ezra half ihr vom Motorrad, zog sie in seine Arme und küsste sie direkt dort auf dem

Parkplatz. Das löste ein ganz neues Gefühl der Erregung in ihr aus. Sie setzten sich in eine Ecke im hinteren Teil des Lokals, aßen Burger, teilten sich Pommes, unterhielten und küssten sich wie ein echtes Pärchen. Gerade als sie dachte, dass sie sich nicht noch mehr in ihn verlieben könnte, machte er Fotos von ihnen, wobei er den Arm um sie gelegt hatte, während ihr Kopf auf seiner Schulter ruhte, oder wie sie sich küssten. Diese weniger zurückhaltende Version von Ezra war absolut berauschend.

Später am Nachmittag fuhren sie weiter über Nebenstraßen. Sie wusste nicht, wo sie waren oder welches Ziel sie anstrebten, und sie war noch nie in ihrem Leben so glücklich gewesen. Er bog auf eine kurvenreiche Bergstraße und schließlich auf einen steilen, schmalen Feldweg ab. Als sie den Gipfel des Hügels erreichten, wurde das Land flacher und die Straße endete. Ezra schaltete den Motor aus, nahm den Helm ab, stieg vom Motorrad und fuhr sich mit der Hand durch die dichten dunklen Haare.

Sasha nahm ebenfalls den Helm ab und schüttelte ihre Haare aus. »Wo sind wir?«

Er half ihr vom Motorrad. »An einem Ort, an dem wir allein sein und die Aussicht genießen können.«

Ezra nahm ihre Hand und führte sie durch Bäume und Büsche bis auf die Spitze eines Hügels, wo sie umgeben von Wiesen und Bergen waren, so weit das Auge reichte. »Es ist wunderschön hier. Wie hast du diesen Ort gefunden?«

»Als ich erfuhr, dass Tina schwanger ist, bin ich auf mein Bike gestiegen und losgefahren, um den Kopf freizubekommen. Hier bin ich gelandet. Seitdem war ich recht häufig hier.« Sie setzten sich ins Gras und Ezra legte den Arm um sie und zog sie an sich.

»Das ist also dein geheimer Ort zum Nachdenken.«

»So könnte man es wohl nennen.«

Sie lehnte sich an ihn. »Warum sind wir jetzt hier? Worüber denkst du nach?«

»Dass ich noch nicht bereit bin, dorthin zurückzugehen, wo wir uns verstellen müssen.« Er sah sie an. »Ist das okay?«

»Mehr als okay. Ich bin auch noch nicht bereit dazu. Danke, dass du Zeit für uns gefunden hast, aber du weißt hoffentlich, dass du für mich niemals Zeit mit Gus opfern musst.«

»Das weiß ich und das liebe ich an dir.« Er küsste sie. »Er und Pep haben einen großen Tag mit Angeln und Eis geplant.«

»Klingt nach viel Spaß. Es stört mich aber wirklich, dass Tina ihn wieder nicht genommen hat. Darf ich dich etwas fragen, was sie betrifft?«

»Schieß los.«

»Ich weiß, sie war schwanger, als ihr geheiratet habt, aber hast du sie geliebt? Ich versuche, den Menschen, der sie ist, mit dem in Einklang zu bringen, der du bist, und auch mit dem, was ich damals über sie wusste. Und für mich ergibt das einfach keinen Sinn.«

Seine Kiefermuskeln arbeiteten und er hielt sie noch ein bisschen fester. »Als wir zusammen waren, hatten wir Spaß miteinander. Sie war eine tolle Ablenkung von der Schule und der Arbeit und … anderen Dingen, mit denen ich mich zu der Zeit nicht befassen wollte. Wir hatten nie über eine langfristige Beziehung geredet, ganz zu schweigen von Kindern. Ich habe sie in der Hoffnung geheiratet, Gus ein stabiles Familienleben zu ermöglichen, und ich dachte, ich würde lernen, sie zu lieben. Aber das ist nie passiert. Sobald die Schwangerschaft bei ihr sichtbar wurde, tat sie, was sie konnte, um es zu verbergen. Das hätte mir schon verraten müssen, wie sie darüber dachte, aber ich war so darauf fokussiert, für unser Baby und auch mich eine Familie zu gründen, dass ich sämtliche Zeichen ignoriert habe. Ich sagte mir, dass es schwer für sie ist, ihrer Figur beraubt zu werden. Und als Gus ein Kleinkind war und sie feiern gegangen ist, redete ich mir ein, dass sie ihre Freiheit braucht, weil es anstrengend ist, die ganze Zeit nur Mom zu sein. Aber in Wahrheit habe ich einem Traum nachgejagt, der mit ihr niemals in Erfüllung gehen konnte.«

»Glaubst du, sie wollte heiraten? Oder denkst du, sie hat das auch nur für Gus getan?«

»Das habe ich mich im Laufe der Jahre häufiger gefragt. Ich glaube nicht, dass sie es für Gus getan hat, sondern viel eher für sich.«

»Was meinst du damit?«

»Ich glaube, sie hat die Ehe als eine Möglichkeit gesehen, ihren Eltern zu beweisen, dass sie liebenswert ist. Ihre Eltern haben ihr immer das Leben schwer gemacht. Ich fand sie damals zu hart ihr gegenüber, aber nachdem wir verheiratet waren, wurde mir klar, dass sie einfach egozentrisch war und ihre Eltern bei jeder Gelegenheit ausgenutzt hat.«

»Und jetzt nutzt sie dich aus.«

»Man lebt und lernt, nicht wahr? Ich hätte sie nie heiraten dürfen. Ich habe für sie nicht mal ein Zehntel dessen empfunden, was ich für dich empfinde.«

Ihr Herz pochte wild in ihrer Brust. »Wirklich?«

»Ja, Lämmchen«, sagte er leise und sexy. »Ich glaube, sie wusste auch damals schon, was ich für dich empfand. Sie war immer eifersüchtig auf dich.«

»Warum? Sie hatte dich. Ich nicht.«

»Ja, aber nicht wirklich. Ich glaube, sie hat gespürt, wie wichtig du mir warst. Ich habe mich deswegen schlecht gefühlt.

Ich habe mich um unsere Ehe bemüht, aber man kann keine Liebe vortäuschen, wenn sie nicht vorhanden ist.« Für eine Sekunde verstummte er. »Du hast deine süßen Klauen schon vor verdammt langer Zeit in mir versenkt und seitdem hast du mich irgendwie immer in deinem Bann gehalten.«

»Ich Glückspilz.« Sie kicherte.

»Nein, Babe. Ich bin hier der Glückspilz.«

Sein langsamer, sinnlicher Kuss wurde schnell hungriger und heißer, bis sie beide in Flammen standen. Sie schlang die Arme um ihn und ließ sich von ihm nach hinten drücken, bis sie auf dem Rücken lag. Er presste seinen großen, festen Körper gegen sie, während sie sich gegenseitig verschlangen. Als er seine harte Erektion gegen sie drückte, entlockte er ihr damit ein Stöhnen.

Mit flammendem Blick löste er sich von ihr. »Ich will mehr hiervon, Babe. Mehr gemeinsame Zeit. Mehr von *dir*.«

Sie würde ihm einfach alles geben. »Dann *nimm* dir mehr.«

Mit einem lustvollen Knurren eroberte er ihren Mund zurück und verlagerte das Gewicht, während er eine Hand über ihren Körper wandern ließ. »Viel zu viele Klamotten«, hauchte er gegen ihre Lippen. Sie zogen sich die Stiefel und die Kleidung aus, küssten sich dabei heiß und verlangend und mit einem einzigen harten Stoß drang er bis zum Anschlag in sie ein. Dabei schrien sie kurz auf, wurden aber nicht langsamer. Jeden seiner harten Stöße erwiderte sie ebenso kraftvoll. Sie war sich des harten Bodens unter ihrem Rücken nur vage bewusst, denn ihre Sinne waren wie benebelt. Als er die Arme unter sie schob, mit den Händen ihre Schultern umklammerte und ihren Körper nach unten drückte, um sich noch tiefer in ihr zu verankern, kam ihr ein langes, hingebungsvolles Stöhnen über die Lippen. »Noch mal«, flehte sie und klammerte sich an ihn, während er schneller pumpte und härter zustieß und sie beide damit in eine Ekstase katapultierte, die so gewaltig und grell war, dass sie sich anfühlte, als wäre sie nicht von dieser Welt. Fast schon unwirklich. Doch dieser Rausch war so schön und intensiv, so echt und wahrhaftig, dass es vor ihnen noch kein anderes Paar gegeben haben konnte, das einen so glückseligen Zustand erreicht hatte.

Noch lange danach lagen sie eng umschlungen da, so nackt wie am Tag ihrer Geburt, und die Spätnachmittagssonne wärmte ihre Körper.

»Gott, Babe. Ich bin so gern mit dir zusammen. Diese Verbundenheit ist einzigartig. So etwas habe ich noch nie gespürt.«

»Ich fühle es auch.«

»Wir brauchen mehr Zeit allein, in der wir uns nicht in unseren Schlafzimmern verstecken müssen.«

»Wir können zusammen im Hotel übernachten, wenn wir zum Netzwerkdinner fahren, und dort auch noch am Tag darauf Zeit miteinander verbringen, ohne uns zu verstecken.«

»So sehr mir das gefallen würde, bin ich nur ungern so weit von Gus weg, wenn er bei seiner Mutter ist. Ich vertraue ihr nicht.«

Sie verspürte einen Stich der Enttäuschung, wusste jedoch, dass er recht hatte.

»Uns fällt schon etwas ein.« Er rieb mit der Nase über ihre Wange. Seine Hand wanderte zu ihrer Taille nach unten, dann umfasste er ihren Po. »Du solltest doch eine Freundschaft plus sein und jetzt kann ich nur noch an dich denken. Was soll ich bloß mit dir machen?«

Liebe mich. Heirate mich. Hab Babys mit mir. Lass uns die Familie sein, die du immer haben wolltest. »Mir fällt da so einiges ein.«

Zwanzig

Ezra versuchte, seine Emotionen zu zügeln, als er am Dienstagnachmittag mit Gus vor Tinas Tür stand und die Textnachricht las, die sie ihm gerade eben geschickt hatte.

Tina: *Sorry, aber ich bin noch beschäftigt. Können wir gegen einen anderen Abend tauschen?*

Er mahlte mit den Zähnen. Vor einer Stunde hatte sie ihm geschrieben und gefragt, ob er Gus nach dem Camp abholen und zu ihr bringen könnte, weil sie mit ihren Freundinnen shoppen war und nicht rechtzeitig dort sein konnte. Und jetzt das? Er musste heute Abend zur Church, was bedeutete, dass er jemanden für Gus finden musste, und falls Tina glaubte, er würde für sie auch nur einen einzigen Abend mit seinem Sohn opfern, lag sie völlig falsch.

»Daddy, ich hab Hunger«, jammerte Gus. Er hatte einen langen Tag im Camp gehabt und war auf der Fahrt hierher eingeschlafen.

»Ich weiß, kleiner Mann. Tut mir leid, aber wie es aussieht, schafft es deine Mom heute Abend nicht.«

»Ist mir egal. Können wir nach Hause fahren und zusammen mit den anderen essen?«

»Das können wir.« Gus' Gleichgültigkeit seiner Mutter

gegenüber machte ihm zunehmend Sorgen, und er nahm sich vor, mit Wynnie darüber zu sprechen.

Auf der Fahrt zurück zur Ranch war Gus still, aber gleich nach ihrer Ankunft rannte er in seinen winzigen Cowboystiefeln und Shorts in den Speisesaal und begrüßte begeistert alle, an deren Tischen er vorbeieilte. Ezra wusste nicht, ob Gus gerade seinen toten Punkt überwunden hatte oder sich einfach nur freute, wieder unter Menschen zu sein, auf die er sich verlassen konnte. Doch als sein kleiner Sohn auf Sasha zustürmte, die am Büfett stand und ihren Teller füllte, folgte er ihm gerne.

Sie sah in Shorts und T-Shirt süß aus. Er kämpfte gegen den Drang an, einen Arm um sie zu legen und sie an sich zu ziehen. Immer wieder dachte er an das letzte Wochenende zurück und sehnte sich nach mehr Zeit mit Sasha, in der sie ihre Gefühle nicht verstecken mussten. Zu beobachten, wie Gus zu ihr lief, weckte in ihm den Wunsch, diese Gefühle auch mit Gus zu teilen. Er wollte, dass sein Sohn wusste, wie wichtig sie ihm war, und dass er sah, wie er einer Frau, die sie beide liebten, Zuneigung schenkte, die erwidert wurde.

»Hi, meine Süße.« Gus stellte sich auf die Zehenspitzen, um das Büfett zu überblicken. »Hat Cowboy schon die ganzen guten Sachen aufgegessen?«

»Nein. Ist noch eine Menge übrig.« Neugierig sah sie Ezra an.

»Hol dir einen Teller, kleiner Mann.« Während Gus loslief, senkte Ezra die Stimme. »Tina ist beim Shopping mit ihren Freundinnen aufgehalten worden.«

Sasha verdrehte die Augen.

Gus quetschte sich zwischen sie. »Dad, kann ich Chicken Wings haben?«

»Kannst du. Brokkoli, Möhren oder Erbsen?« Ezra füllte

Gus' Teller.

»Knerbsen!«, rief Gus.

»Hey, Gusto. Wollen wir heute Abend an unseren Elfenkostümen arbeiten?«, erkundigte sich Sasha.

»Ja! Darf ich, Dad?«, fragte er hoffnungsvoll.

»Falls du Pläne hattest, Sasha …«

»Ich wollte mein Kostüm schneidern.« Sie zerzauste Gus die Haare. »Jetzt können wir das zusammen machen.«

Er reichte Gus seinen Teller. »Trag ihn vorsichtig rüber zum Tisch. Ich hole dir was zu trinken.«

»Geht's dir gut? Du wirkst nicht sonderlich glücklich«, wollte sie wissen, nachdem Gus gegangen war.

»Ich habe Tinas Marotten einfach nur satt und mache mir Sorgen, welche Auswirkungen das auf Gus hat.«

»War Gus traurig, als du es ihm gesagt hast?«

»Nein. Und das ist es, was mich stört. Danke, dass du heute Abend auf ihn aufpasst, während ich bei der Church bin. Ich schulde dir was.« *Eher eine ganze Menge, aber wer zählt da schon mit?*

»Dir fällt bestimmt etwas ein, um deinen Dank auszudrücken«, meinte sie mit einem verführerischen Funkeln in den Augen und stolzierte mit laszivem Hüftschwung davon.

Ihm fielen da ein Dutzend Möglichkeiten ein und er freute sich auf jede einzelne davon.

Als er an den Tisch kam, sprachen Sully und Sasha über Posey, und Gus betrachtete eine von Sullys Zeichnungen. »Was siehst du dir da an, kleiner Mann?«

»Ein Bild, das Sully von mir und Sasha und Posey malt hat.« Sasha hatte Gus letzte Woche die Stute gezeigt. Er hatte Dutzende Fragen gestellt und Sasha hatte jede einzelne mit Engelsgeduld beantwortet.

»Sully hat gemalt, nicht malt«, korrigierte Ezra ihn und bewunderte dabei die Zeichnung von Sasha mit ihren Shorts, den Stiefeln und den Haaren, die ihr bis übers Tanktop fielen. Mit einer Hand streichelte sie Posey, in der anderen hielt sie den Strick. Ihr umsichtiger, liebevoller Blick war auf Gus gerichtet, der in Shorts und Cowboystiefeln auf den Zehenspitzen stand. Er hatte den Kopf in den Nacken gelegt und die Locken fielen ihm in sein kleines pausbäckiges Gesicht. Seine Augen waren nur halb geöffnet, der Mund geschlossen, aber zu einem Lächeln verzogen, während Posey ihn beschnupperte. Jedes einzelne Löckchen sah so echt aus, als könnte er es anfassen.

Er sah Sully über den Tisch hinweg an. »Unfassbar, wie lebensecht das wirkt. Du bist wirklich talentiert.«

»Danke«, erwiderte Sully. »Das Bild ist nicht ganz so gut wie Gus' Zeichnungen, aber ich arbeite daran.«

»Hast du es für jemand Bestimmten gemalt?«, fragte er. »Denn falls nicht, würde ich es mir gern an die Wand hängen.«

»Freut mich zu hören, denn ich habe es für dich und Gus gemacht.«

»Wirklich? Danke!«, rief Gus.

Er blickte zu Sasha, die darüber genauso glücklich aussah, wie Ezra sich fühlte.

»Dad, hier müsste eigentlich Poseys Auge sein.« Gus zeigte auf die Vertiefung in Poseys Gesicht. »Der Arzt hat es rausgenommen, weil sie eine Fektion hatte.«

»Eine Infektion«, korrigierte Sasha ihn.

»In-fektion«, wiederholte Gus artig. »Bekomme ich auch eine Infektion?«

»Nein, Schatz, aber falls doch, würde ich dich sofort zum Arzt bringen«, versprach Ezra. »Poseys damalige Besitzerin hat sie nicht schnell genug zum Arzt gebracht, als ihr Auge krank wurde. Deshalb mussten sie es rausnehmen.«

»Vielleicht könnte Doc Posey ein neues Auge geben«, schlug Gus vor.

»Wenn ich das könnte, würde ich es tun«, erwiderte Doc, der neben Sully saß. »Leider ist das nicht möglich.«

»Oh.« Gus starrte das Bild eine Minute lang an. »Dann müssen wir sie einfach noch mehr lieb haben.«

»Ganz genau, Gusto.« Sasha legte den Arm um ihn, drückte ihn an sich und wechselte einen Blick mit Ezra.

»Falls wir mal Kinder haben, hoffe ich, dass sie wie er sind«, sagte Sully begeistert.

»Falls man an seinem Vater ablesen kann, wie er als Teenager wird, solltest du dir das vielleicht noch mal überlegen«, neckte Cowboy sie.

»Warum?«, wollte Sully wissen. »Ezra ist doch wundervoll.«

»Danke, Sully, aber du hast meine rebellischen Zeiten nicht erlebt«, gestand Ezra.

»Darüber musst du dir keine Gedanken machen, Sully«, meinte Sasha. »Du heiratest den größten Pfadfinder von allen. Das Schlimmste, was deine Kinder vermutlich anstellen werden, ist, alle anderen Kinder auf dem Spielplatz herumzukommandieren.«

»Ich könnte dir da ein paar Geschichten über Cowboy erzählen«, bot Doc an.

»Aber du weißt, dass meine Geschichten über dich genauso schlimm sind, also halt die Klappe«, warnte Cowboy ihn, woraufhin Doc loslachte.

»Es sind doch immer die Stillen«, meinte Billie und beäugte Sasha.

»Warum siehst du dabei mich an? Dare ist viel häufiger in

Schwierigkeiten geraten als ich, und er ist alles andere als still«, protestierte Sasha.

»Ich erinnere mich da an eine ganz bestimmte FKK-Sache im Sommer nach deinem elften Schuljahr, Sasha«, sagte Doc.

»Wirklich?« Ezra musterte Sasha interessiert und stellte sich vor, wie das brave Teenagermädchen sich zum Nacktbaden weggeschlichen hatte.

Sasha verdrehte die Augen. »Ach, bitte. Das ist ja wohl nichts im Vergleich zu allem, was ihr Jungs angestellt habt. Ich finde es immer noch unfassbar, dass Dad euch losgeschickt hat, um uns zu holen.«

»Ich dachte schon, Cowboy und Doc würden diesen Jungs den Kopf abreißen«, meinte Dare.

»Jungs waren auch dabei?«, hakte Ezra nach.

»Nicht lange«, versicherte Cowboy ihm.

»Was meint ihr denn mit FKK?«, wollte Sully wissen.

»Ich war Nacktbaden«, erklärte Sasha. »Mit Bobbie und ein paar Freundinnen.«

»Oh.« Sully zuckte zurück und bekam rote Wangen.

Billie lachte. »Wenn das kein schuldbewusster Gesichtsausdruck ist, dann weiß ich auch nicht.«

»Möglicherweise hat Cowboy mich mal beim Nacktbaden erwischt.« Sully vergrub das Gesicht an Cowboys Brust.

Cowboy streichelte ihr über den Rücken. »Das ist eine meiner Lieblingserinnerungen.«

»Jetzt schäm dich doch nicht dafür, Sully. Das ist hier bei uns eine Art Initiationsritus«, versicherte Billie ihr.

»Was ist Nacktbaden?«, fragte Gus.

»Wenn man ohne Kleidung schwimmen geht«, erklärte Ezra.

Gus kicherte. »Das will ich nicht machen.«

Zumindest noch nicht.

Gus war während des gesamten Abendessens so fröhlich wie eh und je, plauderte mit allen über alles Mögliche und stellte eine Million Fragen. Es herrschte eine derart ausgelassene Stimmung im Speisesaal, dass Ezra beinahe vergessen hätte, wie Tina Gus wieder einmal im Stich gelassen hatte.

Nachdem Ezra zur Church aufgebrochen war, verwandelte sich sein Wohnzimmer in die Kostümzentrale. Zuerst zeichneten Sasha und Gus Bilder von ihren Kostümen. Ganz *viele* Bilder. Dann suchten sie sich ihre Favoriten aus und malten sie an. Denn wie sollten sie Kostüme nähen, wenn sie nicht wussten, welche Farben sie dafür nehmen mussten? Danach machten sie sich an die Arbeit und nun lagen grüne, rote und schwarze Stoffstücke auf dem Couchtisch verteilt und auf dem Boden gelbe Bommeln, weitere Stoffmuster und handgezeichnete Schablonen. Über Sashas Handy lief Weihnachtsmusik, und sie und Gus sangen mit, während sie fleißig herumwerkelten. Sasha hatte mithilfe der Schablonen und eines Filzstiftes den Stoff dort markiert, wo Gus ihn zuschneiden sollte, und er war eifrig dabei, rote Manschetten auszuschneiden, die er um die Handgelenke tragen würde.

»Glaubst du, ich gewinne den Wettbewerb?«, fragte Gus, die Stirn in höchster Konzentration gerunzelt, während er mit der Schere hantierte. Er war meilenweit von den Linien entfernt, die sie aufgezeichnet hatte, aber so stolz auf sich, dass sie ihn gewähren ließ.

»Na klar. Garantiert hat niemand sonst eine grüne Elfenweste mit einem Dark-Knights-Logo auf dem Rücken.«

Sasha war entzückt von den Kostümen, die sie anfertigten, aber noch entzückter war sie darüber, sie zusammen mit Gus zu basteln. Sie hatte befürchtet, dass er sich nach ein paar Minuten langweilen würde, aber er hatte begeistert seine Ideen beigetragen und ihr geholfen, die Schablonen zu zeichnen und auf den Stoff zu übertragen. Sie wünschte sich, Ezra wäre hier, um zu sehen, wie glücklich sein Sohn war. Wenigstens machte sie viele Fotos.

»Wollen wir für Daddy eine grüne Weste machen?«, fragte Gus.

»Ich glaube, er wird seine Lederweste tragen wollen, aber wir können Deko für sein Motorrad basteln.«

»Können wir Rentiere ankleben? Und Beleuchtung und Gugeln?«

»Kugeln?«

»Ja! Gugeln. Ich muss pullern!« Er ließ Schere und Stoff fallen und rannte ins Bad, wobei er die Tür geöffnet ließ.

Sasha hörte ihn »Rudolph, the Red-Nosed Reindeer« singen. Als er gespült hatte, mahnte sie noch: »Wasch dir die Hände.«

»Ich weiß.« Sie hörte das Wasser laufen. »Eins, zwei, drei …« Die Campbetreuer brachten den Kindern bei, sich ihre Hände zehn Sekunden lang zu waschen. Gus schaffte meistens nur fünf.

Er kam ins Wohnzimmer gerannt und warf sich auf die Couch, wobei er versehentlich seine Schokomilch umstieß. »Hoppla!«

»Verflixt. Ich hab vergessen, den Deckel auf deinen Trinkbecher zu machen.« Sasha stellte den Becher wieder auf und flitzte in die Küche, um einen Wischlappen und die Küchenrolle zu holen.

Gus krabbelte geschwind von der Couch. »Beeil dich. Das tropft überall rauf!«

»Schon okay.« Sie ging neben dem Couchtisch auf die Knie und wischte alles weg.

»Hab ich unsere Kostüme ruiniert?«

»Nein. Das ist nur ein bisschen Milch. Wir waschen einfach den Stoff, der schmutzig geworden ist.« Nachdem sie alles aufgewischt hatte, wusch sie die Stoffteile, auf die Milch gelaufen war, in der Spüle aus.

»Und was machen wir jetzt?«, fragte Gus.

Das war eine gute Frage. Sie wollte ihn vom Teppich fernhalten, solange der trocknete. »Wie wär's, wenn wir zum Weihnachtsladen fahren und dort eine Weihnachtsmannmütze suchen, die dein Dad bei der Rentierrallye tragen kann? Vielleicht finden wir auch gleich noch was, um sein Motorrad zu dekorieren. Und wenn du ein braver Junge bist, kaufen wir vielleicht sogar etwas für dich.«

Eine halbe Stunde später waren sie auf dem Weg in den Weihnachtsladen, als Tina aus dem Yogastudio zwei Türen weiter kam. Sie trug eine Yogahose und einen Sport BH und sah einfach umwerfend aus. In Sashas Brust bildete sich ein Knoten, aber Gus zuliebe verdrängte sie ihn und hielt seine Hand instinktiv etwas fester. »Sieh mal, Gusto, da ist deine Mom.«

»Mhm«, meinte er lediglich und lief weiter in Richtung Laden.

Überrascht von seinem mangelnden Enthusiasmus überlegte sie noch, wie sie damit umgehen sollte, aber in diesen wenigen Sekunden der Unentschlossenheit bemerkte Tina sie und kam auf sie zu. *Verdammt.* »Komm, Gus. Sagen wir Hallo.«

Die egoistische Hexe des Westens kniff die Augen zusammen, als sie Sasha sah, wechselte für Gus aber schnell in den Charmemodus. »Hi, Baby«, begrüßte sie ihn überschwänglich und hockte sich hin, um ihn zu umarmen.

»Hi, Mom. Weißt du was? Wir machen Elfenkostüme für die Rentierrallye und wir besorgen Daddy eine Weihnachtsmannmütze und Sachen für sein Motorrad.«

»Wie schön.« Sie musterte Sasha. »Sieht aus, als bekäme Ezra alles, was er will.«

»Ich wusste gar nicht, dass er sich eine Weihnachtsmannmütze wünscht«, erwiderte Sasha. »Aber falls dem so ist, dann hat er sie definitiv verdient.«

Die egoistische Hexe gab ein Schnauben von sich, das halb Lachen, halb Prusten war.

»Wir sollten gehen. Wir haben noch eine Menge zu *shoppen*.« Sasha wusste, dass ihre sarkastische Bemerkung unangemessen war, aber sie konnte sich nicht zurückhalten. »Verabschiede dich von deiner Mom, Gusto.«

»Tschüss, Mom.« Er griff nach Sashas Hand.

Sie hatte damit gerechnet, dass er Tina umarmen würde, und wartete noch, um Tina Zeit zu geben, ihn in die Arme zu nehmen, aber sie meinte lediglich »Bis nächsten Dienstag, Schatz« und ging davon.

Am liebsten hätte Sasha ihr hinterhergebrüllt: *Hey! Du wirst ihn eine ganze Woche nicht sehen. Willst du dein Kind nicht umarmen?* Stattdessen lächelte sie Gus an. »Weihnachtsmannmütze, wir kommen.«

Sie fanden eine Weihnachtsmannmütze für Ezra, die Gus so gut gefiel, dass sie für alle eine kaufte. Dann entdeckten sie noch eine batteriebetriebene Lichterkette für Ezras Motorrad und eine weitere für Gus' Kinderzimmerfenster. Gus hätte am liebsten alles gekauft, von Spielzeug bis hin zu Süßigkeiten. Sasha schlug vor, eine Packung M&M's zu kaufen und sich zu teilen. Damit war Gus zufrieden.

»Gus, wie wären die hier für dein Kostüm?« Sie zeigte ihm ein Paar kniehohe rot-weiß gestreifte Kinderstrümpfe.

»Die gefallen mir.«

»Das war ja einfach.« Sie warf die Socken in den Korb zu den anderen Sachen, die sie gefunden hatten.

Gus zeigte auf einen Behälter mit kleinen Stoffrentieren. »Können wir so ein Rentier kaufen, um es an Daddys Motorrad zu befestigen?«

»Das ist eine prima Idee. Vielleicht können wir es in der Mitte seines Lenkers festmachen. Willst du nicht eins aussuchen?« Sie sah zu, wie er den Behälter durchwühlte, als wären nicht alle identisch.

»Ich will das hier.« Er hielt eins hoch.

»Dem fehlt ein Auge. Warum nimmst du nicht ein anderes?«

»Aber mir gefällt das hier. Das ist ein Posey-Rentier.«

Ihr Herz quoll über. »Du hast recht. Es ist perfekt.«

Gus trug das Rentier, während sie die weiteren Gänge abliefen. Als sie den letzten Gang verließen, wurden Gus' Augen ganz groß, und er zeigte auf eine Ausstellung künstlicher Weihnachtsbäume in der Ladenecke. »Können wir einen von denen kaufen? *Bitte?* Daddy liebt Weihnachtsbäume. Er sagt, damit ist alles schöner.«

Ich liebe sie auch.

Sie wusste, dass Ezra die Weihnachtszeit mochte, und sie liebte es, Gus' strahlendes Gesicht zu sehen, wenn er ihnen jedes Jahr beim Schmücken des Weihnachtsbaums im Haupthaus half. Aber sie war sich nicht sicher, wie begeistert Ezra sein würde, im Juli einen Baum in seiner Hütte vorzufinden, oder ob Gus erwarten würde, dass der Weihnachtsmann dann Geschenke brachte.

»Du weißt schon, dass wir nicht wirklich Weihnachten haben, oder? Der Weihnachtsmann bringt im Juli keine Geschenke, selbst wenn wir einen Baum aufstellen.«

»Ich weiß. *Bitte*, Süße?« Er hüpfte auf und ab und blickte sie aus seinen großen braunen Augen flehend an. »Ich verspreche auch, dass ich keine Geschenke will.«

Sie ließ sich von seinem hoffnungsvollen Blick erweichen. »Wenn wir einen Baum holen, weißt du hoffentlich auch, was das bedeutet?«

»Dass alles schöner wird?«

Sie tippte ihm auf die Nasenspitze und hoffte, dass sie gerade keinen Fehler beging. »Das bedeutet, wir müssen uns beeilen und ihn nach Hause schaffen, damit wir ihn noch vor der Schlafenszeit schmücken können.«

»Danke!« Gus schlang die Ärmchen um sie und drückte sie fest.

Sie kauften einen mittelgroßen Baum, den Sasha allein tragen konnte, und da sie nicht wusste, wo Ezra seinen Weihnachtsschmuck aufbewahrte, besorgte sie auch noch Lichterketten und Lametta und hielten an ihrer Hütte, um ihren Baumständer und den Baumteppich zu holen.

Der Rest des Abends glich einem bunten Chaos aus Weihnachtsmusik, Gus' dauerhaftem, aber unfassbar niedlichem Geplapper, dem Basteln von Baumschmuck aus Papier, Buntstiften und Bändern und dem Schmücken des Baums. Sie setzten ihre Weihnachtsmannmützen auf und bastelten aus drei Lagen Bastelpapier einen großen gelben Stern für die Baumspitze. Sasha fädelte eine Schnur durch die Spitze des Sterns und eine durch die Unterseite und band sie hinten locker zusammen, sodass Schlaufen entstanden, die sie über den obersten Ast schieben konnten.

Gerade als sie Gus hochhob, damit er den Stern an den Baum hängen konnte, ging die Haustür auf, und Ezra trat ein. *Verflixt!* Sie hatte völlig die Zeit vergessen! Gus hätte längst im Bett sein müssen, und das Wohnzimmer war ein Sammelsurium aus Lametta, Papierfetzen, Bändern und den Kostümen, die sie vor dem Schmücken des Baums nicht weggeräumt hatten.

Gus wand sich aus ihren Armen. »Dad! Wir haben einen Baum …«

Sie geriet in Panik und stotterte los. »Ist es wirklich schon so spät? Entschuldige, dass Gus noch nicht im Bett ist und hier ein heilloses Chaos herrscht. Wir haben Milch auf unseren Kostümen verschüttet und waren einkaufen im Weihnachtsladen und haben uns ein bisschen mitreißen lassen.«

»Dad! Hey, Dad!« Gus hüpfte aufgeregt auf und ab und zerrte dabei an Ezras Lederweste. »Gefällt es dir? Bist du glücklich?«

Ezra sah sich im Wohnzimmer um, dann hinunter zu Gus und schließlich zu Sasha.

Sie runzelte die Stirn. »Ich räume alles auf, und wenn du den Baum lieber nicht haben willst, schaffen wir ihn in meine Hütte. Gus war so aufgeregt und hat mich mitgerissen und … Tut mir leid, ich habe die Zeit völlig aus den Augen verloren.«

»Mir tut es nicht leid.« Lachend hob er seinen Sohn hoch, hielt ihn in einem Arm und zog sie mit dem anderen an sich.

»Ich habe dir doch gesagt, dass er das liebt!«, rief Gus aus. »Dad, gefallen dir unsere Mützen? Für dich haben wir auch eine und ein Rentier und eine Lichterkette für dein Motorrad und …«

Während Gus all die Sachen aufzählte, die sie gebastelt, gekauft und gemacht hatten, wandte sich Ezra breit grinsend an Sasha. »Danke.«

»Dafür, dass ich deine Hütte verwüstet habe?«

»Dafür, dass sie sich wie ein Zuhause anfühlt.«

Einundzwanzig

Am Mittwochnachmittag ging Ezra in der Hoffnung, sie könnte ihm bei der Angelegenheit mit Tina helfen, den Flur hinunter zu Wynnies Büro. Dabei versuchte er, die Schuldgefühle zu ignorieren, die ihn wegen Sasha quälten. Diese Schuldgefühle waren zu seinem ständigen Begleiter geworden, aber bis er wusste, was er als Nächstes tun sollte, musste er sie für sich behalten. Gus' Wohlergehen stand auf dem Spiel, und nach dem, was Sasha ihm gestern Abend über ihr Aufeinandertreffen mit Tina erzählt hatte, machte er sich noch mehr Sorgen.

Wynnies Tür stand offen. Er klopfte an, und sie sah von dem auf, was sie gerade am Computer las, und schenkte ihm ein Lächeln. »Hi, Ezra.«

»Hast du gerade Zeit?«

»Ja. Mach die Tür zu und setz dich.« Sie stand auf und drückte auf den Knopf der Gegensprechanlage. »Maya, kannst du bitte vorerst keine Anrufe durchstellen?«

»Geht klar«, antwortete Maya. Ezra schloss die Tür und setzte sich auf die Couch.

Wynnie kam um den Schreibtisch herum. In ihrer magentafarbenen Bluse und den Jeans sah sie wirklich gut aus. Sie setzte sich ans andere Ende der Couch. »Wie war dein Tag bisher?«

»Gut«, erwiderte Ezra. »Ich hatte produktive Gespräche mit Paul und Mike und auch mit anderen Patienten.«

»Das ist doch immer schön.«

»Ja, das ist es. Ich wollte mit dir über Tina reden. Mir ist bewusst, dass ich keine Antworten erwarten kann, aber ich schätze deine Meinung sehr und würde gern deine Gedanken zu der Situation hören. Es sei denn natürlich, das ist dir unangenehm.«

»Warum sollte mir das unangenehm sein? Ich bin seit fast zwanzig Jahren nicht mehr deine Therapeutin. Zwischen uns gibt es längst keine beruflichen Verwicklungen mehr.«

»Ich weiß.« *Aber ich schlafe heimlich mit deiner Tochter und das bringt mich durcheinander und gefällt mir nicht.* »Ich wollte es nur anmerken.«

»Das weiß ich zu schätzen. Aber ich gebe gern meine Meinung ab. Was ist denn mit Tina?«

»Sie sagt Gus nach wie vor ab, aber mittlerweile viel häufiger, und er wirkt immer desinteressierter daran, überhaupt Zeit mit ihr zu verbringen.«

»Siehst du noch irgendwelche anderen Verhaltensauffälligkeiten? Einen Unterschied darin, wie er dich oder andere behandelt?«

»Nein, aber du siehst ihn ja auch jeden Tag. Du weißt, wie sehr er sich immer freut, alle zu sehen. Ich hatte geglaubt, dass ich vielleicht zu viel in seinen mangelnden Enthusiasmus für seine Mutter hineininterpretiere oder sogar meine eigenen Gefühle zu meiner Mutter auf ihn projiziere. Aber gestern Abend hat Tina ihm mal wieder abgesagt, um mit ihren Freundinnen shoppen zu gehen, und als Sasha mit Gus in die Stadt gefahren ist, während ich bei der Church war, haben sie Tina getroffen. Die übrigens aus einem Yogastudio kam, was mich echt wütend macht, aber lassen wir das. Die Sache ist, Sasha musste Gus regelrecht auffordern, zu ihr zu gehen und sie zu begrüßen.«

»Und, hat er es getan?«

»Ja, und Sasha meinte, das wäre auch alles okay für ihn gewesen, aber als sie gegangen sind, haben sich Gus und Tina nicht zum Abschied umarmt. Mir gefällt nicht, dass es zwischen ihnen immer schlechter zu laufen scheint. Vor zwei Wochen hat sie mich gebeten, ihn Sonntagmorgen abzuholen, anstatt ihn das gesamte Wochenende zu behalten, und letzten Samstag hat sie wieder abgesagt. Ein- oder zweimal wäre das keine große Sache, aber du kennst ja den Hintergrund. Ständig räumt sie ihrem Freund und dessen Familie Priorität vor Gus ein, und auch wenn das nichts Neues ist, wird Gus doch älter, und ich mache mir Sorgen, dass er irgendwann so wie ich damals Bindungsprobleme entwickelt.«

»Das ist verständlich nach dem, was du durchgemacht hast. Es klingt, als würde sich Tina nicht sonderlich um ihn bemühen, was eine Schande ist. Was hast du jetzt vor?«

Unruhig rutschte er herum. »Ich frage mich, ob sie ihm eher schadet als guttut, und du weißt, dass ich mit diesem Thema nicht leichtfertig umgehe.« Er legte die Hände auf seine Oberschenkel. »Ich hatte gehofft, du könntest die Situation einschätzen. Glaubst du, dass ich hier etwas reinprojiziere?«

»Das kann ich nicht mit Sicherheit sagen, aber wenn seine Gleichgültigkeit ihr gegenüber bereits Sasha oder auch anderen auffällt, dann könnte es sich bei ihm in diese Richtung entwickeln. Zum Glück sehen wir das bisher nicht in Bezug auf andere Personen.« Ihr Gesichtsausdruck wurde sanfter. »Ezra, du weißt, welch große Entscheidung es wäre, Tina aus Gus' Leben zu verbannen, und da sind eine Menge Variablen im

Spiel. Als deine Freundin kann ich dir nicht sagen, was du tun sollst oder was für Gus am besten wäre. Aber du bist ein kluger Mann, ein hervorragender Vater und ein fähiger Therapeut. Ich weiß, wie sehr du Gus liebst, und ich bin zuversichtlich, dass du – sollte es dazu kommen – das tun wirst, was für ihn am besten ist.«

Er atmete tief ein und langsam wieder aus. »Jetzt weiß ich, wie sich meine Patienten fühlen, wenn sie zu mir kommen und mich um Rat und Lösungen bitten.«

Sie schenkte ihm ein Lächeln. »Du weißt doch, dass sich die besten Lösungen meist von allein finden.«

»Ich weiß, aber es ist schwer, einfach abzuwarten, wenn es Auswirkungen auf meinen Sohn hat.« Ebenso schwer fiel ihm das Abwarten hinsichtlich seiner und Sashas Situation. Aber dieses Thema stand hier nicht zur Debatte. Er erhob sich und sie tat es ihm gleich. »Danke fürs Zuhören.«

»Jederzeit. Komm her.« Sie breitete die Arme aus. Er ließ sich umarmen und genoss den mütterlichen Trost, den sie so freigiebig schenkte. »Du bist ein wundervoller Vater und du machst das mit Gus großartig. Ich bin sehr stolz auf dich.«

»Danke.« Er löste sich aus der Umarmung. »Ich habe viel von dir und Tiny gelernt, aber diese Situation ist wirklich hart. Ich wünschte, ich wüsste, was das Richtige ist.«

»Niemand hat behauptet, das Elterndasein wäre leicht, aber du stehst das durch. Du hast bisher doch auch alles geschafft.«

»Leicht muss es gar nicht sein.« Er griff nach der Türklinke. »Ich will nur sicherstellen, dass mein Sohn nicht denselben Preis bezahlen muss wie ich.«

Zweiundzwanzig

Nach einer geschäftigen Woche, angefüllt mit der Arbeit mit den Pferden und den Hochzeitsvorbereitungen, fröhlichen Abenden mit Gus beim Kostümbasteln und heimlichen Schäferstündchen mit Ezra war endlich Dares und Billies Hochzeitstag gekommen. Ein perfekter klarer und warmer Abend erwartete sie. Die Scheune sah zauberhaft aus. Cowboy und ihr Vater hatten einen wunderschönen Altar gebaut und Sasha und die anderen Frauen hatten ihn mit weißen Seidentüchern, roten und weißen Rosen und funkelnden Lichtern geschmückt. Weitere Lichter leuchteten an den Dachsparren und Stützpfosten. Den Gang säumten Fässer voller roter und weißer Blumen und Grünpflanzen und die Stühle waren mit roten Schleifen geschmückt.

Sasha stand mit Birdie vor dem Altar und sog die Stimmung in sich auf. Sie hatte Dare noch nie so aufgeregt gesehen wie gestern Abend, als sie sich mit einigen ihrer Cousinen, Cousins und Freunden aus anderen Bundesstaaten im Roadhouse getroffen hatten. Er hatte die Hände nicht von Billie lassen können, und sie hatte seine Aufmerksamkeit genossen, während die beiden darüber redeten, wie sehr sie sich auf ihre Hochzeitsreise nach Spanien freuten, wo sie sich den Stierlauf ansehen wollten. Aber das war nichts im Vergleich dazu, wie glücklich Dare heute Abend aussah, als er mit Doc und Cowboy vor dem Altar stand. Sie sahen alle äußerst adrett aus in ihren schwarzen Lederwesten und Hemden mit Jeans, Stiefeln und Cowboyhüten. Dare wirkte, als stünde er kurz vor dem Herzinfarkt, wenn Billie nicht bald zum Altar schritt. Cowboy schaute liebevoll zu Sully hinüber, die neben seinen Eltern inmitten der anderen Gäste saß, und Doc wirkte so stoisch wie schon den ganzen Tag. Er hatte schlechte Laune und war kurz angebunden zu Sasha gewesen, als sie heute Morgen ihre Runde gemacht hatte. Sie wusste nicht, welche Laus ihm über die Leber gelaufen war, aber so sehr sie sich auch bemühte, sie hatte seine Stimmung nicht bessern können.

Birdie stupste sie an und lenkte ihre Aufmerksamkeit auf Bobbie, die in ihrem mintgrünen Kleid den Gang entlangschritt. »Sie sieht wunderschön aus.« Ihre blonden Haare waren zu einer Hochsteckfrisur arrangiert und Strähnchen umrahmten ihr Gesicht. Sie trug ein ähnliches ärmelloses, knielanges Kleid wie Sasha und Birdie, allerdings war Sashas pfirsichfarben und Birdies fliederfarben.

»Du auch«, flüsterte Sasha, und ihr Blick fiel auf Ezra, der am Ende des Gangs vor Gus hockte. Er zog Gus' Hemd unter der kleinen schwarzen Lederweste zurecht, die Ezra ihm gekauft hatte, damit er heute wie alle Dark Knights aussah. Jedes Mal, wenn sie die beiden betrachtete, schlug ihr Herz schneller.

Erneut stupste Birdie sie an und nickte in Richtung Hyde und Taz, die zur Hintertür hinausschlüpften. »Wo wollen die hin?«

»Wer weiß?«, entgegnete Sasha. Bobbie gesellte sich mit einem breiten Grinsen zu ihnen an den Altar.

Nun ging Gus stolz strahlend den Gang hinunter. Er trug

ein kleines weißes Kissen mit den Ringen und einer daran gebundenen roten Rose in den Händen. Sie hatten heute bereits geübt, wie er den Gang hinuntergehen sollte, und er stellte sich sehr gut an und lief auch nicht zu schnell.

»Schau mal, Grandpa! Ich bin der Ringjunge!«, rief er aus, als er an Pep vorbeiging.

Gelächter brandete um sie herum auf.

Gott, wie lieb sie ihn hatte.

Als Gus die letzte Stuhlreihe erreicht hatte, rannte er direkt zu Sasha. »Ich hab's geschafft, Süße! Ich bin langsam gegangen!«

»Du warst perfekt.« Sie legte ihm die Hand auf die Schulter, und es schnürte ihr die Kehle zu, als ihr Blick Ezras fand, der noch stolzer wirkte als Gus.

Der »Hochzeitsmarsch« begann und alle verstummten, drehten sich auf ihren Plätzen um und warteten auf Billie. Doch plötzlich endete das Lied abrupt und der Spice-Girls-Song »Wannabe« erklang. Hyde und Taz tanzten durch die Hintertür herein. Sie trugen Metalleimer und streuten Rosenblüten. Sie tänzelten den Gang entlang, wackelten mit den Hüften und bewarfen die Gäste mit Rosenblüten. Alle lachten, während sie den Frauen zuzwinkerten und ein paar männlichen Gästen den Hinterkopf streichelten. Ihr Videograf Hawk Pennington, ebenfalls ein Dark Knight, filmte diskret alles mit. Es war typisch für die zwei, sich so etwas auszudenken.

Sie tanzten auf den Altar zu, machten anzügliche Bewegungen um Sasha, Birdie und Bobbie herum und streuten dabei Rosenblüten, was alle noch mehr zum Lachen brachte. Als das Lied zu Ende war, verbeugten sie sich, und während sie sich noch zu ihren Plätzen zurückbegaben, ertönte der »Hochzeitsmarsch« erneut.

Billie erschien am Ende des Gangs, am Arm ihres Vaters

und strahlend schön. Manny trug seine Lederweste, und seine Augen glänzten vor Stolz, während sie den Gang hinuntergingen. Billies dunkle Haare fielen in lockeren Wellen über die dünnen« Träger ihres atemberaubenden, ärmellosen Brautkleids aus Spitze. Es war sexy, elegant und genau das Richtige für Billie, mit einem tiefen Ausschnitt und einem Schlitz auf beiden Seiten des Rocks, der ihre Cowgirl-Stiefel enthüllte.

Billies Blick war fest auf Dare gerichtet, dessen Augen feucht wurden. Es war schwer, keinen Hauch von Eifersucht auf ihre Liebe zu verspüren, die so deutlich sichtbar war.

Sasha kamen die Tränen, als Billie zu ihm an den Altar trat und Treat Braden, Sohn eines der ältesten Freunde ihres Vaters, die Trauung vollzog. Die Zeremonie war wunderschön. Sie schaute zu Ezra hinüber, als Dare und Billie ihre Gelübde sprachen, und stellte fest, dass er sie mit einem liebevollen Blick ansah. Ihr Herz machte einen Satz. Das tat es in letzter Zeit häufig. Kaum zu glauben, dass sie erst seit einem Monat zusammen waren. Es kam ihr wie eine Ewigkeit vor.

»Du darfst die Braut jetzt küssen«, sagte Treat, wodurch Sashas Aufmerksamkeit wieder auf das wichtige Ereignis gelenkt wurde.

»Komm her, Frau.« Dare zog Billie an sich und küsste sie unter dem Jubel und Applaus der Anwesenden leidenschaftlich.

Er küsste sie so lange, dass sich Sasha schon fragte, ob die beiden nicht mal wieder Luft holen mussten.

Kein Auge im Zelt blieb trocken, als Dare »Dieser Tanz ist für Eddie« verkündete, bevor er mit Billie den ersten Tanz als

Ehepaar zu »Good Riddance (Time of Your Life)« antrat. Sasha stand mit Birdie und Bobbie neben der Tanzfläche und sah sehnsüchtig zu, wie Dare und Billie einander in die Augen sahen, miteinander flüsterten und sich küssten. Sie wünschte sich so sehr, so auch mit Ezra tanzen zu können. Ezras verstohlene Blicke verrieten ihr, dass er sich das Gleiche ersehnte.

Eine Stunde später war die Stimmung im Zelt auf Hochtouren. Paare tranken, tanzten und unterhielten sich. Sasha hatte immer noch nicht mit Ezra getanzt, aber sie waren heute besonders vorsichtig. Immerhin hatte sie auch Spaß daran, mit den Mädels zu tanzen. Und auch Flame hatte sie bereits aufgefordert. Sie war froh, dass zwischen ihnen kein böses Blut herrschte.

Als sie mit Birdie und Simone die Tanzfläche verließ, fragte Birdie: »Wie kommt ihr mit euren Elfenkostümen voran? Meins ist richtig süß.«

»Nicht süßer als das von Gus«, kommentierte Sasha. Sie sah Gus gerade mit zwei anderen kleinen Mädchen tanzen, während Ezra zuschaute. Ezra sah zu ihr herüber und seine dunklen Augen strahlten.

»Ich meine süß im Sinne von heiß«, erklärte Birdie, was Sasha zurück zu ihrer Unterhaltung holte. »Gus gewinnt natürlich garantiert den Süßestes-Kind-Preis.«

»Mein Kostüm ist süß im Sinne von *süß*«, meinte Simone. »Muss es denn sexy sein?«

»Auf keinen Fall«, versicherte Sasha ihr. »Immerhin verteilen wir Geschenke an Kinder.«

Birdie legte Simone eine Hand auf die Schulter und beugte sich verschwörerisch zu ihr hinüber. »Mit deinen wilden Locken und dem Hammerkörper bist du doch sowieso sexy.«

»Wilde Haare habe ich definitiv.« Simone sah zu Sashas und

Birdies Mutter und Tante hinüber, die in ihre Richtung unterwegs waren, und senkte die Stimme. »Aber einen Hammerkörper habe ich nicht.«

»Hast du doch«, bekräftigte Birdie.

»Hallo, Mädels«, begrüßte Sashas Mutter sie.

»Was macht ihr hier unter euch, wo doch so viele gut aussehende junge Männer anwesend sind?«, fragte ihre Tante Red Whiskey. Red sah mit ihren kurzen Haaren und den klugen Augen aus wie eine junge Sharon Osbourne. Genau wie Sashas Mutter war sie ebenso stark wie liebevoll und schlug sich schon ihr Leben lang mit widerspenstigen Bikern herum.

»Mit den meisten von denen sind wir verwandt«, erklärte Birdie.

»Nein, seid ihr nicht«, sagte ihre Mutter. »Nur mit den Wickeds und den Whiskeys.«

Birdie verschränkte die Arme. »Das stimmt, aber hast du meine drei Brüder vergessen, die zum wilden Stier werden, sobald sich mir ein Mann auch nur nähert? Mein Leben wäre um einiges leichter, hättest du nur Töchter bekommen.«

»Oh, Liebes. Da mussten wir alle durch«, schaltete sich Red ein. »Du musst lernen, unter dem Radar zu fliegen.«

Das habe ich längst gemeistert. Sasha verkniff sich ein Grinsen.

»Ermutige sie nicht auch noch«, meinte ihre Mutter. »Immerhin bin ich diejenige, die dann mit deinem Bruder klarkommen muss, wenn sie erwischt werden.«

»Das schaffst du schon.« Verschwörerisch senkte Red die Stimme. »Außerdem bist du im Rennen um Enkel ganz schön im Hintertreffen. Deine Kinder könnten einen Stupser in die richtige Richtung vertragen.«

Ihre Mutter lachte leise. »Ich werde meine Kinder nicht

dazu drängen, Babys zu bekommen. Sie sollen ihre Liebe ruhig erst mal eine Weile genießen. Außerdem kann ich doch jederzeit vorbeikommen und deine Enkel besuchen.«

Während sie über Enkel sprachen, sah sich Sasha nach Reds Kindern um, ihren Cousins aus Peaceful Harbor, Maryland. Bones kümmerte sich zusammen mit seiner Frau Sarah um seine Sprösslinge. Bullet und Bear hielten ihre Kleinen im Arm, während sie an der Bar standen und sich mit Doc und Rebels Brüdern Denver und Dallas unterhielten. Ihre Cousine Dixie war mit ihrem Mann Jace auf dem Weg zur Tanzfläche und ihr Babybauch wölbte sich sichtlich unter ihrem Kleid. Sasha spürte einen ungewohnten Schmerz und fragte sich, ob Birdie vielleicht doch recht hatte und ihre biologische Uhr langsam tickte.

»Was ist mit dir, Simone?«, erkundigte sich Red. »Gibt es bei dir jemanden?«

»Noch nicht«, antwortete Simone.

»Das kommt schon noch, Liebes«, sagte Red.

»Vielleicht früher, als du denkst«, warf ihre Mutter ein. »Ich habe vor einer Weile Marshall Dutch von dir erzählt und ihm berichtet, dass du dabei bist, Suchtberaterin zu werden.«

»Marshall? Wer ist das?«, fragte Simone.

»Das ist der heiße, grüblerische, tätowierte Kerl, der sich da gerade mit unseren Cousins Zeke und Zander unterhält«, klärte Birdie sie auf und zeigte auf ihn.

»Der ist wirklich sehr nett«, sagte Sasha. »Aber er hat eine Menge durchgemacht.«

»Haben wir das nicht alle?«, fragte Simone leise. »Was ist ihm zugestoßen?«

»Marshall ist vor ein paar Jahren im Roadhouse aufgetaucht und wollte einen Streit vom Zaun brechen, der seinem Leben ein Ende setzt, nachdem er seine Frau und ihr Neugeborenes verloren hatte«, erklärte ihre Mutter.

»Das ist ja schrecklich«, rief Simone aus.

»Ja, aber wir wissen alle, dass die Realität nicht immer nur hübsch und bunt ist«, sagte Wynnie. »Zu seinem Glück ist er auf die Dark Knights gestoßen. Wir haben ihm die Hilfe zukommen lassen, die er brauchte, um zu erkennen, dass sein Leben lebenswert ist. Mittlerweile leitet er Annie's Hope, ein Zentrum für seelische Gesundheit, das er in Upstate New York eröffnet hat, um das Vermächtnis seiner verstorbenen Frau zu bewahren.«

»Das ist toll, aber versuchst du etwa, mich loszuwerden?«, fragte Simone.

»Nein. Er hat dich von der anderen Seite der Tanzfläche aus bewundert, also habe ich ihn darüber aufgeklärt, wie wundervoll du bist«, sagte ihre Mutter.

Simone errötete. »Oh.«

»Na los, reden wir mit ihm.« Birdie nahm Simones Hand und zerrte sie auf Marshall zu.

Ihre Mutter seufzte. »Ich gehe lieber mit, um Birdie im Zaum zu halten.« Sie lief den beiden hinterher, sodass Red und Sasha allein zurückblieben.

»Na, das kann ja interessant werden«, meinte Red. »Dann erzähl mir doch mal, was es bei dir Neues gibt, Kleines. Ich habe dich mit Flame tanzen sehen. Er ist ein Leckerbissen. Hast du ihn auf dem Radar?«

Mein Kerl ist ein viel größerer Leckerbissen — aber verboten. »Flame ist nur ein Freund.«

Red runzelte die Stirn. »Triffst du dich mit jemand anderem?«

»Spionierst du für meine Mutter?« Sasha wusste, dass sich

die beiden Frauen alles anvertrauten, und würde Red daher nicht in ihre Geheimnisse einweihen.

»Nein. Ich spioniere nur für mich selbst. Da meine Kinder mittlerweile alle verheiratet sind und Diesel und Tracey ein Datum für ihre Hochzeit festgelegt haben, gibt es bei mir nicht mehr genug Klatsch und Tratsch.« Diesel war in Hope Valley aufgewachsen und jahrelang von einem Ort zum anderen gezogen, hatte sich dann jedoch in eine Kellnerin aus Reds Familienbar verliebt. Nun lebte er mit ihr in Peaceful Harbor. Die beiden wollten im Winter heiraten.

Sasha blickte zu Diesel und Tracey hinüber, die mit ihren Cousins und Cousinen plauderten, und log das Blaue vom Himmel herunter. »Ich treffe mich mit niemandem.«

»Vielleicht müssen wir mal die erste jährliche Hope-Valley-Junggesellenauktion ins Leben rufen. So sind Dixie und Jace zusammengekommen, und du weißt ja, dass sie schon ewig in ihn verknallt war. Mittlerweile gründen sie ihre eigene Familie.«

»Ich glaube nicht, dass eine Junggesellenauktion das Richtige für mich wäre, Tante Red. Aber danke für den Versuch.«

Red musterte die Menge. »Na gut, dann sehen wir mal, ob ich einen Mann für dich finde. Wie wär's mit einem der beiden süßen Typen, die bei der Hochzeit den Gang entlanggetanzt sind?«

»Hyde und Taz? Nein danke.«

»Okay. Ich hätte da noch ein paar Vorschläge.« Sie zeigte auf ein paar weitere Männer, doch Sasha lehnte alle ab. »Was verschweigst du mir?«

»Nichts. Warum?«

»Du sagst schon *Nein* zu den Männern, bevor du siehst, auf wen ich zeige. Das verrät mir, dass dein Herz bereits vergeben ist oder du darauf wartest, einem bestimmten Mann aufzufallen.«

»Bist du etwa die Singlefrau-Flüsterin?«

»Sagen wir einfach, ich habe eine Menge Erfahrung darin, zuzusehen, wie sich die Dinge entwickeln.«

»Tut mir leid, dich enttäuschen zu müssen, aber hier entwickelt sich gar nichts.« Sasha sah, wie Gus auf sie zu gerannt kam.

»Süße, komm und tanz mit mir und Daddy!« Gus ergriff ihre Hand.

Red zog eine Braue hoch. »Ich weiß ja nicht, Liebes, aber wie's aussieht, hat da bereits jemand einen ganz besonderen Platz in deinem Herzen.«

»Dieser kleine Mann hat uns allen an dem Tag, an dem er geboren wurde, das Herz gestohlen. Na komm, Gusto. Rocken wir die Tanzfläche.«

Dreiundzwanzig

Ezra konnte den Blick nicht von Sasha abwenden. Sie war einfach wunderschön in diesem pfirsichfarbenen Kleid, das ihre Kurven betonte, aber vor allem war es das Funkeln in ihren Augen, das nur er und Gus bei ihr auslösten und das seine Aufmerksamkeit gefangen hielt, als sie und Gus sich zu ihm auf die Tanzfläche gesellten.

»Ich habe gehört, du brauchst eine neue Tanzpartnerin«, sagte sie.

»Mein Sohn ist gut darin, mich zu verkuppeln. Er hat die hübscheste Frau des Abends ausgesucht. Du siehst wunderschön aus.«

»Danke. Du siehst auch wirklich gut aus. Fast so gut wie der kleine Kuppler.«

»Schau mal, Süße!« Gus drehte sich im Kreis und schwenkte dabei die Arme.

»Coole Moves, Gusto.«

»Mach mit!«, rief Gus.

Sasha drehte sich und schwenkte ebenfalls die Arme. »Na los, Ezra. Du auch.«

Während Gus sie durch eine Reihe alberner Bewegungen führte, die nur ein Fünfjähriger toll finden konnte, gab Sasha alles, folgte seinem Vorbild und ergänzte eigene witzige Moves. Sie tanzten zu einem halben Dutzend schneller Songs, alberten herum und wurden mit Gus' fröhlichem Kichern belohnt.

Dann kam ein langsamer Song und sie hob Gus hoch. »Meinst du, wir können deinen Daddy zu einem langsamen Tanz mit uns bewegen?«

»Niemand könnte mich davon abhalten.« Er hob Gus auf seine Hüfte und legte den anderen Arm um Sasha. Gus schlang einen Arm um Ezras Hals und den anderen um Sashas, sodass sie eng zusammenbleiben mussten. In diesem Augenblick hielt Ezra alles, was er je gewollt hatte, in den Armen. Er hätte alles dafür gegeben, dass dieser Song niemals endete.

Aber das tat er natürlich und kurze Zeit später wurde das Büfett eröffnet. Sie gingen zu einem Tisch, an den sich auch Rebel, Cowboy und Sully setzten. »Ist es okay, wenn wir uns zu euch gesellen?«, fragte Ezra.

»Na, klar doch«, erwiderte Cowboy.

»Danke.« Ezra zog einen Stuhl für Sasha heran.

»Ihr saht so süß aus, wie ihr zusammen getanzt habt«, kommentierte Sully.

»Mit Gusto im Arm sieht einfach jeder gut aus«, erklärte Sasha.

»Ich bin ein guter Tänzer«, rief Gus selbstbewusst, während er auf den Stuhl neben Sasha kletterte. »Wenn du willst, tanze ich nachher auch noch mit dir.«

»Das fände ich sehr schön«, meinte Sully.

»Du ziehst dir da einen kleinen Romeo heran, Moore«, warnte Cowboy.

»Ja, er hat es drauf. Ich sitze dann wohl neben dir, Rebel«, erwiderte Ezra, der sich zwischen Gus und Rebel setzte. »Wie läuft's?«

»Kann ich dir in einer Minute sagen«, grummelte Rebel und kippte seinen Drink hinunter.

Ezra spürte eine schwere Hand auf der Schulter, und als er sich umdrehte, stand Rebels ältester Bruder Denver hinter ihm, was Rebels plötzliches Unwohlsein erklärte. »Hey, Denver. Schön, dich zu sehen.«

»Ebenso.« Denver war etwa eins neunzig groß und wog gut zehn Kilo mehr als Rebel. Er hatte dunkle Haare und einen dichten Bart und war so ruppig, wie Rebel lässig war. »Wann schwingst du deinen Arsch mal wieder nach Hause, kleiner Bruder?«

»Dad, er hat ein böses Wort gesagt«, flüsterte Gus. »Will er etwas klarstellen?«

»Ja, Kleiner, das will ich.« Denver verschränkte die Arme vor der Brust und senkte das Kinn. »Ich habe dir eine Frage gestellt, Raleigh.« Raleigh war Rebels echter Name.

Rebels Blick blieb fest. »Die Antwort darauf hat sich seit gestern Abend nicht geändert.«

»Wird Zeit, mit dem Blödsinn aufzuhören und nach Hause zu kommen«, meinte Denver schroff.

»Finde dich einfach damit ab.« Rebel stand auf und ging.

»Gut gemacht, Denver«, kommentierte Sasha sarkastisch. »Warum musst du ihn ständig so bedrängen?«

Denver runzelte die Stirn. »Was habe ich denn gesagt? Wir vermissen ihn. Er gehört zu uns nach Hause.«

»Vielleicht hättest du das Gespräch damit beginnen sollen, dass ihr ihn vermisst«, schlug Ezra vor. »Er hat hier ein Leben, und es wäre vermutlich gut, wenn du das auch anerkennst.«

Denver rieb sich mit der Hand über das Gesicht. »Recht hast du. Danke.«

Als er wegging, ertönte um sie herum das Klirren von Silberbesteck auf Gläsern, was Dare und Billie dazu veranlasste, sich zu küssen. Dabei brauchte Dare nie einen Grund, um seine Frischangetraute zu küssen. Er gestikulierte, dass das Ganze wiederholt werden sollte, was zu Gelächter und weiterem Klirren führte.

Tiny stand auf, um eine Rede zu halten, und der Lärm verstummte. Dies war eines der wenigen Male, dass Ezra Tiny jemals ohne sein Bandana gesehen hatte. Seine grauen Haare waren nach hinten gekämmt und ordentlich geflochten, sein langer Bart wirkte gepflegt, und als er vor ihnen stand und ein Sektglas hochhielt, bedachte er Dare und Billie mit einem Blick, aus dem deutlich seine Liebe zu ihnen sprach. »Ich möchte allen dafür danken, dass ihr heute hergekommen seid, um Dares und Billies ersten Hochzeitstag zu feiern.«

Verwirrtes Murmeln brandete um sie herum auf. Ezra schaute Sasha fragend an. Sie zuckte mit den Schultern und schüttelte den Kopf. Selbst Wynnie blickte verwirrt drein.

»Wovon redest du da, alter Mann?«, fragte Dare. »Hast du einen Anflug von Alzheimer?«

»Nein, mein Sohn, aber jetzt behaupte nicht, du hättest vergessen, dass du und Billie letzten Sommer Treat reingeschmuggelt und ihn dazu gebracht habt, euch in derselben Scheune zu verheiraten, in der ihr euch heute das Ja-Wort gegeben habt.«

Ein kollektives Aufkeuchen erklang.

Billie zuckte zusammen. »Entschuldige, Mom.«

Alle lachten laut los.

»Woher weißt du davon?«, fragte Dare ungläubig.

»Ich frage mich, was er *sonst* noch weiß«, murmelte Bobbie recht laut, was weiteres Gelächter mit sich brachte.

Bobbies Blick zu Sasha entging weder Ezra noch Sasha,

denn Letztere schlug die Augen nieder und warf ihm einen kurzen besorgten Blick zu.

Tiny hob eine Hand, was die versammelten Gäste abermals zum Schweigen brachte. »Dare und Billie schleichen hier herum, seit sie sechs waren. Seht ihr diese grauen Haare?« Er zeigte auf seinen Kopf, dann auf Dare und Billie. »Da stehen überall eure Namen drauf.« Mehr Gelächter. »Ich werde nie den Tag vergessen, an dem mein kleiner Sohn in Shorts, Cowboystiefeln und Hut zu mir kam. Ohne Shirt, denn im Alter von sechs lief er lieber nackt als bekleidet herum. Jedenfalls verschränkte er die dürren Ärmchen und verkündete: *Dad, Billie Mancini hat mich geküsst und einen Dummkopf genannt. Irgendwann heirate ich sie.*«

Gerührtes Seufzen erklang und Wynnie legte sich eine Hand aufs Herz. Ezra blickte zu Sasha hinüber und wünschte sich, er könnte ihr sagen, dass er genau *das* vor all diesen Jahren für sie empfunden hatte.

»Ich weiß natürlich, dass Kinder viel erzählen, wenn der Tag lang ist«, fuhr Tiny fort. »Aber wenn ein Whiskey jemandem sein Herz schenkt, gibt es für ihn keine andere mehr, und für Dare gab es immer nur Billie.«

»Stalker«, sagte Cowboy und tarnte es mit einem übertriebenen Husten und um sie herum wurde gegluckst und gekichert.

»Man sagt, wenn der eigene Sohn heiratet, wird seine Frau in die Familie aufgenommen.« Tiny sah Billie an. »Aber du, Darling, warst bereits vor deiner Geburt Teil der Familie. Es gibt keine Frau, die besser geeignet wäre, keine andere, die stark oder wild genug wäre, um die Old Lady meines Sohns zu werden. Es ist mir eine Ehre und ein Privileg, dich unsere Schwiegertochter nennen zu dürfen. Ich bitte dich nur, eins nicht zu vergessen.« Er hielt kurz inne und seine Augen funkelten vergnügt. »Wynnie und ich nehmen ihn nicht mehr zurück.«

Gelächter erfüllte das Zelt.

Cowboy legte einen Arm um Sully. »Siehst du, worauf du dich hier einlässt, Liebling?«

Liebevoll sah sie ihn an. »Ich würde es gar nicht anders haben wollen.«

Tiny hob das Glas. »Auf Billie und Dare. Möge ihre Liebe stark bleiben, ihre Herzen treu, und mögen ihre Babys mit ihnen das machen, was sie uns angetan haben!«

Während weiteres Gelächter und Jubelrufe ertönten, sehnte sich Ezra danach, derjenige zu sein, dem solch eine Rede zuteilwurde. Er legte den Arm um Gus und strich mit den Fingern über Sashas Schulter. Ihr Blick suchte seinen. Es war gut, dass er saß, denn die Gefühle, die darin schimmerten, trafen ihn wie ein Blitzschlag.

Gus strahlte zu Sasha hoch. »Wenn ich so groß wie Dare bin, heiratest du mich dann?«

»Ich werde dich immer lieben, Gusto, aber ich bin zu alt für dich«, erklärte Sasha liebevoll. »Eines Tages wirst du jemanden kennenlernen, den du noch mehr liebst als mich. Diese Person solltest du dann heiraten. Aber ich werde zu deiner Hochzeit kommen.«

»Vielleicht könntest du ja meinen Dad heiraten und stattdessen meine Mom werden.«

Ihr Blick zuckte kurz zu Ezra, und bevor er einschreiten konnte, fragte sie: »Wie wär's, wenn ich einfach deine Süße bleibe?«

Während Manny eine Rede hielt, beschloss Ezra, dass es so nicht weitergehen konnte. Auf die eine oder andere Weise würde er die Sache klären und einen Weg finden, wie sie zusammen sein konnten.

Weitere Trinksprüche folgten, das Abendessen wurde verspeist und die Torte angeschnitten. Es wurde getanzt und gelacht, und Ezra unterhielt sich mit ein paar Dark Knights, die er schon ewig nicht mehr gesehen hatte. Im Laufe des Abends lichtete sich die Menge und Dare trommelte die Jungs für ein paar Shots an der Bar zusammen.

»Auf lange, lustvolle Nächte, in denen ihr euch verausgabt«, prostete Taz ihm zu und alle tranken.

Ezra stellte sein Shotglas auf die Bar und warf einen Blick zu Gus hinüber, der auf Peps Schoß saß und kurz davor war, einzunicken. »Das war's für mich, Jungs. Ich muss meinen Sohn nach Hause bringen.«

»Nur noch einen Shot. Wir müssen einen auf Cowboy trinken.« Dare schlug Cowboy auf den Rücken, während Taz die Shotgläser füllte. »Er ist als Nächstes an der Reihe.«

»Wie fühlst du dich angesichts des bevorstehenden Mühlsteins um deinen Hals?«, fragte Hyde.

»Ich freue mich drauf«, erwiderte Cowboy.

»Hab's schon durch. Viel Spaß damit«, kommentierte Rebel.

»Ich halt mich da auch lieber raus«, sagte Doc.

»Was ist mit dir, Kumpel?« Taz reckte das Kinn in Ezras Richtung. »Denkst du, du traust dich irgendwann noch mal?«

Ezra ließ den Blick zu Sasha wandern, die neben der Tanzfläche mit einigen Frauen plauderte. »Bei der richtigen Frau könnte ich es mir schon vorstellen.«

Doc kniff die Augen zusammen. »Ach ja?«

Doc benahm sich schon den ganzen Abend sehr seltsam. »Ja, ich denke schon. Und du willst wirklich niemals heiraten?«

Doc schnaubte abfällig. »Nee. Ich kann auf die Kopfschmerzen verzichten, die mit Beziehungen verbunden sind.«

»Bei der richtigen Frau änderst du deine Meinung vielleicht«, meinte Ezra.

»Gib dir keine Mühe.« Cowboy winkte ab. »Doc ist so gegen Beziehungen, wie ein Mann nur sein kann. Ich hingegen kann es kaum erwarten, heute Abend mit meiner Süßen nach Hause zu kommen. Also, trinken wir den Shot jetzt endlich?«

Sie hoben ihre Gläser und Dare verkündete: »Auf das Beste, was dir passieren kann, Bruderherz. Auf Cowboys Mühlstein.«

Alle hoben ihr Glas. »Auf Cowboys Mühlstein.« Sie tranken aus.

»Glückwunsch, Dare.« Ezra klopfte Dare auf die Schulter und umarmte ihn. »Wenn jemals zwei Menschen füreinander bestimmt waren, dann ihr zwei.«

»Danke, Mann«, erwiderte Dare. »Und danke, dass dein Gus unser Ringträger sein durfte.«

Ezra verabschiedete sich, doch als er gehen wollte, trat Doc neben ihn und nahm seinen Arm. »Wir müssen reden.«

Ezra riss sich von ihm los, als sie das Zelt verließen. »Was soll das, Doc?«

»Ich will dich davon abhalten, meiner Schwester das Herz zu brechen.«

Verdammt. Er versuchte, cool zu bleiben. »Wovon redest du da?«

»Als ich gestern Abend nach Hause gekommen bin, habe ich gesehen, wie sie sich bei dir rausgeschlichen hat.«

»Wir …«

»Lass es einfach«, fauchte Doc. »Ich bin nicht blöd. Was denkst du dir eigentlich? Tiny ist der Clubpräsident und du gehst mit seiner Tochter ins Bett.«

Ezra straffte die Schultern und wurde immer wütender. »Es geht Tiny nichts an, mit wem ich schlafe, und dich auch nicht. Aber es ist nicht so, wie du denkst.«

»Ich *denke*, dass du hier Blödsinn übers Heiraten faselst, während du dich heimlich mit meiner Schwester triffst, als wäre sie ein billiges Flittchen.«

Seine gesamte aufgestaute Wut entlud sich und er kam Doc bedrohlich nahe. »Wag es nicht, so über sie zu reden. Sasha ist mir wichtig, und ich versuche, meinen Sohn zu schützen.«

»Du hast der Bruderschaft treu zu sein.«

»Ich *bin* dem Club treu, verdammt noch mal, aber Gus wird *immer* oberste Priorität haben.« Er sah, wie Sasha sie vom Zelteingang aus beobachtete. »Hör mal, ich versuche, alles auf die Reihe zu bekommen, daher bitte ich dich von Bruder zu Bruder, darauf zu vertrauen, dass ich Sasha niemals schaden würde, und dich um deine eigenen Angelegenheiten zu kümmern. Aber tu, was du tun musst.« Er stakste zurück zum Zelt, wobei er sich fühlte, als würde er gleich explodieren.

Sasha eilte zu ihm. »Was war das denn?«

»Er hat gestern Abend gesehen, wie du aus meiner Hütte gekommen bist.«

»*Verdammt.* Ich hab mir auch eingebildet, seinen Wagen gesehen zu haben.«

»Er ist angepisst. Vielleicht erzählt er es deinem Vater.«

»Einen Teufel wird er tun.« Sie stürmte auf ihren Bruder zu. »Doc!«

Doc drehte sich um, und Ezra lief hinter ihr her, aber sie redete bereits wütend auf ihn ein.

»Was zwischen mir und Ezra passiert, geht dich nichts an, und wenn du Dad davon erzählst, werde ich *nie wieder* ein Wort mit dir sprechen.«

Doc kniff die Augen zusammen. »Ich versuche, dich vor Schmerzen zu bewahren. Diese Regeln gibt es aus einem guten Grund. Das wird für keinen von euch ein gutes Ende nehmen.«

»Weißt du was?«, entgegnete sie in einem seltsamen Tonfall. »Diese Regeln gibt es, weil *dir* das Herz gebrochen wurde. Es tut mir sehr leid, dass es mit dir und Juliette nicht geklappt hat. Ich weiß, dass das sehr schmerzhaft gewesen sein muss, denn du warst danach nie wieder derselbe. Aber Ezra ist nicht du, und ich bin nicht Juliette, also halt dich zum Teufel noch mal aus meinem Privatleben raus.« Sie stürmte an Ezra vorbei ins Zelt und sah dabei aus, als würde sie entweder gleich jemanden schlagen oder weinen.

Es machte Ezra fertig, dass er sie nicht in die Arme nehmen und ihr versichern konnte, alles würde wieder gut werden.

Als Ezra Gus ins Bett steckte, schlief er bereits. Und das war auch gut so, denn Ezra war mit seinen Gedanken ganz woanders. An diesem Abend waren zu viele Leute da gewesen, als dass er mit Sasha über den Vorfall mit Doc hätte reden können. Gus hatte ihr noch Gute Nacht sagen wollen, und er hatte sie gebeten, ihm eine Gutenachtgeschichte vorzulesen. Ezra hatte gehofft, danach mit ihr reden zu können, aber sie hatte Gus freundlich abgewiesen und behauptet, beim Empfang bleiben zu müssen. Ezra wusste, dass sie wahrscheinlich nur vorsichtig war, aber er machte sich Sorgen. Er hatte noch keinen festen Plan, und es würde einige Zeit dauern, sich den nächsten Schritt zu überlegen. Doch er dachte darüber nach, ob er Doc zuvorkommen und als Erster zu Tiny gehen sollte, allerdings gab es noch zu viele offene Fragen, um Sasha in diese Lage zu bringen.

Er setzte sich an den Computer und tippte auf die Tastatur. Der Vortrag, den er und Sasha für das Netzwerkdinner am nächsten Wochenende zusammengestellt hatten, war noch auf dem Bildschirm zu sehen. Er spürte einen Druck in der Brust. Zwar war er schon immer von ihr beeindruckt gewesen, aber nach der gemeinsamen Arbeit am Vortrag hatte er ganz neuen Respekt vor ihrem Fachwissen und ihrer Kompetenz. Sie hatten eine gemeinsame Präsentation erstellt, die nahtlos ineinander überging und sich so natürlich anfühlte wie ihre Beziehung. Er freute sich darauf, mit ihr gemeinsam die Ranch zu vertreten.

Doch jetzt fragte er sich, ob er zu dem Zeitpunkt überhaupt noch einen Job haben würde.

Kurze Zeit später klopfte es an seine Tür. Er straffte die Schultern und machte sich auf eine Konfrontation gefasst. Als er jedoch die Tür öffnete, stellte er erleichtert fest, dass es Sasha war. Allerdings wirkte ihr Gesichtsausdruck zögerlich und sie runzelte die Stirn.

»Hi. Ich dachte nicht, dass du heute noch vorbeikommst.«

Sie rang die Hände. »Ich war mir nicht sicher, ob du mich noch sehen willst.«

»Natürlich will ich das.« Er nahm ihre Hand, zog sie hinein und schloss die Tür.

»Tut mir leid, dass ich Gus abgewimmelt habe, aber ich wollte keinen Verdacht erregen.«

»Das ist schon okay. Er ist eingeschlafen, sobald sein Kopf das Kissen berührt hat. Hat Doc noch irgendetwas zu dir gesagt?«

»Nein. Er ist mir aus dem Weg gegangen. Was sollen wir machen, wenn er es meinen Eltern erzählt, Ezra?«

»Ich weiß es noch nicht, aber wenn das passiert, kümmere

ich mich darum.« Er konnte ihr nicht die Welt versprechen, aber er wollte ihr die Sorgen nehmen oder sie zumindest so weit besänftigen, dass er sie lächeln sah, bevor sie seine Hütte wieder verließ. Er führte sie ins Wohnzimmer. »Ich weiß nicht, ob unser Kartenhaus morgen, übermorgen oder in einem Monat einstürzt, und ich will nicht den Rest der Nacht mit Mutmaßungen zubringen. Ich habe gerade den Abend damit verbracht, die Frau, die ich anbete, mit anderen Männern tanzen zu sehen. Wir machen uns jetzt also keine Sorgen darüber, dass unser Leben implodieren könnte, oder wegen irgendwelcher anderen Dinge, über die wir keine Kontrolle haben.«

Er zog sein Handy aus der Tasche, suchte den Song heraus, der ihn immer an Sasha erinnert hatte, und dämpfte das Licht.

Ein Lächeln vertrieb die Schatten aus ihrem Blick. »Was machst du da?«

»Ich werde mit meinem Mädchen tanzen.« Er startete das Lied und legte das Handy auf dem Couchtisch ab. Dann zog er Sasha in seine Arme und sah ihr tief in die Augen, während »In Case You Didn't Know« lief. Leise sang er die Worte mit, die all das ausdrückten, was er für sie empfand.

Vierundzwanzig

»Der Laden ist super. Hier gibt's wirklich von allem etwas. Wie hast du ihn gefunden?« Sasha nahm im Luxe Looks ein weiteres Kleid von der Stange. Es war Mittwochabend, und sie waren dabei, ein Kleid für das Netzwerkdinner für sie auszusuchen.

»Der Besitzer ist in meinem Hot-Yoga-Kurs«, erklärte Birdie. »Ich wusste, er würde dir gefallen.«

»Der Laden gehört einem Mann? Der hat ja echt guten Geschmack«, meinte Bobbie.

»Ja, den hat er. Immerhin verbringt er Zeit mit *mir*.« Sie wackelte mit den Schultern.

Sasha zog eine Augenbraue hoch. »Gehst du mit ihm aus?«

»Schön wär's.« Birdie winkte ab. »Er hat alles, was ich bei einem Mann toll finde. Groß und kräftig, witzig und ein bisschen unkonventionell. Aber er steht auf Männer, und ich bin keiner, daher habe ich bei ihm keine Chance. Ich glaube, ich werde das Datingprofil benutzen, was ich bei Cowboy Cupid für dich erstellt habe.«

»Ernsthaft?«, fragte Sasha.

»Warum nicht? Ich habe sowieso einen falschen Namen eingegeben.« Sie tätschelte ihre Haare. »Sehe ich für dich nicht aus wie eine Ranchhelferin namens Samantha?«

»Musste man für das Profil nicht ein Foto hochladen?«, fragte Bobbie.

Birdie grinste. »Ich habe ein schwarzweißes Cartoonbild genommen, die Haarfarbe ist daraus also nicht ersichtlich.«

»Okay. Aber warum hast du behauptet, ich wäre Ranchhelferin?«, erkundigte sich Sasha.

»Das war nur zu deinem Schutz. Hier in der Gegend gibt es nicht viele Pferdetherapeutinnen, dadurch wärst du also leicht aufzuspüren gewesen.«

»Brillant«, rief Bobbie. »Aber ich bezweifle, dass das Profil ohne ein echtes Foto sonderlich viel Interesse erregt.«

»Du wärst überrascht«, meinte Birdie. »Männer sind wie Hundewelpen. Sie wollen Leckerchen, sind aber nicht besonders wählerisch, von wem sie sie erhalten. Leg ihnen eine Spur und sie bleiben mit der Nase am Boden, bis sie sie erschnüffelt haben.«

»*Iiih*. Ich möchte nicht, dass du dich mit solchen Männern abgibst.« Sasha fragte sich, ob sie ihre jüngere Schwester besser im Auge behalten musste.

»Ich habe doch nicht behauptet, dass ich es mache.«

»Und so sollte es auch bleiben, sonst erzähle ich es Cowboy«, warnte Sasha.

»Vergiss, was ich gesagt habe. Du bist ja so eine Spielverderberin.« Birdie hielt ein glänzendes rosa Kleid hoch, das auf der einen Seite ärmellos und auf der anderen schulterfrei war. Der Rock war in der Taille gerafft und hatte auf einer Seite einen lächerlich hohen und breiten Schlitz. »Was hältst du von dem?«

»Das ist nicht mein Stil«, erklärte Sasha.

»Wirklich nicht?« Birdie bewunderte das Kleid. »Ich glaube, du würdest darin gut aussehen.«

»Sasha, in dem hier würdest du heiß aussehen.« Bobbie hielt

ein schwarzes Minikleid mit weißen Manschetten und einem weißen Kragen hoch.

»Sie will ihren Kerl antörnen und ihm nicht zeigen, wie er seinen Bibliotheksausweis benutzt.« Birdie winkte ab.

»Ich würde wetten, dass sehr viele Männer von Frauen fantasieren, die nicht das Bedürfnis haben, ihre Vorzüge so zur Schau zu stellen«, merkte Bobbie an. »Ihr kennt doch die Redewendung *Auf der Straße eine Lady, im Bett ein wilder Feger.*«

Sasha lachte. »Das mag sein, aber ich glaube, ich kann schon ein bisschen reizvoller auftreten, immerhin weiß mein Kerl bereits, was ihn im Bett erwartet.«

»Na, endlich mal ein paar Details!« Birdie eilte zu Sasha und schob dabei einen Einkaufswagen vor sich her, der bereits voller Kleider war. »Wie ist er denn so im Bett?«, fragte sie leise und drängend. »Ich wette, er hat eine dominante Seite. Stellt er sich gut an? Bestimmt, sonst würdest du es nicht riskieren, Mom und Dad auf die Palme zu bringen.«

»Ich glaube, du verstehst da was falsch«, widersprach Bobbie. »*Sasha* muss großartig im Bett sein, da *er* alles für sie riskiert. Besonders nach dem, was Doc bei der Hochzeit gesagt hat.«

Sasha wurde ein wenig übel. Nach der Konfrontation war sie so aufgewühlt gewesen, dass sie sich den beiden anvertraut hatte. »Ich kann immer noch nicht fassen, dass er gesehen hat, wie ich aus Ezras Hütte gekommen bin. Beim Frühstück am Morgen nach der Hochzeit hatten wir fest mit Ärger gerechnet, aber alle haben sich ganz normal verhalten. Na gut, alle bis auf Doc. Er zeigt mir seitdem die kalte Schulter, und das finde ich furchtbar.«

»Muss unangenehm sein, wo du doch so eng mit ihm zusammenarbeitest«, meinte Bobbie mitfühlend.

»Es ist schrecklich. Wenn wir uns am Morgen treffen, nachdem ich meine Runde gemacht habe, sieht er aus, als könnte er meinen Anblick nicht ertragen. Ich denke ständig an das, was er gesagt hat, und ich weiß, er macht sich Sorgen, dass ich verletzt werden könnte. Aber warum bestraft er *mich* dafür?«

»Bestraft er dich denn? Oder macht er sich einfach nur Sorgen um dich?«, fragte Bobbie.

»Das weiß ich nicht, aber es fühlt sich wie eine Bestrafung an, weil er so böse auf mich ist.«

»Vielleicht hat er das Gefühl, dafür bestraft worden zu sein, sich damals in Juliette verliebt zu haben«, überlegte Bobbie laut. »Ihr habt doch die Gerüchte gehört, dass Juliettes Vater gesagt haben soll, er würde ihn zerstören. Und du und Ezra, ihr tut genau das, was er getan hat. Nur dass sie es nicht geheim gehalten haben.«

»Da könntest du recht haben«, erwiderte Birdie. »Aber ich vermute, es liegt daran, dass er Sasha nicht kontrollieren kann. Er hatte uns immer fest im Griff, aber diesmal hat sie ihm die Hölle heißgemacht. Ich bin stolz auf dich, Schwesterherz.«

»Ich bin auch stolz auf mich, aber Doc und ich haben uns immer nahegestanden, und ich finde es wirklich grässlich, dass er so wütend auf mich ist.«

Bobbie nahm ein Kleid von der Stange und begutachtete es. »Glaubst du, er ist verletzt, weil du ihn ausgeschlossen hast? Oder ihm nicht genug vertraut hast, um es ihm zu erzählen?«

»Warum würde ich Doc *jemals* willentlich erzählen, mit wem ich schlafe?«

»Würdest du natürlich nicht.« Bobbie hängte das Kleid wieder auf. »Ich weiß auch nicht, was ich mir dabei gedacht habe.«

»Du hast überhaupt nicht nachgedacht. Wir wären verrückt, irgendeinem unserer Brüder von unserem Privatleben zu erzählen«, sagte Birdie.

»Ich weiß nicht, was ich tun soll«, gestand Sasha. »Ich habe Angst, Doc könnte etwas ausplaudern, und bin deshalb schrecklich nervös. Und ich hasse es, Mom und Dad anzulügen. Aber vor allem will ich Ezra die ganze Zeit nahe sein und das geht nicht. Ich darf nicht seine Hand halten, ihn nicht anfassen, gar nichts.«

»Das muss schwer sein. Aber wie soll es jetzt weitergehen?«, fragte Bobbie.

»Darüber grüble ich nach, und ich weiß, dass er es ebenso tut, aber ich will ihn nicht bedrängen. Es ist ja nicht so, als könnte er einfach kündigen und von der Ranch wegziehen, ohne Gus' gesamtes Leben auf den Kopf zu stellen.« Ein schmerzhafter Knoten ballte sich in ihrem Magen. »Ich kann jetzt nicht weiter darüber reden. Konzentrieren wir uns einfach darauf, ein tolles Kleid zu finden.«

»Hey, hat Ezra seine Meinung darüber geändert, die Nacht in Colorado Springs zu verbringen?«, fragte Bobbie. »Dann hättet ihr zumindest dort eine gemeinsame Nacht.«

»Wir fahren zusammen hin, aber ich habe ihn nicht noch mal wegen der Übernachtung gefragt. Ich würde ja gern dort übernachten, aber bei allem, was in letzter Zeit mit Tina vorgefallen ist, wollte ich nicht darauf beharren. Ich hoffe irgendwie, er spricht es von sich aus an, denn eine ganze Nacht in Freiheit wäre fantastisch.«

»Ihr könnt euch immer noch ein Hotelzimmer für ein paar Stunden mieten, tollen Sex haben und *so tun*, als hättet ihr Zeit, selbst wenn ihr nicht die ganze Nacht bleibt.« Bobbie legte sich ein weiteres Kleid über den Arm.

»Warum ist eine Nacht in einem Hotelzimmer anders, als zusammen Zeit in deiner Hütte zu verbringen?«, fragte Birdie. »Niemand weiß, was ihr in euren Häusern treibt. Gut, Doc hat dich beim Gehen gesehen, aber es ist ja nicht so, als hätte er Kameras in der Hütte angebracht.«

»Das stimmt, aber so müssen wir uns nicht wegen jeder Kleinigkeit Gedanken machen. Wir müssen uns nicht verstecken oder vor Morgengrauen jeder in sein eigenes Haus zurückschleichen. Und wir können gemeinsam in der Öffentlichkeit frühstücken und händchenhaltend durch die Stadt spazieren, wenn wir das wollen. Mir war nie klar, wie bedeutsam diese Kleinigkeiten sind, aber mit ihm will ich sie unbedingt erleben.«

»Hast du den Verstand verloren?« Birdie sah sie ungläubig an. »Ich wette, die meisten Leute, die zu diesem Dinner kommen, bleiben übers Wochenende, und ihr zwei haltet einen Vortrag, daher werden alle wissen, dass ihr zusammenarbeitet. Du weißt doch, wie gut vernetzt Dad ist. Ich könnte schwören, dass er seine Augen und Ohren überall hat. Es ist also nicht so, als könntet ihr dort rumknutschen und Händchen halten, ohne dass er und Mom davon erfahren. Ich würde das an deiner Stelle nicht riskieren.«

Sasha blickte zur Decke und ließ enttäuscht die Schultern sinken. »*Jetzt reicht's.* Ich packe Ezra und Gus ein und ziehe nach Upstate New York. Ezra kann sich den dortigen Dark Knights anschließen und für Annie's Hope arbeiten und ich finde einen Job auf einer Ranch in der Gegend.«

»Und weinst dich jede Nacht in den Schlaf, weil du mich vermisst«, ergänzte Birdie, während sie ein weiteres Kleid in den Wagen packte.

»Denk gar nicht erst dran, Sasha. Mich würdest du auch

höllisch vermissen.« Bobbie grinste breit.

»Ich find's schrecklich, wenn ihr recht habt.« Sie seufzte. »Schätze, es bleibt dabei, dass ich nur heimlich tollen Sex mit dem Mann meiner Träume haben kann.«

»Zumindest wirst du dabei gut aussehen. Na los. Zeit für eine Modenschau.« Birdie schob den Wagen weiter.

Sasha linste hinein. »Wie viele Kleider hast du denn da drin?«

»Genug, um eins zu finden, das der wählerischsten Frau der Welt gefällt. Keine Sorge.« Birdie ging in Richtung Umkleidekabine. »Die werden alle toll an dir aussehen. Ich habe einen fantastischen Geschmack.«

»Ich habe gesehen, wie sie das glänzende rosa Kleid reingepackt hat«, flüsterte Bobbie.

»Na *super*.« Sashas Sarkasmus brachte ihr einen bösen Blick von Birdie ein, woraufhin sie und Bobbie lachen mussten.

Birdie ließ Sasha so viele glänzende, funkelnde und bunte Kleider anprobieren, dass Sasha langsam die Hoffnung verlor, irgendetwas zu finden, das Professionalität und Verführung ausstrahlte, ohne dabei zu bemüht zu wirken.

»Probier das mal.« Bobbie schob ihr ein Kleid durch den Vorhang zu. »Es hat lange Ärmel, aber in Bankettsälen ist es immer recht kühl.«

Sasha hielt das rot-braune Wickelkleid hoch. »Es ist wunderschön und traumhaft weich, aber diese Farbe habe ich noch nie getragen. Ich hoffe, ich sehe darin nicht zu blass aus.« Sie probierte es an und war erstaunt, wie toll es passte und wie elegant sie sich darin fühlte. Sie schob den Vorhang zurück und Birdie und Bobbie keuchten auf.

»Wow«, murmelte Birdie. »Du siehst unglaublich aus.«

»Ezra wird den Verstand verlieren«, ergänzte Bobbie.

Sasha atmete tief ein und konnte sich das Lächeln nicht verkneifen. »Das hoffe ich. Ist der Ausschnitt zu tief?«

»Nein. Aber zieh es ein kleines Stück höher. Ich zeig's dir.« Bobbie löste den Knoten, den Sasha über ihrer Hüfte gebunden hatte, zog den Stoff etwas fester und höher und band ihn neu, bevor sie Sasha zum Spiegel drehte. »Siehst du? Und du brauchst einen Plunge-BH.«

»Die verkaufen sie ein Stück die Straße runter bei Heidi's Lingerie«, erklärte Birdie.

Sashas Herz machte einen Satz, als sie sich umdrehte und die Art und Weise bewunderte, wie das Kleid sie an all den richtigen Stellen umschmeichelte. »Ich glaube, ich habe mich noch nie so schön gefühlt.«

»Weil du eben komisch bist«, behauptete Birdie. »Kleider machen dich nicht schön. Sie verstärken nur deine natürliche Schönheit. Du warst schon immer schön. Das sind wir alle.«

»Du hättest Cheerleaderin werden sollen«, meinte Bobbie.

»*Pff.* Und dasselbe wie alle machen?« Birdie winkte ab. »Nein danke.«

»Birdie hätte jeden Cheerleaderspruch umgeschrieben. Stimmt's, Schwesterherz?«

»Genau. *Auf, auf, Sasha.*« Sie klatschte in die Hände und betonte jedes Wort, wie es bei den Cheerleader-Gesängen üblich war. »*Bezahl das Kleid, denn deine Schwester ist das Warten leid, sie will jetzt 'ne Margarita.*«

Sasha und Bobbie lachten. »Das ist ja mal was Neues«, meinte Bobbie.

»Was? Ihr Cheerleaderspruch?«, fragte Sasha.

»Nein. Dass ich tatsächlich mal falsch lag«, erklärte Bobbie.

»Dann erinnere ich dich mal an damals, als du mir erzählt hast, dass wir alle Vampire wären, wenn wir unsere Periode bekommen«, rief Sasha ihr in Erinnerung.

Birdie lachte prustend, und während sie sich an witzige Begebenheiten aus ihrer Jugend erinnerten, machte Sasha ein Foto von sich im Kleid und schickte es Ezra.

Sasha: *Dachte, du willst vielleicht gern sehen, was ich beim Netzwerkdinner tragen werde.*

Ezra schickte drei Flammen-Emojis zurück.

Ezra: *Wie soll ich denn zusammenhängend über etwas reden, wenn ich dir eigentlich das Kleid mit den Zähnen herunterreißen will?*

Ja. Es war wirklich das perfekte Kleid.

Fünfundzwanzig

Der Bankettsaal des Hotels war voller elegant gekleideter Menschen, die auf der Netzwerkveranstaltung Informationen austauschten und um Kontakte buhlten. Ezra wartete an der Bar auf seinen Drink und beobachtete währenddessen Sasha dabei, wie sie mit einigen Leuten plauderte. In dem rot-braunen Kleid, das ihre Kurven betonte, sah sie umwerfend aus. Bei ihrem Anblick lief ihm das Wasser im Mund zusammen. Ihr Vortrag war gut angekommen, und es hatte Spaß gemacht, die Präsentation gemeinsam mit ihr zu halten. Sie waren genauso gut aufeinander eingespielt gewesen wie im Schlafzimmer, hatten gegenseitig ihre Sätze beendet, zu interessanten Fragen angeregt und sogar ein paar Lacher aus dem Publikum bekommen. Alles war so harmonisch verlaufen, dass er sich mehr denn je eine Zukunft mit ihr wünschte. Aber dafür musste er barfuß über Glasscherben und durchs Feuer laufen. Wozu er natürlich sofort bereit wäre, würde nicht dasselbe für Gus gelten.

»Bitte sehr, Sir.« Der Barkeeper stellte das Glas vor ihm ab.

»Danke.« Ezra legte einen Zwanzig-Dollar-Schein auf den Tresen und trank einen Schluck, während er sich auf den Weg zurück zu Sasha und den anderen machte.

Sie warf ihm einen verführerischen Blick zu und leckte sich

die Lippen. *Du weißt, dass ich dich will, Baby.* Den ganzen Abend über hatten sie einander geneckt, heimliche Blicke und subtile Anspielungen ausgetauscht, die mit der Zeit immer heißer wurden. Es juckte ihn, dieses Verlangen zu befriedigen. Sasha hatte vorgeschlagen, die Nacht zusammen im Hotel zu verbringen, und obwohl es ihn immer noch nervös machte, so weit weg von Gus zu sein, schwand seine Entschlossenheit mit jedem koketten Blick.

Als er sich zu der Gruppe gesellte, liefen mehrere Gespräche, aber er hörte nur die stummen Nachrichten, die er und Sasha miteinander austauschten. Ihr Blick wanderte über seine Brust, folgte seiner Krawatte abwärts und verweilte unterhalb seines Gürtels. Seine Männlichkeit richtete sich auf und sie schmunzelte triumphierend.

Verflucht noch mal.

Während die anderen über die Wirtschaft und die Schwierigkeiten beim Wachstum ihrer Unternehmen sprachen, legte er eine Hand auf Sashas Rücken, beugte sich zu ihr herüber und senkte die Stimme. »Wenn du mich weiter so anschaust, lege ich dich über einen Tisch und nehme dich gleich hier.«

Ihr Blick loderte. »Tja, das wäre eine Möglichkeit, das Beste aus den Umständen zu machen. Aber ich würde gern noch etwas trinken. Ich bin heute Abend besonders *durstig*. Es macht dir doch nichts aus, wenn ich von dir einen Schluck nehme, oder?« Sie griff nach seinem Glas und trank davon. »Köstlich.« Er keuchte überrascht, als sie die Kirsche aus seinem Drink nahm und in den Mund saugte. »*Mmh.* Was gibt es Besseres als eine in Alkohol getränkte Kirsche?«

Seine kleine Verführerin wusste genau, was sie mit ihm anstellte. Jetzt dachte er gerade daran, wie sie weit gespreizt auf dem Bett lag, während er den Drink von ihrem Körper lutschte.

»Habe ich dir schon mal meinen alten Partytrick gezeigt?« Ezra nahm ihr den Stiel der Kirsche ab, steckte ihn in den Mund, knotete ihn geschickt mit der Zunge zusammen und schob ihn dann zwischen den Zähnen hervor, um sich an ihren geröteten Wangen zu erfreuen.

»Wow«, kommentierte ein Banker namens Joe. »Ich wette, mit dem Trick haben Sie am College alle Mädels abbekommen.«

»Täuschen Sie sich mal nicht, Joe. Dieses Können wissen Damen aller Altersgruppen zu schätzen.« Die attraktive Brünette reichte ihm die Hand. »Ezra, richtig?«

Er schüttelte ihr die Hand. »Ja, und das ist meine Kollegin Sasha Whiskey.«

»Ich bin Nora Winkler. Ich leite die Marketingabteilung von Skyline Advertising in Denver. Ihr Vortrag über die Redemption Ranch hat mir sehr gefallen. Klingt, als wäre das ein ganz besonderer Ort.«

»Danke. Wir hoffen sehr, dass wir Dinge bewegen und Menschen und Tieren helfen können«, sagte er.

»Nora kennt sämtliche neuen Werbetrends«, erklärte Joe. »Sie hat mir gerade davon erzählt, welche Wunder TikTok für einige ihrer Klienten wirkt.«

»Wirklich?«, fragte Ezra. »Ich dachte, diese Plattform dient eher der Unterhaltung.«

»Zu viel Unterhaltung«, mischte sich Justine ein, die als Personalleiterin arbeitete. »Unsere Mitarbeiter vergeuden damit viel zu viel Zeit.«

»Darum ist es für Werbende ja so lukrativ. Sie wären überrascht, welche Auswirkungen ein dreißigsekündiges Video letztlich haben kann«, sagte Nora. »Man muss kreativ werden. Einige Unternehmen müssten ihre Vorzüge deutlicher zur

Schau stellen, andere brauchen mehr Finesse, aber im Großen und Ganzen ist das ein angesagter Trend, der Gewinne einfahren kann.«

»Ich bin definitiv dafür, kreativ zu werden.« Ezra beäugte Sasha, die ihn vielsagend angrinste.

»Ich mag TikTok, aber es macht schon irgendwie süchtig«, gestand Joe. »Als würde man in einem Zug mit so schönem Ausblick sitzen, dass man gar nicht mehr aussteigen will.«

»Da muss ich zustimmen«, meinte Sasha. »Ich bin auf der Ranch so beschäftigt, dass ich kurze Quickies sehr zu schätzen weiß, aber ich stelle immer wieder fest, dass sie meinen Appetit erst so richtig anregen.« Ihr Blick huschte zu Ezra. »Gegen Mitternacht gebe ich mich dann meiner Sucht hin, und es spielt keine Rolle, wie oft ich es beende. Am Ende will ich immer noch mehr.«

Ezra unterdrückte ein Glucksen.

»Hat diese Art von Werbung auch Nachteile?«, erkundigte sich Joe.

»Alles hat Nachteile«, erklärte Nora. »Wie bei jeder Investition sollten Sie sich immer gut absichern.«

Sasha drehte den anderen den Rücken zu und tat so, als würde sie sich im Raum umsehen, während sie flüsterte: »Ich bin heute nicht abgesichert. Ich habe nämlich vergessen, einen Slip anzuziehen.«

Heiliges Kanonenrohr. Wollte sie ihn umbringen?

»Bei mir läuft es jedenfalls.« Ezra nahm ihr das Glas ab und stürzte den Drink hinunter, was ihm ein weiteres siegreiches Grinsen von ihr einbrachte, bevor sie sich wieder der Gruppe zuwandte.

»Würden Sie mir verraten, was Sie getan haben, damit es so gut läuft?«, fragte Nora und sah Ezra dabei direkt an.

»Ja, Ezra, sag's uns. Warum läuft es bei dir?« Sashas Augen funkelten amüsiert.

Wegen einer frechen Blondine mit einer grandiosen Figur und Augen, die mich ganz wild machen, hätte er am liebsten geantwortet. »Ich habe meine kurzfristigen Investitionen beendet, die mir nicht viel eingebracht haben, und mich für einen riskanteren Weg mit einer längerfristigen Strategie entschieden. Das zahlt sich jetzt dreifach aus, aber Sie wissen ja, wie es heißt: Ein Gentleman gibt nie all seine Geheimnisse preis.«

»Das bewundere ich bei einem Mann«, murmelte Sasha, als die Band zu spielen begann.

»Genug Geschäftliches für heute«, sagte Justine. »Sasha, Ihr Kleid ist fantastisch. Woher haben Sie es?«

»Meine Schwester hat mir diesen tollen Laden in Allure namens Luxe Looks gezeigt. Dort gibt es einfach *alles*.« Sie berührte ihr Schlüsselbein. »Ich hätte eine Halskette tragen sollen, konnte mich aber nicht zwischen Silber und Gold entscheiden.«

»Hmm, schwer zu sagen«, meinte Justine. »Vermutlich würde beides gut aussehen.«

Ezra wusste, dass er für das, was er gleich sagen würde, vermutlich in der Hölle schmoren würde, aber er konnte einfach nicht anders. »Ich bin kein Experte, was Schmuck angeht, aber ich glaube, eine Perlenkette sähe hübsch aus.«

Die Hitze in Sashas Augen war förmlich spürbar.

»Wissen Sie was? Ich glaube, er hat recht«, erwiderte Justine. »Das wäre mal etwas anderes.«

Sasha hustete, um das Lachen zu übertünchen, das sie vergebens zu unterdrücken versuchte.

»Alles okay?« Ezra klopfte ihr auf den Rücken.

»Ja. Danke.«

Ihre rosa Wangen machten ihn fertig. »Wenn Sie uns entschuldigen würden. Ich entführe meine Kollegin jetzt auf die Tanzfläche.« Er stellte sein leeres Glas auf einem Tisch ab und nahm Sashas Hand.

»Eine Perlenkette?«, fragte sie, als er sie an sich zog.

»Du hast damit angefangen, dass du keinen Slip trägst.« Er ließ eine Hand über ihren Rücken gleiten und verharrte kurz über ihrem Hintern. »Ich kann es schon den ganzen Abend kaum erwarten, dir so nahe zu sein, Lämmchen.«

Sie lächelte. »Geht mir genauso.«

Er spürte, wie ihr Herz schneller schlug, und drückte ihr den Mund ans Ohr. »Weißt du, wie gern ich dich jetzt lecken würde?«

»So gern, wie ich es spüren will.« Sie strich mit den Fingern über seinen Nacken. Die intime Berührung ließ seine Sehnsucht nach ihr noch größer werden. »Für Gus ist längst Schlafenszeit. Wüssten wir es nicht mittlerweile, falls irgendetwas vorgefallen wäre?«

Eigentlich sollte er daran gewöhnt sein, dass sie in Bezug auf Gus von *wir* sprach, aber an diesem Abend empfand er es noch intensiver. Er war so angespannt aufgrund seiner Zurückhaltung, so voller Lust und Liebe, dass ein Blick in ihre hoffnungsvollen Augen seine Entschlossenheit aufweichte. »Verdammt. Du hast recht. Verschwinden wir hier.« Er nahm ihre Hand und eilte mit ihr zusammen aus dem Bankettsaal und zur Rezeption.

Es dauerte nicht lange, ein Zimmer zu bekommen, aber jede Minute fühlte sich wie eine Stunde an. Sie erwischten den Fahrstuhl und waren auf der Fahrt in ihre Etage glücklicherweise allein. In der Sekunde, in der sich die Türen schlossen, lag Ezras Mund bereits auf ihrem. Schon berührte er die Frau, deren Körper er in- und auswendig kannte, einfach überall. Sasha stöhnte, drückte sich von der Fahrstuhlwand ab und rieb sich an ihm.

Er löste den Mund von ihrem, als der Fahrstuhl auf ihrer Etage anhielt, und kurz darauf trat er bereits die Tür ihres Hotelzimmers hinter ihnen zu. Sie stolperten in Richtung Schlafzimmer, rissen sich gegenseitig die Kleidung vom Leib. Kaum hatte er seine Boxershorts ausgezogen, umfasste sie auch schon seine Erektion, sank auf die Knie und nahm sie in den Mund. »*Woooooow*, Baby.« Ihre Blicke fanden sich. »Du bist so verdammt schön, wenn du ihn in den Mund nimmst.« Er schob die Finger in ihr Haar, während sie ihn um den Verstand streichelte und saugte. Vor lauter Lust war er dem Höhepunkt gefährlich nahe. Knurrend unterbrach er sie und zog sie hoch. »Das kannst du einfach *zu* gut, Baby. Ich will noch nicht kommen.« Er küsste ihre geschwollenen Lippen und genoss das Gefühl ihres nackten Körpers an seinem, während er sich mit ihr auf das Bett sinken ließ.

»Ich muss dich schmecken.« Er senkte den Mund auf ihre Brust, liebkoste sie mit den Zähnen und den Händen. Sasha krümmte sich unter ihm und er schenkte der anderen Brust die gleiche Aufmerksamkeit. Sie wimmerte und keuchte aufreizend, als er sich küssend an ihrem Körper nach unten bewegte, und jedes Stöhnen und Seufzen steigerte sein Verlangen nach ihr. Er hob ihre Beine auf seine Schultern und leckte sie gierig.

»Ezra.« Sie krallte die Finger in die Laken und drückte sich gegen seinen Mund. Er ließ die Zunge über ihre Perle gleiten, drang mit zwei Fingern in sie ein und strich über diesen magischen Punkt, was ihm weiteres Keuchen, Stöhnen und Wimmern einbrachte. »*Ezra*. Oh Gott ...« Sie hob das Becken von der Matratze, und ihre Mitte zog sich um seine Finger zusammen, wobei lustvolle Geräusche über ihre Lippen drangen. Er hielt sie auf dem Höhepunkt, genoss jeden Tropfen ihrer Erregung, jedes Zittern und Beben ihres Körpers, während sie sich der Lust hingab.

Als er sich schließlich über ihren Körper nach oben arbeitete und immer wieder langsamer wurde, um an all ihren überempfindlichen Stellen zu lecken und zu saugen, keuchte sie: »Ich brauche *dich*.«

Er war weit über *brauchen* und *wollen* hinaus, konnte längst nicht mehr klar denken. »Ich gehöre dir, Lämmchen. Ich gehöre dir schon seit unserem ersten Kuss.« Er presste die Lippen auf ihre, drang langsam in sie ein und genoss das Gefühl, wie ihre enge und heiße Mitte seinen Schaft Zentimeter für Zentimeter aufnahm, bis er so tief in ihr steckte, dass er sie mit jedem Jota seines Seins spürte. Wie jedes Mal, wenn sie miteinander schliefen, wurde er vom Ansturm der Gefühle überwältigt, die mit ihrer Vereinigung einhergingen. Dieses Mal war er sogar noch stärker. Das Wissen, dass sie die ganze Nacht hatten, ohne sich vor der Entdeckung fürchten zu müssen, brachte ein Gefühl der Freiheit mit sich, das alles noch besser machte.

Er wollte, dass ihre Nacht ewig dauerte, daher ließ er sich Zeit, liebte sie in jeder Position und ließ sich von ihrer Leidenschaft leiten. Er nahm sie schnell und tief und langsam und sanft und bescherte ihr einen herrlichen Orgasmus nach dem anderen. Es gab kein größeres Vergnügen, nichts Schöneres, als seine Liebste im Rausch der Leidenschaft zu sehen und zu wissen, dass das alles ihm gehörte. Als sie »Komm du jetzt auch« keuchte, löste die Liebe in ihrer Stimme seine Zurückhaltung auf, und seine Erlösung brandete über ihn hinweg. Während die Wellen der Lust ihn überrollten, stieß er ihren Namen aus. Sofort erklomm sie mit ihm die Gipfel der Ekstase, was seinen Höhepunkt noch süßer machte.

Sasha lag in Ezras Armen. Ihr Puls raste, ihr Körper vibrierte und ihr Herz platzte vor Emotionen, sodass sie es am liebsten von den Dächern geschrien hätte: *Ich liebe Ezra Moore!* Sie musste sich um Beherrschung bemühen. »Bin ich tot? Ist das hier der Himmel? Ich muss tot sein, denn nichts auf der Erde hat sich je so gut angefühlt.«

Ezra lachte leise, küsste sie auf die Schläfe und zog sie dicht an sich. »Du bist äußerst lebendig, Lämmchen.«

»*Puh.* Aber Tod durch Orgasmus wäre eine gute Art zu gehen.«

Er gluckste. »Ja, das wäre es.« Er gab ihr einen zärtlichen Kuss. »Aber ich bin noch nicht bereit, dich gehen zu lassen, Baby.«

Dann stützte er sich auf einen Ellbogen und blickte so gefühlvoll auf sie herab, dass ihr Herz überfloss. »Ich liebe dich«, sprudelte es aus ihr heraus. »Du musst es nicht erwidern. Ich kann es nur nicht länger für mich behalten. Ich glaube, ich liebe dich schon ewig. Nein, ich weiß, dass ich es tue, und ich weiß, wir müssen noch eine Menge klären, und ich weiß nicht, ob du etwas von Dauer willst, aber ich kann's nicht ändern. Ich liebe dich und Gus, und ich möchte, dass du das weißt.«

»Sasha.« Das schrille, seltsame Klingeln seines Handys unterbrach ihn. »Das ist Gus' Klingelton.« Er sprang aus dem Bett und griff nach seinem Handy. »Gus? Geht's dir gut?« Sein Gesicht wurde kalkweiß, sein Brustkorb dehnte sich, sein Kiefer spannte sich an, und in seiner Miene stand ungezügelte Wut. Er streifte seine Boxershorts über. »Hör mir gut zu, Kleiner. Schließ die Zimmertür ab. Mach das jetzt, während ich am

Handy bin. Ich schaue auf der App nach, wo du bist, aber ich bleibe dran.« Er öffnete eine App auf seinem Handy und fluchte leise.

Sasha sprang aus dem Bett und zog sich an, so schnell sie konnte.

»Braver Junge. Öffne niemandem die Tür, okay?« Er sah Sasha an. »Ich brauche dein Handy.«

Sofort reichte sie es ihm. »Was ist los?«

Er senkte das Handy und die Stimme. »Seine Mutter hat ihn zu einer verdammten Party mitgenommen und er kann sie nicht finden. Ich kenne die Adresse. Er ist ungefähr eine Stunde von hier entfernt.« Er hielt sich wieder das Handy ans Ohr. »Gus, du redest jetzt mit Sasha, während ich Tiny anrufe, okay? Leg nicht auf. Wir sind unterwegs.«

Sasha übernahm das Handy. »Hi, Gusto. Ich bin hier.«

»Sasha, ich hab Angst.«

Ihr Herz krampfte sich zusammen, als sie die Angst in seiner kläglichen Stimme hörte. »Ich weiß, Schatz. Ist schon okay. Wir kommen und holen dich.«

»Singst du mir was vor?«, bat Gus.

Sie sang »Lean on Me«, während sich Ezra die Schuhe anzog und gleichzeitig mit ihrem Vater telefonierte. »Ich schicke dir die Adresse. Ich habe keine Ahnung, womit wir es dort zu tun haben.«

Zwanzig Minuten später rasten sie über den Highway. Sasha sang Gus weiter übers Handy vor und bemühte sich, ihn ihre Sorge nicht merken zu lassen, während Ezra das Lenkrad fest umklammerte. Er fluchte leise. »Das war ein Fehler. Ein großer verdammter Fehler«, murmelte er.

Sie konnte nur weitersingen und hoffen, dass er damit nicht sie beide meinte.

Sechsundzwanzig

Dutzende von Luxusautos parkten vor dem gewaltigen Haus, in dem sich Gus in einem Schlafzimmer verkrochen hatte. Ezra hielt an, ließ den Motor jedoch laufen. »Warte hier. Ich will nicht, dass dir etwas passiert.« Er stürmte hinaus, und als Sasha ihm folgte, wusste er, dass es ein aussichtsloser Kampf wäre, sie zum Warten zu bewegen. Das Dröhnen der Motorräder kam immer näher, aber er ignorierte es, rannte zur Eingangstür und stürmte mit Sasha auf den Fersen hinein.

Überall liefen Leute mit Drinks herum, saßen auf Sofas und rauchten oder zogen sich auf Spiegeln und Couchtischen Kokain in die Nase. »Da!« Sasha deutete auf die Treppe und er nahm zwei Stufen auf einmal. Sie rissen jede Tür auf, durchsuchten jedes Zimmer. Doch sie fanden Gus nicht.

»Gusto«, sprach Sasha ins Handy. »Bist du oben oder unten im Haus?«

»Ich weiß es nicht mehr«, antwortete Gus mit tränenerstickter Stimme.

»Er ist sich nicht sicher«, erklärte Sasha Ezra. »Es muss noch mehr Zimmer geben.«

»Verdammt!« Ezra rannte hinunter und wäre dabei beinahe gegen Tiny und Cowboy geprallt, die gerade die Treppe hochliefen. »Da oben ist er nicht.« Er sah zwei weitere Dark Knights die Tür bewachen und im Wohnzimmer öffneten Hyde und Taz gerade Türen und überprüften Schränke.

»Ezra!«, rief Doc, der aus einem anderen Zimmer kam und Tina am Oberarm mit sich zerrte.

Ezra lief zu ihnen. »Wo ist mein Sohn?«, stieß er zwischen zusammengebissenen Zähnen hervor.

»Warum benimmst du dich wie ein Wahnsinniger?«, fragte Tina mit glasigen Augen. »Ich habe ihn unten ins Bett gebracht.«

»Du bist eine Vollkatastrophe und das alles findet heute ein Ende. Du hörst noch von meinem Anwalt.«

»Ezra!« Sasha rannte auf eine weitere Treppe am anderen Ende des Wohnzimmers zu, auf die auch mehrere Dark Knights, darunter Pep, zuliefen. Sie sprach ins Handy. »Wir kommen, Gus. Wir sind gleich da.«

Die Treppe führte zu einem weiteren Flügel. Sie rissen jede Tür auf und unterbrachen dabei ein nacktes Pärchen, das sie wild beschimpfte. Ezra drehte an einem Türknauf, bekam die Tür jedoch nicht auf. Blind vor Wut trat er sie ein. »Gus?«

Gus spähte mit tränenüberströmtem Gesicht aus dem Schrank. »Dad!« Er stürzte sich in Ezras Arme.

Ezra hielt ihn ganz fest und kämpfte gegen seine Tränen an. »Ich hab dich gefunden, kleiner Mann. Du bist in Sicherheit.«

Sasha rieb Gus den Rücken, während ihr Tränen über die Wangen liefen.

»Okay, wir haben ihn. Er ist in Sicherheit. Bringen wir ihn nach Hause.«

Cowboy und Doc gingen vor den dreien her, und Tiny und Pep bildeten die Nachhut, während Ezra Gus aus dem Haus trug und in den Wagen setzte. Dann legte er ihm die Hände an die Wangen. Das Trauma, das sein Sohn erlitten hatte, erschütterte sein Herz. »Ich hab dich sehr lieb, Gus. Du wirst so etwas nie wieder durchmachen müssen.«

»Hab ich das mit dem Notfall richtig gemacht?«, fragte Gus.

»Ja, kleiner Mann. Das hast du perfekt gemacht.« Er umarmte ihn, küsste ihn auf die Stirn und schnallte ihn dann an.

»Ich setze mich zu Gus.« Sasha stieg neben Gus auf die Rückbank und nahm die Hand des Jungen.

Als Ezra die Tür schloss, sprach Doc ihn an. »Falls du möchtest, schaue ich ihn mir an, wenn ihr zu Hause seid.«

Ezra war gerührt, dass Doc nach dem, was zwischen ihnen vorgefallen war, hier war und helfen wollte. »Danke, Mann. Das wäre toll.« Er sah zu seinem Vater hinüber, der sich mit den anderen Männern im Hintergrund hielt, und nickte ihm anerkennend zu. Auch wenn er beim besten Willen nicht verstehen konnte, warum sein Vater nicht herbeigeeilt kam, um seinen Enkel zu umarmen.

»Die Polizei ist unterwegs«, berichtete Tiny. »Ich lasse ein paar Männer hier, die mit ihnen reden, und die Jungs und ich folgen euch, falls deine Ex heute Nacht noch irgendjemanden losschicken sollte, um Ärger zu machen.«

In Ezras Kopf drehte sich alles. Wut, Erleichterung und Schuldgefühle kämpften um die Vorherrschaft. »Danke.«

Hyde und Taz blieben etwas zurück, um den Eingang der Ranch zu bewachen, obwohl Ezra sich keine Sorgen machte, dass Tina Vergeltung üben könnte. Die anderen Männer folgten Ezra nach Hause. Als sie bei ihm ankamen, wartete

Wynnie schon auf sie. Die gleiche Sorge, die Ezras Herz erschütterte, stand auch ihr ins Gesicht geschrieben. »Danke fürs Herkommen.«

»Ich musste mit eigenen Augen sehen, dass es ihm gut geht.« Wynnie strich Gus über den Rücken. »Wir haben dich lieb, mein Süßer.«

»Hab dich auch lieb, Wynnie«, erwiderte Gus, der in Ezras Armen lag, schläfrig.

»Doc untersucht dich jetzt kurz, okay, kleiner Mann?«, fragte Ezra und Gus nickte. Auf der Fahrt hierher hatte Gus ihnen erzählt, seine Mutter hätte ihn ins Bett gebracht und er wäre aufgewacht. Er hatte Angst gehabt und war losgezogen, um sie zu suchen. Aber da waren so viele Leute gewesen, dass er wieder zurück ins Zimmer gegangen war und Ezra angerufen hatte. Ezra war sich ziemlich sicher, dass niemand sich ihm unschicklich genähert hatte, aber es konnte nicht schaden, ihn untersuchen zu lassen.

Als sie mit Doc hineingingen, rief Gus: »Meine Süße.«

»Ich bin hier, Gusto.« Sasha folgte ihnen in die Hütte.

Doc untersuchte ihn kurz. »Es geht ihm gut.«

Zumindest körperlich. Ezra wusste, dass das Trauma dieser Nacht und von allem, was ihm noch bevorstand, einen Preis fordern würde, aber er war bereit dafür. »Danke, Doc.«

Nachdem Doc gegangen war, gab Sasha Gus einen Gutenachtkuss. »Ich hab dich lieb, Gusto«, flüsterte sie. »Du bist jetzt sicher bei Daddy.« Sie sah Ezra an. »Ich bin im Wohnzimmer, falls du mich brauchst.«

Ezra lag neben Gus, lauschte dem gleichmäßigen Rhythmus seines Atems, als er einschlief, und dachte über alles nach, was passiert war. Als er gesehen hatte, wie Sashas Familie und die anderen Dark Knights das Haus auf der Suche nach seinem

Sohn auf den Kopf stellten, war ihm eins klar geworden: Seine Familie, die Bruderschaft, die Whiskeys – sie waren alles für ihn und er log sie alle an. Er konnte dieses Spiel nicht länger spielen, sich nicht mehr einreden, dass er niemanden verletzte, obwohl er genau wusste, dass das eine gottverdammte Lüge war.

Diese Farce musste ein Ende finden, bevor noch etwas Schlimmeres passierte.

Er schaltete die Weihnachtsbeleuchtung ein, die er und Sasha um Gus' Fenster herum aufgehängt hatten, und betete um Kraft, als er das Zimmer seines Sohns verließ und das Wohnzimmer betrat.

Sasha sprang von der Couch auf. »Geht's ihm gut?«

»Er schafft das. Sind alle noch da draußen?«

»Nur meine Familie.«

Er ging auf die Tür zu. »Gut, denn wir müssen dieser Sache ein Ende bereiten.«

»Was? Welcher Sache?« Sie folgte ihm vors Haus.

Tiny und Wynnie saßen auf der Veranda und Doc und Cowboy unterhielten sich im Garten. Ezra bedauerte, dass Dare nicht ebenfalls anwesend, sondern in den Flitterwochen war. Dann würde er es eben als Letzter erfahren. Sie drehten sich alle zu ihm um. »Danke, dass ihr heute für uns da wart.«

»Du gehörst zur Familie, mein Sohn«, erklärte Tiny. »Geht's unserem Jungen gut?«

»Er schafft das. Ich werde mit einem Anwalt reden und mich um das alleinige Sorgerecht bemühen.«

»Das halte ich für klug«, meinte Wynnie. »Und wir alle werden ihm helfen, diese Veränderung gut zu verkraften.«

»Das weiß ich zu schätzen. Aber bevor ihr uns dieses Angebot macht, müsst ihr wissen, dass noch mehr Veränderungen anstehen. Seit dem Augenblick, an dem ich erfuhr, dass ich

Vater werde, habe ich immer versucht, das zu tun, was das Richtige für Gus ist. Und dabei habe ich uns allen unwillentlich Schmerzen zugefügt. Tiny, Wynnie, es tut mir leid, aber ich lüge euch bereits seit einer Weile an. Und ich bin nicht stolz darauf, aber ich sah keine andere Möglichkeit, denn ich bin wahnsinnig und leidenschaftlich in eure Tochter verliebt, und das schon, seit wir Teenager waren.«

»Ezra …?« Sasha klappte die Kinnlade herunter.

»Oh Shit«, murmelte Cowboy.

Ezra sah Sasha an. Er liebte sie so sehr, dass er sich nicht mehr zurückhalten konnte, selbst wenn er es gewollt hätte. »Ich habe es dir schon so oft sagen wollen, aber wie hätte ich versprechen können, alles für dich zu tun, wenn ich nicht dahinterstehen konnte? Ich bin bereit, Baby. Ich liebe dich, und ich stehe dazu, hier und jetzt und für alle Tage.« Er wandte sich ihren Eltern zu. »Ich bin damals als Junge ohne große Gegenwehr auf diese Ranch gekommen, weil ich wusste, dass Sasha hier lebt, und als ich aufs College ging, habe ich das getan, um für sie zu einem besseren Mann zu werden. Als ich meinen Master hatte, dachte ich, es endlich geschafft zu haben. Ich war endlich würdig, mit eurer Tochter zusammen zu sein, und ich wollte euch allen gestehen, was ich fühle. Aber in jener Nacht habe ich von Gus erfahren und dann die falsche Entscheidung getroffen. Ich werde mir einen anderen Job suchen, und Gus und ich werden diese Ranch verlassen, aber ich werde nicht noch einmal die falsche Entscheidung treffen und die Frau aufgeben, die ich liebe. Tiny, wenn du möchtest, dass ich mein Clubabzeichen abgebe, dann tue ich das.«

»Was redest du denn da?« Sasha stampfte auf ihn zu. »Weder kündigst du noch ziehst du um! Wenn hier irgendjemand geht, dann ich.«

»Ich habe bereits die Fühler nach einem neuen Job ausgestreckt.«

»Aber du kannst nicht kündigen! Du liebst diesen Ort genauso sehr wie ich«, beharrte sie.

»Schon, aber dich liebe ich noch mehr«, wandte er ein.

»Ich liebe dich auch, Ezra, und ich habe ebenfalls die Fühler ausgestreckt. Ich habe heute Abend mit jemandem darüber geredet, ein eigenes Beratungsunternehmen zu gründen. Dann arbeite ich nicht mehr für Mom und Dad, und wir können beide bleiben.«

»Nun mal halblang, Schatz«, mischte sich Tiny ein. »Immer langsam mit den jungen Pferden.«

»Nein, Dad!«, fauchte sie. »Das hier ist Gus' Zuhause, und ich lasse nicht zu, dass ihr ihn rauswerft. Wenn wir nicht zusammen sein dürfen, solange wir beide hier arbeiten, dann kündige ich.«

»Sasha, du kündigst nicht«, widersprach Wynnie.

»Doch, das tue ich«, beharrte sie wütend. »Ich war immer die Brave, die das Richtige tut. Ich habe mein Leben dieser Ranch gewidmet und jetzt möchte ich etwas für mich tun. Ich liebe Ezra und Gus, und ich lasse nicht zu, dass du und Dad uns nur wegen einer dummen Regel davon abhaltet, zusammen zu sein.«

Doc betrat die Veranda und sah seine Eltern an. »Bestraft sie nicht, weil ich damals Mist gebaut habe. Ihr habt diese Regel aufgestellt, weil ich mich in eine Frau verliebt habe, die einen psychopathischen Vater hatte, der mich unbedingt ruinieren wollte. Lasst nicht sie den Preis für meinen Fehler bezahlen.«

»Schatz, wir haben diese Regel aufgestellt, um alle und nicht nur dich zu schützen«, erklärte Wynnie. »Was mit dir und Juliette passiert ist, hat uns die Augen geöffnet.«

»Die Regel ergibt keinen Sinn«, fauchte Sasha. »Du und Dad, ihr schlaft miteinander und arbeitet beide hier.«

»Das ist in der Tat etwas scheinheilig«, stimmte Cowboy zu.

Tiny kniff die Augen zusammen. »Nein, verdammt! Wir sind verheiratet.«

»Soll das etwa heißen, wenn wir verheiratet sind, können wir beide hier arbeiten?« Sasha wandte sich Ezra zu, und in ihren Augen stand ein Funkeln, das gleichermaßen rebellisch und liebevoll war und die Gefühle in seinem rasenden Herzen widerspiegelte. Sie fragte zur gleichen Zeit: »Ezra, willst du mich heiraten?«, als er sagte: »Tiny, wenn du uns deinen Segen gibst, heirate ich Sasha auf der Stelle.«

Sashas Augen wurden groß. »Wirklich?«

»Lämmchen, du hast bereits mit siebzehn mein Herz erobert, und wir wissen beide, dass ich es niemals wieder zurückbekomme.«

Sie lachte leise.

Er griff nach ihrer Hand. »Wenn mir dieser letzte Monat eins bewiesen hat, dann, dass wir dazu bestimmt sind, zusammen zu sein. Du bist für immer und ewig mein, Lämmchen. Du bist die einzige Frau, die ich jemals wirklich geliebt habe, und ich würde alles dafür geben, jeden Morgen neben dir aufzuwachen und dich jeden Abend in den Armen zu halten.«

Sasha kamen die Tränen.

»Verdammt!«, brummte Cowboy. »Ich will eigentlich sauer sein, weil ihr uns angelogen habt, aber meinen Segen hast du, Kumpel.«

»Jetzt mal nicht so schnell«, protestierte Tiny.

»Dad, gib ihm schon deinen Segen!«, fauchte Sasha.

»Jeder Vater will, dass seine Tochter mit jemandem zusammen ist, der für sie die Welt in Brand stecken würde«, sagte

Tiny. »Würde ich nicht glauben, dass Ezra so für dich empfindet, hätte ich euch zwei schon vor einem Monat auffliegen lassen.«

Ezra wollte seinen Ohren nicht trauen. »Du hast von uns gewusst?«

Tiny schnaubte abfällig. »Mein Junge, auf dieser Ranch kann keine Fliege pinkeln, ohne dass ich davon weiß.«

»Na, *mich* hättest du ja wenigstens einweihen können«, meldete sich Wynnie zu Wort. »Ich habe sie zu diesem Dinner geschickt, um ihnen einen Schubs in die richtige Richtung zu geben, ohne dass du das mitbekommst.«

»Wie bitte?«, fragte Sasha ungläubig. »Du meinst, wir hätten uns all diese Heimlichtuerei sparen können?«

»Ich habe immer gewusst, dass du und Ezra etwas füreinander übrighabt«, sagte Wynnie. »Aber als du die Mahlzeiten ausgelassen hast und ich dich an dem Morgen auf dem Felsen besucht habe, sahst du genauso verzweifelt aus wie nach der Nacht, in der du und Bobbie euch damals zu dieser verdammten Party geschlichen habt.«

Sasha blieb der Mund offen stehen.

Cowboy musterte Ezra. »Du hattest Glück, dass ich dir an dem Abend nicht die Scheiße aus dem Leib geprügelt habe.«

»Du warst da?«, staunte Ezra.

»Natürlich waren meine Jungs da. Glaubst du, ich hätte nicht gemerkt, dass meine Kleine erwachsen werden wollte? Aber in der Nacht, in der sie ihre Grenzen austesten wollte, hat sie mir bewiesen, dass sie gute Entscheidungen treffen und sich selbst Respekt verschaffen kann«, erklärte Tiny. »Meine Jungs waren nur für den Fall da, dass etwas schiefgeht.«

Sasha schüttelte den Kopf. »Das ist so surreal.«

»Ich habe auf der Hochzeit wirklich alles gegeben, um euch

Dummköpfe dazu zu bringen, mit der Sprache rauszurücken«, erklärte Doc. »Aber Ezra war ja fest entschlossen, erst alles auf die Reihe zu bekommen.«

Ezra sah Tiny an. »Warum hast *du* uns nicht darauf angesprochen?«

»Weil mich das im Grunde genommen nichts angeht«, stellte Tiny klar. »Ihr seid erwachsen. Ihr musstet ein für alle Mal entscheiden, wie viel ihr einander wert seid. So sehr ich eure Heimlichtuerei verabscheue, so sehr respektiere ich dich doch dafür, dass du Gus und Sasha und dich schützen und erst alles klären wolltest. Ich könnte mir keinen besseren Mann für meine Tochter vorstellen. Du hast meinen Segen, mein Sohn, aber ich bin kein Freund von solchen Spielchen.«

»Es tut mir wirklich leid, Tiny. Das hat uns beide schwer belastet. Damit ist es vorbei, aber was ist mit der Regel?«

»Können wir diese verdammte Regel bitte ein für alle Mal vergessen?«, bat Doc. »Sie ist eine ständige Erinnerung an eine schwere Zeit.«

Tiny musterte Wynnie, die leise lächelnd nickte. »Erledigt«, verkündete Tiny.

»Dann flitze ich jetzt ins Haus, um eine Flasche Champagner zu holen, oder wie sieht's aus?«, fragte Wynnie.

»Ich weiß nicht.« Zögerlich blickte Sasha Ezra an. »Soll sie das tun? Oder waren wir voreilig?«

Ezra nahm sie in die Arme. »Oh nein, Lämmchen, so leicht kommst du mir nicht davon.«

Gelächter hallte durch die Luft. »Hol den Champagner!«, rief Tiny.

Ezra presste die Lippen sanft auf Sashas. »Jetzt wirst du mich nicht mehr los.«

»Mehr habe ich nie gewollt.«

Siebenundzwanzig

Ezra baute das Zelt im Garten ab, in dem er, Gus und Sasha die letzten beiden Nächte verbracht hatten, und verstaute es im Schuppen. Seinem kleinen Sohn hatte das Camping so gut gefallen, dass er schon Pläne für die nächste Nacht im Zelt schmiedete. Die letzten sechs Wochen waren bittersüß gewesen. Sie hatten vorsichtig versucht, in eine neue Normalität hineinzufinden. Ezra hatte einen Eilantrag gestellt, um Tinas Zeit mit Gus zu beschränken, und zwei Wochen später wurde eine dauerhafte Schutzanordnung ausgesprochen. Tina hatte sich nicht dagegen gewehrt, und so sehr er sich auch um Gus sorgte, wusste er doch, dass es das Beste war. Dieser Vorfall war nicht spurlos an seinem Sohn vorübergegangen. Gus war anhänglicher geworden und in den ersten Wochen nach jener für ihn unheimlichen Nacht oft zu Ezra ins Bett gekrabbelt. Beim Festival auf der Dorfwiese und auch auf der Ranch hatte er sich immer in Ezras und Sashas Nähe aufgehalten. Doch so langsam kam seine selbstbewusste Seite wieder zum Vorschein. Letztes Wochenende hatte er gelernt, Fahrrad zu fahren, und wäre am liebsten gleich alleine zu Cowboy und Sullys Hütte geradelt. Ezra war noch nicht ganz bereit dafür, aber er war auch dankbar, dass Gus wieder zu alter Form zurückfand.

Auf dem Weg zur Haustür betrachtete er sein Motorrad noch einmal genauer. Für die heutige Rentierrallye hatten sie es mit Lichtern geschmückt und ein einäugiges Plüschrentier an den Lenker gebunden. Auch Sashas Wagen, in dem sie mit Gus teilnehmen würde, war dekoriert.

Drinnen hörte er aus Gus' Kinderzimmer, wo er und Sasha gerade ihre Elfenkostüme anzogen, fröhliches Kichern. Sie hatten darauf geachtet, Gus nicht zu viele Veränderungen auf einmal aufzudrängen und vor seinen Augen erst nach und nach mehr Zuneigung füreinander gezeigt. Doch je offener sie ihre Liebe zur Schau stellten, desto besser schien es Gus zu gehen.

Er warf einen Blick auf den Weihnachtsbaum, der noch immer im Wohnzimmer stand. In den letzten Wochen hatten sie weiteren selbstgemachten Baumschmuck aufgehängt. Ezra würde ihn vermissen, wenn sie ihn abschmückten, aber der Baum würde in den nächsten Wochen zusammen mit Sullys Zeichnung von Sasha und Gus, die er eingerahmt hatte, und all ihren anderen Habseligkeiten in Sashas Haus umziehen.

Endlich fand ihr Leben so zusammen, wie es sich Ezra immer erträumt hatte.

Gus' Kinderzimmertür ging auf und Sasha und Gus stürmten Hand in Hand heraus. Ihr fröhliches Lachen brachte Ezras Herz zum Schmelzen.

»Sieh mal, Daddy, wir sind Weihnachtselfen!« Gus trug grüne Shorts und ein rotes Hemd mit zwei großen weißen Knöpfen auf der Vorderseite, einem gezackten roten Filzkragen und passenden Manschetten, einen schwarz-goldenen Filzgürtel mit darin eingesteckten Zuckerstangen, rot-weiß gestreifte Socken, rote Turnschuhe und eine grüne Weste. »Und schau dir meine Abzeichen an!«

Er drehte sich um die eigene Achse und präsentierte die

Abzeichen hinten auf seiner Weste, die Sasha angefertigt hatte und auf denen *Elfen-Chapter* und *Dark Knights* stand. Ezra wurde warm ums Herz. »Du siehst klasse aus, kleiner Mann.«

Er trat um den Tresen herum, und Gus rannte zu ihm, während Ezra Sasha in ihrem roten Rock mit weißem Pelzbesatz, einem grün glänzenden Oberteil mit weißen Ärmeln, einem Gürtel um die Taille und rot-weiß gestreiften Socken zu ihren weißen Cowgirl-Stiefeln bewunderte. Sie trug ein grünes Halsband mit einem kleinen roten Herz um den Hals und sah sexy und umwerfend aus.

»Und Sie, Miss Whiskey, sehen auch ziemlich fantastisch aus.«

»Gefällt's dir?« Sie blickte an ihrem Outfit hinunter.

»Ich bin begeistert.« Er nahm Gus' Hand. »Was meinst du, Gus?«

»Meine Süße sieht hübsch aus!«, erklärte Gus. »Sag ihr, dass sie sich drehen soll, Dad.«

Ezra lachte leise. »Du hast den Jungen gehört. Wie wär's, wenn du dich für uns drehst, Lämmchen?« Er hielt einen Finger hoch und machte eine Kreiselbewegung.

»Dann drehe ich mich wohl.« Sie wirbelte herum, und als sie wieder in ihre Richtung blickte, blieb ihr der Mund offen stehen. Ezra und Gus waren auf ein Knie gegangen. »Ezra …?«, fragte sie leise.

»Wir haben einen Ring für dich!«, verkündete Gus.

Sasha hielt sich eine Hand vor den Mund und bekam feuchte Augen.

Ezra lachte leise. »Ich wollte das richtig machen, aber da ist wohl jemand etwas zu aufgeregt.«

Gus sprang hoch. »Zeig ihr den Ring, Dad!«

Ezra öffnete die Handfläche und enthüllte den Verlobungsring mit einem gelben Diamanten und einem Hufeisen aus weißen Diamanten darum. »So viel zu einem anständigen Antrag.« Er stand auf und blickte in ihre tränenfeuchten Augen. »Sasha, ich habe dich geliebt, bevor ich überhaupt wusste, was das Wort wirklich bedeutet, und ich werde dich noch nach meinem Tod lieben. Erweist du mir und Gus die Ehre, meine Frau und seine Stiefmutter zu werden?«

»*Ja!* Natürlich!« Sie schlang die Arme um seinen Hals und küsste ihn.

»Sie hat Ja gesagt! Gib ihr den Ring!« Gus sprang auf und ab und umarmte sie beide.

Ezra nahm ihre Hand, und als er ihr den Ring auf den Finger schob, sagte er: »Ich liebe dich, Lämmchen. Ich kann dir vielleicht nicht die Welt schenken, aber ich verspreche, für den Rest unseres Lebens für dich und Gus mein Bestes zu geben.«

Tränen liefen ihr über die Wangen. »Weißt du denn nicht, dass ihr – du und Gus – meine Welt seid?«

»Du bist auch die unsere, Baby.« Als er sie küsste, krakeelte Gus: »Wir heiraten!«

Sasha lächelte noch immer, als sie und Gus Ezra in ihrem Pick-up zum Clubhaus der Dark Knights folgten, wo die Rallye starten sollte. Der Parkplatz war voller Motorräder und anderer Fahrzeuge, die den Familien der Dark Knights gehörten. Alle Motorräder waren mit Lichterketten und Weihnachtsschmuck verziert. Einige der Männer trugen wie Ezra Weihnachtsmannmützen, andere bunte Hemden unter ihren Westen, und wiederum andere hatten Weihnachtskostüme an. Hyde und Taz waren als Rentiere verkleidet. Die Frauen hatten sich als Weihnachtselfen verkleidet oder trugen andere grüne und rote Festtagskostüme. Einige Männer luden die Geschenke in einen riesigen hohen Anhänger, der für die Veranstaltung geschmückt worden war.

Als Sasha parkte, sah sie ihre Eltern, die als Weihnachtsmann und -frau verkleidet waren, im Gespräch mit Ezras Vater und einer Handvoll anderer Männer. Pep trug ein rotes Hemd unter seiner Weste und eine bunte Lichterkette um den Hals.

Sobald sie den Motor ausgestellt hatte, riss Gus die Beifahrertür auf und schrie: »Meine Süße wird meine Mom! Wir heiraten!« Das löste lauten Jubel und Glückwünsche aus, während Sasha aus dem Wagen und Ezra von seinem Motorrad stieg.

Ezra machte einen Schritt in Sashas Richtung, aber die anderen Frauen waren schneller und umringten sie. Sie stellte sich auf die Zehenspitzen, um Ezra zu sehen, und er warf ihr einen Luftkuss zu, hob Gus hoch und ging zu den Männern.

»Wurde auch Zeit, dass er dir einen Ring an den Finger steckt!« Birdie griff nach Sashas Hand. »Zeig mal!«

»Wow, der ist wunderschön«, sagte Simone.

»Ja, ist er nicht toll?« Sasha strahlte.

»Atemberaubend. Was den Ring angeht, gewinnst du, aber ich bin trotzdem die süßere Elfe«, verkündete Birdie. Sie trug ein Stirnband mit zwei Plüschzuckerstangen, die wie Ohren abstanden, und ein kurzes schulterfreies rotes Kleid mit drei weiß-grünen Herzen am unteren Rand und weißem Pelzbesatz am Saum, einem dicken grünen Gürtel und gestreiften Hosenträgern. Dazu hatte sie ellbogenlange rot-grün-weiß gestreifte, fingerlose Handschuhe und rote Plateaustiefel an.

»Du hast schon ein Händchen für Kostüme«, gab Bobbie

zu, die in einem grünen Minikleid mit roter Verzierung, roten, weißen und grünen Bändern im Haar und grünen Stiefeletten ebenfalls umwerfend aussah.

»Ich kann's nicht fassen, dass wir das ganze Drama verpasst haben, weil wir auf Hochzeitsreise waren«, beschwerte sich Billie. Sie trug schwarze Ledershorts und ein rot-weißes Tanktop mit der Aufschrift *Dares freche Elfe* auf der Brust.

»Und ich kann es nicht fassen, dass Dare wirklich nicht mit den Stieren gelaufen ist«, erwiderte Sasha. Dare und Billie hatten sie nach ihrer Rückkehr von der Hochzeitsreise besucht, ihnen alles über Spanien erzählt und betont, wie sehr sie sich für die beiden freuten. Ihre Unterstützung bedeutete Sasha und Ezra sehr viel.

Billie grinste. »Wenn ich dir erzähle, womit er dafür entschädigt wurde, kannst du es doch fassen.«

»Ich will's gar nicht wissen.« Sasha schüttelte den Kopf.

»Ich verlange sämtliche Details«, forderte Simone. »Nicht über die schmutzigen Dinge, die du mit Dare angestellt hast, sondern über Ezras Antrag. Wie hat er dir den Ring gegeben? Ist er auf ein Knie gegangen?«

»Wann findet die Hochzeit statt?«, wollte Sully wissen.

Sasha gab Auskunft über jedes noch so kleine Detail und geriet dabei selbst ins Schwärmen. »Wir haben noch kein Datum festgelegt. Wir werden nicht allzu lange damit warten, wollen aber sicherstellen, dass Gus den Umzug und all die anderen Umstellungen gut übersteht und sich mit uns einlebt.« Sie senkte die Stimme. »Ich kann es kaum glauben, dass ich den Mann meiner *Träume* heiraten werde!«

Die anderen umarmten sie und dann sprachen sie alle gleichzeitig über Hochzeiten, Kleider, Glück und alles dazwischen. Birdie unterhielt sie mit Neuigkeiten über ihre neueste

Mission – einen Mann zu finden, der sie zu Cowboys und Sullys Hochzeit begleiten würde. Es schien dabei keine Rolle zu spielen, dass der Hochzeitstermin noch gar nicht feststand. Bobbie bot sich nur zu gerne an, Birdie mit den richtigen Kerlen zusammenzubringen.

Birdie zeigte auf Billie und Sully. »Eure Aufgabe ist es, Dare und Cowboy so abzulenken, dass sie nichts von unserer Männersuche mitbekommen.«

»Nichts leichter als das«, prahlte Billie stolz.

»Was ist mit Doc?«, fragte Sasha.

»Ich habe da ein paar Frauen im Sinn, die ihn auf Trab halten können«, erklärte Birdie.

Ihr zukünftiger Mann plauderte mit ihren Eltern, und nachdem sie einige liebevolle Blicke von ihm aufgefangen hatte, gesellte sich Sasha zu ihnen.

»Da ist ja deine wunderschöne Braut«, sagte ihre Mutter.

»Das klingt wirklich gut.« Ezra legte Sasha einen Arm um die Taille und küsste sie auf die Schläfe.

»Finde ich auch.« Sasha legte den Arm ebenfalls um ihn und fühlte sich dabei glücklicher als je zuvor. Die letzten Wochen waren wunderbar gewesen, weil sie ihre Gefühle füreinander nicht länger verbergen mussten. Aber jetzt hier zu sein, inmitten der Dark Knights und all ihrer Familien und Freunde, hob das Ganze noch mal auf eine völlig neue Ebene. Sie sah ihre Eltern an und hoffte, dass sie und Ezra in über dreißig Jahren noch genauso glücklich sein würden wie die beiden heute. »Ihr habt eure Bestimmung verpasst«, sagte sie zu ihren Eltern. »Ihr gebt einen perfekten Weihnachtsmann mit seiner Weihnachtsfrau ab.«

»Und du und Ezra, ihr seid das perfekte Paar«, erwiderte ihre Mutter. »Ich kann's kaum glauben, dass mein kleines

Mädchen heiraten wird. Darf ich?« Sie hob Sashas Hand und bewunderte den Ring. »Er ist wunderschön. Warst du überrascht?«

»Völlig überrascht. Du hättest sehen sollen, wie aufgeregt Gus war.«

»Ich glaube, jeder hier weiß, wie aufgeregt er ist«, erwiderte Wynnie.

»Ich habe Gus vor dem Frühstück gesagt, dass ich ihr einen Antrag machen werde, und ich staune wirklich, dass er so lange durchgehalten hat. Bei einem Fünfjährigen kann man darauf wetten, dass er früher oder später alles ausplaudert«, berichtete Ezra.

»Er hat doch super dichtgehalten. Der Antrag war perfekt.« Sasha entdeckte Gus in Peps Armen und sofort wurde ihr wieder warm ums Herz. »Ich finde es wundervoll, dass Gus ein Teil des Ganzen war. Das hat es noch unvergesslicher gemacht.«

Tiny klopfte Ezra auf die Schulter. »Das hast du gut gemacht, mein Sohn. Aber jetzt müssen wir langsam loslegen. Ich schwitze in diesem Outfit.« Ihr Vater drehte sich zur Gruppe um. »Na gut, alle Bikes aufreihen, bringen wir die Show mal ins Rollen!«, verkündete er.

Ezra schlang einen Arm um Sashas Schultern, während sie zu ihrem Wagen gingen. »Ich wünschte, du könntest mit mir auf dem Motorrad fahren, aber ich sehe dich und Gus dann wohl erst im Krankenhaus, wenn wir die Geschenke ausliefern.«

Sasha sah sich um. »Wo ist dein Motorrad eigentlich? Hast du es woanders geparkt?«

»Nein. Wieso?« Er blickte dorthin, wo er es abgestellt hatte. Es war fort. »Was zum Teufel?« Er klopfte auf seine Westentasche. »Meine Schlüssel sind weg. *So ein Mist!* Wer würde denn ein Bike klauen, während wir alle hier sind?«

Der Alarm der alten Feuerwache im Clubhaus der Dark Knights ertönte, und als sie hinübersahen, wurde die Tür zu Rebels Autowerkstatt geöffnet. Dare fuhr Ezras Motorrad heraus, wobei Cowboy hinter ihm und Doc in einem glänzenden schwarzen Beiwagen saß. Rebel joggte hinter ihnen her. Die vier johlten und jubelten. Applaus ertönte und alle Augen waren auf Ezra und Sasha gerichtet.

»Was in aller Welt ist denn das?«, fragte Ezra lachend, als die Männer vom Motorrad und aus dem Beiwagen kletterten.

»Du kannst doch nicht ohne deine Süße und deinen Kleinen bei der Rentierrallye mitfahren«, erklärte Dare.

»Macht ihr Witze?« Ezra schüttelte den Kopf. »Das habt ihr für uns gemacht?«

»War die Idee deines alten Herrn«, erklärte Rebel, während Pep mit Gus im Arm zu ihnen kam.

»Ist das dein Motorrad, Dad?« Gus befreite sich aus Peps Armen und rannte zu Ezra. »Kann ich mitfahren?«

»Ja, kleiner Mann, das kannst du.« Ungläubig sah Ezra seinen Vater an. »Das ist dein Werk?«

Pep sah Ezra gefühlvoller an, als Sasha je bei ihm gesehen hatte. »Ich war nie ein sonderlich guter Vater, aber dich mit Gus zu sehen, hat mich ein oder zwei Dinge gelehrt. Ich weiß, wie wichtig dir die Familie ist, mein Sohn, und ich will nicht, dass du von deiner auch nur eine Sekunde getrennt bist.«

Sasha kamen die Tränen.

Ezra umarmte ihn. »Danke, Dad. Du kannst dir gar nicht vorstellen, wie viel mir das bedeutet.«

»Ich denke schon, dass ich das kann«, sagte Pep. »Falls das Angebot noch steht, können wir vielleicht mal irgendwann zu Mittag essen. Nur wir zwei.«

Ezra blinzelte mehrfach, und Sasha wusste, dass er Schwierigkeiten hatte, seine Gefühle unter Kontrolle zu behalten. »Das fände ich sehr schön.«

»Grandpa! Sieh doch!« Gus winkte aus dem Beiwagen heraus, während Dare versuchte, ihn dort anzuschnallen und ihm einen Helm aufzusetzen.

»Wenn wir nicht bald losfahren, befreie ich mich aus diesem Weihnachtsmannkostüm und fahre stattdessen im Adamskostüm«, murrte Tiny, was alle zum Lachen brachte.

Ezra bedankte sich bei ihren Brüdern und Rebel. Dabei fiel Sasha auf, dass sich etwas an seiner Haltung verändert hatte. Immer wieder blickte er zu seinem Vater hinüber, als würde er versuchen, den Mann, der mit seinem Friedensangebot gerade weit aus seiner Komfortzone herausgekommen war, mit dem Mann in Einklang zu bringen, den Ezra sein ganzes Leben lang gekannt hatte.

Nachdem sie Gus angeschnallt hatten, kletterte Sasha auf Ezras Motorrad, und er setzte sich vor sie. Er legte eine Hand auf ihr Bein, schaute erst zu Gus hinunter, dann zu ihr und verkündete: »Das wird die beste Fahrt aller Zeiten.«

Er drückte kurz ihr Bein und sie setzten sich die Helme auf. Als sie sich hinter den anderen Motorrädern einreihten, die den Parkplatz des Clubhauses verließen, wusste Sasha, dass sie endlich ihre Nadel im Heuhaufen gefunden hatte. Dieser Mann war jeden schmerzhaften Nadelstich wert, den sie hatte erleiden müssen, um zu diesem Punkt zu gelangen.

Kennen Sie die Steeles auf Silver Island schon?

Genießen Sie die schnuckeligen kleinen Städtchen und stecken Sie die Füße in den warmen Sand an den Stränden von Silver Island, wo neben kleinen Cafés, Bootrennen und mitternächtlichen Rendezvous die schlagfertigen, sexy Steeles zu Hause sind. Sie haben eine Vorliebe fürs Streichespielen, eine Leidenschaft für Loyalität und ganze Truhen voller Geheimnisse.

Eine tief bewegende Liebesgeschichte über einen Mann, der alles verloren hat und ein qualvolles Geheimnis mit sich herumträgt, über eine geschiedene alleinerziehende Frau, die alles zu verlieren hat, und über das kleine Mädchen, das ihnen hilft, ihre Verletzungen hinter sich zu lassen.

Bestellen Sie *Herzen in Versuchung* bei Ihrem Online-Buchhändler.

Neu bei »Love in Bloom – Herzen im Aufbruch«?

Falls dieser Band Ihr erstes Buch aus der Reihe »Love in Bloom – Herzen im Aufbruch« ist, warten noch jede Menge Geschichten über unsere sexy, selbstbewussten und loyalen Heldinnen und Helden auf Sie. *Die Whiskeys: Dark Knights von der Redemption Ranch* ist nur eine der Serien aus meiner großen Sammlung von Liebesromanen mit Tiefgang, Humor und Happy-End-Garantie. In allen Büchern finden Sie eine abgeschlossene Geschichte, die auch für sich allein gelesen werden kann. Figuren aus den einzelnen Serien und Büchern der weitverzweigten »Love in Bloom – Herzen im Aufbruch«-Familien tauchen immer wieder auch in den anderen Bänden auf. So verpassen Sie nie eine Verlobung, eine Hochzeit oder eine Geburt. Wenn Sie mögen, lernen Sie doch auch die anderen Serien der Reihe kennen! Eine vollständige Liste aller auf Deutsch erschienenen und geplanten Bücher gibt es am Ende des Buches und unter dem folgenden Link finden Sie weitere Informationen:

www.MelissaFoster.com/Herzen-im-Aufbruch

Danksagung

Ich habe dieses Buch über die Weihnachtsfeiertage geschrieben, als ich bei meiner Familie war und an Covid litt. Obwohl es Spaß gemacht hat, über Sasha, Ezra, Gus und all die Leute auf der Redemption Ranch zu schreiben, musste ich einige schwere Wochen durchstehen. Zum Glück haben mich ein paar ganz besondere Menschen unterstützt und bei Verstand gehalten. Zuallererst geht ein riesiges Dankeschön an meine Assistentin und Freundin Lisa Filipe, die mir nicht nur immer wieder Mut gemacht, sondern mich auch daran erinnert hat, wie magisch das Schreiben ist. Als ich kurz vor dem Aufgeben stand, hat sie mich dazu gebracht, eine Pause einzulegen. Als ich dachte, ich könnte kein weiteres Wort mehr schreiben, erinnerte sie mich daran, wie stark ich bin. Ja, ich hatte einen Tiefpunkt. Covid war mehr als nur schlimm und Lisa erwies sich tagtäglich als meine Heldin. Danke, Lisa, dass du so bist, wie du bist. Ein großes Dankeschön geht auch an den Rest meiner Mädelstruppe, die zu mir hielt, mich anfeuerte, mir beim Meckern zuhörte und mich mit unendlicher Liebe und Unterstützung auffing. Sharon Martin, Amy Manemann, Natasha Brown, Sue Pettazzoni und Missy Dehaven, ich bin euch allen sehr dankbar. An meine Entwicklungslektorin Kristen Weber, die die ersten hundert Seiten gelesen hat, während ich noch am Schreiben war, um sicherzustellen, dass mein Schreibtalent nicht durch Covid beeinträchtigt wurde: Danke dafür, dass du immer für mich da bist und mich ermutigst. Du bist ein Quell der

Positivität und des Wissens, und ich bin froh, schon so viele Jahre mit dir zusammenarbeiten zu dürfen. Und ich freue mich auf viele weitere. Und schließlich danke ich meinen Seelenschwestern Toni und Kate: Wir hatten viel Spaß beim Brainstorming witziger Dialoge und Flirts! Danke für unsere Chats über die Feiertage. Ich liebe euch, Ladys, und kann es kaum erwarten, euch wiederzusehen.

Das Pferd namens Posey aus dieser Geschichte hat einen besonderen Platz in meinem Herzen. Bei meinen Recherchen über Pferderettungen habe ich mit Susan Pierce, der Inhaberin von Red Bucket Horse Rescue, gesprochen. Susan setzt sich unermüdlich für die Rettung von Pferden ein und war so freundlich, mir einige Geschichten zu erzählen und meine endlosen Fragen zu beantworten. Meine treuen Leserinnen und Leser werden verstehen, warum ich das Gefühl hatte, unsere Begegnung wäre kein Zufall gewesen, als Susan mir von einem Pferd namens Rosey erzählte, das sie mit einem anderen Pferd namens Juju zusammengebracht hatte, und warum ich Rosey (deren Namen ich zu Posey geändert habe, um Verwechslungen mit meinen Figuren zu vermeiden) in dieser Geschichte vorstellen musste. Wer verstehen möchte, wieso das so ist, sollte *The Wicked Aftermath (The Wickeds: Dark Knights at Bayside)* lesen.

Meine Fans inspirieren mich jeden Tag aufs Neue, und viele von ihnen sind Mitglied meines Fanclubs auf Facebook. Wenn Sie noch nicht dabei sind, sind Sie herzlich eingeladen! Und man kann ja nie wissen, ob Sie nicht vielleicht die Inspiration für eine Geschichte oder eine Figur sein könnten oder ob Sie sich auf einmal in einem meiner Bücher wiederfinden, wie es

einigen meiner Fanclub-Mitglieder schon passiert ist. Um immer die neuesten Neuigkeiten zur Welt unserer fiktionalen Boyfriends mitzubekommen, folgen Sie mir auf Social Media:
www.Facebook.com/groups/MelissaFosterFans
www.Facebook.com/MelissaFosterAuthor
www.Instagram.com/MelissaFoster_author
www.Tiktok.com/@MelissaFoster_author

Melden Sie sich auch für meinen Newsletter an, um immer auf dem Laufenden zu bleiben.
www.MelissaFoster.com/Newsletter_German

Vergessen Sie nicht, auf meiner Seite mit »Reader Goodies« vorbeizuschauen! Dort finden Sie Serienübersichten, Checklisten, Stammbäume und einiges mehr (in englischer und deutscher Sprache).
www.MelissaFoster.com/Checklisten_und_Stammbaume

Wie immer gehört mein Dank meinem wundervollen Redaktionsteam: Kristen Weber, Penina Lopez, Elaini Caruso, Juliette Hill, Lynn Mullan, Justinn Harrison, und auf deutscher Seite: Anna Wichmann, Stephanie Schottenhamel und Judith Zimmer.

Love in Bloom – Herzen im Aufbruch

Für noch mehr Vergnügen lesen Sie die Bücher der Reihe nach.
Sie werden in jedem Band bekannte Figuren wiederfinden!

Die Snow-Schwestern

Schwestern im Aufbruch
Schwestern im Glück
Schwestern in Weiß

Die Bradens (Weston, Colorado)

Im Herzen eins – neu erzählt
Für die Liebe bestimmt
Freundschaft in Flammen
Wogen der Liebe
Liebe voller Abenteuer
Verspielte Herzen
Ein Fest für die Liebe (Hochzeits-Geschichte)
Nachwuchs für die Liebe (Savannahs & Jacks Baby)
Happy End für die Liebe (Hochzeits-Geschichte)
Weihnachten mit den Bradens (Kurzgeschichte)
Liebe ungebremst (Kurzroman)

Die Bradens (Trusty, Colorado)

Bei Heimkehr Liebe
Bei Ankunft Liebe
Im Zweifel Liebe
Bei Rückkehr Liebe
Trotz allem Liebe
Bei Aufprall Liebe

Die Bradens (Peaceful Harbor)

Geheilte Herzen
Voller Einsatz für die Liebe
Liebe gegen den Strom
Vereinte Herzen
Melodie der Liebe
Sieg für die Liebe
Endlich Liebe – ein Braden-Flirt

Die Bradens & Montgomerys (Pleasant Hill – Oak Falls)

Von der Liebe umarmt
Alles für die Liebe
Pfade der Liebe
Wilde Herzen
Schenk mir dein Herz
Der Liebe auf der Spur
Verrückt nach Liebe
Liebe süß und sündig
Und dann kam die Liebe
Eine unerwartete Liebe
Verliebt in Mr. Bad

Die Remingtons

Spiel der Herzen
Im Dschungel der Liebe
Herzen in Flammen
Herzen im Schnee
Liebe zwischen den Zeilen
Von der Liebe berührt

Die Ryders

Von der Liebe bestimmt
Von der Liebe erobert
Von der Liebe verführt
Von der Liebe gerettet
Von der Liebe gefunden

Seaside Summers

Träume in Seaside
Herzen in Seaside
Hoffnung in Seaside
Geheimnisse in Seaside
Nächte in Seaside
Herzklopfen in Seaside
Sehnsucht in Seaside
Geflüster in Seaside
Sternenhimmel über Seaside

Bayside Summers

Sommernächte in Bayside
Verführung in Bayside
Sommerhitze in Bayside
Neuanfang in Bayside
Mondschein in Bayside
Versuchung in Bayside

Die Steeles auf Silver Island

Herzen in Versuchung
Meine wahre Liebe

…

Die Whiskeys: Dark Knights aus Peaceful Harbor

Tru Blue – Im Herzen stark
Truly, Madly, Whiskey – Für immer und ganz
Driving Whiskey Wild – Herz über Kopf
Wicked Whiskey Love – Ganz und gar Liebe
Mad About Moon – Verrückt nach dir
Taming My Whiskey – Im Herzen wild
The Gritty Truth – Kein Blick zurück
In For A Penny – Süßes Glück
Running on Diesel – Harte Zeiten für die Liebe

Die Whiskeys: Dark Knights von der Redemption Ranch

Immer Ärger mit Whiskey
Sullys Befreiung
Um Whiskeys willen
Der Geschmack von Whiskey
Liebe, Lügen und Whiskey

…

Entdecken Sie Melissa Fosters Bücher auch auf:
www.MelissaFoster.com/Herzen-im-Aufbruch